Jean-Paul Dubois

Die Jahre des Paul Blick

Jean-Paul Dubois

Die Jahre des Paul Blick

Roman

Aus dem Französischen
von Lis Künzli

Ullstein

Titel der französischen Originalausgabe:
UNE VIE FRANÇAISE

Französische Originalausgabe 2004 by
Éditions de l'Olivier, Paris

ISBN-13: 978-3-550-08625-0
ISBN-10: 3-550-08625-3

Lektorat: Kora Perle
Gesetzt aus der Bembo
Satz: Pinkuin Satz und Datentechnik, Berlin
Druck und Bindearbeiten: GGP Media GmbH, Pößneck
Printed in Germany

Für Louis, meinen Enkel
Für Claire, Didier, meine Kinder, und Frédéric E.

»Sie sind doch der Großpapa, nicht? Großpapas sind was Besonderes bei uns.«

Und der Miniaturkörper des Babys hielt sich wirklich an seiner Brust und seinen Armen fest, wenn auch schwächer als die Kinder, die er sich angemaßt hatte, seine eigenen zu nennen. Niemand gehört uns, außer in der Erinnerung.

John Updike

Der Mensch ist kleiner als er selbst.

Günther Anders

Charles De Gaulle
(21. Dezember 1958 – 28. April 1969)

Und meine Mutter fiel auf die Knie. Nie hatte ich jemanden so schlagartig zusammenbrechen sehen. Sie hatte nicht einmal Zeit gehabt, das Telefon aufzulegen. Ich stand am andern Ende des Flurs, bekam aber jeden einzelnen Schluchzer und jedes Zittern mit, das ihren Körper durchlief. Die Hände auf ihrem Gesicht sahen aus wie ein groteskes Pflaster. Mein Vater ging zu ihr, legte den Hörer zurück auf die Gabel und ließ sich in den Sessel in der Diele fallen. Er senkte den Kopf und brach in Tränen aus. Schweigend, vor Angst wie gelähmt, verharrte ich reglos am Ende des langen Korridors. Ich hatte den Eindruck, wenn ich mich auf Distanz hielt zu den Eltern, könnte ich die Frist hinauszögern, mich noch ein paar Augenblicke vor der schrecklichen Wahrheit schützen, deren Tragweite ich bereits ahnte. Mit glühender Haut und lauernden Augen blieb ich also stehen, da, am Rande des Schmerzes, schaute zu, mit welcher Geschwindigkeit sich das Unglück ausbreitete, und wartete darauf, selbst von ihm erfasst zu werden.

Am Sonntag, dem 28. September 1958, ist mein Bruder Vincent am frühen Abend in Toulouse gestorben. Im Fernsehen war soeben verkündet worden, dass 17 668 790 Franzosen schließlich für die neue Verfassung der Fünften Republik votiert hatten.

Weder meine Mutter noch mein Vater nahmen sich damals die Zeit, zur Urne zu gehen. Sie verbrachten den Tag am Bett meines Bruders, dessen Zustand sich seit dem Vorabend verschlechtert hatte. Nach einer Blinddarmoperation mit anschließender akuter Bauchfellentzündung hatte er um den Mittag herum das Bewusstsein verloren.

Ich erinnere mich, dass der Bereitschaftsarzt meine Eltern lange empfing, um sie auf einen Ausgang vorzubereiten, der in seinen Augen kaum mehr einen Zweifel offen ließ. Ich blieb während des Gesprächs auf einem Stuhl im Flur sitzen und fragte mich, was sie wohl hinter dieser Tür zu besprechen hatten, das so geheimnisvoll war, dass ich es nicht hören durfte. Ich dachte an meinen Bruder, an all das, was er mir, erst einmal wieder aus dem Krankenhaus entlassen, zu erzählen haben würde; ich beneidete ihn bereits um seinen Status als Held, als Geretteter, der ihm für ein paar Wochen sicher war. Zu jenem Zeitpunkt war ich acht, Vincent knapp zehn. Dieser bescheidene Altersunterschied war in Wahrheit beträchtlich. Vincent war ein Gigant für sein Alter, athletisch gebaut und wie geschaffen als Fundament einer neuen Welt.

Erstaunlich reif für sein Alter, erklärte er mir mit viel Geduld die Ungereimtheiten der Erwachsenenwelt und beschützte mich damit gleichzeitig vor unliebsamen Überraschungen. In der Schule genoss er eine unglaubliche Beliebtheit, zögerte aber auch nicht, einem Lehrer oder den Eltern die Stirn zu bieten, wenn es ihm angebracht schien. Dies alles verlieh ihm in meinen Augen die Statur eines Riesen. Neben ihm fühlte ich mich geschützt vor den Wechselfällen des Lebens. Und noch heute, über vierzig Jahre nach seinem Tod, bleibt er, wenn ich an unsere Kindheit denke, dieser so sehr geliebte und bewunderte Riese.

Als mein Vater sich mühsam aus dem Sessel erhob und auf mich zukam, sah er aus wie ein Greis. Ein Greis, der eine unsichtbare Last hinter sich herzog, die ihn beim Gehen behinderte. Ich beobachtete, wie er sich näherte, und ahnte dunkel, dass er mir gleich das Ende der Welt verkünden würde. Er legte mir die Hand auf den Arm und sagte: »Dein Bruder ist gestorben.« Ohne Rücksicht auf das gequälte Gesicht meines Vaters, ohne die geringste Geste der Zuneigung für ihn, stürzte ich mich in Vincents Zimmer und bemächtigte mich seines verchromten Metallwagens mit den sechs weißen Pferden im Gespann. Dieses Spielzeug, oder eher dieses Andenken, hatte ihm unser Onkel, ein kleiner, etwas undurchsichtiger und unsympathischer Mann, aber ein leidenschaftlicher Reisender, zwei Jahre zuvor aus London mitgebracht. Der Gegenstand stammte wahrscheinlich aus einem banalen Souvenirladen in der Nähe des Buckingham-Palastes, doch sein Gewicht, der Glanz des Materials, die Detailgenauigkeit von Wagen, Lampen und Rädern, die Kraft, die vom Galopp der Pferde ausging, hatten für mich den Wert eines Talismans. Wäre er nicht bereits ein außergewöhnliches Kind gewesen, so hätte dieser Gegenstand genügt, meinen Bruder mit sämtlichen Attributen des Prestiges auszuzeichnen. Nie hatte mir Vincent das Gespann ausgeliehen, stets behauptete er, es sei zu zerbrechlich und ich noch viel zu klein, um mit einem solchen Ensemble zu spielen. Manchmal stellte er es auf den Parkettboden im Wohnzimmer und forderte mich auf, das Ohr an die Bretter zu legen. Er sagte: »Rühr dich nicht. Mach kein Geräusch und schließ die Augen. Dann kannst du das Hufgeklapper der Pferde hören.« Und natürlich hörte ich es. Ich sah sie sogar an mir vorbeigaloppieren, von meinem Bruder geführt, dem unerschrockenen Kutscher, hoch auf dem funkelnden Fahrgestell, das auf seiner Federung hin und hergeschaukelt wurde. Da fühlte ich vage, dass ich mich inmitten der Kindheit befand, in dieser im Werden begriffenen Welt, in die wir uns jeden Tag mit neuer Begeisterung stürzen. Und ich wollte groß und größer werden, und noch schneller und noch stärker, nach dem Ebenbild meines Bruders, dieses Prinzen und Herrn über die Kavallerie.

Mein erster Reflex im Augenblick seines Todes war also,

ihn zu plündern und den begehrten Gegenstand an mich zu reißen. Meinen Bruder zu bestehlen. Mit den fiebrigen Gesten eines Erbschleichers. Bestimmt hatte ich Angst, Vincent könnte den Wagen mit ins Grab nehmen. Vielleicht hoffte ich, mir mit diesem verbotenen und geheiligten Gegenstand einen Teil seines Ruhms, seiner Legitimität anzueignen und ein Älterer zu werden, der wenigstens fähig war, die Toten auszunehmen und ihre Bleipferde in Trab zu setzen. Ja, in der Stunde seines Todes habe ich meinen Bruder bestohlen. Ohne Gewissensbisse, ohne Bedauern und sogar ohne eine Träne.

Ich heiße Paul Blick. Ich bin vierundfünfzig Jahre alt, ein unangenehmes Alter, das zwischen zwei Lebensperspektiven, zwei gegensätzlichen Welten schwankt. Jeden Tag lagern sich feine Schuppen des Alters auf meinem Gesicht ab. Ich schlucke regelmäßig Dysopiramid, Propanolol und habe, wie alle anderen auch, zu rauchen aufgehört. Ich lebe allein, esse allein und werde allein alt, auch wenn ich versuche, den Kontakt zu meinen beiden Kindern und meinem Enkelsohn aufrechtzuerhalten. Obwohl er noch so klein ist – er wird bald fünf –, finde ich auf seinem Gesicht bestimmte Züge meines Bruders wieder, aber auch diese Sicherheit, diese Heiterkeit, mit denen Vincent durchs Leben ging. Ganz wie mein Bruder scheint dieses Kind von einer friedlichen Energie erfüllt zu sein, und es verwirrt mich immer wieder von neuem, seinem strahlenden, forschenden Blick zu begegnen. Zu Louis' viertem Geburtstag habe ich die Karosse vom Bücherregal heruntergeholt und vor ihn hingestellt. Er hat den Gegenstand lange untersucht, die Räder, die Pferde, ohne sie zu berühren. Kein bisschen überwältigt, schien er dennoch sämtliche Details in seinem Kopf zu speichern. Nach einer Weile sagte ich zu ihm, wenn er das Ohr auf den Parkettboden lege, könne er vielleicht das Hufgeklapper hören. Er war skeptisch, kauerte sich aber trotzdem nieder, und in dieser Haltung bot er mir für das Aufblitzen einer Sekunde das Glück, meine Jugend an mir vorbeigaloppieren zu sehen.

Vincents Beerdigung war ein furchtbarer Moment, und es

ist eindeutig, dass meine Eltern und ich es von diesem Tag an trotz aller Anstrengung nie wieder schafften, eine echte Familie zu bilden. Nach der Trauerfeier übergab mir mein Vater die Brownie Flash Kodak meines Bruders, nicht ahnend, dass dieser Gegenstand eines Tages mein Leben verändern würde.

Vincents Tod hat uns um einen Teil unseres Lebens und um etliche wesentliche Gefühle beschnitten. Er hat das Gesicht meiner Mutter tief verändert und sie für mich innerhalb weniger Monate zu einer Unbekannten gemacht. Gleichzeitig fiel ihr Körper vom Fleisch, höhlte sich aus, wie von einer großen inneren Leere aufgesaugt. Vincents Weggang ließ auch sämtliche zärtlichen Gesten erstarren. Meine bis dahin so herzliche Mutter verwandelte sich in eine Art gleichgültige und distanzierte Rabenmutter. Mein Vater, früher so gesprächig, so fröhlich, mauerte sich in seiner Traurigkeit und Stille ein, und unsere Mahlzeiten, einst so ausgelassen, glichen immer mehr einem Essen unter Grabfiguren. Ja, nach 1958 hat uns das Glück verlassen, uns gemeinsam und jeden einzeln, und am Tisch überließen wir es den Fernsehsprechern, unsere Trauer zu überdecken.

Den Fernseher hatte mein Vater gerade erst gekauft, im Februar oder März 1958. Ein Gerät der Marke Grandin aus lackiertem Holz, mit einem Drehkopf ausgestattet, mit dem sich das Bild auf den einzigen Sender fixieren ließ, der damals selbstherrlich das Terrain bestimmte. In der Schule machte dieses neue Utensil meinen Bruder und mich außerordentlich beliebt. Vor allem donnerstagnachmittags, wenn wir unsere Kameraden einluden, die neuesten Episoden von Rusty, Rintintin und Zorros Abenteuern zu sehen. Unseren Zenit aber erlebten wir im Laufe des Sommers mit dem überwältigenden Feldzug der Franzosen bei der Fußballweltmeisterschaft in Schweden. Nachmittags, zur Stunde der Übertragung der Spiele, glich unsere Wohnung einem Volkstribunal. In sämtliche Ecken gezwängt, verfolgten wir die Paraden Remetters, das Dribbling Kopas und Piantonis, die Angriffe Vincents und die Schüsse Fontaines. Die Einzelheiten des Halbfinalspiels Brasilien-Frankreich (5:2) in Stockholm sind in meinem Kopf noch heute mit beunruhigender Präzision lebendig. Die Herbheit der kohlensäurehaltigen Zitronensodas, der süße, widerwärtige Geschmack der Kirschcakes, das rustikale Korn des Schwarzweiß-Bildes mit seinen gelegentlichen Aussetzern, die auch unseren Herzschlag aussetzen ließen, die geschlossenen Fensterläden, die uns vor dem grellen spätnachmittäglichen Gegenlicht schützten, die Schwüle des Halbschattens, die noch zur Dramaturgie beitrug, die dominante Stimme meines Bruders, die in Intervallen Aufmunterungen von sich gab, die Lawine der Tore und die Schreie, die mit der Zeit leiser wurden, das Glück, das langsam in sich zusammenfiel, und schließlich das Wohnzimmer, das sich nur widerwillig leerte, bis in einer Ecke nur noch mein Bruder und ich übrig blieben, erledigte, enttäuschte, am Boden zerstörte Komparsen. Ein paar Tage später vernichtete Brasilien Schweden im Endspiel (5:2) und Frankreich schlug Deutschland um den dritten Platz (6:3). An den Ablauf dieser beiden letzten Begegnungen habe ich keine Erinnerung behalten. Wohl, weil es dabei im Gegensatz zu jenem gnadenvollen Nachmittag, wo ich zu meinem Bruder hielt, der zu Frankreich hielt, nur noch um Fußball ging. Nach all dieser Zeit besteht in mir noch heute, mag unser Leben auch noch so sehr dem Vergessen geweiht sein, diese geschützte, unbeschadete kleine Insel, dieses winzige, strahlende Territorium brüderlicher Unschuld, das wir miteinander teilten.

Es war der letzte Sommer, den ich mit Vincent erlebte. Sehr bald nahm de Gaulle am Tisch mir gegenüber seinen Platz ein. Ich meine damit, dass wir den Grandin-Fernseher hinter dem Stuhl installierten, auf dem mein Bruder zehn Jahre lang gesessen hatte. Für mich kam dieser Akt einer Usurpation gleich, zumal der General sein Leben im Grandin zu verbringen schien. Rasch begann ich diesen Mann zu hassen. Sein süffisantes Gehabe, sein Käppi, seine Leuchtturmwärteruniform, sein ganzes hochmütiges Äußeres störten mich, seine Stimme war mir unerträglich, und ich hatte keinen Zweifel daran, dass dieser entfernte General in Wirklichkeit der eigentliche Ehemann meiner Großmutter war. Ihre Ergänzung, ihr natürliches Pendant. Eine gewisse Arroganz, eine Vorliebe für Ordnung und Ernsthaftigkeit näherten die beiden Persönlichkeiten einander an. Meine Großmutter, eine Frau aus einer anderen Zeit, war in meinen Augen der Archetyp der Hässlichkeit, Niedertracht, Verbitterung und Perfidie. Nach dem Tod meines Bruders ließ sie aus Gründen, die mir immer unbekannt bleiben werden, ihr imposantes Haus allein, um den Winter bei uns zu verbringen. Sie richtete sich in dem großen Zimmer ein, das zum Saint-Etienne-Platz hinausging. Während sie bei uns wohnte, war es mir, unter welchem Vorwand auch immer, verboten, das zu betreten, was sie »meine Gemächer« nannte. Diese Frau, Witwe des Léon Blick, meines Großvaters väterlicherseits, Gutsbesitzer, wie man damals sagte, hatte ihre Familie stets wie ein Brigadegeneral geführt. Ende der zwanziger Jahre hatte Léon in mehreren Anläufen versucht, diesem Kasernenleben zu entfliehen. Er riss dann jeweils für einen Monat aus, nach Tanger, wo er das Leben in vollen Zügen genoss und im Casino spielte. Seine Rückkehr muss jedes Mal ein Ereignis gewesen sein, denn meine Großmutter empfing ihn auf der Schwelle des Hauses in Begleitung eines Priesters, bei dem der brave Mann seine nordafrikanischen Schandtaten schnurstracks zu beichten hatte. Ja, so war Marie Blick, kratzbürstig, ernst, griesgrämig. Und katholisch. Ich sehe sie noch vor mir in diesen Toulouser Wintern, vor ihrem Kamin festgeschweißt, unablässig den Rosenkranz herunterleiernd, den Kopf mit ihrer unvermeidlichen Mantille bedeckt. Vom Flur aus beobachtete ich sie durch die halb offene Tür beim Beten, bis ihr die Lippen platzten. Sie kam mir vor wie eine unerbittliche Maschine, bis zum Anschlag aufgezogen, ausgerichtet auf ein einziges Ziel: das Heil der armen Seelen. Manchmal wurde sie dabei auf meine heidnische Präsenz aufmerksam. Dann sah ich das Eis in ihrem Blick, mein Blut gefror, doch ich verharrte reglos, unfähig zu fliehen, versteinert wie ein Hase im Lichtkegel eines Autoscheinwerfers. Marie Blick hegte einen unermesslichen Hass gegen Pierre Mendès-France und verfluchte vor allem die Sowjetunion, ein Vaterland von Blutrünstigen und Gottlosen. Die geringste Anspielung auf dieses Land während der Fernsehnachrichten versetzte sie regelrecht in Trance. Doch in der Galerie ihrer Verachtung gab es einen Mann, der alle anderen in den Schatten stellte, einen Mann, den sie vermutlich am liebsten mit ihren weißen, christlichen Händen erwürgt hätte. Er hieß Anastas Mikojan und stand dem Präsidium des Obersten Sowjets vor. Meine Großmutter fand ein diabolisches Vergnügen darin, seinen Namen zu entstellen, und nannte ihn »Mikojashhh«, mit Betonung auf der letzten Silbe, die sie lange zischen ließ. Sobald der Apparatschik auf dem Bildschirm erschien, griff sie nach ihrem Stock und hämmerte auf den Parkettboden ein, spannte sich wie eine alte Feder, warf theatralisch die Serviette auf den Tisch und grummelte den immer selben Satz: »Ich ziehe mich in meine Gemächer zurück.« Vom Hass wie neu belebt, verschwand sie in dem langen Flur. Kurze Zeit später hörte man die Zimmertür knallen. Und in ihrer Zuflucht konnte der Rosenkranzwalzer beginnen. Ich erinnere mich, lange gegrübelt zu haben, warum ausgerechnet Mikojan, dieser kleine Mann mit schwarzem Hut, bei Marie Blick solche Anwandlungen auslöste. Als ich meinen Vater danach fragte, antwortete er mit unbestimmtem Lächeln: »Ich glaube, weil er Kommunist ist.« Doch Chruschtschow und Bulganin waren auch Kommunisten. Ihnen aber blieben die Verwünschungen erspart, die meine Großmutter einzig Anastas vorbehielt.

Obwohl ich nie Mitglied der Partei gewesen bin, glaube ich, dass Marie Blick mich in ihrem Pantheon der Verachtungen noch ein gutes Stück vor Stalin und Bulganin platzierte, an der Seite dieses berüchtigten »Mikojashhh«. Sie behandelte mich mit derselben Geringschätzung. In ihren Augen war Vincent stets der alleinige und einzige Erbe der Blicks gewesen. Er war das Abbild meines Vaters, und trotz seines zarten Alters trug er bereits die Zeichen von Strenge und Reife. Ich für meinen

Teil war nichts als ein wilder Trieb, das Relikt eines Spermas, ein Augenblick göttlicher Unachtsamkeit, ein Ovulationsfehler. Ich schlug ganz nach meiner Mutter, was soviel bedeutete wie nach einer anderen, einer armen, sehr armen, entfernten Familie, die zu allem Überfluss auch noch aus den Bergen kam.

Bis zum Ersten Weltkrieg übte François Lande, mein Großvater mütterlicherseits, den Beruf eines Schäfers aus. Er lebte hoch in den Pyrenäen, auf einem sonnenbeschienenen Hang des Col de Port. Zu jener Zeit konnte man sagen, dass die Welt tatsächlich da oben zu Ende war. Und dass François in gewisser Weise hinter dem Mond lebte. So viel Schnee, so viel Kälte, so viel Einsamkeit. An diesen Hängen, an denen die Lämmer kaum aufrecht stehen konnten, hatte ihn der Krieg abgeholt. Zwei Gendarmen stiegen auf den nebelverhangenen Gipfel, um ihm den Marschbefehl zu überbringen. Er, der im Süden und auf dem Dach der Welt gelebt hatte, fand sich im Norden sechs Fußbreit unter der Erde wieder, am Grunde eines Schützengrabens. Er tat, was zu tun war, bekam seinen Teil Schrecken und Giftgas ab und kehrte gealtert, krank und verstört nach Hause zurück. Erst hatte er natürlich versucht, wieder auf seine Bergkämme zu steigen, doch das Senfgas hatte ganze Arbeit geleistet. Mit seinen verfilzten Lungen emigrierte er in das Umland von Toulouse, wo meine Großmutter Madeleine eine Handkarre kaufte und zur Obst-und-Gemüse-Händlerin wurde. François Lande hingegen schloss sich ein, um seine Bronchien zu pflegen, und schreckte jedes Mal auf, wenn an seiner Tür geklingelt wurde. Er öffnete nie, überzeugt, dass die Gendarmen wieder kommen und ihn ergreifen würden, um ihn an die Front zurückzubringen. So sah ich eines Nachmittags, wie er sich unter seinem Bett verschanzte, nachdem jemand bei ihm geklopft hatte. Den Augenblick zuvor hielt er mich noch auf dem Schoß, um sich gleich darauf in eine Art kleines aufgeschrecktes Nagetier zu verwandeln. Die Erinnerung, die ich an meinen Großvater habe, ist die eines hoch gewachsenen, hageren Mannes, der stets ein schwarzes Cape umhatte und mit der Hand seinen Hirtenstock umklammerte. Er sprach wenig, doch sein Gesicht strahlte eine große Sanftheit aus. Man spürte, dass er stets auf der Hut war, zugleich ängstlich und aufmerksam dieser äußeren Welt gegenüber, die er manchmal aus der Distanz, zwischen den Vorhängen seines Zimmers hindurch, betrachtete.

Kurz vor seinem Tod im Jahr 1957, brachte meine Mutter meinen Großvater eines Sonntags auf den Gipfel des Col de Port. Wir beide saßen im Auto nebeneinander, und ich kann mich nicht erinnern, dass er auf dem ganzen Weg ein einziges Wort gesprochen hätte. Doch als die Straße zu steigen anfing, als die Kurven enger wurden, begann sich François nach und nach für die Landschaft, die Häuser zu interessieren, für diese alte Welt, die er wieder fand und, wie er wohl ahnte, zum letzten Mal sehen sollte. Seine Augen schienen von einer wilden, animalischen Freude belebt. Er entdeckte die Kälte der Gipfel wieder, den undefinierbaren Geruch der Höhe, das Licht des Himmels, die Farben und Düfte der Erde. Am Ziel angekommen, stieg er aus dem Wagen und steuerte, mit mir an der Hand, sofort auf den Pfad eines vertrauten Bergkamms zu. Ich hatte keine Ahnung, wohin mich der Mann führte, aber ich spürte seinen warmen Händedruck. Er sagte etwas wie »Bei schönem Wetter waren alle Schafe da unten, an dem Hang dort. Und mein Hund wartete immer am Wegrand auf mich.« Ich glaube, er sprach zu sich selbst, sah das Leben jenseits der Dinge, betrachtete den virtuellen Horizont seiner Erinnerungen. Denn damals erahnte man an den Orten, die er mir bezeichnete, nur noch die monotone Abfolge der Seilbahnpfosten einer sich im Bau befindlichen Skistation. Ich weiß noch gut, wie François Lande sich schwerfällig auf den Boden setzte, mich an sich drückte, mit der Hand die ganze Landschaft umfing und sagte: »Siehst du, Kleiner, da komme ich her.«

Und da kam also auch ich her, zum Teil. Obwohl noch klein, nahm ich sehr wohl wahr, dass von der Seite der Blicks – ich spreche von meiner Großmutter, der Frau des Generals

– die bescheidenen Allianzen mit den Berglern nur mäßig geschätzt wurden, und die Kraut- und Rübentätigkeit meiner Großmutter Lande noch weniger. Marie Blick hatte sich offenbar lange bemüht, meinen Vater von der Idee abzubringen, meine Mutter zu heiraten. Es stand nicht zur Debatte, einer so ungleichen Liaison zuzustimmen. Der Erstgeborene der Blicks hatte Besseres verdient als die Tochter eines invaliden, halb verrückten Schafhirten. Die Hochzeitsfeier fand in Abwesenheit der Verwandten statt, und kein Lande sollte, abgesehen von meinem Vater, je einen einzigen Blick zu Gesicht bekommen. Wenn Marie Blick sich an meine Mutter richtete, griff sie stets zu dieser herablassenden Bezeichnung, die man damals für die unliebsamen Schwiegertöchter parat hatte: »Mein Kleines, wenn Sie diese Kinder nicht von Anfang an dressieren, werden Sie sie später nicht halten können.« – »Vergessen Sie nicht, mein Kleines, wenn Sie rausgehen, Zwieback für Victor mitzubringen, ich finde, er hat zugenommen.« Wenn sie bei uns war, sprach Marie Blick mit meiner Mutter wie mit den Dienstboten, die sie bei sich zu Hause mit ihren »mein Kleines« nur so überschüttete. Ich glaube, meine Großmutter ist die einzige Person, deren Tod ich aufrichtig gewünscht, ja herbeigesehnt habe. Außerdem habe ich es meinen Eltern lange übel genommen, dass sie diese Person nicht auf ihren Platz verwiesen, selbst wenn es zu jener Zeit normal war, die Tortur der Ahnen stoisch über sich ergehen zu lassen, waren sie auch noch so große Ekel.

Seit Vincents Tod konnte bei uns zu Hause von einem richtigen Leben nicht mehr die Rede sein, und zwei Monate im Jahr, wenn meine Großmutter kam, verwandelte es sich in die reinste Hölle. Abgesehen von ihren Ausfällen gegen den Vorsitzenden des Präsidiums, tyrannisierte Marie Blick meinen Vater wegen seiner Figur, kritisierte die Familienküche, untersagte mir, am Tisch zu sprechen und ohne Erlaubnis aufzustehen. Überschritt ich eine ihrer Regeln, stampfte sie außer sich vor Wut mit dem Fuß auf und schleuderte meinem Vater entgegen: »Mein armer Victor, du hast dieses Kind wie ein

Tierchen aufgezogen. Du wirst eines Tages noch Tränen aus Blut vergießen seinetwegen.«

Sehr viel später wurde mir eine eigenartige Geschichte erzählt. Gegen Ende seines Lebens litt mein Großvater väterlicherseits, Léon Blick, an einer mit Alzheimer vergleichbaren Krankheit und wurde ziemlich orientierungslos. Nicht nur vergaß er alles, sondern er hatte auch die Neigung, einigen seiner Landarbeiter beträchtliche Geldsummen zuzustecken mit dem Argument, dass »die Erde denen gehört, die sie bearbeiten«. Jeder andere hätte in dieser Erklärung ein Zeichen des gesunden Menschenverstandes erblickt und in den wiederholten Spenden das der Großzügigkeit eines reichen Grundbesitzers, der in vorgerücktem Alter von progressiven Ideen erfasst wurde. Nicht so meine Großmutter. Marie Blick sah im Verhalten ihres Mannes nichts als die letzten Attacken seiner schweren Krankheit und schaffte es, ihn unter dem Vorwand, dass er den Verstand verliere, seine Güter und die der seinen gefährde, zu internieren.

Erschlagen vom psychiatrischen Hammer jener Zeit, umgeben von Tobsüchtigen und allein auf der Welt – meine Großmutter untersagte ihren Kindern, den Vater zu besuchen –, verlor Léon Blick sehr schnell jeden Halt, versank in ein Jahr des Schweigens, bevor er sich langsam in den Tod hinübergleiten ließ.

In dieser Zeit traf meine Großmutter, die noch lange keine alte Frau war, regelmäßig einen anderen Mann. Er sei, so sagte sie, eine Art Vorarbeiter des Vertrauens, der ihre Geschäfte und die Arbeit der Pächter beaufsichtige. In Wirklichkeit brauchte Marie Blick, ihren christlichen Geboten zum Trotz, einfach wie alle anderen ab und zu einen Mann.

Nach Léon Blicks Tod blieb alles ungefähr beim Alten, bis dieser neue Freund eines Tages ein Auge auf das Gewehr meines Großvaters warf. Marie Blick, die vorsichtig darauf achtete, die Säckel ihres Vermögens nicht mit denen ihres Wüstlings durcheinander zu bringen, übergab die hauseigene Waffe zu einem Preis, der noch um einiges unanständiger war als sämtliche libidinösen Extravaganzen meiner Ahnin. Übers Ohr gehauen, aber zufrieden, ging der Galan nach Hause, wo er sich augenblicklich an die Reinigung der Feuerwaffe machte. Niemand weiß, unter welchen Umständen und in welchem Moment der Schuss losging. Jedenfalls fand man den Belami auf dem Boden liegend, das Gesicht von einer Bleiladung entstellt. In seiner Muskelstarre hielt er noch immer die Flinte meines Großvaters Léon in den Händen.

Vincent fehlte mir. Zwei Jahre nach seinem Tod hatte ich seinen Verlust noch immer nicht verwunden, mich nicht mit seiner Abwesenheit abgefunden. Ich brauchte es, ihn um mich zu wissen. Was meine Eltern betrifft, so gingen sie natürlich weiterhin ihrer Arbeit nach, teilten die Mahlzeiten miteinander und schliefen im selben Zimmer. Doch sie schienen nichts mehr vom Leben zu erwarten, weder gemeinsam noch jeder für sich. Manchmal hatte ich das Gefühl, dass die Welt im Eilmarsch an uns vorbeizog, während wir wie betäubt, in unsere Qual eingeschlossen, reglos stehen blieben, von diesem Lebensstrom übergangen.

Nach dem Krieg hatte sich mein Vater mit finanzieller Unterstützung seiner Familie eine mehrstöckige Autowerkstatt gekauft, mit spiralförmigen Auffahrten, die zu vier Parkniveaus führten. Er taufte sein Geschäft auf den Namen *Tag und Nacht* und eröffnete im Erdgeschoß eine Simca-Niederlassung. Er verkaufte und reparierte Arondes, Arianes, Trianons, Versailles und auch ein paar Chambords. Ich wäre heute absolut unfähig zu sagen, was Victor Blick von diesen Limousinen und von Autos im Allgemeinen hielt, denn ich glaube, ich habe ihn während unseres ganzen gemeinsamen Lebens kein einziges Mal über Wagen reden hören. Außer vielleicht, als es 1968 darum ging, das erste Auto für mich auszuwählen, das natürlich kein Simca war, sondern ein gebrauchter Volkswagen 1200 aus dem Jahr 1961.

Claire, meine Mutter, sprach kaum über ihren Beruf als Korrektorin. Sie hatte mir irgendwann in groben Zügen erklärt, dass ihre Arbeit darin bestehe, die orthographischen und sprachlichen Fehler von Journalisten und Autoren aufzuspüren, die nicht auf den richtigen Gebrauch des Konjunktivs oder die Veränderlichkeit des Partizip Perfekts achteten. Nun könnte man meinen, es handle sich hierbei um eine relativ friedliche, sich wiederholende, auf jeden Fall aber nicht weiter bedrohliche Tätigkeit. Genau das Gegenteil ist der Fall. Ein Korrektor kennt keine Rast. Ständig grübelt und zweifelt er, befürchtet ununterbrochen, einen Fehler übersehen zu haben, einen Ausrutscher, den großen Schnitzer. Der Geist meiner Mutter kam nie zur Ruhe, pausenlos fühlte sie sich getrieben, in einem Stapel Bücher über die Besonderheiten der französischen Sprache den korrekten Gebrauch einer Regel oder die Rechtmäßigkeit eines ihrer Eingriffe zu überprüfen. Ein Korrektor, sagte sie, ist eine Art Fangnetz, das die Unreinheiten der Sprache zurückhalten muss. Je größer seine Aufmerksamkeit und je höher seine Ansprüche, um so dichter die Maschen. Doch Claire Blick gab sich nicht einmal mit den dicksten Fängen zufrieden, nein, sie war geradezu besessen von ganz winzigen Fehlern, diesem Krill der Unkorrektheiten, der sich pausenlos durch das Netz stahl. Es kam häufig vor, dass meine Mutter mitten beim Abendessen vom Tisch aufsprang, um eine ihrer Enzyklopädien oder ein Spezialwerk aufzuschlagen, und zwar einzig mit dem Ziel, einen Zweifel auszuräumen oder einen Anfall von Panik zu vertreiben. Mit dieser Haltung war sie allerdings nicht allein. Die meisten Korrektoren entwickeln diese Art Kontroll-Besessenheit und legen ein zwanghaftes Verhalten an den Tag, das vom Wesen ihrer Arbeit herrührt. Die permanente Suche nach Perfektion und Reinheit ist die Berufskrankheit des Revisors.

Von außen gesehen erweckten Claire und Victor Blick den Anschein eines Paares, das vollkommen in Einklang lebte mit dem Optimismus jener Zeiten der Vollbeschäftigung und des Aufschwungs, wo man überall die Lämpchen der neuen Elektrogeräte aufleuchten sah. Ja, meine Eltern glichen jenen Männern und Frauen, die vor Kraft und Hoffnung strotzten, während sie doch nichts als hohle, abwesende Baumstümpfe waren, die unbeweglich mitten im Fluss standen. Zu festgelegten Zeiten sahen und hörten sie sich die Geburtsschreie dieser neuen Welt an, waren aber nicht zu erschüttern angesichts der endlosen Abfolge ihrer Grausamkeiten. Das Schicksal des Belgischen Kongo, die Machenschaften eines Joseph Kasavubu oder Moïse Tschombé, der Tod eines Patrice Lumumba ließen sie genauso kalt wie die Kursschwankungen der Union Minière in Ober-Katanga. Angesichts dieser entfesselten Gewalt im Fernseher, dem man offenbar die Sorge meiner Erziehung übereignet hatte, flehte ich immer wieder meinen Bruder an, er möge doch seinen Platz am Tisch wieder einnehmen, damit endlich dieser Grandin ausgemacht würde, damit das Leben wiederkehrte und wir alle das Gespräch dort wieder aufnähmen, wo es durch die Komplikationen eines medizinischen Eingriffs am 28. September 1958 unterbrochen worden war.

Der Algerienkrieg blieb wie viele andere Dinge fern und abstrakt, es waren Bilder aus einer anderen Welt, die über den konkaven Bildschirm des Fernsehapparats flimmerten. Dabei wurden wir im Jahr 1961 oft nachts geweckt vom Krach der Explosionen, die Toulouse erschütterten. Diese Attentate, zu denen sich die Geheimarmee OAS bekannte, betrafen sämtliche Viertel und sorgten für viel Gesprächsstoff in der Bevölkerung. Bei uns zu Hause hörte man sicher auch den Krach der Detonationen, vielleicht bekamen wir sogar das eine oder andere zu Gesicht, aber es wurde kein Wort darüber verloren. Nicht einmal, wenn die Stille am Mittagstisch vom Hupkonzert der Autos gestört und auf der Allee François-Verdier der Slogan, »Al-gé-rie fran-çaise«, skandiert wurde. Dreimal kurz, zweimal lang, das Morsesignal der Heimkehrer. Und wir wurden auch nicht gesprächiger, als das Postbüro neben der Werkstatt meines Vaters von einer Plastikbombe in die Luft gejagt wurde.

Beim Weihnachtsessen 1962 hingegen waren wir geradezu redselig. Es fand bei meiner Großmutter Marie Blick statt. Die ganze Familie war versammelt, mit Ausnahme natürlich von Madeleine Lande, einer nicht salonfähigen Marktfrau in

Rente, und von François, meinem Großvater, der kurz zuvor seinen Lungenproblemen erlegen war. Madeleine hatte ihn gemeinsam mit dem Arzt zusammengekauert unter dem Bett gefunden, leblos, aber noch immer im Kriegszustand, in Angst versetzt vom hartnäckigen Geist zweier Gendarmen, die seiner Person habhaft werden wollten, um ihn weiß Gott wohin zu schleppen. François war ihnen, und diesmal endgültig, entwischt. Er wurde in seiner Heimat beerdigt, oben auf dem Gipfel, von dem er herkam, nicht weit vom teilnahmslosen Auf und Ab des Schlepplifts.

Besagtes Weihnachtsessen also blieb mir lange in Erinnerung. Ich war zwölf, und die Welt, in der wir lebten, kam mir auch nicht viel erwachsener vor. Es war, als hätte sich die Familie in jenem Jahr nicht versammelt, um gemeinsam zu essen oder irgendein religiöses Fest zu feiern, sondern um die »Ereignisse« zu besprechen, wie der Algerienkrieg verschämt genannt wurde. Die Blicks spiegelten die unterschiedlichen Meinungen, die damals im Land kursierten. Allen voran meine Großmutter, im Zweiten Weltkrieg leidenschaftliche Anhängerin Pétains, in vorgerücktem Alter zur gaullistischen Norm konvertiert, fanatische Christin, nicht nur Antikommunistin, sondern auch gegen den radikalsozialistischen Mendès-France, vor allem aber gegen mich. Eine Frau, die bei Tisch nicht gerne auf den nächsten Gang wartete und die das Schicksal Algeriens, dieses gottlosen Gebiets, das für die Christenheit ohnehin auf immer verloren war, völlig kalt ließ. Meine Tante Suzanne, älteste Schwester meines Vaters, treue Nachbildung ihrer eigenen Mutter, selbstverständlich gegen Mendès und je nach Gelegenheit antisemitisch, gegen mich ständig, und für immer einem weißen, französischen Algerien nachtrauernd. Ihr Mann Hubert, Doppelgänger von Eddie Constantin mit dem Akzent des Südens, ehemaliger Milizsoldat, Indochina-Veteran und ebenso Veteran einer vergangenen Welt, der, wie es hieß, eine Zeitlang in den Rängen der OAS wieder aktiv geworden war. Meine zweite Tante, Odile, Englischlehrerin am Gymnasium Pierre-de-Fermat, Antikolonistin und gemäßigte Sozialistin, im Konkubinat lebend mit Bernard Dawson, geschiedener Sportjournalist und Rugby-Spezialist, der aus seinen Sympathien für die Kommunistische Partei Frankreichs keinen Hehl machte. In der übrigen Mischpoche fand sich noch Jean, einer meiner Cousins, zehn Jahre älter als ich, unwahrscheinlicher Sohn von Suzanne und Hubert, eine schillernde Figur, die sich gleichzeitig auf Bakunin und Elvis Presley berief, ein sympathischer Junge, der kurz nach dem Mai 68, dessen Ereignisse er bereits erahnen ließ, bei einem Autounfall ums Leben kommen sollte.

Und meine Eltern? Getreu dem Bild, das sie seit Vincents Tod boten: schweigsam, liebenswürdig, höflich, unbestreitbar anwesend und doch völlig abwesend.

Vor dem Essen ließ meine Großmutter es sich nicht nehmen, eines ihrer berühmten Gebete zu rezitieren, eine nicht enden wollende Danksagung, die alle anödete, angefangen beim Clan der ehemaligen Sympathisanten der faschistoiden Croix de feu, der darauf brannte, sich auf die irdische Nahrung zu stürzen.

Sie konnten es kaum erwarten, sich die Bäuche mit den Meeresfrüchten, dem Sauternes und der Gänseleber vollzuschlagen, um dann das Schicksal von Oran, Algier, Tlemcen und Saida endgültig zu besiegeln. Hubert hob sein Glas:

»Fröhliche Weihnachten, all diesen unabhängigen Dreckarabern. Es lässt einen ja doch nicht kalt, zu denken, dass man da unten nicht mehr zu Hause ist.«

Dawson versuchte zu erklären, dass Algerien nicht immer zu Frankreich gehört hatte und dass nach der Zeit der Kolonien nun mal die Zeit der Unabhängigkeit an der Reihe sei.

»Du sprichst genau wie dieser andere Hurensohn.«

»Ich hoffe, Hubert, Sie meinen damit nicht den General. Nicht vor den Kindern.«

»Aber Schwiegermama, die ganze Welt weiß – auch die Kinder –, dass unser General ein wahrer Hurensohn ist, der ein Volk, ein Land verraten hat und jene erschießen lässt, die es verteidigt haben.«

»Was willst du damit sagen?«, fragte Dawson.

»Ich will damit sagen, dass er echte Franzosen exekutieren ließ: Roger Degueldre, Claude Piegst, Albert Dovecar, Bastien-Thiry, sagen dir diese Namen etwas?«

»Du sprichst von Mitgliedern der OAS und von Typen, die Attentate gegen ihn angezettelt haben.«

»Nein, mein Lieber, ich spreche von Patrioten.«

»Ich muss sagen, das Wort Patriot aus deinem Mund zu hören, Hubert, das hat schon was.«

»Weißt du was, Odile? Du kannst mich mal mit deinen soziokommunistischen Machenschaften.«

»Hubert, so können Sie nicht von meiner Tochter sprechen. Denken Sie an die Kinder. Reißen Sie sich ein bisschen zusammen.«

»Ich reiße mich jetzt schon seit zwanzig Jahren zusammen, Schwiegermama, seit zwanzig Jahren gibt man mir zu verstehen, ich soll den Mund halten. Odile mag darüber denken, was sie will, ich habe immer auf der Seite meines Landes und der Fahne gestanden. Ob zur Zeit des Marschalls oder in Diên Biên Phu. Wer hat sich denn von den Schlitzaugen abschlachten lassen, während ihr alle Weihnachten im Warmen verbracht habt, he? Und in Algerien, wer hielt denn die Hurensöhne der FLN in Schach, wenn nicht die OAS?«

»Weißt du, wie viele Opfer deine OAS auf dem Gewissen hat? Zweitausendfünfhundert Franzosen und mehr als zwanzigtausend Moslems.«

»Los, Bernard, nur weiter, nur noch mehr Parteipropaganda. Aber ich sag dir mal was. Nicht zwanzigtausend, sondern vierzig-, sechzigtausend dieser Krausköpfe hätten wir erledigen sollen, als sie anfingen, sie uns abzuschneiden und in den Mund zu stecken. Nur wenn man dem Terror mit Terror begegnet, errichtet und festigt man sein Reich.«

»Papa, du bist echt der allergrößte Fascho, den die Erde hervorgebracht hat.«

»Du, kleiner Dummkopf, du hältst gefälligst den Mund.«

»Hubert, hören Sie mal. Er ist immerhin Ihr Sohn. Und heute ist Heiligabend.«

»Sie haben Recht, Schwiegermama, entschuldigen Sie bitte.«

»Was Hubert sagen will, ist doch, dass wir mit diesen ganzen Geschichten von Selbstbestimmung die Büchse der Pandora geöffnet haben. Ihr werdet schon sehen, wenn das so weitergeht, sind wir sogar in Frankreich bald fremde Leute. Ist es übrigens nicht bereits der Fall? Oder hättet ihr euch vorstellen können, dass der Finanzminister dieses Landes Wilfrid Baumgartner heißen könnte? Allein schon das, Baumgartner?«

»Was willst du damit sagen, Suzanne?«

»Ich bitte dich, Odile, stell dich nicht dümmer, als du bist, und mach dich nicht wieder vor versammelter Gesellschaft lächerlich.«

»Jetzt mache ich mich also lächerlich, ich? Nein wirklich, hört ihr euch eigentlich manchmal selber reden, du und dein Mann, seit einer Stunde spielt ihr uns hier eine Nummer vor über die Kokarde, die Araber und die Youpins, wie ihr die Juden unter euch nennt? Glaubt ihr eigentlich, wir leben immer noch im Vichy-Regime oder was?«

»Ach, Vichy, das musste ja kommen, das haben wir schon lange nicht mehr gehört.«

In diesem Augenblick erhob sich mein Vater von seinem Stuhl, legte bedächtig seine Serviette auf das Tischtuch und sagte: »Ich hol jetzt die Pute.«

Als er zurückkam, in den ausgestreckten Armen die Platte, die er mit Hilfe der Köchin hereintrug, hatte sich die Stimmung zwischen den beiden Schwestern etwas beruhigt. Frankreich versöhnt sich immer um ein Geflügel herum. Mein Cousin Jean, entnervt über die Sympathien seiner Eltern für den Marschall, stand am Fenster und rauchte eine Zigarette. Seine Unbekümmertheit gegenüber der Etikette konnte meine Großmutter auf die Palme bringen. Erst dampfte sie still vor sich hin, dann brach ihr Zorn aus ihr heraus. Während sie drei Mal mit ihrem Stock auf den Boden klopfte, schmetterte sie ihm mit der ganzen Bosheit und Autorität, zu der sie fähig war, entgegen: »Zu Tisch, junger Mann, aber sofort, ich bitte

Sie!« Die Worte glitten ihr zwischen den Zähnen hervor wie Rasierklingen, um einen bis auf die Knochen aufzuschlitzen.

An jenem Weihnachtsabend 1962 war es auch, dass ich sie etwas vom Schlimmsten sagen hörte, das man von sich geben kann. Es war nach dem Dessert; Indochina, Algerien und Vichy waren abgehandelt, ebenso wie der Benzinverbrauch des Versailles, der Komfort des Frégate Transfluide, die Zuverlässigkeit des Peugeot 403, die Überlegenheit eines guten Pomerol über jeden Saint-Émilion, die peinliche Saison des heimischen Rugbyvereins, Schultzens Karriere im Toulouser Fußballclub, die Zukunft der Kinder, die Ferien in Hendaye und die unvermeidlichen Geschichten über Putzfrauen, die immer dreister stahlen. Zu diesem letzten Thema meldete sich meine Großmutter zu Wort. Sie habe, wie sie sagte, eine unfehlbare Methode, sich der Treue und Ehrlichkeit ihrer Hausangestellten zu versichern: »Ich spendiere königliche Trinkgelder, damit der Kniefall so tief wie möglich ausfällt.« Suzanne und Hubert gaben einen unkontrollierten, nervösen Lacher von sich, etwa so wie ein Furz, der einem entwischt. Alle anderen fühlten sich, glaube ich, peinlich berührt und waren verlegen. Vor allem *an einem Abend wie Weihnachten.* Die Köchin, die gerade abräumte, tat, als hätte sie nichts gehört und verrichtete weiter ihre Arbeit unter dem wachsamen Auge der Alten, die mit unschuldiger Miene wahrscheinlich gerade die Bestecke nachzählte.

Die Ahnin verstarb im folgenden Sommer während unserer Ferien an der baskischen Küste. Wir mussten also überstürzt den Strand verlassen, um uns ein letztes Mal die Undankbarkeit auf diesem Gesicht anzusehen, bevor es verweste. Kaum waren wir in ihrem Haus angekommen, forderte mich meine Tante Suzanne, die die Sache in die Hand genommen hatte, auf, meine Großmutter ein letztes Mal zu küssen. Bei der Vorstellung, meine Lippen auf eine Tote drücken zu müssen, wurde mir schlecht. Meine Tante führte mich vor die Leiche, die mitten in einem Zimmer lag, in dem sämtliche Vorhänge geschlossen waren und das bereits düster war wie ein Grab. Ein süßlicher Geruch lag in der Luft, eine Mischung aus Kerzen, weißen Blumen und, ich war mir sicher, von bereits ranzigem Fleisch. Bei der schwachen Beleuchtung sah Marie Blicks Gesicht noch Furcht erregender aus als in lebendigem Zustand. Die unwürdigsten menschlichen Gefühle schienen darin konzentriert. Ich bemerkte, dass ihre Augen nicht ganz geschlossen waren, und stellte mir vor, dass diese niederträchtige Frau durch den Spalt ihrer wächsernen Lider über den Tod hinaus noch immer die stetige Evolution der Gene überwachte, die sie auf ihre Nachkommenschaft übertragen hatte. Bei diesem Anblick wurde ich steif am ganzen Körper, und mein Magen schnürte sich zusammen, als mich die Hand meiner Tante von hinten mit bestimmter Geste auf die Überreste der »Generalin« zuschob. Da reagierten meine Verdauungsorgane mit Panik. Ich stellte mir vor, dass es unter ihrem Laken von Maden nur so wimmelte, die bereits ihr Werk der Zerstörung in Angriff genommen hatten und kotartige Flüssigkeiten freiließen, deren Ausdünstungen schon durch die feine Haut drangen. In meinen eigenen Eingeweiden begannen sich tausend Schlangen zu winden, und ich fühlte, wie sie durch meinen Magen, meine Kehle hochkrochen, wie mein Mund sich damit füllte, bis sie sich schließlich als plötzliche Fontäne auf das blütenweiße Laken der Verstorbenen ergossen. In diesem Krampf wurde allgemein das Zeichen meiner Pein und meiner Rührung gesehen, was mir bei der Beerdigung eine bevorzugte Behandlung sicherte. Um meine Sensibilität nicht erneut auf die Probe zu stellen, ward beschlossen, mir die Episode auf dem Friedhof und jenen Moment zu ersparen, in dem der Sarg hinuntergelassen wurde in das, was, wie ich hoffte, die Hölle wäre.

Während dieses Begräbnisses und der Tage der Trauer wurde nicht die kleinste Träne vergossen. Alle setzten in ihrer schwarzen Kleidung eine ernste Miene auf, doch es war nicht die geringste Spur von Kummer auf diesen Gesichtern zu erkennen, die sich in Aussicht auf das Erbe bereits gegenseitig belauerten. Wie immer erweckte diese Aufteilung die ganze

Skala heimlicher Eifersüchteleien, Schäbigkeiten und uneingestandener Niedertracht, wie sie das Kleinbürgertum so gut beherrscht. Nach ein paar geschickten Winkelzügen um des schnöden Mammons willen paktierten die beiden Schwestern, die Sozialistin und die Anhängerin der Croix de feu, miteinander und machten gemeinsame Sache, um meinen armen Vater heimtückisch auszunehmen, der darüber eine tiefe und gerechtfertigte Traurigkeit empfand. Er musste zusehen, wie ihm das mütterliche Vermögen vor der Nase weggeschnappt wurde, gerade, dass man ihm die alte Bruchbude von einem elterlichen Haus überließ. Diese neue Niedergeschlagenheit, die zum Kummer über den Verlust seines ältesten Sohnes hinzukam, raubte ihm das letzte bisschen Lebenskraft, das ihm noch geblieben war. Er verkaufte zwar weiterhin seine Simcas, doch wie lange noch?

So also war meine Familie damals: freudlos, überaltert, reaktionär und elendiglich traurig. Mit einem Wort: französisch. Sie glich diesem Land, das sich glücklich schätzte, noch am Leben zu sein, nachdem es Scham und Armut hinter sich gelassen hatte. Ein Land, das heute reich genug ist, seine Bauern geringzuschätzen, sie zu Fabrikarbeitern zu machen und ihnen absurde Städte zu errichten von funktionaler Hässlichkeit. Gleichzeitig gingen die Getriebe der Autos von drei zu vier Gängen über. Mehr brauchte es nicht, um das ganze Land zu überzeugen, in den Overdrive geschaltet zu haben.

In diesem Frankreich groß zu werden, war kein Kinderspiel. Erst recht nicht für einen eingeschüchterten Jugendlichen, eingeklemmt zwischen Charles de Gaulle und Pompidou, dessen Premierminister. Auch war es undenkbar, sich in sexueller Hinsicht die leiseste Information, die bescheidenste Erziehung zu erhoffen. Des Wissens und der Erfahrung eines älteren Bruders beraubt, von niedergeschlagenen, mutistischen Eltern flankiert, musste ich meine Initiation einem fröhlichen, durchgeknallten Sybariten überlassen, der höchst effizient, phantasievoll und verdammt pervers war, ohne die geringste Moral oder Verklemmtheit, und der zu allem Überfluss vor

Gesundheit nur so strotzte. Er hieß David Rochas, hatte mir ein Jahr und den meisten Menschen, die unseren Planeten bevölkern, ohne Zweifel mehrere Leben voraus.

Mit dreizehn und wohl mit einiger Verspätung gegenüber meinen Schicksalsgenossen entdeckte ich dank Victor Hugo ganz für mich allein das Prinzip und den Mechanismus der Ejakulation. Es war Sonntag und ich auf mein Zimmer verbannt, um mehrere Kapitel von *Die Elenden* zu lesen, worüber ich eine Zusammenfassung zu schreiben hatte. Wie alle Jungen meines Alters stand ich ständig unter Strom, unter einer heftigen Spannung, die pausenlos meinen Unterleib malträtierte. Beim Versuch, diese chronische Erregung zu lindern oder in den Griff zu bekommen, hatte ich mir angewöhnt, mein Anhängsel kräftig zu packen und wie ein rastloser Reisender unablässig an ihm zu reiben. Das war angenehm und zugleich schrecklich frustrierend. Doch da kam Hugo. Und diese endlose Lektüre. Dieser göttliche Sonntag. Diesmal trat nach der Erektion – eine einfache Mechanik, deren Gesetze ich vollkommen durchschaute – dieses gewaltige, engelsgleiche und geheimnisvolle Phänomen ein, die Ejakulation. Mit diesem mächtigen Ausstoß von Saft und dieser erschreckenden Empfindung, die ausstrahlte wie ein sanfter elektrischer Schlag. Und wie ein verklärter Pilger hatte ich die Offenbarung, dass ich von nun an nur noch leben würde, um wieder und wieder diesen Schauder zu spüren, dass hinter ihm die Welt herjagte, dass er die Erde drehen ließ, Hungersnöte hervorbrachte, Kriege auslöste, dass er der eigentliche Motor für das Überleben der Spezies war, dass das köstliche Beben dieser baumelnden Drüsen allein unsere Existenz rechtfertigen und uns antreiben konnte, die Stunde unseres Todes immer weiter hinauszuschieben. Seit Hugo wichste ich, in den Augen der katholischen Gesetze eine wahre Jammergestalt, was das Zeug hielt, als einer, der diesem kleinen morbiden Frankreich entkommen war. Ich wichste, wenn ich Fernsehsprecherinnen sah, Versandhauskataloge, Nachrichtenmagazine, Werbefotos mit Mädchen, die auf Reifen saßen, kurz, bei jedem x-beliebigen Bild, wenn es mir nur einen winzigen Fetzen weiblichen Fleisches offenbarte. Und da also nahm David, wenn ich so sagen darf, meine Zukunft in die Hand.

Dieser Junge glich der Vorstellung, die man sich von Vittorio Gassmann als Jugendlichem machen könnte. Sein Gesicht drückte eine nervöse, etwas plumpe, aber dennoch gewinnende Männlichkeit aus. Er ging in dieselbe Schule wie ich, hatte in der Rugbymannschaft des Collèges die Position eines Gedrängehalb inne, während ich selbst im Flügel spielte, was bedeutete, dass unsere Schicksale während der einzelnen Begegnungen eng miteinander verknüpft waren. Auf dem Spielfeld wurde David zu einem wahren Energiebündel, zu einem Besessenen, der seine Stürmer führte wie ein schreiender Kutscher. Im richtigen Leben war es noch schlimmer. David konnte nicht ruhig stehen, stets war er in Aktion, vermittelte ständig das Gefühl, eine militärische »Operation« durchzuführen. Das einzige Problem war, dass dieser ganze Elan, diese Dynamik im Dienste der Befriedigung seiner beinahe unstillbaren sexuellen Bedürfnisse und Obsessionen standen. In meinem gesamten Leben habe ich nie wieder einen Menschen gesehen, der so von Lust getrieben, der so besessen war. Sein Körper schien ständig unter dem Dampf des Samens zu stehen, der in ihm brodelte. Er war wie ein spermatoider Vulkan, dessen ständige Fumarolen auf die Gefahr eines plötzlichen Ausbruchs hinwiesen. Unruhig, von einem Fuß auf den anderen tänzelnd, hielt er stets eine Hand in der Hosentasche. Als ich ihn nach dem Grund dieser Gewohnheit fragte, antwortete er mir: »Ich halte die Bestie an der Leine.« Manchmal sprang er abrupt von seinem Stuhl auf und fing an, unter Grimassen und wütenden Seufzern im Zimmer auf und ab zu gehen. Dann packte er sein Ding durch den Stoff seiner Hose hindurch und brummelte diesen unglaublichen Satz, in dem gleichzeitig Bedauern, Schmerz und Zorn mitschwangen: »Verdammt, wenn meine Mutter schön wäre, würde ich sie ficken!«

Seine Mutter, das muss man zugeben, war nicht gerade eine

Schönheit. Sie leitete zusammen mit ihrem Mann eine große Immobilienagentur auf dem Boulevard de Strasbourg. Je öfter ich die Rochas besuchte, umso besser verstand ich die besonderen Veranlagungen ihres einzigen Sohnes. Neben einer sehr ausgeprägten Vorliebe für Möbel und ausgefallene Automobile hatte dieses Paar einen ständigen sexuellen Heißhunger, den es nicht im Geringsten verheimlichte. Monsieur und Madame Rochas streiften sich, suchten, umschmeichelten, liebkosten, streichelten und küssten sich in ihrer Wohnung ohne Unterlass. Obwohl ein Neuling auf dem Gebiet, schien es mir offensichtlich, dass diese Gesten den Rahmen der Zärtlichkeitsbezeugungen, die sich die Paare in meinen Kreisen öffentlich erlaubten, bei weitem überschritten. Vor allem, wenn ich sah, wie Michel Rochas mitten in der Küche mit beiden Händen die großen Brüste seiner Frau packte und ihr seine kleine violette Zunge in den Mund steckte. Manchmal ließ Marthe ihre Hände demonstrativ in die Hosentaschen ihres Gemahls gleiten, während dieser seine Krawatte band. Und all dies geschah, als wäre es das Normalste, das Natürlichste der Welt. Nie hatte ich meine Eltern so gesehen und konnte mir nicht einmal vorstellen, dass sie je so vertraut miteinander umgegangen waren, auch nicht in der tiefsten Versenkung. Hingegen begann ich die Ursache der anschwellenden Pein meines Freundes David zu verstehen.

Ein Jahr älter als ich, war er mir in jeder Hinsicht um Armlängen voraus. Bereits über die wesentlichen Grundlagen des menschlichen Lebens unterrichtet, las David die großen philosophischen Texte, während wir gerade mal den Ursprung der Lust und die illustrierten Abenteuer von Akim oder Battler Britton entdeckten, er rauchte Air-France-Zigaretten und lieh uns alte Exemplare der *Paris-Hollywood* aus, die völlig zerschlissen waren, von denen aber noch immer diese anrüchige Macht ausging. Dieser eigenartige Junge faszinierte mich, ich sah in ihm ganz einfach ein Alien. Manchmal kam er mit der *Welt* oder der *Frankfurter Allgemeinen Zeitung* unter dem Arm an, entfaltete sein Blatt und tat eine Stunde lang, als würde er die

Berichte auf deutsch lesen. Warum er das machte, weiß ich nicht, aber er machte es.

Eines Abends, als wir in seinem Zimmer waren und er, während er auf und ab ging, versuchte, »seine Bestie an der Leine zu halten«, sah ich plötzlich, wie er seinen Schreibtisch an die Wand zum Schlafzimmer seiner Eltern schob. Dann machte er das Licht aus, stellte den Stuhl auf den Tisch und kletterte mit katzenartigen Bewegungen hoch auf das Gerüst, das ihm erlaubte, ein ovales, in die Wand gebautes kleines Fenster zu erreichen. Als er wie ein Voyeur, ein regloses Raubtier dastand, konnte ich in seinem von den Lampen des Nachbarzimmers schwach beleuchteten Profil beinahe die gespannten Muskeln seines Gesichts zittern sehen. Bald gab er mir ein Zeichen, auch hochzukommen. Und da entdeckte ich den Grund für seine ganze Verwirrung und Erregung: Marthe und Michel Rochas, ineinander verkrallt, einer im andern; er hinten, sich wie ein Wahnsinniger abmühend, Hände und Finger tief vergraben in der Mähne seiner Frau; sie auf Knien, kurze Schreie von sich gebend, das Gesicht nach hinten gedreht, ein glänzender, erwartungsvoller Blick. Ihr Sohn packte sein Ding aus und begann zu masturbieren. Ja, indem er sich mit der einen Hand an der Decke festhielt, die andere auf ihrem Posten, grimassierte, keuchte, wichste David Rochas, während er seiner Mutter und seinem Vater beim Vögeln zusah. Auch wenn ich nach dem Tod meines Bruders einen Schlussstrich unter Gott und die Religion gezogen hatte, bekam ich in diesem Augenblick das Gefühl, etwas beizuwohnen, was die Katholiken mit dem Begriff der Todsünde meinen könnten.

Mit der Zeit und nach vielen weiteren Besuchen bei den Rochas nahm ich an nichts mehr Anstoß. Mir fiel kaum mehr auf, wenn mich Davids Mutter manchmal in beinahe durchsichtigen Negligés empfing, die direkt aus den aufreizendsten Seiten der *Paris-Hollywood* hätten stammen können. Im Grunde lag keinerlei Absicht, keinerlei Provokation, nicht der geringste Exhibitionismus im Verhalten dieser Frau. Sie war einfach so, frei in ihren Sitten und auf Du mit ihrem Körper.

Ihrer Zeit um einiges voraus, schien sie ihr Verhältnis zum Verbotenen und zur Sexualität geregelt zu haben. Mit ihrem Sohn war es etwas anderes, dieser machte wahre physische und vielleicht auch moralische Qualen durch. Denn wenn David in vielerlei Hinsicht die Rolle des Aufklärers für sich in Anspruch nehmen konnte, so blieb er doch genauso hilflos wie wir alle, wenn es darum ging, ein Mädchen anzusprechen und zu verführen. Sobald es zur Sache ging – in jedem Sinn des Wortes –, entpuppte sich der Kardinal des Onanierens als ziemlich jämmerliches Waisenkind.

Seine Verwirrung hielt allerdings nie lange an. Der Beweis ist die Beichte – ich sollte eher den Ausdruck Bericht verwenden, denn sein Ton schien mir damals völlig frei von jeglicher Zerknirschung –, die er mir über seine Erfahrungen mit der »Penetration« ablegte. Ich muss dazu sagen, dass David Rochas' Schrullen den unzüchtigen Praktiken Alex Portnoys' um vier Jahre vorausgingen, die Philip Roth 1967 auf der Seite 132 von *Portnoys Beschwerden* erzählt: »Na schön, aber wo war dieses bessere Ich an jenem Nachmittag, als ich aus der Schule nach Hause kam und feststellte, dass meine Mutter ausgegangen war, dafür aber im Kühlschrank ein großes Stück tief gefrorener Leber lag? Ich glaube, dass ich *ein* Stück Leber bereits gebeichtet habe, nämlich das aus dem Fleischerladen, das ich hinter einer Reklametafel knallte – auf dem Weg zur Bar-Mizwa-Stunde. Nun, ich möchte jetzt reinen Tisch machen, Eure Heiligkeit. Das war nicht meine erste Nummer dieser Art. Die fand in der privaten Sphäre unserer Wohnung statt, als ich meinen Schwanz in dem Stück Leber aus dem Kühlschrank vergrub, im Badezimmer, um halb vier Uhr nachmittags – um es dann um halb sechs gemeinsam mit meinen armen, nichts ahnenden Angehörigen zu verspeisen. So. Jetzt wissen Sie auch das Schlimmste, was ich getan habe. Ich hab das Abendessen meiner eigenen Familie gefickt.«

Als er mir an jenem Frühlingsnachmittag im Jahr 1963 die Tür öffnete, machte David Rochas ein Gesicht wie sieben Tage Regenwetter. Ein angespannter Blick und Kaumuskeln, die pulsierten wie Taubenherzen. Er wirkte verwirrt und genervt. Ich tauchte offensichtlich in einem ungünstigen Moment auf. Er ließ mich eintreten und sagte, noch bevor ich ein Wort äußern konnte:

»Geh in mein Zimmer und warte auf mich, ich muss noch was erledigen, dauert nur fünf Minuten.«

Als er rasch in Richtung Küche verschwand, bemerkte ich die Halbschürze, die er um die Taille gebunden hatte. Im Gegensatz zu seiner aufgeregten, chaotischen Persönlichkeit war Davids Zimmer eine wahre Insel der Ruhe und des Friedens. Die Tapete in Mandelpastell, die Möbel aus hellem Holz, die ordentlich eingeräumten Bücherregale im skandinavischen Stil, all dies trug zu einer beruhigenden, besänftigenden Atmosphäre bei. Es herrschte eine so perfekte Ordnung in dem Zimmer, dass man sich nur mit Mühe vorstellen konnte, dass diese Enklave des Zen die Räuberhöhle eines ausgeflippten, aufgepulverten Pubertierenden war. Als David wieder zu mir kam, hatte er nicht mehr dasselbe Gesicht. Er schien ruhig, entspannt, fast heiter. Jedenfalls führte er sich nicht mehr auf wie einer, der unter Starkstrom stand. Er ging zum Fenster und riss es weit auf. Auf das Brett gestützt, betrachtete er den Himmel, während seine Hand ständig unter seinen Hosenbund wanderte. Er knetete sein Glied und beschnüffelte danach wie ein Terrier, der eine Fährte wittert, seine Fingerspitzen.

»Mist, das stinkt nach Knoblauch.«

»Was, deine Finger?«

»Nein, mein Schwanz. Mein Schwanz stinkt nach Knoblauch, und wie. Das kommt von dem Braten, von diesem blöden Braten.«

»Von welchem Braten?«

Und da erzählte mir David Rochas, vierzehn Jahre alt, Schüler der Vier A im Lycée Pierre-de-Fermat, wie er sich seit fast einem Jahr sämtliche Rindsbraten, die Madame Rochas, seine Mutter, zweimal die Woche durch Monsieur Pierre Aymar, Fleischermeister in der Boucherie Centrale, zubereiten und spicken ließ, bis zum Ansatz überstülpte. David erzählte mir das alles mit ruhiger, gesetzter Stimme, etwa so wie ein Koch, der in einfachen Zügen eines seiner Rezepte erklärt. »Als Erstes nehme ich ihn aus dem Kühlschrank, ein, zwei Stunden vorher, damit er Zimmertemperatur hat, verstehst du? Dann suche ich mir ein breites Messer und kerbe ihn ein, schön in der Mitte des Bratens, exakt im Zentrum. Aber nicht allzu weit, genau richtig. Dann binde ich die Schürze um, die Hosen runter und los geht's. Nur stopft ihn meine doofe Mutter oft mit Knoblauch voll. Und wenn ich dann auf eine Zehe stoße und mich daran reibe, stinkt mein Schwanz zwei Tage lang danach. He, was hast du? Widert dich der Knoblauch an? Du siehst aus, als hättest du gerade den Teufel gesehen.«

Was ich da gerade gesehen hatte, war noch viel beeindruckender: Mein bester Freund, Gedrängehalb und zukünftiger Käpt'n der Mannschaft, steht mit einem Messer in der Hand, mit brennendem, ausgehungertem Schwanz in der Küche und rackert sich mit dem Familienbraten ab, der fachkundig aus dem besten Stück eines Rindes geschnitten worden ist und am selben Abend mit Bohnen und Pomme Dauphine serviert werden wird. Ich kenne dieses Gericht genau. Ich habe es mehrmals gemeinsam mit den Rochas zu mir genommen.

»Du fickst den Braten deiner Mutter?«

Ich hörte nicht mehr auf, diese Worte zu wiederholen, und wusste nicht, ob ich vor Lachen zusammenbrechen oder mich so schnell wie möglich vor diesem Lebemann und seiner nekrophilen Libido aus dem Staub machen sollte.

»Du fickst den Braten deiner Mutter?«

Die einzige Frage, jene, die jedem vernünftig Denkenden eingefallen wäre, getraute ich mich nicht zu stellen. Nein, ich hatte nicht den Mut, ihn zu fragen, ob er, der Don Juan des Bugs, der Galan des Filets, sich wirklich im Roastbeef ergoss. Wohl, weil ich die Antwort bereits kannte. Während er an seinen Knoblauchfingern schnupperte, lächelte er wie ein napoletanischer Verführer, stolz auf die Eroberung des Abends. Dann fing er sich wieder, wandte sich zu mir und fragte:

»Willst du auch mal probieren?«

Von da an aß ich nicht mehr bei den Rochas zu Abend, und meine Beziehung zu David war, auch wenn sie kameradschaftlich blieb, nicht mehr so intim. Ich hatte begriffen, dass mein Freund in einer Welt lebte, zu der ich keinen Zutritt hatte, in einem sonderbaren, fürchterlich einsamen Universum, einem libertären Reich, in dem die Begriffe Übertretung oder Freiheit überhaupt keinen Sinn besaßen, da nichts unmöglich oder verboten war.

Es ist gar nicht lange her, dass ich David Rochas wiedergesehen habe. Er glich der Vorstellung, die man sich etwa von einem norwegischen Banker und Liebhaber skandinavischen Biers und Rigaer Sprotten machen könnte. Er erzählte mir, er sei geschieden, in zweiter Ehe mit einer jungen Frau verheiratet, die gerade von ihm schwanger sei, und arbeite in der Personalabteilung eines großen Unternehmens, einer Zulieferfirma für Halbleiter. Er machte keine Bemerkung über unsere gemeinsame Jugend und schien die meisten Dämonen in sich gezähmt zu haben. Offenbar hatte er die Gewohnheit fallen gelassen, »die Bestie an der Leine zu halten«, und ich nehme an, er ließ auch seine alte Mutter in Ruhe und Frieden und verschonte sie vor seinen Versuchungen. Er schien genauso wenig wie ich erpicht darauf, unsere freundschaftlichen Beziehungen wieder aufzunehmen.

Was bringt es, jetzt von der Schulzeit zu sprechen, diesem Purgatorium der Pubertät? In diesem Punkt waren die Zeiten unerbittlich, streng und freudlos. Es musste gelernt werden. Um jeden Preis. Und ohne Phantasie. Alles lernen und auch sein Gegenteil. Griechisch, Latein, Deutsch, Englisch, Hochsprung, Tauklettern, die europäischen Mittelgebirgsfaltungen, den Pic de la Maladette, den Gerbier-de-Jonc. Ovid, *Dicunt Homerum caecum fuisse*, Karl der König, unser großer Kaiser, sieben volle Jahre ist er in Spanien gewesen, ax^2+bx+c, Folgen zwei Verben aufeinander, so steht das zweite in der Grundform, Fontenoy, Richelieu, *»begin, began, begun«*, *»hujus, huic, hoc, hac, hoc«*, *Ich weiß nicht, was soll es bedeuten,* Platons Höhlengleichnis, das gleichschenklige Dreieck, $a^3+3a^2b+3ab^2+b^3$,

Tarsus, Metatarsus, *Ideo precor beatam semper virginem, How old are you?*

Bei diesem Tempo wurden wir vorzeitig alt. Im Gewaltmarsch lernen, essen lernen, ohne die Ellbogen auf den Tisch zu stützen, lernen, auf dem Bauch zu schwimmen, auf dem Rücken, auf der Seite, lernen, sich gerade zu halten, nicht in der Nase zu bohren, nichts zu erwidern, zu schweigen, sich unter Kontrolle zu halten, kurz, wie es damals hieß, »lernen, ein Mann zu sein«. Eigenartigerweise führte diese Erziehung über England, ein im Meer treibendes Initiationsterritorium, in dem jeder Kleinbürger seine erste oder zweite Fremdsprache vervollkommnen sollte, wenn er französischer Zunge war, ein Körperteil, das er, sobald der Kanal überwunden war, der erstbesten Londonerin in den Mund steckte. Mit fünfzehn, sechzehn Jahren waren unser aller Augen also bereits auf die Felsen von Folkestone gerichtet, begierig, endlich die viel versprechenden Angelsächsinnen kennen zu lernen, von denen es hieß, sie schreckten vor nichts zurück.

Man muss sich das Frankreich von damals vorstellen, ein marineblauer oder grauer Peugeot 403, innen mit kurzflorigem Velour ausgestattet, de Gaulle am Steuer, die beiden Hände auf dem Rund, an seiner Seite seine Frau Yvonne, die Handtasche auf den Knien, und wir, wir alle hinten, von der Übelkeit dieser sonntäglichen Fahrten ins Blaue, der Schwindel erregenden Langeweile einer bereits überholten Zukunft geplagt. Paul VI. auf dem Balkon und hinter den Kulissen Pompidou, der unerschütterliche Premierminister, der ewige Steigbügelhalter der Fünften Republik. Ja, wir alle hinten, und damit wir ruhig waren, die Scheiben leicht geöffnet, aber nicht zu sehr, um stärkere Turbulenzen zu verhindern. Frankreich glich diesen Familienkutschen mit ihrem etwas steifen Design, diesen Limousinen der kleinen Notare oder Staatsbeamten, zum Sterben traurig, anspruchs- und phantasielos gelenkt von einem katholischen General, der stets darauf bedacht war, die Geschwindigkeit fein säuberlich von Gang zu Gang herabzusetzen und der in der übrigen Zeit in den Grandin-Fernsehern lebte. Ich spreche von einem Land, das heute mindestens ebenso verschwunden ist wie Atlantis, ein Land mit Wollmatratzen, gelben Mopeds, Olivenöl vom Fass, Pfandflaschen, ein Land, in dem nichts Anrüchiges oder Skandalöses darin bestand, ein Auto in bar zu bezahlen, mit Geld, das weder aus unerlaubtem Einkommen noch aus dem am Fiskus vorbeigeschmuggeltem Gewinn stammte, sondern aus langen Jahren der Ersparnis. Der Verkäufer füllte den Bestellzettel aus, der Käufer schob die Hand in die Jackentasche, nahm mehrere, mit Klammern zusammengehaltene Bündel heraus, zählte noch einmal die Scheine, so groß wie die Servietten im Restaurant, und besiegelte das Geschäft. Ja, so kaufte man Autos, Gasherde oder auch Häuser. Mit imponierendem, buntem und wie Zwieback knisterndem Papier. Manchmal brachte mein Vater am letzten Tag der Woche die Tageseinnahmen mit nach Hause. Dann war er beladener als ein Postkutscher der Wells Fargo. An jenen Abenden wartete ich, bis alle schliefen und erleichterte dann diesen Geldsegen, diskret wie ein hauseigener Fantomas, um ein paar Scheine.

Bei Simca kehrte man nach den Höhenflügen des V8-Motors, den »Streichen der Reichen« und dem Schlossleben zu bescheideneren Ambitionen und Bezeichnungen zurück. So verkaufte mein Vater keine Chambords, Versailles und Beaulieus mehr, sondern viel prosaischer Simcas 1000, 1100, 1300, und 1500. Das Schild an der Fassade leuchtete noch immer Tag und Nacht. Doch in seinem Licht war etwas kaum Wahrnehmbares, das darauf hinwies, dass eine Epoche zu Ende ging und eine andere, noch undefinierbare, fragile, dem Hauch eines Duftes gleich, bereits in der Luft dieses Landes lag.

Ich für meinen Teil machte in diesem Sommer 1965 meine persönliche Revolution durch. Auf Rat meines Sprachlehrers schickten mich meine Eltern für einen Monat in die erzieherische Obhut einer finsteren Familie, in der Atwater Street in East Grinstead, einem erbärmlichen Kaff, eine Stunde südlich von London.

Meine Gastgeber waren die Groves. James und Eleonor

Grove. Ihre Besonderheit war, dass sie drauflosredeten, was das Zeug hielt – aber wie Beckett sagt: »Die Stimme vernehmen zu lassen, ist das nicht der erste Schritt auf die Gesellschaft zu?« –, hektoliterweise Gin tranken und ständig nach Schweiß rochen. Als Fortbewegungsmittel besaßen sie einen zweitürigen Borgward, von dem man nicht so recht wusste, was man von ihm halten sollte, aus welchem Blickwinkel man ihn auch betrachtete. Trotz oder vielleicht auch gerade wegen ihrer Neigung zum Alkohol, waren die Groves außerordentlich lockere Leute, ohne jeden erzieherischen Grundsatz, die vollkommen Verständnis dafür hatten, dass ein junger Franzose in den Ferien außerhalb von East Grinstead schlief, so oft und so lange er es wünschte, wenn er nur einen Blick auf die richtige Seite warf, bevor er die Straße überquerte. Noch heute bin ich diesen übel riechenden Alkis unendlich dankbar, dass sie mir erlaubten, innerhalb eines Monats das zu entdecken, wonach manche ein ganzes Leben lang suchen: Sex, Liebe, Rock and Roll und die unbedingte Freude zu sein.

Zum ersten Mal hatte ich wirklich das Gefühl zu leben. Ich empfand diesen ständigen Rausch, der einen zu allem befähigte. Mädchen anzusprechen, ihnen beim Gehen den Arm um die Schultern zu legen, sie zu küssen, ihre unglaublichen Brüste zu streicheln, eine Hand unter ihre Furcht einflößenden Röcke zu schieben, und, wenn das Glück einem hold war, bis ans Ziel zu gelangen und diesen allzu kurzen elektrischen Schlag zu spüren, der einen zum Mann macht und ermächtigt, zu gegebener Zeit erhobenen Hauptes nach Hause zurückzukehren. Während dieser außerordentlichen dreißig Tage, weit von Familie und Heimatland, brodelte in mir die Vitalität, die ein Schmetterling spüren muss, wenn er aus seiner Verpuppung kriecht.

Tagsüber hing ich im Viertel um die Carnaby Street herum oder in der Nähe einer alten, gut versteckten Bowlingbahn beim Piccadilly, und abends versuchte ich mich in die Rock- und Rythm&Blues-Clubs von Soho einzuschleichen. Wenn ich an die drei prägenden Erlebnisse dieses Sommers 1965 zurückdenke, so sage ich mir, dass die Götter von East Anglia es wirklich gut mit mir meinten.

Wollte ich abends nicht nach East Grinstead zurückkehren, stellten die Groves nur die Bedingung, dass ich bei einer ihrer Freundinnen, Miss Postelthwaith, übernachtete, einer charmanten Frau, die mir eines der bequemsten Betten überließ, in denen mir je zu schlafen gegönnt war. Lucy Postelthwaith besaß die von Patina überzogene Eleganz jener Frauen in der Mitte des Lebens, denen es nie an etwas gefehlt hat. Ihre Erziehung und ihre Manieren schienen über jeden Verdacht erhaben, mit ihrem Oxford-Englisch vermied sie es sogar, mich zu küssen, und richtete sich im Wesentlichen mit Zeichen und einem Lächeln an mich, wie es die Abkömmlinge der alten Kolonialmächte ganz natürlich tun, wenn sie versuchen, mit den »Wilden« in Kontakt zu treten. Ich fühlte mich sehr schnell wohl in dieser cosy Wohnung, in der nie jemand etwas von mir verlangte. Manchmal bereitete mir Lucy ein kontinentales Frühstück, das sie mir ins Zimmer brachte. Eines Morgens kam sie herein, als ich gerade nackt und vom stupiden Pubertätssaft brodelnd ihre unglaubliche Matratze als Trampolin benutzte, das mich bei jedem Sprung fast an die Decke schleuderte. Lucy war von dieser Sprungnummer kein bisschen geschockt. Sie stellte ihr Servierbrett auf die Kommode, nahm auf dem Sessel Platz und spornte mich mit einem unmissverständlichen Lächeln an, mit meiner Übung fortzufahren.

Als ich außer Atem war, machte sie Anstalten zu applaudieren und sagte etwas zu mir, was sich wie ein Kompliment anhörte und in dem das Wort »spring« vorkam. Ich war überzeugt, dass sie mir zu meiner »Sprungkraft« gratulierte – falls sie sich nicht um die ihrer Matratze Sorgen machte. Dieses Spiel wurde bald zu einer Gewohnheit zwischen uns. Jedes Mal, wenn ich bei ihr schlief, betrat Lucy Postelthwaith morgens mein Zimmer mit ihrem Servierbrett, und ich gönnte ihr, wie ein kleiner Soldat, der das Reglement befolgt, mein Ding stracks in der Luft, fünf gute Minuten lang den gymnischen Anblick meiner federnden Hoden. Mit ihrem stets würdevollen Lächeln schaute Lucy ihrem Walzer zu. Manchmal schob sie mir aus lauter Freundlichkeit ein paar Dutzend Pfund in die Tasche. Ich sah mich, ein frühreifer, Kraft sprühender junger Mann, bereits an der Schwelle einer viel versprechenden Karriere als Gigolo.

Meine zweite Erfahrung war wesentlich verwirrender. Auf der berühmten Bowlingbahn, von der ich weiter oben sprach, lernte ich eines Nachmittags eine um wenig ältere Französin kennen, die ebenfalls ihre englischen Sprachkenntnisse vervollkommnete. Es war ein ziemlich gewöhnliches, handfestes Mädchen, das ständig und nicht sehr anmutig auf einem schmutzigrosa Kaugummi herumkaute, vor allem aber einen auffallend einschüchternden Busen hatte. Sie trug einen kurzen, eng anliegenden Shetland-Pullover und einen schottischen Wickelrock. Ich weiß nicht mehr, durch welchen Zufall es kam, dass wir uns in einer der letzten Reihen eines Kinos wiederfanden, in dem ein amerikanischer Film mit David Niven gespielt wurde. Wir kannten uns seit kaum zwei Stunden, doch wir küssten uns, als hinge unser Leben davon ab. Meine Hand bearbeitete ihre imposanten Brüste, während die ihre mich mit hinreißender Präzision wichste. Ich hatte den Eindruck, in meiner Hose tummelte sich ein Schwarm Regenbogenforellen. Ganz im Bann der Lebenskraft dieses Biotops und gleichzeitig bestrebt, etwas hinauszuschieben, was ich unmittelbar bevorstehen fühlte, versuchte ich diese Wonnen zu vergessen und mich auf die kinematographischen Abenteuer David Nivens zu konzentrieren. Doch das war ein ziemlich jämmerliches Unterfangen, ich explodierte, lange bevor der Filmheld Zeit hatte, die Zündschnur des Dynamits zu entfachen, mit der er schon eine Weile herumhantierte. So weit waren wir, als sie ihre Hand über meinen Rücken gleiten ließ und immer tiefer ging. Sie massierte mich in der gleichen Weise, wie sie ihren Kaugummi kaute: unbeirrt. Ich konnte mir nicht vorstellen, dass eine Frau das schon einmal mit einem Mann in einem Kino gemacht hatte. Und ich konnte mir noch weniger vorstellen, dass sich ihr reger und listiger

Mittelfinger einen Weg zwischen meine Hinterbacken bahnen und sich für den Bruchteil einer Sekunde mitten in meine Analöffnung zwängen würde. Niemand hatte mir gesagt, dass Frauen zu solchen Dingen fähig sind, und vor allem nicht, dass Männer dabei auf ihre Kosten kommen. Atemlos und mit aufgesperrten Augen fuhr ich aus meinem Sessel hoch (wohl meine berühmte »spring«). Nachdem ich den ersten Schock der Überraschung überwunden hatte, nahm ich die Hand des Mädchens und drückte sie fest in meiner, mehr, um mich vor einer neuen Attacke zu bewahren, als ihr irgendein Zeichen von Zärtlichkeit oder Zuneigung zu bezeugen. Und während sich der Film in die Länge zog, dachte ich, dass wohl nur ein einziger Junge auf der Welt fähig wäre, ein Mädchen dieser Art glücklich zu machen: mein Freund David Rochas.

Sinika Vatanen hatte nichts mit diesem Paar gemein. Sie war schlicht das sanfteste, schönste und eleganteste Mädchen auf Erden. Eine Finnin aus Tampere mit langen schwarzen Haaren und grünen Augen, war auch sie hier, um ihr allerdings bereits ziemlich überzeugendes Englisch zu perfektionieren. Wir waren uns auf dem Kiesstrand von Brighton begegnet und hatten auf der Stelle beschlossen, unser restliches Leben gemeinsam zu verbringen, ohne ein Wort darüber zu verlieren, denn mit fünfzehn sieht man so etwas auf den ersten Blick.

Wir liebten uns von der ersten Sekunde an und würden selbstverständlich bis zu unserem Tod unzertrennlich bleiben. Eine Woche lang lebten wir so, der eine auf dem anderen, im anderen, neben dem anderen, in den Armen des anderen. Wenn sie mich liebkoste, hatte ich das Gefühl, übers Wasser zu gleiten. Wir gingen über die Piers, die ins Meer hinausführten. Ich hatte das Gesicht meiner Eltern, den Tod meines Bruders, die Existenz der Groves und sogar das federnde Erwachen bei Miss Postelthwaith vergessen. Ich war nur noch dieser Monsieur Vatanen, über den ganz England sprach, der Geliebte der schönsten Frau der Welt, dieser unglaubliche Verführer aus Toulouse, der mit seinen fünfzehn Jahren das Leben bereits kennen gelernt hatte, von der morgendlichen »spring« über den vaginalen Braten bis hin zur analen Berührung. Ich war dieser Monsieur Vatanen, der seine Familie, sein Land verließ, von der Schule abging, um in die nördlichen Gefilde zu ziehen, ins Land des Schnees und der Gletscher, an die Seite dieser einzigartigen Frau, die er bis an sein Lebensende lieben und beschützen würde. Sehr viel später las ich in einem Buch, dessen Autor ich vergessen habe, den Satz: »Wohlbefinden bedeutet, dass man sich nie gezwungen fühlt, sich ganz und gar hinzugeben.« Bei diesen Worten musste ich unwillkürlich an Sinika Vatanen denken. Sie würdigten sie besser, als ich es je tun könnte.

Unsere Geschichte ging auf die denkbar einfachste Weise zu Ende: Sie nahm die Fähre nach Finnland und ich die meine nach Frankreich. Sobald ich zu Hause war, teilte ich meinen Eltern den Entschluss mit, nach Tampere zu ziehen. Sie rieten mir, vor dem Essen eine Dusche zu nehmen. Drei, vier Monate lang schrieb ich Sinika. Sie schickte mir Gedichte und Fotos von sich. Und dann fügte sie eines Tages ein Bild ihres Hundes bei, der aussah wie eine alte Plüschbanane. Ich könnte nicht sagen, inwiefern der Anblick dieses Tieres meine Gefühle veränderte, aber innerhalb einer Sekunde trat die so sehr geliebte, die sanfteste und schönste Frau der Welt für immer aus meinem Herzen und meinem Leben.

Ganz ohne Zweifel war ich im Begriff, ein junger Mann zu werden, mit allem, was dies an Zugeständnissen für meine Würde bedeutete. Jedenfalls langweilte ich mich in der Schule, hörte die Rolling Stones, Percy Sledge, Otis Redding, während Frankreich sich mehr schlecht als recht in eine dritte, ja vierte Regierungsperiode Pompidous schickte. Auf den Bauerndemonstrationen im Süden des Landes ließ sich der deftige, rustikale Slogan vernehmen »Pom-pi-dou, pompe-à-merde, pompe-à-sous!«, während de Gaulle noch immer in den Grandins hauste, die inzwischen Téléavia, Ducretet-Thomson oder Grundig hießen. Er sagte Dinge wie: »La mano en la mano«, »Es lebe das freie Quebec«, »Europa vom Atlantik bis zum Ural« oder auch: »Israel ist ein selbstbewusstes und selbstgerechtes Volk.« Je länger ich diesem Mann zuhörte, zusah, wie er sich mit seinem Parkaufseherkäppi einen Weg durch die Menge bahnte, umso mehr schien mir, er wohne auf einem anderen Planeten und richte sich an die imaginären Insassen eines zweckentfremdeten Zoos. Auf den Feten damals nannten wir die von ihrer Epoche überholten Eltern die »Alten«, die »Gruftis«. Der *lider maximo* zum Beispiel, der Vater eines gerontophilen Landes, war nur noch eine Art launenhafte, mit khakifarbenen Binden umwickelte Mumie. Was gibt es noch zu sagen? Vielleicht dies: Für seine Reisen war der General von seinem alten präsidialen Simca Régence mit den imperialen Flügeltüren auf einen Citroën DS mit Chapron-Karosserie umgestiegen. Dieser Wechsel wurde von meinem Vater, der zwar Republikaner, in erster Linie aber Konzessionär war, natürlich mit großem Bedauern aufgenommen.

Ich wäre unfähig zu sagen, wo ich war und was ich tat, als im Jahr 1963 J. F. Kennedy ermordet wurde. Hingegen erinnere ich mich ganz genau an jenes Abendessen in der Familie, als das Fernsehen am 9. Oktober 1967 den Tod Ernesto Che Guevaras verkündete. Es war, so meine ich, das erste Mal, dass man zur Essenszeit mit solcher Ungeniertheit die Leiche eines Mannes vorführte. Ich sehe noch immer die Bilder dieses von Kugeln durchsiebten Körpers vor mir, ausgestreckt vor den Kameras und ausgestellt, damit jeder Bescheid wusste, damit es keine Zweifel gab, der Guerillero war tot, aber auch, damit alle verstanden, dass die Wege der Revolte Einbahnstraßen waren. Hinter dieser Todesnachricht steckte eine offenkundige Belehrungsabsicht, eine bedrohliche Warnung. Dies waren nur einige von vielen anderen Bildern, die militärische Anmaßungen, barbarische Auftritte und Staatsstreiche zeigten, durch die gesamte westliche Welt ging eine Welle der Rebellion. Dieser Aufruhr, anfangs noch unregelmäßig, unberechenbar und launenhaft, entsprang unseren belanglosen Leben und wurde oft durch unbedeutende Ereignisse, kleine persönliche Depressionen, Meinungsverschiedenheiten in der Familie über Schule oder Erziehung ausgelöst. Das politische

Bewusstsein war noch unausgegoren, doch da war eine Generation im Entstehen, die nicht mehr wollte, dass man ihr einen Bürstenschnitt verpasste oder ihr Leben zurechtstutzte, nicht mehr wollte, dass man sie in die Kirche schickte. Eine Generation, die hungrig war nach Gerechtigkeit, nach Freiheit, die darauf brannte, zu ihren Göttern und alten Meistern auf Distanz zu gehen. Ja, eine Generation, meilenweit von der vorhergehenden entfernt. Wohl noch nie hatte es im Lauf einer Epoche einen so gewaltigen, brutalen und tiefen Bruch gegeben. 1968 war eine intergalaktische Reise, ein weit radikaleres Epos als die bescheidene amerikanische Eroberung des Weltalls, die es lediglich darauf abgesehen hatte, den Mond zu bezwingen. Denn in diesem Monat Mai ging es um nichts mehr und nichts weniger als darum, ohne Spezialbudget, ohne Plan, ohne Training, ohne Führer und ohne Caudillo, gleichzeitig Millionen von Männern und Frauen auf einen neuen Planeten zu befördern, in eine andere Welt, in der Kunst, Erziehung, Sexualität, Musik und Politik von den engen Normen und starren Codes der rigiden Nachkriegsjahre befreit würden.

Die Ursachen für diese Umwälzungen? Francos Garrotten, die Ermordung Martin Luther Kings, die Selbstgefälligkeit der Machthaber, das Käppi des Generals, der Rechtspopulist Tixier-Vignancour, der Pesthauch des Klerus, der Muff unter den Talaren, der Schraubstock der Moral, die Situation der Frauen, die Allmacht der Mandarine, das Tankerunglück der *Torrey Canyon* und die sich bereits abzeichnende Überheblichkeit Giscards, Pompidou mit seinen Gauloises Bleues, der Vietnamkrieg, das Zweite Vatikanische Konzil, die Affäre Ben Barka und mein Vater mit seinen neuen modernistischen Reden über seine albernen Simcas, meine Mutter mit ihrem neurotischen Schweigen, meine Tante Suzanne mit ihren Appellen nach Ordnung, viel Säbelgerassel und noch mehr Weihwasserwedel, vor allem aber Respekt, ihr Mann Hubert, der einem mondänen Alkoholismus und dem Rassenhass verfiel, Odile, die zum Opportunismus eines Giscards konvertierte ehemalige Sozialistin, und sogar Dawson, der vom Groll eingeholte Sportjournalist und Kommunist, der sich hinter den starren Floskeln der Parteikongresse verschanzte.

Nur wenige von uns Achtzehnjährigen hatten in diesem Frühling eine Ahnung von den ideologischen Feinheiten der Bewegung. Die am stärksten Politisierten beriefen sich auf die Situationisten, doch der große Haufen trieb im Kielwasser eines Cohn-Bendit, Geismar oder Sauvageot und wusste nichts über die »Erste Proklamation der holländischen Sektion der Situationistischen Internationalen«, die Alberts, Armando, Constant und Har Oudejans unterzeichnet hatten. Was mich betrifft, so liebte ich im Gegensatz zu dem Strategen Debord, der Anfang der sechziger Jahre schrieb: »Diejenigen werden siegen, die es verstehen, Unordnung zu schaffen, ohne sie zu lieben«, das Chaos um des Chaos willen. Die Straße zertrümmern, so wie man altes Spielzeug zerstört. Die Fesseln sprengen, in einem letzten kindlichen Aufbäumen die Regeln brechen. Das Chaos, lebendig und unkontrollierbar, ein beinahe flüssiges Chaos, das in sämtliche Nischen der Gesellschaft sickerte, aus sich heraus lebte, Fabriken und Familien unterwanderte, dieses platte Land überflutete, ein Chaos, das mit der Geschwindigkeit eines Meeres der Äquinoktialgegend stieg, eines galoppierenden Pferdes, und das Minister in Anzug und Krawatte in die Flucht jagte, die leider zu spät begriffen, dass mit der Flut nicht zu verhandeln war.

Während die Studenten am 22. März in Nanterre die Verwaltungen ihrer Unis besetzten, nahm ich in Toulouse hinter dem Steuer meines ersten Autos Platz, eines perlweißen Volkswagens aus dem Jahr 1961, mit doppelten Stoßdämpfern, einer Batterie von 6 Volt und einem Schiebedach aus Leinen. Es war ein Gebrauchtwagen aus der Werkstatt meines Vaters, mit einem Kilometerstand von 70 000 und familiärer Garantie. Mein Vater hatte die Reparaturarbeiten des Fahrzeugs persönlich überwacht, bevor er mir in seinem Büro feierlich die Schlüssel übergab und dazu ungefähr Folgendes sagte: »Ich hoffe, dieses Auto wird dich zum Abitur führen.« Ja, so war er, der väterliche Humor: prägnant, minimalistisch und düster.

Dann fügte er in einem Ton, der mir professioneller schien, hinzu: »Ich glaube, er ist erste Güte.« Er liebte diese Bezeichnung und verwendete sie auf Schritt und Tritt. Ein Essen war erste Güte, ein Auto natürlich, aber auch ein Film, ein Tag, ein Rubgy-Spiel, ein Argument oder ein Idiot. Ich besaß also einen Wagen »erster Güte«, ein wunderbares Emanzipationsspielzeug, eine Missile der Freiheit, über die ich mich irrsinnig freute. Bei jeder Beschleunigung hörte ich mit dem Gefühl, etwas zu steuern, was mich überstieg, die Turbine pfeifen, die die vier kleinen Zylinder kühlte. Aber ich spürte auch, dass ich dank dieses Steuers aus Bakelit zum ersten Mal in der Lage sein würde, mein Leben selbst zu lenken. Meine persönliche Zweiundzwanzigste-März-Bewegung bestand also in einer Stadtrundfahrt von ein paar Kilometern, von der ich so stolz nach Hause zurückkehrte, als hätte ich »das Goldene Vlies erobert«.

Den Rebellen bin ich zu Dank verpflichtet für das Abitur, das eher einer Clownnummer glich und mir von einer Kaste auf dem Silbertablett serviert wurde, die ich zum ersten Mal ins Wanken geraten sah. Ich habe Lehrer nie gemocht. Ich gehöre nicht zu jenen reumütigen Schülern oder Studenten, die ihren ehemaligen Lehrern, die sie angeblich über ihre Fähigkeiten hinauswachsen ließen, indem sie ihnen die Schönheit der Literatur und den Reiz der Natur- oder Geisteswissenschaften offenbarten, ein spätes oder auch posthumes Kränzchen winden. Sämtliche Lehrer, mit denen ich es in meinem Leben zu tun gehabt habe – Grundschul- oder Gymnasiallehrer, Professoren, Assistenten, Lehrstuhlinhaber, bedeutungslose Stellvertreter –, waren samt und sonders Pauker, Schinder, widerwärtige, feige, demagogische Einpeitscher, von sich selbst überzeugt, die die Schwachen an die Kandare nahmen, die Mähne der Starken tätschelten und bis zum bitteren Ende diesen manischen Geschmack an der Klassifizierung, Eliminierung und Demütigung beibehielten. Schulen oder Universitäten erschienen mir nie als Orte des Lernens oder der Entfaltung, sondern eher als Selektionszentren mit dem Auftrag, die Fabriken und Büros der Nachfrage entsprechend mit Arbeitskräften zu versorgen. Und als mir in jenem Frühling das Glück beschieden war, mir, einem hoffnungslosen Ignoranten, einem unverbesserlichen Faulpelz, vor diesen zitternden Kapos meine Lücken auszubreiten, schwor ich, was immer später auch geschehen mochte, die Gunst dieses Augenblicks nie zu verleugnen. Es war im Jahr 1968 schlicht unmöglich, sein Abitur nicht zu bestehen. Auf die mündlichen Prüfungen reduziert, beschränkte sich das Examen auf einen argwöhnischen Handschlag zwischen Schüler und Lehrer, wobei Letzterer dem Ersteren systematisch zu seinem brillanten und treffenden Referat gratulierte, das in manchen Fällen gar nicht erst gehalten worden war. Für ein Mal waren die kleinen Wächter des Wissens gezwungen, von ihrer Aufmerksamkeit und ihrer Beflissenheit abzusehen und dieses Schmugglergesinde durchzuwinken, das sie zu anderen Zeiten mit Freude und Diensteifer ausgefragt, durchsucht und hinter die Grenze zurückgeschickt hätten. Erhobenen Hauptes präsentierte ich mich meinen Prüfern, und diese überhäuften mich mit Lob und guten Noten. Wie beim Rugby hatten mich die Stürmer der Rebellion, die hinter mir schoben, über die weiße Linie getrieben, die das Malfeld der Uni markierte.

Abgesehen von den Freudenschauern, die mich angesichts dieses ungleichen Zweikampfs mit den Lehrern überliefen, hatte ich dank dieser mündlichen Prüfungen und der Bewegung, die sie erzwungen hatte, begriffen, dass in einer Gesellschaft alles von Machtverhältnissen bestimmt wird. Wäre man zahlreich genug, sie umzudrehen, würden sich die Blutgeier von gestern auf der Stelle und wie durch Zauberhand in einen Schwarm bedeutungsloser Spatzen verwandeln.

Zu Hause war dieser Mai ein Monat wie jeder andere: traurig, düster, schweigsam. Trotz der Streiks begab sich mein Vater jeden Morgen in seine Garage, um seine Simcas zu verkaufen. Und meine Mutter brachte die fehlerhafte Prosa, das literarische Kuddelmuddel, das man ihr täglich vorlegte, auf den richtigen Weg zurück. Am Tisch kein Wort über die Bewegung der Straße, die Legitimität der Revolte oder die Haltung der Regierung. Höchstens vielleicht dieser Satz meines Vaters angesichts der Bilder von den blockierten Benzindepots: »Jetzt gehen sie aber ein bisschen weit, finde ich.« Das Benzin war in seinen Augen heiliger als das göttliche Blut. Ohne Benzin keine Autos. Nicht jeder in der Familie hielt sich mit seinen Bemerkungen so maßvoll zurück. Ich erinnere mich vor allem an ein explosives Abendessen gegen Ende Mai im Garten des großmütterlichen Hauses, wo wir inzwischen lebten. In der abendlichen Hitze und unter den lächerlichen bunten Glühbirnen, mit denen mein Vater die Zweige des Kastanienbaumes behängt hatte, bildeten sich bald zwei unversöhnliche Lager heraus. Das erste versammelte glühende Gaullisten wie meine unmögliche Tante Suzanne, ihre Schwester Odile, früher Sozialistin und noch immer Lehrerin, und ein befreundetes Paar, die Colberts, herrliche Musterbeispiele von zur Realpolitik bekehrten ehemaligen Kollaborateuren. Auf der Seite der Aufrührer fanden sich natürlich Jean, mein Cousin, Cohn-Bendit-Anhänger der ersten Stunde, sein Vater Hubert, der aus einem überspannten Antigaullismus heraus »das kleinere Übel« wählte, wie er sagte, um den General zu Fall zu bringen, Dawson, misstrauisch gegenüber den Linksextremen, aber standfest auf der schwankenden Linie der Partei, und ich, vermeintlicher Abiturient, letzter Mohikaner und vor absonderlichen Ideen nur so brodelnd. Meine Eltern verfolgten die Debatte wie immer als stille Zuhörer nur mit einem Ohr. Bis zu jenem Augenblick, da meine Mutter, genervt von den Ausführungen meiner Tante Suzanne und ihrer bedingungslosen Verherrlichung des Erfolgs, diese unterbrach, um mit absolut unbewegter Stimme Madame de Montespan zu zitieren: »Die Größe eines Schicksals misst sich genauso sehr an dem, was man ablehnt, wie an dem, was man annimmt.« Alle waren baff. Ich glaube, es war das erste Mal seit dem Tod meines Bruders, dass meine Mutter in dieser Art öffentlich das Wort ergriff.

»Mit einer solchen Doktrin bringt man eine Gesellschaft

nicht voran«, wagte sich ein kupferrot angelaufener Colbert vor. »Man sieht ja, wohin die uns bringen, die im Augenblick das System ablehnen.«

»Ganz genau«, fügte Suzanne hinzu. »Man muss im Leben zupacken. Alles ergreifen. Denn wenn du es nicht nimmst, nimmt es ein anderer an deiner Stelle, also ...«

Die ungeheure intellektuelle Vulgarität dieser Frau führte alles auf den Begriff des Eigentums und der Anhäufung zurück. Sie hatte nicht zugehört, was meine Mutter gesagt hatte, sie hatte nur das Wort »ablehnen« aufgeschnappt, in ihren Augen einer der blasphemischsten Ausdrücke der französischen Sprache. Danach war die Rede von der politischen Vereinnahmung. Jean griff die entfremdenden Gesetze des »Systems« an, und sein Vater theorisierte mit der gewohnten Ungezwungenheit über den Begriff der »Nestbeschmutzer«.

»Das ist doch nichts anderes als der Ausdruck einer Garnisonsschwuchtel.«

»Hubert, kannst du vielleicht auch mal einen Satz sagen, in dem keine Grobheit vorkommt?«

»Meine liebe Odile, Exsozialistin, Neogaullistin und ich weiß nicht, mit wem du es in Zukunft hältst, mit Chaban, Pompidou, Edgar-Faure?, ich werde dir etwas sagen: Ein Sympathisant des Vichy-Regimes wie ich – da du so gerne an diesen Punkt der Geschichte erinnerst –, der sich von deinem lieben General so oft hat ficken lassen, wird ihn doch wohl im Gegenzug von Zeit zu Zeit als Garnisonsschwuchtel bezeichnen dürfen, oder etwa nicht?«

»Ich jedenfalls bin mit meiner Schwester einverstanden«, ließ sich Suzanne vernehmen. »Ich finde, de Gaulle hat das Problem vollkommen erfasst: Mag ja vielleicht sein, dass die Zeit für Reformen gekommen ist – ich sage vielleicht –, aber ganz bestimmt nicht die Zeit für Nestbeschmutzer und Chaoten ...«

Und da mischte ich mich in die Debatte mit dieser Replik, die, auch wenn sie vielleicht politisch an Substanz zu wünschen übrig ließ, doch einer gewissen Realität nicht entbehrte:

»Ja, aber wir lieben nun mal das Chaos.«

Alle drehten sich nach mir um, als hätte ich soeben einen lauten Furz gelassen. Suzanne zog mit den Fingerspitzen ihre Augenlider straff und sagte, zu meinem Vater gewandt, in bekümmertem Ton: »Wie Mama schon prophezeihte, mein lieber Victor, ich glaube wirklich, über dieses Kind wirst du noch einmal Tränen aus Blut vergießen.«

In gewisser Weise legte meine Tante gerade ein gewisses hellseherisches Talent an den Tag, wenn man an die Ereignisse denkt, die vier oder fünf Tage später eintrafen.

Unmerklich verlor die Bewegung an Biss. De Gaulle schickte sich an, sich bei Massu in Baden-Baden abzusichern, die Rechte rüstete sich zu ihrem großen Aufmarsch, und das Benzin, der allmächtige Kraftstoff, das Elixier der Masse, floss wieder durch die Benzinpumpen. Jeden Abend jedoch errichteten Demonstranten in mehr oder weniger spontanen Versammlungen Barrikaden und gerieten mit den Sondereinheiten der Polizei aneinander. Wenn die Zusammenstöße in Toulouse auch nicht so spektakulär waren wie die in Paris, so doch nicht weniger heftig und zahlreich. Da ich noch nicht an der Uni war, zu keiner Gruppierung gehörte, irrte ich wie ein einsamer Tourist in diesen aufgerissenen und nach Chlor stinkenden Kampfarenen umher. Oft gab es auf den Boulevards Strasbourg und Carnot Auseinandersetzungen, gewalttätige Schlägereien. Unter dem Donnern von Granaten rückten die Sondereinheiten vor und drängten die am leichtesten zu beeindruckenden Demonstranten in die kleinen Seitenstraßen ab, während die überzeugten Anarchisten die Stellung hielten und mit Pflastersteinen und Molotowcocktails zurückschlugen. Man hätte aus Stein sein müssen, um bei diesen Gefechten unbeteiligt zu bleiben und nicht früher oder später ins Lager der Aufständischen zu stoßen.

Was mich betrifft, so gelangte ich an einem doch recht ungewöhnlichen Ort in ihre Reihen. Auf dem Boulevard Carnot waren an jenem Abend zwei oder drei Barrikaden errichtet worden, und die Polizei ging mit unverminderter Härte vor.

Erschlagen vom Gas und dem Detonationsgetöse, hatten wir uns auf der Place Jeanne-d'Arc neu formiert, zwei Schritte von der Werkstatt meines Vaters entfernt, und das Pflaster des Platzes war in Voraussicht auf einen neuen Ansturm der republikanischen Sicherheitskräfte rasch aufgerissen. Gegen zweiundzwanzig Uhr gingen diese nach zahlreichen kleinen Scharmützeln zu einem Angriff über, von dem sie hofften, er erledige die ganze Angelegenheit ein für allemal.

Wer weiß, was an jenem Abend in unseren Köpfen vorging. Wer weiß, warum wir geschlossen unsere Stellung hielten, statt uns in die Schluchten der umliegenden Straßen zu verziehen, warum wir mit solcher Überzeugung erwiderten, dass die Gardes Mobiles schließlich den Rückzug antraten. In der allgemeinen Aufregung und Überstürzung arbeitete sich eine Gruppe kopfloser Militärs in eine viel befahrene Straße vor, in der sich Victor Blicks Simca-Werkstatt befand. Ihre Gegner, die über die bessere Ortskenntnis verfügten, gewannen plötzlich die Oberhand und schleuderten eine Ladung Pflastersteine auf die von sämtlicher Unterstützung abgeschnittene Truppe, die den Fehler beging, sich hinter die Stützpfeiler des Gebäudes zu flüchten, das die familieneigene Garage beherbergte. Und so kam es, dass ich Stein um Stein die Soldateska, vor allem aber das hell erleuchtete Schaufenster der väterlichen Werkstatt bombardierte, deren Scheiben unter der Wirkung des Drucks eine nach der anderen explodierten, mit einem Lärm, der an Atlantikwogen erinnerte, die sich an der Mauer einer Mole brechen.

Ich muss zugeben, dass während dieser Belagerung ein Teil von mir den Aufständischen zurief: »Hört auf, hört auf, das ist die Werkstatt meines Vaters, ein anständiger Kerl, der doch nur Simcas an die Arbeiter verkauft, damit sie in Urlaub fahren können!«, wohingegen ein anderer, weniger nachsichtig, die Gewalt verdoppelte und Vaneigem-Zitate herausschrie: »Die Verzweiflung des Bewusstseins bringt die Mörder im Dienst der Ordnung hervor!«

Am Tag nach der Belagerung hatte ich nicht den Mut, meinen Vater in die Werkstatt zu begleiten und so zu tun, als würde ich seinen Kummer teilen. Ich begnügte mich damit, mir am Abend den Bericht anzuhören, den er von der Verwüstung gab, in einem Ton und in Worten, die seiner Gewohnheit entsprechend äußerst gemäßigt waren.

Gegen Mitte Juni beschloss die Regierung, den Widerstand der extremen Linken zu brechen, die Polizei evakuierte die Sorbonne, das Odeón und sämtliche Straßen des Landes, Renault stimmte für die Wiederaufnahme der Arbeit, und eine breite Mehrheit der Nation wählte den General.

Einen Monat später brachten die Truppen des Warschauer Pakts die Tschechoslowakei auf Linie und Frankreich zündete seine erste Wasserstoffbombe. Alles hatte sich wieder eingerenkt, und doch war nichts mehr wie zuvor. Ich immatrikulierte mich an der noch in den Kinderschuhen steckenden soziologischen Fakultät der Universität du Mirail und stellte mich auf ein neues Leben ein.

Ein Jahr später, am 28. April 1969, trat de Gaulle, desavouiert durch ein Referendum, das wie eine Sünde des Hochmuts wirkte, von all seinen Ämtern zurück. Während wir zu Hause vor dem Fernseher ohne große Leidenschaft die Wahlergebnisse verfolgten, machte mein Vater plötzlich mit der Hand eine Geste, als wollte er nach etwas greifen, das an seinen Augen vorbeiflog, dann brach er über dem Tisch zusammen, Opfer seines ersten Herzanfalls.

Alain Poher
(Erste Amtszeit, 28. April 1969 – 19. Juni 1969)

Mit ihren Kränen und Maschinen, ihren unzähligen kleinen kubischen Einheiten glich die Universität du Mirail der Vorstellung, die man sich von einem im Bau befindlichen Seebad macht. Ein kleines billiges Städtchen, populär, aber ohne Zugang zum Meer, in aller Eile hochgezogen, um die im Jahr 1968 aus einer Art Urzeugung hervorgegangene außerordentliche Studentengeneration aufzunehmen. An der soziologischen Fakultät, der ersten, die aus diesem neuen Kontinent herausragte, war das Leben gemütlich, der Unterricht freiwillig und der Linksextremismus zwingend. Der am weitesten rechts stehende Professor des ganzen Fachbereichs war Mitglied der Kommunistischen Partei Frankreichs. Die anderen, von trotzkistischer, anarchistischer oder maoistischer Provenienz, hassten einander gegenseitig und lieferten sich heimtückische Grabenkriege, um ihren Predigten in diesen neuen linksradikalen Kirchen Gehör zu verschaffen. Zu sehr mit Säbelrasseln und subtilen ideologischen Gefechten beschäftigt, stellten uns diese Akademiker in verschwenderischer Fülle unsere Scheine aus, die natürlich nichts als Schein waren.

Mein Vater erholte sich sehr langsam von seinen gesundheitlichen Problemen und verbrachte nur noch wenige Stunden täglich in der Werkstatt. In diesen schwierigen Monaten hatte er mich nie um die kleinste Hilfe gebeten und mir auch nicht vorgeschlagen, eines Tages seine Nachfolge anzutreten und die Leitung von *Tag und Nacht* zu übernehmen. Bestimmt ahnte er, dass meine Pläne mich in eine ganz andere Richtung führten. In Wahrheit hatte ich nicht die leiseste Ahnung, wie ich mir meine Zukunft vorstellen sollte. Ich war eine Art Lehrling des Lebens, zu allem bereit und vom blinden, unbedingten Egoismus der Jugend getrieben.

Das Leben zu Hause wurde immer unerträglicher. Die schwere, bedrückende Atmosphäre abends stand in großem Gegensatz zu der Begeisterung und dem Ungestüm der linken Gefechte, die sich nachmittagelang in den Hörsälen ablösten. Wenn ich nach Hause kam, befand ich mich in der Verfassung eines Häftlings im offenen Vollzug, der abends, nachdem er einen normalen Tag verbracht hat, wieder in seine Zelle zurückkehren muss. Meine Eltern, die sich ihrer Unfähigkeit, herzliche oder auch nur normale Beziehungen zu leben, wohl bewusst waren, unternahmen nichts, um mich zurückzuhalten, wenn ich unsere gemeinsamen Mahlzeiten manchmal auf nicht sehr höfliche Weise abkürzte.

Seit meinem doppelten Erfolg bei Fahrprüfung und Abitur hatte sich mein Äußeres verändert. Sagen wir mal, ich war härter, männlicher geworden, falls dieses Wort überhaupt einen Sinn besitzt. Ich hatte mir einen Schnurrbart und einen dezenten Bart wachsen lassen, vor allem aber auch die Haare, die inzwischen locker auf die Schultern fielen. Ich glich ziemlich genau der Vorstellung, die ich mir von einem anarchistischen Studenten machte, der weder Gott noch Herr noch Einkommen kennt, aber fest verankert ist mit der Vorhut der Moderne.

Ich hatte also nur einen Gedanken im Kopf: Bei meinen Eltern auszuziehen und endlich das avantgardistische Leben zu führen, das mir angemessen war. Von Zeit zu Zeit kam es vor, dass ich auf der Hinterbank meines Volkswagens ein Mädchen vögelte. Die Enge und Unbequemlichkeit der Bank trieben meinen Wunsch, endlich eine anständige Bleibe zu beziehen, nur noch mehr voran.

Im Übrigen gingen die Dinge ihren Gang. Nachdem de Gaulle abgetreten war, gab Alain Poher ein kurzes Intermezzo an der Spitze der Macht. Während seines kleinen Zwischenspiels versuchte er sogar, das Land davon zu überzeugen, er könnte mehr sein als eine flüchtige Erscheinung, und stellte sich den Präsidentschaftswahlen. Doch einer, der im Jahr 1911 in Montboudif, Cantal, geboren war, auf der Gehaltsliste der Rothschilds gestanden hatte und 58,22% der Stimmen auf sich vereinigte, spedierte ihn flugs wieder auf seinen Senatorenposten zurück.

Georges Pompidou
(20. Juni 1969 – 2. April 1974)

Die Armee. Der Militärdienst. Darin bestand für mich die Panik, die Zwangsvorstellung jener Zeit. Ich hatte schon vor langem eine unwiderrufliche Entscheidung getroffen: Nie, was es mich auch kosten sollte, würde ich die Uniform tragen. Nicht einmal für eine Stunde. Und genauso wenig stand die Wehrdienstverweigerung aus Gewissensgründen zur Diskussion, die einem damals für vierundzwanzig Monate – anstelle der regulären zwölf – den Status einer Art Untermenschen im Forstwesen bescherte, wo man seine Tage damit verbrachte, Baumrinden zu wachsen. Meine Verwcigerung gegenüber der Armee würde absolut sein, mein Kampf frontal.

Ich entsprach dennoch dem Musterungsbescheid und begab mich ins Rekrutierungszentrum in der Kaserne von Auch, um die »drei Tage« zu erdulden, während deren man eine medizinische Untersuchung, das Betasten der Hoden und eine ganze Reihe von Tests zur Ermittlung des Intelligenzquotienten über sich ergehen lassen musste. Diese »drei Tage«, die im Allgemeinen nur sechsunddreißig Stunden dauerten, waren von entscheidender Bedeutung für die Gegner des Militärdienstes. Entweder man stieß zum dünnen, aber begehrten

Kontingent der »Befreiten«, oder man endete als einfacher, regulärer Soldat, was die Verurteilung zu einem Jahr handfester, unablässiger Scherereien bedeutete. Um als »untauglich« eingestuft zu werden, gingen manche sogar so weit, sich einen Finger abzuschneiden, eine Stunde vor der Musterung mehrere Dutzend Tassen Kaffee zu trinken oder sich verrückt zu stellen. Manchmal bekamen die Musterungsärzte verblüffende, der Wissenschaft bis dahin unbekannte Krankheitsbilder zu Gesicht: Typen, denen ein grünlicher, auf der Basis eines schäumenden Produkts hergestellter Saft aus dem Mund sabberte oder denen eine Mischung aus Quecksilberchrom und Reinigungsmitteln hochkam. Andere waren dermaßen mit Koffein oder stärkeren Aufputschmitteln voll gepumpt, dass sie sich weder setzen noch auf der Stelle halten konnten und beim Beantworten der ärztlichen Fragen unablässig im Untersuchungszimmer auf und ab gingen. Eine Minderheit setzte auf die Karte einer vorgetäuschten Homosexualität, eine Simulation mit hohem Risiko, die einen direkt in eines der Strafbataillone führen konnte, die Frankreich damals noch in Deutschland unterhielt.

Stadt und Kaserne waren von einem dichten winterlichen Nebel eingehüllt. Der Tag war noch nicht angebrochen, doch sämtliche Militärs waren seit Stunden auf den Beinen und mit wesentlichen Aufgaben beschäftigt wie dem Wegfegen von Kieselsteinen auf dem Hof, dem Grüßen einer im Wind flatternden Fahne, dem Hoch- und wieder Hinunterlassen von verrosteten Schranken, dem Schreien unsinniger Befehle und der Einschüchterung großer, pazifistisch gesinnter Tölpel, die von verschwommenen Alkoholikeraugen angestarrt wurden.

Ich hatte meinen Volkswagen gleich neben dem Eingang der Kaserne abgestellt. Ich wusste, dass er bereit war, mich weit weg zu bringen, falls etwas schief gehen sollte. Kaum hatte ich die Schwelle des Wachpostens übertreten, stürzte sich ein langer Kerl mit Spatzenhirn und Fistelstimme auf mich und brüllte mich an, mich zu beeilen und schleunigst weiterzugehen.

Ich überquerte einen kleinen Hof und betrat ein Gebäude

mit dicht beschlagenen Fensterscheiben. Hinter der Tür erwartete mich ein afrikanischer Koloss. Sobald er mich erblickte, schrie er mir in die Ohren:

»Kleider aus und unter die Dusche, los!«

»Aber ich habe gerade geduscht.«

»Schnauze, sonst duschst du noch mal!«

»Wer frisst das Schaf? a) die Ziege b) der Wolf c) der Hirte? Was macht ein Schiff? a) es fährt b) es fliegt c) es schwimmt.« Die richtige Antwort auf die Mehrzahl von rund fünfzig solch sachdienlicher Fragen machte einen noch nicht zum General des Armeekorps, ermöglichte es hingegen, in gewisse, so genannte Elitetruppen einzutreten wie die Fallschirmjäger oder die Kriegsmarine. Griff man bei seinen Antworten zur Waffe des Spotts, hieß es sehr vorsichtig sein. Denn zu behaupten, der Schäfer wäre so gefräßig, ein Schaf zu verschlingen, oder nach fünf Jahren Universität die Meinung zu vertreten, die Panzerkreuzer flögen in Formation, konnte einen direkt in die eisigen Weiten Deutschlands befördern, wo man anderen vermeintlichen Spaßvögeln Gesellschaft leisten durfte.

Kurz vor Mittag rief uns ein Berufssoldat im Hof zusammen, um uns in eine riesige Kantine zu führen, in der es gleichzeitig nach Hundefutter und industriellen Reinigungsmitteln roch. Es war ein durchdringender Geruch, leicht Ekel erregend, der von den Ausdünstungen des Mittagessens überlagert wurde: Roastbeefscheiben und Rosenkohl, mit einer Art gipsartigen Béchamelsoße überbacken. Beim Anblick dieses Gemüses, aber vor allem des mit Knoblauch gespickten Fleisches wurde mir übel. Ich stellte mir in der Küche ein Bataillon David Rochas vor, die, ihren Säbel blank gezogen und die Hosen auf den Knöcheln, den offiziellen Braten mit der gleichen Inbrunst bearbeiteten.

»Isst du deine Ration nicht?« An allen Tischen der Welt gibt es stets einen mit unbändigem, zwanghaftem Appetit gesegneten Gast, der, während er seinen Teller verschlingt, ständig den der anderen im Auge hat. Kaum dass einer der Geladenen etwas innehält, versucht sich der Nimmersatte, wohl mit einem uralten Reflex ausgestattet, über die vernachlässigten Reste des Festmahls herzumachen. »Isst du deine Ration nicht?« Es war ein kleines Männchen mit Brille, das mich an diese rosaroten, noch nackten jungen Vögelchen mit großem Schnabel erinnerte, die ununterbrochen nach Futter betteln. Er erledigte das Fleisch mit drei Bissen und schlang den klebrigen Kohl hinunter. Dann ließ er ein kindliches Bäuerchen vernehmen.

Zwei-, dreihundert Typen in Unterhose, mit einem Zettel in der Hand, die in einer Art Turnhalle darauf warteten, einem Militärarzt mit dem Gebaren eines Viehdoktors ihre komplette Anatomie vorzuführen. So etwa muss man sich die ärztliche Untersuchung vorstellen. Kontrolle der Zähne, Hör- und Sehtests, Abtasten der Eier und anderer Drüsen. Vielleicht, um sich die ganze Sache etwas kurzweiliger zu gestalten, vielleicht auch, weil er es witzig fand, erlaubte sich der leitende Arzt ein paar jämmerliche Späßchen, als er meine Sexualorgane mit der Hand abwog. Ja, so war das Kasernenleben.

Das Abendprogramm entsprach ganz den Tagesaktivitäten. 17.30 Uhr Abendessen. 18.30 Uhr Kino. 21.30 Licht aus. Um achtzehn Uhr ging ich, da ich mein Fasten fortsetzte, in den Schlafsaal und blätterte auf dem Bett liegend in irgendeiner Zeitschrift. Drei, vier andere Einberufene hatten es ebenfalls vorgezogen, den Speisesaal zu verlassen und sich ins Zimmer zurückzuziehen. Nach ein paar Minuten tauchte ein Militär, dessen Gesicht an die groben Züge eines Mufflons erinnerte, im Zimmer auf und brüllte:

»Alle Mann runter. Kino obligatorisch!«

Ich konnte verstehen, dass Duschen obligatorisch war. So wie die ärztlichen Untersuchungen und vielleicht auch die Tests. Aber das Kino?

»Was für ein Film wird gezeigt, Chef?«, fragte ein Typ vom Ende des Schlafsaals.

»*Lautlos war die Nacht*, Grünling. Und so wird die Nacht auch hier, hoffe ich.«

Da schnappte etwas in mir zu. Eine Art Sicherheitsvorrichtung wie bei diesen volumetrischen Alarmanlagen, die losgehen, sobald jemand in private Räume einzudringen versucht.

»Ich habe den Film schon gesehen, ich bleibe lieber hier.«

»Ich habe nicht gefragt, was du lieber tust. Es ist mir egal, was du lieber tust, ich befehle dir, hinunterzugehen wie alle anderen.«

»Ich habe gesagt, ich bleibe hier.«

»Was soll das, Michèle Mercier, mit deinen hübschen Löckchen, du willst dich wohl in aller Ruhe betatschen, stimmt's? Darum geht's, du willst dir einen runterholen?«

Ich antwortete nicht, rührte mich nicht, kaum, dass ich noch atmete.

»Komm runter, alte Schwuchtel!«

Dieser Unteroffizier verfügte über ein unvorstellbares Register an Flüchen. Während unserer ganzen Auseinandersetzung überschüttete er mich nur so mit Schimpfwörtern, die er von seinen langen Einsätzen in Übersee mitgebracht haben musste.

»Was meinst du eigentlich, wo du hier bist, he? Vielleicht bei der Maniküre? Glaubst wohl, wir kommen, um dir die Nägel zu feilen, alter Arschwichser? Steig sofort aus diesem verdammten Bett und geh zu den anderen.«

»Nein. Ich geh nicht runter.«

»Eine unverbesserliche Schwuchtel bist du, und nichts anderes! Elender Schwanzlutscher, ich werde dir mit einem Tritt in die Eier Beine machen und dich diese verfluchte Treppe hinunterbefördern.«

Er stürzte sich auf mich, packte mich mit beiden Händen an den Haaren und zerrte mich von der Matratze.

»Du willst also nicht ins Kino, du Wichsgesicht!«

Ich versuchte mich zu wehren und wieder aufzustehen, doch er verpasste mir mit der flachen Hand eine saftige Ohrfeige, die mich in Richtung Treppe schleuderte. Ein Fußtritt in den Bauch schnitt mir den Atem ab. Als würde er mit dem Absatz einen Strohballen wegrollen, stieß mich der Soldat zu den Stufen, die ich wie ein schlechter Stuntman hinunterpolterte, wobei ich versuchte, Gesicht und Körper zu schützen, so gut es ging. Auf dem ersten Treppenabsatz fehlten mir bereits zwei Zähne. Der rechte Augenbrauenbogen und die rechte Wange waren aufgerissen, und mein grün und blau geschlagener Körper gab mir das Gefühl, unter einen Bus geraten zu sein.

»Hast du's jetzt kapiert, du Scheißefresser, oder soll ich dir ganz runterhelfen?«

Ich versuchte mich aufzurichten, und sei es nur, um mich auf meinen Angreifer zu stürzen, ihm mit einem Minimum an Würde entgegenzutreten, aber ich hatte keine Beine, keine Arme, keinen Atem mehr. Zwei gebrochene Rippen schnitten mir in die Seite, und nur mit Mühe bemerkte ich die kleine Ansammlung, die sich um uns gebildet hatte.

Ich hörte noch etwas wie »elender Ziegenschänder«, dann wurde alles verschwommen, die Stimme meines Henkers war dumpf und klang wie von weit her, ich schloss die Augen, ohne zu ermessen, welch prächtigen Dienst mir dieser »elende Schwanzlutscher« erwiesen hatte.

Ich verbrachte die Nacht in der Krankenabteilung der Kaserne, viertelstündlich überwacht vom Dienst habenden Arzt und einem zum Sanitätsdienst beorderten Einberufenen. Als ich mich am nächsten Morgen unter tausend Verrenkungen endlich aufrichten konnte, entdeckte ich im Spiegel das Furcht erregende Gesicht eines Unbekannten, mit dem ich allerdings die nächsten paar Wochen würde auskommen müssen.

Gegen Mittag traf ich den Kasernenobersten in seinem Büro, ein großer, sonniger Raum ganz oben im edlen Teil des riesigen Gebäudekomplexes. Er war ein Mann in den Vierzigern, der seine Rolle und seinen Grad sehr ernst zu nehmen schien. Seine stolze Haltung und sein glatt rasiertes Gesicht mit den strengen und perfekt gezeichneten Falten verliehen ihm eine natürliche Autorität, ohne die geringste Vulgarität. Er sprach mit gesetzter, klarer Stimme, grenzte seine Wörter deutlich voneinander ab, ein bisschen so, als würde er sie abhacken.

»Monsieur Blick, ich versichere Ihnen, dass ich aufrichtig bedaure, was gestern Abend in meiner Einheit vorgefallen ist. Ihr unzweifelhaft erwiesener Ungehorsam rechtfertigt dieses unangemessene Vorgehen nicht. Ich ersehe aus Ihren Unterlagen, dass Sie an der Universität du Mirail in Toulouse eingeschrieben sind, ist das richtig?«

»Das ist richtig.«

»Darf ich Sie, Monsieur Blick, nach Ihrer Einstellung zum Militärdienst fragen?«

Ich hatte keine Ahnung, worauf er hinauswollte. Oder was er eigentlich von mir erwartete. Doch ich fühlte, dass meine Wunden und das übersteigerte Vorgehen seines Untergebenen mir erlaubten, die Situation für den Augenblick zu kontrollieren, wenn auch nicht, sie völlig zu dominieren.

»Ich muss diese Frage nicht beantworten.«

»Sehen Sie, Monsieur Blick …«

Der Oberst schien die Gewohnheit zu haben, einem direkt in die Augen zu sehen, wenn er einen Satz anfing, sich dann abzuwenden und das Ende mit demonstrativ zugedrehtem Rücken zu sprechen. Während er so die Anwesenheit seines Gesprächspartners plötzlich ignorierte, sozusagen dessen gesamte Existenz leugnete, schien er sich an ein imaginäres Gegenüber auf der anderen Seite des Fensters zu richten.

»Wir beide befinden uns in einer Situation, die uns einen gewissen Handlungsspielraum offen lässt. Also seien Sie so nett, verderben Sie unsere Begegnung nicht durch eine aggressive und allzu kompromisslose Haltung. Ich stelle Ihnen die Frage anders: Käme Ihnen der Status eines Befreiten entgegen?«

Nun dämmerte mir, auf was für einen Handel der Oberst anspielte: Ich sah von einer Klage gegen seinen Unteroffizier ab, und als Gegenleistung strich mich die Armee von ihrer Liste.

»Im Tausch wogegen?«

»Ich glaube nicht, das man von einem Tausch sprechen kann. Sagen wir mal so, das Fehlverhalten eines meiner Untergebenen versetzt Sie aktuell in die Position, juristisch gegen die Institution vorzugehen. Aber selbst eine – allerdings sehr fragliche, dem Zufall unterliegende – Verurteilung würde Sie noch nicht freistellen. Ich würde sogar meinen im Gegenteil. Im Fall einer Einberufung kämen Sie selbstverständlich zwölf Monate lang in den Genuss, Breite und Reichtum des Wehrdienstes kennen zu lernen. Auch seine Härte. Einzelne Aufgaben sind ausgesprochen unbequem und beschwerlich … Doch ich könnte es natürlich vollkommen verstehen, wenn Sie sich im Hinblick auf Ihre politischen und philosophischen Überzeugungen für diese mutige Option entscheiden würden …«

»Und sonst?«

»Nun, sagen wir, dass wir uns dahingehend einigen könnten, dass Sie ausgerutscht und unglücklich die Treppe hinuntergestürzt sind, als Sie sich gestern Abend zur Filmvorstellung begeben wollten. In diesem Fall würde unsere Versicherung natürlich voll für die medizinischen Kosten aufkommen und Sie tarifgemäß entschädigen. Was die Armee betrifft, die sich, wenn es angebracht ist, durchaus Anteil nehmend und großzügig erweisen kann, so würde sie Sie endgültig von den Listen des Wehrdienstes streichen. So könnte, grosso modo, unsere Transaktion aussehen. Diese zweite Lösung wäre natürlich nicht ganz so heldenhaft wie die erste, hätte aber den Vorteil, wesentlich bequemer zu sein.«

Und so kam es, dass ich drei Stunden später, windelweich geprügelt, aber frisch verbunden, nach Hause zurückkehrte, meiner Pflichten enthoben, allerdings aufs schönste gedemütigt von einem durchtriebenen Oberst, der die menschlichen Schwächen in und auswendig zu kennen schien. Ganz den Gepflogenheiten für die Unterzeichnung eines Waffenstillstandes entsprechend, hatten sich der Oberst und ich in einem Saal des Kasinos getroffen, um unsere Unterschriften unter die betreffenden Dokumente zu setzen. Ich die meine unter eine fürwahr wenig ehrenvolle Unfallsdeklaration. Er die seine unter eine Befreiungserklärung, die auch für den Kriegsfall galt, wo ich für die Dauer des Konflikts zum Zivildienst eingezogen würde.

Drei Monate nachdem er in die Affäre Marcovic verwickelt gewesen war, wurde Georges Pompidou ins Präsidentenamt gewählt. Nach elf Jahren Kasernenleben schickte sich Frankreich nun an, wie ein Tabakladen geführt zu werden. Und sein dynamisch federnder, allzeit sprungbereiter Premierminister – zu allem Überfluss noch aus Bordeaux –, würde auch nichts daran ändern. Chaban-Delmas kam mir im besten Fall wie ein erregter Tennisspieler vor, darauf gedrillt, unberechenbare Bälle abzuschmettern, um falsche Hoffnungen zu wecken und sich so lange wie möglich zu halten. Auf jeden Fall besaß er nicht die Statur und Sensibilität eines Staatsmannes, der empfänglich gewesen wäre für die triftigen Worte eines schwarzen Arbeiters, der sich bereits im Jahr 1956 in den Kolumnen der Revue »*Présence Africaine*« mit den folgenden Worten an seinen weißen Chef gerichtet hatte: »Als wir eure Lastwagen und eure Flugzeuge sahen, glaubten wir, ihr wärt Götter; Jahre später lernten wir dann, eure Lastwagen zu lenken; bald werden wir lernen, eure Flugzeuge zu fliegen, und wir haben begriffen, dass euer größtes Interesse darin bestand, Lastwagen und Flugzeuge zu erfinden und Geld zu verdienen. Uns aber interessiert, sie einzusetzen. Jetzt seid ihr unsere Handwerker.« Und genauso war es mit unserem eigenen Leben. Wir verbrachten unsere Jugend damit, es zu erfinden, um es anschließend gegen ein jämmerliches Gehalt zu vermarkten, doch nie setzten wir es wirklich ein, nie setzten wir uns hinter das Steuer unserer inneren Lastwagen und Flugzeuge. Und wer das Gegenteil glaubte, war ein Anhänger Chabans oder ein Traumtänzer, was ungefähr auf dasselbe herauskam.

Im Spätfrühling 1969 verunglückte mein Cousin Jean bei einem Autounfall in den Kurven des Col d'Envaliva in Andorra, wo er mit seiner Freundin das Wochenende verbringen wollte. Beim Aufprall wurde sie aus dem Wagen geschleudert, während das Blech des kleinen Austin Jean buchstäblich entzweischnitt. Aus den Berichten der Versicherung und der Gendarmerie ging die Unfallursache letztendlich nicht eindeutig hervor. So wurde der Unfall in einem ersten Gutachten der überhöhten Geschwindigkeit und in einer späteren Expertise einem Versagen des Bremssystems zugeschrieben.

Für meine Eltern war dieser Tod, der sie in seiner Plötzlichkeit an den grausamen Verlust ihres eigenen Kindes erinnerte, ausgesprochen schmerzlich. Suzanne, meine Tante, war wieder einmal ganz sie selbst und nahm die Bestattung, das Ritual der Trauerkarten und Dankesschreiben mit der Kälte und der eisigen Distanz in die Hand, die charakteristisch ist für Menschen, die sich in keiner Situation vom Kummer berühren lassen. Hubert hingegen war zutiefst getroffen vom Verlust dieses Sohnes, den er wohl nie verstanden, aber aufrichtig geliebt hatte. Im Gegensatz zu seiner Frau gab ihm dieser Tod einen Teil Menschlichkeit zurück. Er kam meinem Vater näher und ließ ab von seinem alles verschlingenden Hass, dem Kult seiner alten Obsessionen und Sehnsüchte.

Anfang Mai 1969 lernte ich ein Mädchen kennen, das etwas älter war als ich und wie erschaffen, die Männer bis in alle Ewigkeit ins Träumen zu versetzen. Marie war anders als die Frauen jener Zeit. Während die damalige Mode schlanke Frauen mittlerer Größe mit kleinen Brüsten favorisierte, brachte Marie bei den Männern die Hormone mit ihren Rundungen in Wallung sowie mit ihrem ausladenden Busen, der allerdings gut proportioniert war im Verhältnis zu ihren ein Meter achtzig – eine Körpergröße, die in jenen Jahren beinahe ein Gebrechen darstellte. Betrat ich mit Marie am Arm ein Café, hatte ich das Gefühl, gerade auf die Hupe eines roten Ferrari gedrückt zu haben. Es war extrem anstrengend. Andererseits hatte es auch seine Vorteile, zu sehen, wie gefügig die Kerle bei ihrem Anblick auf einmal wurden. Ihre Art, einen anzusehen, hatte etwas von dem »don't even think«, das die Amerikaner so lieben.

Marie arbeitete als Arzthelferin in der Praxis eines ziemlich speziellen Zahnarztes, der seine Patienten mit Lachgas betäubte oder sie einer Sophrologie-Behandlung unterzog, vor einem Aquarium, das angefüllt war mit exotischen Fischen, die sich aus lauter Langeweile gegenseitig auffraßen. Manchmal holte ich Marie von der Arbeit ab, dann gingen wir zusammen essen, um den Abend in ihrer kleinen Wohnung zu beschließen, die sie am Kanal, in den Allées de Brienne, gemietet hatte. Ich beneidete sie um diesen Raum, der ihr allein gehörte, und bewunderte die Selbständigkeit, die sie genoss. Ganz abgesehen von ihrer Schönheit verkörperte Marie für mich vor allem die Unabhängigkeit, die Freiheit, man selbst zu sein. Sie sagte oft zu mir: »Du bist jung, du hast noch Zeit. Und außerdem hast du Glück, Eltern zu haben, die dich unterhalten und dir dein Studium finanzieren können.« Was bei ihr nicht der Fall war. Chirurgische Instrumente zu sterilisieren und zweifelhafte Flüssigkeiten aus den Zahnhöhlen abzusaugen, war nicht gerade eine Berufung. Maries Eltern, beide Arbeiter, hatten sechs Kinder gehabt. Sie hatten bis zur Beendigung der offiziellen Schulzeit für sie gesorgt, sie dann ins Leben entlassen und der natürlichen Selektion überantwortet. Die Gewieftesten unter ihnen hatten überlebt. Die anderen, drei Jungen, waren zur Polizei und zur Armee gegangen.

Maries Lebenskraft faszinierte mich. Ich ließ mich davon anstecken, auch wenn mich meine Existenz als verwöhntes, behütetes und privilegiertes Kind gelegentlich in Verlegenheit brachte. Vor allem, wenn sie zum Beispiel in einem Ton, der keinen Widerspruch duldete, beschloss, die Rechnung im Restaurant zu begleichen. Oder wenn sie die Lust packte, mir einen sündhaft teuren Shetland-Pulli zu schenken. Sie war einfach, großzügig und kerngesund. Die Politik war in ihren Augen eine Tätigkeit für Rentner oder Snobs, ein Hobby, irgendwo zwischen dem Sammeln von Briefmarken und Golf angesiedelt. Man muss viel Zeit haben, sagte sie, um sich für Männer zu interessieren, die sich einen Dreck um einen scheren. Und Marie hatte viel zu wenig Zeit, um sie mit Diskussionen über Dinge zu vergeuden, die sowieso nichts brachten. Viel lieber, und zwar bei weitem, war ihr der Sex, eine objektiv stärkende und subversive Tätigkeit, jedenfalls hoch gepriesen von meinen anarchistischen und situationistischen Weggefährten.

Wie soll ich sagen? Wenn Marie mich im Leben beeindruckte, so muss ich gestehen, dass sie mich im Bett einschüchterte und manchmal regelrecht lähmte. Wir waren gleich groß, doch in ihren Armen, zwischen ihren Beinen und unter ihren verschwenderischen Brüsten bekam ich das Gefühl, ein Kind zu sein, ein ungeschickter Bengel, der sich arglos mit den Titten seiner Amme vergnügte. Bei unseren Übungen drehte sie mich hin und her, wie es ihr gefiel, als wäre ich schwerelos, als lebten wir auf dem Mond. Wollte ich aber das Gleiche mit ihr machen, war es die reinste Katastrophe, ein muskuläres Desaster. Nicht, dass Marie dick gewesen wäre, keineswegs. Sie war wunderschön geformt. Doch abgesehen von meinem athletischen Defizit und unerfahren, wie ich war, glaubte ich damals, als Mann sei es meine Pflicht, auch ihr zu zeigen, dass ich sie hochheben könnte wie eine Hantel.

Als ich meine Sorge – wieder einmal zu Unrecht – meinem Freund David anvertraute, stellte er wie gewöhnlich seine Feinfühligkeit und Nachsicht unter Beweis, indem er das Problem ein für allemal regelte: »Mit solchen Mädchen ist es wie mit amerikanischen Autos. Solange es geradeaus geht, ist alles in Ordnung, aber sobald Kurven kommen, geht der Ärger los.«

Und Kurven gab es ohne Ende in jener dritten Juliwoche, als Marie und ich den Hang von Jaizquibel hinunterfuhren, diesen kleinen Berg, der Fuenterrabia von den Arbeitervierteln San Sebastiáns trennte. Der Volkswagen fuhr still seines Weges, während der Ozean am Fuß der sattgrünen Hügel den jodhaltigen Duft von Ferien und Glück verströmte. Wir hatten das Leinendach geöffnet, Marie hatte ihre Füße auf dem Armaturenbrett, und die Sonne knabberte geduldig am Grat ihrer langen Schienbeine. Ich sagte zu ihr:

»Ich mag deine Schienbeine.«

»Meine Schienbeine? Wie kann man denn bloß Schienbeine mögen?«

»Das sind ausgesprochen sexy Knochen.«

»Sexy Knochen? Du stehst also neuerdings auf Knochen ...?«

»Normalerweise nicht. Aber deine sind wirklich wunderschön. Unglaublich lang und gerade. Und dann diese straffe Haut, die darauf schimmert …«

Sie schüttelte leicht den Kopf, wie ein wohlwollender Psychoanalytiker, dann fasste sie sich an die Waden, fuhr sich über die Beine, als würde sie sie eincremen, und fragte:

»Wann sind wir in Frankreich?«

Frankreich lag unmittelbar vor uns, auf der anderen Seite der Bidassoa, dieses kleinen Flusses, der Irún von Hendaye trennt. An der Grenze ließen uns die Beamten den Kofferraum des VW öffnen, warfen einen mechanischen Blick auf den Hintersitz, dann auf Maries Beine, und gaben uns ein Zeichen, weiterzufahren.

Am Bahnhof von Hendaye-Stadt war damals immer viel Betrieb. Hier mussten die Reisenden umsteigen, da die Spurweite der Schienen in Spanien und Frankreich unterschiedlich war. Im Sommer konnte man so auf den Bahnsteigen Franzosen in Tergal-Shorts und Spanier aufeinander treffen sehen, die das Franco-Regime flohen, um in Toulouse oder dem Flachland des Südwestens ihr Glück zu versuchen. Die meisten Migranten, die auf ihren Anschluss warteten, trafen sich in den Restaurants in der Nähe des Ausgangs, die alle auf großen Schiefertafeln *calamares in sua tinta* anpriesen, jodhaltige, zarte, köstliche Chipirons, die in dampfenden kleinen Pfännchen serviert wurden.

Es war Montag, der 21. Juli 1969, und sämtliche Zeitungen sprachen von nichts anderem: In dieser Nacht sollten zwei Amerikaner mit den Namen Armstrong und Aldrin den Mond betreten. Etwas bescheidener spazierten Marie und ich über den endlosen Strand von Hendaye, und die frische Brise dieses Spätnachmittags machte uns manchmal angenehm frösteln. In der Ferne konnte man die Schiffe der Thunfischjäger verfolgen, die zum Hafen zurückkehrten. Weit weg von den aufgesperrten Mündern, der widerlichen Karies, den schmuddeligen Verbänden, den bedrohlichen Extraktionszangen, schien Marie mit ihren zerzausten Haaren, ihrer Karamellhaut glücklich und entspannt. Man fühlte, dass sie offen war für alles, was das Leben zu bieten hatte. Manchmal, wenn sie, die Gischt vor sich, tief einatmete, sah es aus, als wollte sie sämtliche Kräfte dieser sprudelnden Natur in sich aufnehmen.

Unser Motel schien sich am Felsen festzukrallen. Die Bungalows klebten am Gipfel, auch wenn die letzten den Eindruck erweckten, sich von den anderen zu lösen, loszulassen und unmerklich in den Abgrund zu gleiten. Mit einbrechender Nacht war ein Meerwind aufgekommen, der Wolken und ein paar Regenschauer mit sich führte und die Tamariskenhälse erschütterte. Marie und ich verbrachten den Abend im Bett vor dem Fernseher. Was erhofften wir von diesem lunaren Abenteuer, das uns nur aus der Ferne betraf? So wenig ich mit dieser Aufregung im Weltall, mit diesen auf die Umlaufbahn beförderten Emotionen zu tun hatte, so intensiv verfolgte Marie jeden neuen Bericht, als ob sich da oben unser Glück und ein großer Teil unserer Zukunft abspielte. Sie hörte nicht mehr auf, von Collins, dem dritten Astronauten, zu reden, der, wie sie gehört hatte, das LEM nicht verlassen würde. Wenn alles gut ging, würden Armstrong und Aldrin auf dem Mond herumspazieren, während Collins in dem Gerät zurückblieb. All die Jahre des Trainings und der Vorbereitung erdulden, diese anstrengende Arbeit, wahnsinnige Risiken auf sich nehmen, um dann, wenn der Augenblick der Entschädigung gekommen war, in der Maschine sitzen zu bleiben wie in einem gewöhnlichen Taxi auf dem Parkplatz, während die anderen die außerordentliche Leichtigkeit des Seins entdeckten und fröhlich auf den Straßen des Mondes herumtanzten. Marie konnte das Schicksal Collins, dieses Mannes, der geopfert und einer unerträglichen kosmischen Tortur unterzogen wurde, einfach nicht hinnehmen.

Ich lag neben ihr und verlor mich in den bläulichen Reflexen des Fernsehers, die auf ihrer Haut irisierten. Manchmal verschleierte die Müdigkeit meinen Blick. Ich versank für Minuten in einer Art amniotischen Flüssigkeit, durch die der Ton nur noch schwach und abgehackt zu mir drang. Marie hingegen, in ihrem Berg aus Kissen vergraben, erlebte jede Sekunde dieser Expedition, die ihr Ziel laut der Vorhersagen um drei, vier Uhr morgens erreichen sollte, aufs Lebhafteste mit.

»Bist du dir bewusst, dass man auf dem Mond sechsmal leichter ist als auf der Erde?«

Ich war mir vor allem bewusst, dass es spät war und dass die Empfindung von Fieber, die meinen Erektionen stets vorausging oder sie begleitete, immer stärker wurde. Ich war mir bewusst, dass drei Typen im Raumanzug, die man nie zu Gesicht bekam, dabei waren, mir die Nacht zu verderben, die ich mit einem wunderbaren Mädchen verbringen wollte. Marie auf dem Mond zu lieben, musste ein Kinderspiel sein, auch wenn das Glück da oben den Gesetzen der Schwerkraft entsprechend wohl kein allzu großes Gewicht haben würde.

»Weißt du, wie schnell die Apollo auf den Mond zurast? Neununddreißigtausend Kilometer in der Stunde! Offenbar entspricht das der Strecke Paris – New York in weniger als zehn Minuten. Kannst du dir das vorstellen?«

Ich pflichtete ihr mit einem primitiven Grunzen bei, das alles Mögliche bedeuten konnte. Meine Gedanken schwebten am Abgrund des Schlafs, während mein Schwanz, im Gleichklang mit der Welt und ganz genau wissend, worauf er hinauswollte, die Ballasttanks seiner Schwellkörper füllte. In solchen Momenten des geschwächten Bewusstseins passierte es mir oft, dass ich Vincents ernstes Gesicht vor mir sah, mit dem er sorgfältig seinen Wagen wegräumte. Oder auch sein strahlendes Lächeln, wenn es ihm gelang, beim Fußball ein Tor zu schießen. Es war ein bisschen so, als würde mein Bruder das leichte Einnicken ausnutzen, um sich in die Zwischenräume der Zeit zu schleichen, aus den Tiefen meiner Kindheit aufzutauchen und, wie eine Lebensblase, mein Gedächtnis mit Sauerstoff zu versorgen. Ich fragte mich, wie es mein Bruder mit Marie angestellt hätte. Ob er die Gesetze der Gravitation außer Kraft gesetzt und sie in seine Arme hätte nehmen können. Er war der Ältere. Er musste wissen, wie mit derartigen Problemen umzugehen war.

»Hast du gehört? Das LEM landet gegen drei Uhr, und wenn alles gut geht, steigt Armstrong gleich danach aus.«

Bis dahin galt es durchzuhalten, diese eigenartigen, irrealen, und doch von elementaren Gesetzen der Physik und Mathematik hergeleiteten Momente mit ihr zu teilen. Es würde sich bestimmt eines Tages irgendwo auf dieser Welt irgendein Trottel finden, der einen fragte, wo man gewesen war am Abend, als die Menschen zum ersten Mal den Mond betraten. Wo immer wir uns dann auch befänden, würden wir uns, jeder für sich allein, daran erinnern können, dass wir in jenem Moment nebeneinander lagen, in diesem schützenden Bett in dem baskischen Motel, in dem manche Zimmer nah am Felsen das Gefühl vermittelten, man würde loslassen und sanft in den Ozean gleiten.

Marie steckte sich eine Zigarette an und begann, mit dem Rauch Ringe zu blasen. Der Geruch des mit Zimt und Honig aromatisierten Tabaks riss mich aus meiner Lethargie.

»Machst du schon wieder Ringe?«

»Stört's dich?«

»Nein, aber ich finde, wenn du das in aller Öffentlichkeit machst, hat das was Vulgäres, das nicht zu dir passt.«

»Du bist ganz schön verklemmt.«

Das war wohl einer der schlimmsten Vorwürfe, die man mir machen konnte. Denn ein Anarchist war nicht verklemmt, nein, das kam nicht in Frage.

»Ich bin überhaupt nicht verklemmt, aber wenn man dich Ringe machen sieht, einfach so, im Restaurant, muss man unweigerlich denken, dass du dich mit mir langweilst und diese Ringe machst, um die Zeit totzuschlagen.«

»Was bist du bloß empfindlich und eingebildet. Und außerdem musst du ziemlich durchgeknallt sein, wenn du meinst, dass sich Leute, die uns noch nie gesehen haben, solche Dinge ausdenken, nur weil ich Ringe mache. Weißt du überhaupt, warum ich sie mache, diese Ringe? Weil ich irgendwo gelesen habe, dass Charlie Chaplin gesagt hat, er würde der ersten Person, die ihm sieben konzentrische Ringe vorführt, ein Viertel seines Vermögens überlassen.«

Sie stieß drei perfekte Kringel aus, die langsam der Decke

entgegenstrebten, ein vierter zersetzte sich nach einem viel versprechenden Anfang in unsichtbaren Turbulenzen. Marie machte ihre Zigarette aus, trank einen Schluck Sprudelwasser und glitt unter das Laken. Ihr warmer Bauch und ihre zarten Beine lösten eine erneute Durchblutung meiner Penishöhlen aus. Die Berührung ihres Fleisches, die Frische ihrer Finger dockten mich an dieser Erde an, die mir, speziell an diesem Abend, ganz besonders viel bedeutete.

»Jetzt musst du es mir besorgen wie noch nie, damit ich mich mein ganzes Leben daran erinnere.«

Ich rollte mich auf sie und drückte sie fest an mich. Sie begann zu stöhnen, bevor ich noch irgendetwas unternommen hatte, so sehr wünschte sie sich, glücklich zu sein. Ich war tief in der Lust versunken, als ich Marie auf einmal sagen hörte: »Es tut sich was.«

»Wo tut sich was?«

»Ich glaube, sie sind ausgestiegen, ich habe was gesehen auf dem Bildschirm.«

So war das Leben. Während ich uns beide gemeinsam in einem Rausch dahintreiben sah, hielt sie, ganz die strenge Wächterin, ihr eisiges Auge auf den Kontrollbildschirm geheftet. Sie hörte einen Moment auf die Stimme des Kommentators, löste sich ohne jede Rücksicht von mir und sprang aus dem Bett, um den Ton lauter zu stellen.

»Es sind außerordentliche Bilder, die wir da zu sehen bekommen. Vor kaum einer Stunde hat sich das LEM ins Meer der Ruhe gelegt, weniger als sechs Kilometer vom vorgesehenen Landungspunkt entfernt. Und jetzt, um 3.56 Uhr Pariser Zeit, an diesem 21. Juli 1969, setzt zum ersten Mal in der Geschichte der Menschheit ein Mann seinen Fuß auf den Mond.«

Marie, die nackt auf dem Bettrand vor dem Fernseher saß, völlig absorbiert, schien im Kopf jeden einzelnen Augenblick festzuhalten. Während sie sich diese grauen Bilder ansah, sich die lyrischen Ergüsse anhörte, dachte ich, dass sie den Anblick des Glücks anderer der Lust unserer Körper vorgezogen hatte. Auf dem Rücken liegend, die Brust von einem unsichtbaren

Gewicht zerdrückt, fühlte ich wie noch nie die Schwerkraft dieser Erde. Als ich so über die Ungleichzeitigkeit von Gefühlen und Lust sinnierte, sagte Marie:

»Kannst du dir vorstellen, was das für Collins bedeutet?«

Sie überbot sich an Mitgefühl für diesen Sitzenbleiber. Doch Michael Collins war ich, dieses Stiefkind, dieser Typ, der im Taxi wartete, bis der übrige Planet genug mit den Sternen gespielt hatte, um wieder sein normales Leben aufnehmen zu können. Einen Unterschied gab es allerdings zwischen uns. Hinter seinem Bullauge musste sich Michael, um die Zeit totzuschlagen, etwas sagen wie: »Wenn die Körper ins Leere fallen, sind sie nur noch der Schwerkraft unterworfen, eine für die gesamte Flugbahn geltende Hypothese. Die Flugbahn ist senkrecht. Die der Dynamik zugrunde liegende Beziehung schreibt sich $mz = mg$, wobei z die Höhe ist.«

»Meinst du, die gelangen heil wieder auf die Erde zurück?«

»Marie, ich bin müde, und ich friere. Ich wünsche den Jungs wirklich, dass alles gut ausgeht, aber jetzt sei bitte so lieb, stell den Ton dieses Apparats leiser und lass mich schlafen.«

»Du willst schlafen, während die beiden den Mond betreten?«

»Ja, ich glaube, das bringe ich fertig.«

»Macht es dir was aus, wenn ich weitersehe?«

Nichts hätte mich mehr aus der Fassung bringen können, aber ich sagte nein, richtete mich sogar auf, um ihr einen Kuss auf den Mund zu drücken. Danach legte ich mich wieder hin und hielt meinen Penis in der Hand, als wäre er ein Vogel.

Mag sein, dass ich etwas merkwürdig veranlagt bin, aber so wie Sinikas Hund ein paar Jahre zuvor meine Libido und meine Gefühle zum Gefrieren gebracht hatte, so entfernte mich diese nicht enden wollende baskische Mondnacht von Marie. Ich versuchte, bis zum Ende unserer Ferien gute Miene zu machen, aber man brauchte nicht besonders scharfsinnig zu sein, um es zu bemerken: Nur widerstrebend und schleppenden Schrittes taten meine Schwellkörper, was von ihnen verlangt wurde.

Anfang des nächsten Sommers beschloss ich, das elterliche Heim zu verlassen. Ein dreimonatiger Zeitvertrag und die Aussicht auf den Posten eines Schulaufsehers nach den Ferien sollten es mir ermöglichen, ab Herbst in meinen eigenen vier Wänden zu wohnen.

Als ich meinen Vater über mein Vorhaben, im Oktober auszuziehen, informierte, antwortete er nur: »Ich kann's verstehen.« In seiner Sprache hieß das ungefähr: »Ich kann nicht sagen, dass ich mich darüber freue, aber ich an deiner Stelle hätte es bestimmt nicht anders gemacht. In einer Familie wie der unseren hält man es nicht ewig aus.« Er ging ein paar Schritte auf den Garten zu, dann fragte er:

»Hast du schon mit deiner Mutter gesprochen?«

»Nein, noch nicht.«

»Sag ihr nichts. Ich kümmere mich darum.«

Dann griff er zu seiner Gartenschere und begann wie ein Friseur an den frischen Trieben des Buchsbaumes herumzuschnippeln. Von jetzt an würde er seine Zeit hauptsächlich mit der Verschönerung seines kleinen Parks verbringen, mit einer liebevollen, fast obsessiven Sorgfalt. In der Werkstatt hatte sich viel verändert, falls es nicht mein Vater war, der sich verändert hatte. Er sagte, die Niederlassung sei nur noch eine unregierbare Kolonie, ein kurz vor der Unabhängigkeit stehendes Territorium, das er natürlich ab und zu aufsuchen würde, dessen Leitung er jedoch an eine Art jungen Prokonsul abgegeben hätte, der, wie es hieß, etwas zu hart war und sich in dem bereits niedergehenden Reich des Simca wohl nicht allzu lange halten würde.

Was mich betraf, so streifte ich mir in einer halb öffentlichen Einrichtung, die sich um die Urlaubsscheine der Arbeiter des Baugewerbes kümmerte, zum ersten Mal das Korsett des Arbeitnehmers über. Wir waren um die dreißig Angestellte, welche die von den Unternehmern ausgestellten Lohnzettel und »Schlechtwetter-Bescheinigungen« überprüften. Es ging darum, die arbeitsfreien Tage auf bestimmte Dokumente zu übertragen, den Namen des Arbeiters einzugeben, ein paar elementare Additionen durchzuführen und den Betrag der auszuschüttenden Summen zu errechnen. Es war eine Tätigkeit, wie es tausende gibt, ohne jedes Interesse, eine Art administrative Fließbandarbeit, ein Relikt aus einem anderen Jahrhundert, eine durch und durch erbärmliche Arbeit, die einen auffraß wie eine Art Angestelltenkrebs, der zwar nicht tödlich war, aber Tag für Tag an den Muskeln des Glücks nagte. Das einzig Komische daran war, dass unsere Aktivität darin bestand, über die Feriendauer der anderen zu bestimmen. Ich wusste, dass ich nur wenige Monate in dieser vor der Welt hermetisch verschlossenen Abteilung aushalten musste. Die meisten anderen Angestellten hingegen hatten bereits die beste Zeit ihres Lebens darin verbracht.

Von meinem kurzen Aufenthalt in dieser Behörde habe ich einen eigenartigen Tick zurückbehalten, den ich nicht mehr losgeworden bin. Oft werde ich unwillkürlich von einem Namen verfolgt, den ich tage-, wochen-, monate- und in manchen Fällen gar jahrelang im Kopf wiederholen kann, ohne es überhaupt zu merken. Wenn mir dieses geistige Wiederkäuen bewusst wird, packt mich manchmal das ununterdrückbare Bedürfnis, den Namen laut auszusprechen. Wie um mir zu beweisen, dass dieses Wiederholen bis zum Überdruss wirklich real ist und ich nicht verrückt bin. Das alles ist um so lächerlicher, als es sich im Allgemeinen um Namen von kaum bekannten Sportlern handelt, die ich seit Jahren unfreiwillig gespeichert habe und die sich mir unvermutet aufdrängen. So erinnere ich mich, tausend Mal »Zeitsev« vor mich hingesagt zu haben, der in den Siebzigern, glaube ich, Verteidiger oder Stürmer in der sowjetischen Hockeymannschaft war. Es gefiel mir auch sehr, den Namen »Högentaler« auszusprechen, den eines deutschen Fußballspielers. Seit ein paar Jahren werde ich verfolgt von Markennamen wie »Jonsered« (Motorsägen), »Gorenje« (elektrische Haushaltsgeräte) oder »Ingersöll« (Kompressoren). Dieser Tick, ein diskretes Zwangsverhalten, kann in jedem Augenblick ausbrechen, ohne dass ich etwas dafür kann, in beschwerlichen Zeiten ebenso wie in Zeiten des Glücks. Was mich also von anderen Menschen unterscheidet, ist dieses heimtückische, hartnäckige Mantra, das meinen Kopf martert wie eine alte zerkratzte Platte: »Jonsered-Jonsered-Jonsered-Jonsered ...«

Der Abteilungsleiter der Kasse für bezahlten Urlaub hieß Azoulay. Er war ein Mann in den Vierzigern, mit einer näselnden, autoritären, in den starken Akzent eines Algerienfranzosen gezwängten Stimme, der von seiner Macht und seinem Toilettenwasser ausgiebig Gebrauch machte. Sein Büro stank nach einem Desinfektionsmittel mit Zitronenaroma. Jedes Mal, wenn ich diesen Raum betrat, fingen meine Augen an zu schmerzen, als wäre ich in den Rauch eines brennenden Waldes geraten. War Azoulay schlechter Laune, schrie er uns seine Befehle von seinem Büro aus zu. In der übrigen Zeit richtete er sich an uns, als wären wir gefangene Tiere. Seine einzige Daseinsberechtigung schien darin zu bestehen, die anderen für seine Enttäuschungen, seine Rückschläge und Unzulänglichkeiten bezahlen zu lassen. Azoulay, der schon in Oran ein übler Zeitgenosse gewesen sein musste, wurde in Toulouse zu einem wahren Dreckschwein, besessen von Recht und Ordnung. Und sein Ehrgeiz bestand darin, dass er, Azoulay, mit seiner großen Schnauze genau die Gesetze, die Frankreich in Algerien nicht respektiert hatte, nun den Franzosen eintrichterte, insbesondere seinem Lieblingsopfer Éric Delmas, einem erschöpften, frühzeitig verbrauchten Typen mit braunen Flecken an den Händen und einem Gesicht, das abgewetzt war wie die Kanten eines alten Anzugs. Delmas trug stets Hemden mit zu großer Kragenweite, in denen sein Hühnerhals versank. Dieses vestimentäre Detail verstärkte noch den Eindruck von Fragilität, der von ihm ausging. Azoulay, dem diese Schwäche nicht entgangen war, machte sich ein großes Vergnügen daraus, seinen Untergebenen zu quälen: »Na, M'sieur Delmas, hammer heute Nacht wieder abgenommen? Passen Se mal auf, wenn das so weitergeht, werden Se noch einen Knochen verlieren!« Oder: »M'sieur Delmas, bevor Se bei diesem Wind ins Freie gehen, sollten Se sich besser Bügeleisen unter die Füße binden!« Azoulay schrie diese Dinge mit seiner unausstehlichen Krähenstimme vom Ende seines kleinen Aquariums, so dass es auch ja die gesamte Abteilung goutieren konnte, die wie alle Abteilungen über die erbärmlichen Witzchen ihres Chefs nachsichtig lachte. Ich für meinen Teil versuchte nett zu sein zu Delmas. Der aber hatte sich so sehr an die Hetze gegen ihn gewöhnt, dass er beinahe verlegen war oder sich sogar belästigt fühlte, wenn man ein kleines bisschen Interesse für ihn aufbrachte.

An jenem Morgen, als ich sah, wie Delmas in seinem Büro den Telefonhörer sinken ließ und in Tränen ausbrach, musste ich unweigerlich an meine Mutter denken, als sie von Vincents Tod erfahren hatte. Im plötzlichen Schmerz der beiden lag eine gemeinsame Wurzel, etwas Universales, das sie daran hinderte, das Telefon aufzulegen und ihnen von diesem Augenblick an nur noch eine verzerrte Sicht des Lebens geben würde. Azoulay, der die Szene von weitem beobachtet hatte, trat aus seinem Käfig und ging auf seine Beute zu.

»Ärger, M'sieur Delmas?«

»Ich glaube, ich muss gehen … Meine Tochter ist ins Koma gefallen. Es war die Schule … Sie sagen …«

»Ich werde Ihnen sagen, was se sagen, in der Schule. Se sagen, dass dieser M'sieur Delmas immer eine gute Ausrede parat hat, um vor allen anderen gehen zu können. Mal ganz unter uns, M'sieur Delmas, abschinden tun Se sich ja nicht gerade, he? Gut, gehen Se, aber um genau vierzehn Uhr will ich Se hier wieder sehen, he?«

Der andere, ganz verwirrt von seinen Tränen und der Aufregung, ordnete seine Sachen mit der Ungeschicklichkeit eines Schülers, der zum Direktor zitiert wird. Nie hatte ich jemanden so gesehen. Delmas' animalisches Leiden war kaum auszuhalten. Azoulay währenddessen ging ein paar Schritte durch den Mittelgang, um mit dem Gehabe eines zufrieden gestellten Schulaufsehers wieder in seinem Goldfischglas zu verschwinden.

Den ganzen Morgen über war ich unfähig zu arbeiten,

machte mir Vorwürfe, dass ich bei dem Vorfall nicht eingegriffen hatte. Ich als Einziger hätte es tun können, ich als Einziger wäre fähig gewesen, Azoulay in die Schranken zu weisen, da ich nur vorübergehend hier war und er mir also nichts anhaben konnte. Stattdessen hatte ich ihn einfach machen lassen.

Genau um vierzehn Uhr saß Delmas wieder an seinem Schreibtisch und zählte mit trockenem Auge, den Stift in der Hand, die Scheine mit den Schlechtwettertagen. Seiner Tochter ging es besser, sie war wieder bei Bewusstsein. Das war die Hauptsache. Der Rest zählte nicht. Das Telefon hatte nicht geklingelt. Er hatte nicht abgenommen. Es war nichts passiert. Nichts.

Dieser stille, erdrückende Epilog löste etwas in mir, vielleicht den Knoten der Angst oder des Zorns. Ich stand auf und betrat Azoulays ekelhafte Räuberhöhle. Er hob überrascht den Kopf.

»M'sieur Block, ich glaube nicht, dass ich Se anklopfen gehört habe?«

Myriaden von kleinen Fliegen tanzten vor meinen Augen, mein Herz klopfte mir in der Brust, und die Worte, unförmig und zäh wie Werg, blieben mir im Halse stecken.

»Ich habe Ihnen eine Frage gestellt, M'sieur Block. Ham Se nun an diese Tür da geklopft, ja oder nein?«

Wie ein wütender Bär hob ich die Arme und knallte meine beiden Fäuste mit aller Kraft auf seinen Schreibtisch. Der Lärm beeindruckte selbst mich, Tisch und Boden erzitterten und mit ihnen ein paar der schlaffsten Fettwülste im Gesicht meines Abteilungsleiters. Aus heutiger Sicht betrachtet, denke ich, ich hätte damals ein furchtbares, primitives Gebrüll, das Brummen eines Grizzlybären, von mir geben und dann ohne ein weiteres Wort wieder gehen sollen. Stattdessen brachen meine Worte, offenbar durch den Beweis von Stärke befreit, aus mir heraus.

»Hören Sie mir mal gut zu: Das nächste Mal, wenn Sie auch nur eine Bemerkung zu Monsieur Delmas machen, stehe ich auf und haue Ihnen diese beiden Fäuste in die Fresse.«

Während ich dies sagte, hielt ich ihm die Finger vor die Nase, die einen Augenblick zuvor den Raum, aber, wie ich genau fühlte, auch seine Selbstsicherheit erschüttert hatten.

»Was ist denn auf einmal mit Ihnen los, M'sieur Block? Se haben mir Angst gemacht.«

»Blick.«

»Wie, Blick?«

»Mein Name ist Blick, nicht Block.«

»Ja, M'sieur Blick, was soll denn das?«

»Ich sage es Ihnen noch einmal: Solange ich in dieser Abteilung arbeite, sprechen Sie respektvoll mit Monsieur Delmas. Und heute Abend entschuldigen Sie sich bei ihm, bevor er nach Hause geht.«

Ich verließ Azoulays Büro und knallte die Tür so heftig zu, dass sämtliche Scheiben noch immer zitterten, als ich schon längst wieder an meinem Arbeitsplatz saß. Meine Kollegen, die auf eine schreckliche Reaktion ihres Chefs gefasst waren, starrten ihn alle an. Dieser führte seinen Stift zum Mund, lutschte daran wie ein zweifelnder Schüler und machte sich dann, nachdem sich seine Fragen zerstreut zu haben schienen, wieder an die Arbeit.

Am Abend sprach meine Mutter zu Hause zum ersten Mal seit langem angeregt mit meinem Vater über die neuen Modelle des Simca 1100 und erkundigte sich, wie es mir nach meinem ersten Monat als Angestellter ging. Ich erzählte ihr von der Entfremdung, von den müden Augen und von den Rückenschmerzen, die vom langen Stillsitzen kamen. Doch ich war unfähig, ihr die Geschichte meiner Auseinandersetzung mit Azoulay zu erzählen. Sie teilte mir ihre persönliche Ansicht über das Arbeiten mit und entschwand dann, so plötzlich wie ein auffliegender Vogel, aus der Küche. Als sie zurückkam, erschien mir Claire Blick wie eine noch immer junge, lebendige, geistreiche und attraktive Frau. Auch wenn das Leben nicht spurlos an ihr vorübergegangen war. Während sie sich eine Tasse koffeinfreien Kaffee zubereitete, sagte sie zu mir: »Hör mal, heute Nachmittag habe ich einen Satz des

Philosophen Alain gelesen, und da musste ich, ich weiß nicht warum, an dich denken: ›Der Appetit ist in Ordnung; die Wäsche wird gemacht, das Leben riecht gut.‹« Aus dem Mund meiner Mutter klang dieser Vergleich wie ein Kompliment.

Ich beendete mein Quartal bei der Kasse für bezahlten Urlaub im Baugewerbe ohne das geringste Problem. Azoulay belästigte Delmas nicht mehr. Und mich schien er im wahrsten Sinn des Wortes aus seinem Gesichtsfeld gestrichen zu haben. Damit mein kurzer Aufenthalt bei der Kasse nicht völlig sinnlos war, hatte ich mir ein heimliches Vergnügen daraus gemacht, zahlreiche Abrechnungen zu fälschen und so den Arbeitern, die sich auf den Baustellen abrackerten, eine kleine Lohnaufbesserung zu verschaffen. Ich hatte keinen Zweifel, dass Azoulay mein Vorgehen bemerkt hatte, war aber – Stärke verpflichtet – überzeugt, dass meine rohen Grizzly-Manieren ihm gezeigt hatten, dass es manchmal besser ist, es mit der Wahrheit nicht allzu genau zu nehmen.

Bei meinen Kollegen hatte mein Ausbruch allerdings nicht dieselbe Wirkung. Er hatte mich nicht beliebt gemacht, mir nicht die geringste Unterstützung und kein bisschen Sympathie eingebracht. Delmas, erschöpft und gebrochen, war jenseits solcher Gefühle. Was die anderen betraf, so nahmen sie es mir vielleicht übel, dass ich ihnen damit unfreiwillig zu verstehen gegeben hatte, dass ihr eigentlicher Feind nicht so sehr Azoulay war, sondern in ihrer eigenen Feigheit bestand.

An meinem letzten Arbeitstag gingen alle nach Hause, ohne sich von mir zu verabschieden. Azoulay trat als Letzter aus seinem Büro. Als er bei mir vorbeikam, blieb er einen Moment stehen:

»M'sieur Blick, also … na … wegen der Aufbesserung der Stundenzahlen, na, auf den Schlechtwetterbulletins. Ich wollte Ihnen noch sagen, dass ich gezwungen war, alles richtig zu stellen, na, und es an die Direktion weiterzuleiten. Se sollten dann also nicht vergessen, auf den Tisch zu hauen, na, wenn Se vorgeladen werden, he?«

Ein paar Tage nach Beendigung meiner Vertretung erhielt ich ein Schreiben mit dem Briefkopf der nationalen Erziehungsbehörde, in dem man mir mitteilte, dass ich zur Aufsichtsperson im allgemein bildenden Gymnasium eines entfernten Vororts von Toulouse ernannt wurde. Die Aussicht auf dieses bescheidene, aber feste Gehalt bestärkte mich in der Hoffnung, dass sich diesmal wirklich etwas tun würde. Ich konnte damit anfangen, mir eine Einzimmerwohnung oder zusammen mit anderen Studenten eine Drei- oder Vierzimmerwohnung zu suchen. Damals war es noch nicht nötig, Verdienstbescheinigungen über fünf Jahre, sechs ärztliche Gutachten, sieben Monate Kaution, acht Bankgarantien, neun polizeiliche Führungszeugnisse und die Miene eines Erben vorzuweisen, um eine Unterkunft zu finden. Oft sahen es die Eigentümer von großen, nicht mehr ganz neuen, etwas heruntergekommenen Wohnungen gar nicht mal ungern, wenn erfinderische Studenten einzogen, die sich nicht so sehr um die Wohnverhältnisse kümmerten, da bei ihnen die Lust nach Unabhängigkeit das Bedürfnis nach Komfort bei weitem übertraf.

Ich hatte einen Trumpf, um an etwas Geeignetes heranzukommen: die Rochas. Ihre Agentur, die zwar auf den Verkauf und auf Luxusobjekte spezialisiert war, hatte trotzdem eine ziemlich große Palette an Studentenwohnungen im Angebot. Marthe Rochas wollte diesen wenig einträglichen Sektor, den sie als langfristige Investition ansah, unbedingt beibehalten. In ihren Augen stellte ein Universitätsangehöriger vor allen Dingen eine künftige Kaufkraft dar. In einem langmähnigen Medizinstudenten, der unmöglich daherkam und mit seinem Afghanenfell schüchtern ihre Ladentür aufstieß, konnte ein zukünftiger Bonze der Rhinoplastik stecken. Und wenn sie heute seine Mähne umschmeichelte, dann nur, um ihn in Zukunft besser ausnehmen zu können. Marthe Rochas unterhielt zum Geld dieselbe lustvolle, gierige Beziehung wie zur Sexualität. Alles war mitzunehmen, der große Zaster ebenso wie das Kleingeld, Auszeiten gab es nicht und auch keinen zu vernachlässigenden Profit. Michel Rochas hingegen war weniger scharf aufs Geld. Er führte seine kleinen Geschäfte in der Art dieser lässigen Sommerfrischler, die mit dem Ellbogen auf dem Wagenfenster durch die Gegend fahren. Seit wir uns kannten, hatte ich auf seinem Gesicht nie etwas anderes als diesen ruhigen Blick, dieses entspannte Lächeln gesehen, das sexuell befriedigten Säugetieren eigen ist. Marthe hatte da ein weitaus betriebsameres Profil, das in mancher Hinsicht sogar an die chronische, unbezähmbare Unruhe erinnerte, die ihren Sohn charakterisierte. In ihrem unvermeidlichen grauen Kostüm, das ihre Taille betonte, erinnerte sie an Bienen im Sommer, lebhaft und fleißig, sammelte hier eine Akte ein, da eine andere, entzog ihnen die Säfte und schien sie auf ihren Hüften zu speichern, die mit den Jahren etwas rundlicher geworden waren.

Drei Tage lang nahm mich Davids Mutter regelrecht unter ihre Fittiche und präsentierte mir ein Dutzend Wohnungen. Das reichte von der einzelligen Wabe für Singles – eingerichtet nach den deprimierenden Regeln des kleinsten gemeinsamen Nenners –, bis zum bürgerlichen Interieur mit Eichenholzvertäfelungen, Kastanienparkett und unerreichbar hohen Decken mit kunstvollen Stuckrosetten.

Ich beschloss, meine Suche auf eine Unterkunft zu konzentrieren, die groß genug war, um zu dritt, vielleicht zu viert darin zu wohnen. So eine Wohngemeinschaft war nicht nur geistig anregend, sondern besaß auch den enormen Vorteil, die Geselligkeit zu erhöhen und die Miete zu teilen.

Von meiner Entscheidung unterrichtet, bestellte mich Marthe gegen siebzehn Uhr zu einem Termin in der dritten Etage eines einladenden Gebäudes in der Allée des Soupirs, der Seufzerallee. Was gab es Romantischeres, als sein Junggesellenleben an einer solchen Adresse zu beginnen? Man fühlte sich ins Mittelalter versetzt, ein Ort wie geschaffen für erotisch-ritterliche Abenteuer edler Seelen und ihrer Besucherinnen. Die besagte Allee, die zum Canal du Midi führte, war ihres Namens nicht wirklich würdig, denn sie lag neben einer Feuerwache, deren Sirenen alles andere als Seufzer von sich gaben.

Marthe Rochas trug an jenem Tag ein sehr schweres Parfum, extrem blumig und zugleich pudrig, mit einem Hauch Ambra oder Zimt, ein Parfum für den Abend oder eher die Nacht, mit tiefen, intimen Noten, die man mit sich in den Schlaf nimmt. Marthe Rochas hatte nicht bis zu später Stunde gewartet, um diese lebhaften Düfte zu verströmen. Sie rauschte mit klappernden Absätzen mir voran die Treppe hoch, mit diesem spanischen gewissen Etwas, diesem Feuer des Flamencos, dieser verführerischen Ungezwungenheit.

Die Zimmer der Wohnung waren fächerförmig angeordnet, vier Räume, die von einem riesigen, halbkugelartigen Wohnzimmer abgingen, das an eine Jakobsmuschel erinnerte. Die meisten Fenster zeigten auf einen großen schattigen Hof hinaus, was etwas Frische für den Sommer versprach.

»Etwas Besseres wirst du nicht finden.«

Der Ton, in dem sie das gesagt hatte, klang kein bisschen professionell. In der Schwingung ihrer Stimme lag sogar so etwas wie Nostalgie. Man spürte, dass sie neidisch war auf die Jugend, die hier leben würde, auf die euphorischen Momente, die zu einem Einzug gehörten, auf die fiebrigen Anfänge, wo man es kaum erwarten kann, seine eigene Geschichte zu beginnen, mit dem berauschenden Gefühl, dass von jetzt an alles möglich sei.

»Ich bin sicher, du hast dir bereits dein Zimmer ausgesucht.«

Sie stand gerade, ein Bein leicht vorgestreckt, den Fuß angewinkelt, was an die Ruhestellung von klassischen Tänzerinnen erinnerte. Ihre gekreuzten Arme drückten ihren Busen etwas nach oben, dessen Ansatz man im Ausschnitt ihrer weißen Bluse erahnen konnte.

»Du wirst glücklich sein hier. Ich spüre es.«

Ich spürte es auch. Das Abendlicht hüllte den Raum in eine Atmosphäre schützender Behaglichkeit, und die fernen Straßengeräusche waren kaum wahrzunehmen. Manchmal genügt es, ein paar Stufen hinaufzugehen, die Tür zu einem unbekannten Ort aufzustoßen, um sich inmitten einer anderen Welt zu fühlen, und alles, was man noch im Augenblick zuvor gedacht, gewollt, geglaubt hat, steht plötzlich auf dem Kopf da.

In diesem verkehrten Universum, wo das Falsche stets ein Moment des Wahren ist, wurde Marthe Rochas, Geschäftsführerin einer Immobilienagentur, Ehefrau und Mutter, zu der Frau, die ich einst durch ein Oberlicht hindurch überrascht hatte, sich anbietend, lüstern, gebieterisch und ergeben zugleich, ihr Hinterteil betätigend, während sich ihr Sprössling mit dem Auge an der Scheibe ein Beispiel an ihr nahm und seinen Samen abspritzte.

Marthe Rochas ging ein, zwei Schritte auf das Fenster zu, als wollte sie einem Schwarm auffliegender Tauben zusehen. Und ihre Hand legte sich mit leicht gespreizten Fingern auf das Fensterbrett. Ohne dass sie mich dazu aufgefordert hätte, folgte ich ihr. Das alte Parkettholz knarrte, als wollte es mich bei jedem Schritt warnen. Als ich hinter ihr stand, sie hätte berühren können, wurde ich steif wie ein Fahrgast in der Metro und klammerte mich am letzten Haltegriff meines Bewusstseins fest. Sie war es, die auf mich zukam, einfach so, ohne sich umzudrehen, ohne mich anzusehen. Sie trat zurück, presste ihren Hintern an meinen Bauch, rieb sich an jenem Teil von mir, über den ich keine Kontrolle mehr hatte. Und die Hände flach auf den Scheiben, beugte sie sich vornüber. Mit fast heiserer Stimme murmelte sie:

»Du bist nicht da.«

Dieser rätselhafte Satz versetzte mich in Panik. Ich war da. Natürlich. Sie konnte erzählen, was sie wollte. Ich hatte sie fest im Visier, so wie ihr Sohn den Braten, bevor er ihn aufspießte. Mit heftigen Bewegungen, wie man sie in billigen Filmen sehen kann, packte ich sie kräftig an. Sie lachte kurz auf, ein kehliges und befriedigtes Lachen, das zu sagen schien: »Ja, genau, jetzt bist du da.« Dieser bescheidene Beifall versetzte mich in einen Taumel, und ein sanfter Stromstoß lief mir den Rücken hinunter.

»Lass dir Zeit, wir haben es nicht eilig.«

Ohne sich umzudrehen, ließ sie die Hände in meine Hosentaschen gleiten, um Form und Kontur ihres neuen Spielzeugs zu erkunden, und da war mir, als würde ich nach langem Atemstillstand an der Oberfläche eines Ozeans auftauchen. Nie hatte mich eine Frau mit soviel Know-how durch einen Baumwollstoff hindurch befummelt. Nie hätte ich mir vorgestellt, dass in der Tiefe meiner Hosentaschen derartige Schätze der Einbildungskraft schlummerten. Als sie mit ihren Nachforschungen zu Ende war, stand ich, ohne dass ich das subtile Aufknöpfen bemerkt hatte, mit meinen Hosen auf den Knöcheln da. Diese Frau besaß die Pobacken des Teufels und die Finger Houdinis. Mit eleganter, beinahe gezierter Geste hob sie ihren Rock, streifte die Unterhose herunter und führte mich genau dahin, wo sie mich haben wollte. Im Augenblick dieser Penetration sah ich sie so, wie ich sie an jenem Abend als Jugendlicher gesehen hatte, an den Schwanz von Michel Rochas geheftet, das Gesicht übertrieben nach hinten gedreht wie ein Autofahrer, der in eine sehr enge Parklücke einbiegen will. Ja genau, das war's. Mit dieser Art, einen anzusehen, als wäre man eine Gehsteigkante, eine Art Hindernis, vermittelte Marthe Rochas in diesen Momenten den Eindruck, als sei sie gerade dabei einzuparken.

»Etwas mehr nach rechts, ja so.«

Und jetzt lenkte sie mich, übernahm die Führung des Manövers. Die Fahrstunde ging weiter, zauberhaft, aber gleichzeitig verdorben durch diese ständige Flut von Anweisungen, die ich als Kritik empfand. Während wir so ins Unbekannte vorwärts trieben, verwandelten sich die Befehle in Beschwerden, in Forderungen, die zunehmend gebieterischer wurden, immer nachdrücklicher:

»Mach weiter, ja nicht aufhören … streichle mir die Brustwarzen … auch die Klitoris … nicht so …«

Marthe Rochas hatte ihre Gewohnheiten, ihre Ansprüche, ihren strikten *modus operandi*. Angesichts dieser Checkliste, die sie mir aufnötigte, scheiterte ich völlig. Eine Art Versagensangst packte mich. Ich kam mir vor wie ein frisch gebackener Pilot vor den Alarmsignalen eines für ihn viel zu komplizierten Armaturenbretts. Die Warnlichter blinkten auf, die Steuerung reagierte nicht mehr, und nach und nach verlor ich völlig die Kontrolle über die Situation. Ich war nur noch ein manövrierunfähiger, gestörter Automat, der zur Unzeit auf die Impulse reagierte, die sie mir gab.

Dann kam ein Augenblick, in dem ich kaum mehr fähig war, zwischen Himmel und Erde, Ursache und Wirkung, Laster und Tugend, Gewohnheit und Gesetz zu unterscheiden. Marthe spürte meine Verwirrung, die noch verstärkt wurde durch das Versteifen, das der präorgastische Schwindel gewöhnlich auslöst, und versuchte, der Katastrophe durch einen allerletzten ausdrücklichen Befehl zuvorzukommen:

»Nicht jetzt, nein, noch nicht!«

Sie hätte auch sagen können, nicht jetzt schon. Oder, nicht so. Oder, nicht so schnell. Egal was. Sie hatte sich für »noch nicht« entschieden. Da hatte ich das Gefühl, von einem Schwindel erregenden Gipfel in einen feindseligen, eisigen Abgrund zu fallen. Während meines gesamten Sturzes zog Marthe Rochas eine kindliche Flunsch. Wahrscheinlich hatte ich gesagt, es täte mir Leid, ich verstünde es nicht, ich wisse auch nicht, wie das passieren könne. Sie schien meine Entschuldigungen nicht zu hören, und so, als würde sie sich von einem Anhänger abkuppeln oder von unnützem Ballast befreien, löste sie sich mit einer endgültigen und nicht sehr charmanten Bewegung von mir.

»Wir müssen das ganz schnell vergessen. Nichts ist geschehen in dieser Wohnung. Wir sind uns doch einig, nicht, Paul?«

Ja, das waren wir. Marthe Rochas hatte ihre flüchtige Enttäuschung überwunden, diesen unbefriedigenden Ausrutscher bereits vergessen und ging zu etwas anderem über. Angezogen und von neuem einsatzbereit, nahm sie wieder ihren professionellen Habitus an.

»Wie hast du dich entschieden? Nimmst du die Wohnung?«

Während ich meine jämmerliche Hose wieder hochzog,

antwortete ich, ja, ich nähme sie, und dachte dabei, es würde wohl noch eine ganze Weile dauern, bis ich ungezwungen durch dieses Wohnzimmer gehen und die Erinnerung an meine Ungeschicklichkeit verjagen könnte.

Unten vor dem Haus trennten wir uns mit einem Händedruck. Sie stöckelte mit ihrem entschiedenen Schritt in die Agentur zurück. Ich blieb einen Moment unbeweglich im Hauseingang stehen und schaute den Leuten zu, die auf dem Gehsteig kamen und gingen. Ich atmete tief ein und dachte, dass ich von jetzt an also in der Allée des Soupirs wohnen würde.

Und an dieser Adresse erblickte dann ein paar Monate später Round up das Licht der Welt, eine ziemlich skurrile Rythm & Blues-Band, die ich mit zwei Mitbewohnern gründete. Dieses unbeständige musikalische Gebilde existierte in seinen diversen Konfigurationen fünf Jahre und zählte in seinen Glanzzeiten bis zu neun Mitglieder. Ich war der Einzige unter ihnen, der eine einigermaßen normale Existenz führte: Ich stand am Morgen auf, und wenn es Nacht wurde, ging ich schlafen, ich ernährte mich mehr oder weniger regelmäßig und unterhielt zu meinen Artgenossen Beziehungen, die sich als sozial bezeichnen ließen. Meine Partner hingegen konnten zwar auch eines oder mehrere dieser Charakteristika für sich in Anspruch nehmen, schafften es aber nicht, sie alle zusammen in sich zu vereinen.

Nach einer äußerst kurzen Übungsphase beschloss Round up – die vier Musiker der ersten Stunde, der harte Kern sozusagen –, sich an die Eroberung der Clubs und Privatsoireen zu machen. Wir hatten nur ein mageres Repertoire von Stücken anzubieten, die im Allgemeinen mit drei Akkorden auskamen, denn unsere Unkenntnis der musikalischen Grundbegriffe und unsere technische Unzulänglichkeit erlaubten es nicht, an die harmonische Perfektion der Kompositionen eines Otis Redding, eines Stevie Wonder oder noch weniger eines Curtis Mayfield heranzukommen. Wir waren – und sind es bis zum Ende geblieben – erbärmliche Musiker mit steifen Fingern und ohne jedes Talent, aber wir kannten keine Skrupel. Wir hatten niemandem Rechenschaft abzulegen. Für uns war die Musik eine höchst subversive Tätigkeit, die Fortsetzung der Revolution mit anderen Mitteln. Bei den Proben ging es denn auch viel öfter um Politik als um Musik, und wir fanden größeres Vergnügen daran, das berühmte »System« anzuprangern und zu brandmarken, als Rhythmus und Takt zu respektieren. Was uns aber nicht hinderte, ein bisschen überall zu spielen, sowohl in schäbigen Clubs wie bei Privatpersonen, die wohlwollend oder zumindest nichts ahnend waren, was die – durchaus realen – Risiken betraf, uns bei sich zu Hause einzuladen.

So bot man uns an, auf einer Hochzeitsfeier für Unterhaltung zu sorgen, wo wir im Wechsel mit Schallplattenmusik mehrere Sets spielen sollten. Obwohl wir der Institution der Ehe skeptisch gegenüberstanden, waren wir übereingekommen, uns gut aufzuführen und über unsere kompromisslosen Ansichten Stillschweigen zu bewahren.

Doch wir hatten nicht mit Mathias gerechnet, einem grauenhaften Saxophonisten, der den emphysematischen Atem eines Fausto Papetti mit den unkontrollierbaren Delirien einer Avantgarde in sich vereinte, die nicht *free* genug sein konnte, ein impulsiver Maoist mit Neigung zum Kung-Fu und radikaler Protestler, der jede Anwandlung von Zärtlichkeit als »neurotische Kapitulation« betrachtete. In seiner Welt durften sich die Männer den Frauen nur in der schönen Jahreszeit annähern, während der Feldarbeiten, um sie bei der Ernte zu unterstützen. Die unterschiedlichen Geschlechter sollten nicht die Reproduktion zum Ziel haben, sondern einzig die Zusammenarbeit zum Aufbau der Diktatur des Proletariats, das der Ausübung von Kampfsport und dem Gebrauch von Saxophonen der Marke Selmer natürlich wohlwollend gegenüberstand. Mit seiner Donnerstimme, die einer mageren Gestalt entsprang, seiner eigenartigen Frisur, halb Topf, halb Pony, seiner ständigen Besessenheit von den *Katas*, erweckte Mathias manchmal den Eindruck, aus Elementen gemacht zu sein, die auf verschiedenen Kontinenten zusammengelesen worden waren.

An jenem Abend, als uns einer der Gäste mit dem Mikrophon in der Hand vorstellte und das erste Stück von Round up ankündigte, konnte dieser nicht ahnen, welche ungeheuren feindlichen Kräfte er soeben entfesselt hatte. Noch bevor wir die erste Note in Angriff genommen hatten, ging Mathias auf das Mikro zu und brüllte mit erhobener Faust: »Die Ehe, die verlogenste und heuchlerischste Art des Geschlechter-Verkehrs; und ebendeshalb hat sie das gute Gewissen auf ihrer Seite! Nietzsche.« Es folgte eine zähe Stille, die wir zu vertreiben suchten, indem wir lässig einen Blues in *E-A-H* anstimmten. Die Masse ist nicht sehr nachtragend. Wir ernteten eine Woge unverdienten Applaus. Während wir von Schallplatten mit etwas vernünftigeren Melodien abgelöst wurden, kamen sogar ein paar Gäste, um mit uns zu diskutieren oder ein Glas zu trinken. Es waren nette Leute, die zusammengekommen waren, um ein paar angenehme Stunden miteinander zu verbringen und einem Paar, das sich auf das Leben einließ, viel Glück zu wünschen. Sie stellten uns die üblichen Fragen: Was wir sonst taten, ob wir schon lange zusammenspielten. Woher der Name Round up kam. Wie sollte man erklären, dass er im Grunde nichts anderes war als der Name eines Unkrautvernichtungsmittels, der sich monatelang – kurz vor Ingersöll – in den rätselhaften Windungen meines manischen Gehirns eingenistet hatte?

Als wir uns an den zweiten Auftritt machten, griff Mathias, den wir noch nie so mager und so aggressiv gesehen hatten, erneut zum Mikrophon: »Die Ehe ist die legale Form der Prostitution, das beglaubigte Arrangement einer moralischen Kuppelei, verschlimmert durch ...« Diesmal hatte Mathias nicht Zeit, sein Zitat zu beenden. Der Vater der Braut, ein dynamischer Mitfünfziger, dessen Oberkörper in eine zu enge Jacke gezwängt war, stieg auf die Bühne und entriss ihm das Mikrophon. Mathias, der sich als Opfer eines Angriffs auf die freie Meinungsäußerung sah, nahm seine lächerliche

Kampfhaltung ein, versetzte seinem vermeintlichen Angreifer ein *mawashigeri* und vielleicht sogar noch ein *osotogari*, so dass unser Gastgeber flach wie ein Brett in den Hintergrund der Bühne flog und in die Instrumentenwand des Perkussionisten knallte. Nun geriet die Menge in Bewegung und teilte sich in zwei Welten. Jeder wählte sein Lager, stellte sich auf die eine oder andere Seite der imaginären Linie, die die Grenze zwischen Gut und Böse markierte, zwischen der Reaktion und den Volkskräften, den glücklichen Menschen und jenen, die nichts als Ärger zu erwarten hatten. In dem Gemenge steckten wir einiges mehr an Schlägen ein, als wir austeilten, bevor wir wie Fremdkörper rausgeschmissen wurden, mit Stühlen hinausgeprügelt von einem Fest, das bis dahin ausgesprochen friedlich verlaufen war.

»Was zum Teufel hat dich gepackt, diese Scheißnummer abzuziehen?«, fragte derjenige von uns, den es am wenigsten erwischt hatte.

Die Nase und die Unterlippe verstümmelt, die Zähne voller Blut, antwortete Mathias:

»Muffte einfach fein.«

»Was?«

»Er sagt, es musste sein.«

»Sehr gut, ja, toll. Und kannst du uns mal verraten, wie wir jetzt wieder an unsere Instrumente kommen?«

Es brauchte mehrere Tage und bedurfte der Intervention eines wohlwollenden Vermittlers, bevor wir unser Gut wieder erlangten, das in der Zwischenzeit einem strengen Regime von Repressalien unterworfen worden war: Die Gitarrensaiten waren abgetrennt, die Kabel von Verstärker und Keyboard durchschnitten und das Fell von Trommeln und Congas zerfetzt.

Drei Jahre nach 68 waren wir immer noch durchdrungen von der unverschämten Energie der Bewegung, ohne zu bemerken, dass einer aus Montboudif das Land längst wieder auf Linie und die Nation auf den Weg der Arbeit zurückgebracht hatte.

Was konnte es in diesen Jahren Gemeinsames geben zwischen dem Frankreich eines Georges Pompidou, eines Chaban-Delmas, eines Pierre Messmer und dem zusammengebastelten Universum eines Mathias, dieses Königs der Invektiven, der Maobibel und des Kung-Fu? Und wir, wir alle, was hatten wir mit diesem Präsidenten gemein, der aus der Bank kam, mit einem Bürgermeister aus Bordeaux und einem ehemaligen Chef-Verwalter des Überseefrankreich? Vielleicht die Lächerlichkeit, wie bei diesem kurzen und demütigenden Konzert, das wir Ende 74 oder Anfang 75 im legendären Blue Note gaben und das in gewisser Hinsicht das Ende von Round up besiegelte.

Man muss sich vor Augen halten, was das Blue Note für uns bedeutete. Eine Art Krönung, den Abschluss all unserer Lehrjahre. Endlich würden wir schwarze Musik spielen im Nonplusultra der schwarzen, einzig von Schwarzen besuchten Clubs. Wir waren am Ziel angelangt. Dieses Engagement verdankten wir Hector, einem unserer drei Gitarristen, ein katastrophaler Solist, dessen Jähzorn einen das Fürchten lehrte. Zönästhesiopath und Hypochonder par excellence, wurde Hector täglich von einem neuen Übel befallen, das er uns in all seinen Symptomen darlegte, mit dem Hinweis auf die schwachen Aussichten, noch länger als vier, fünf Jahre zu leben. Eigenartigerweise akkumulierten sich seine Gebrechen nicht, denn einer magischen, unabänderlichen Regel folgend verjagte das neue Übel jeden Morgen das vorangegangene. Als wir ihn auf die Ungereimtheit dieses Phänomens aufmerksam machten, wurde Hector wütend und entwickelte wieder einmal nebulöse politische Thesen, laut deren sich der aufgeklärte Patient aus seiner Situation als *Nichtwissender* befreien musste, um seinen Organismus wieder selbst in die Hand zu nehmen und die ungerechtfertigten Privilegien der Mandarinenkaste zu hinterfragen. Der physische Körper, so sagte er, müsse, dem sozialen Körper gleich, in ständiger Revolte sein. Mindestens einmal pro Konzert und bei jeder Probe fasste sich Hector unter Grimassen in die Seiten, an die Brust oder den Bauch, stellte seine Gitarre ab und ging mit unsicherem Schritt davon, um hinter den Kulissen seine Wehwehchen zu pflegen. Manchmal machte er sich gar nicht erst die Mühe, wegzugehen und fiel direkt vor uns auf die Knie, um uns so das wiederholte und zermürbende Schauspiel seiner unablässigen Agonien zu bieten. Und wie diese Leinwandgrößen, die ihren von Kugeln durchsiebten Körper noch Hunderte von Meter weit schleppen, hörte er nicht auf zu sterben.

Sehr viel später fragte ich mich, ob sich Hector seine eingebildeten Krankheiten nicht vielleicht zunutze gemacht hatte, um die Eigentümer des Blue Note einzuwickeln und sie mit einer ausweglosen affektiven Erpressung unter Druck zu setzen. Ich stellte mir vor, wie er dem Geschäftsführer seine grenzenlose Bewunderung für Curtis Mayfield und Malcolm X offenbarte, dazwischen geschickt einflocht, dass er bei den Round up spielte, was aber leider nicht allzu lange dauern würde; ja, er sei schwerkrank; nein, er wolle lieber nicht darüber sprechen; es gebe nur eins, was er bedauere: nicht wenigstens einmal im Blue Note gespielt zu haben, bevor er diese Welt für immer verließ. Wie? War das möglich? Man könnte ja mal sehen? Wirklich? Ich wusste, dass Hector bekloppt und übergeschnappt genug war, ein solches Manöver in Gang zu setzen und die ganze Überzeugung des unheilbar Kranken hineinzulegen, der er übrigens tatsächlich zu sein glaubte.

Wir waren am späten Nachmittag im Club angekommen, um unsere Instrumente aufzubauen und eine optimale Tonmischung zu erreichen. Die beiden Schlagzeuger, Ausgeburten der Hölle, kifften, was das Zeug hielt. Das Gras hatte den starken und beißenden Geruch, der typisch war für die frischen Blätter, die noch von sämtlichen Molekülen der Pflanze gesättigt waren. Wir fanden ein teuflisches Vergnügen daran, unser Marihuana in der Öffentlichkeit zu rauchen. Dies verschaffte uns einen zusätzlichen kleinen Kick. Ich hatte in unserem Treibhaus mehrere Stauden gepflanzt, und die aufgehende Saat wurde im Laufe der Jahreszeiten immer üppiger und schöner. Meine Mutter, die wusste, um was für eine Kultur es sich dabei handelte, war so freundlich, die Pflanzen in meiner Abwesenheit zu gießen. Und mein Vater, der wahrscheinlich die Erzählungen seines eigenen Vaters über die finsteren Opiumhöhlen kannte, die dieser in Tanger besucht hatte, betrachtete meine Kräuterdoktor-Tätigkeit als harmlose Kinderei. Ich verdächtigte ihn sogar, die Wirkung meines THC ein, zwei Mal selbst ausprobiert zu haben.

Die Schlagzeuger schlugen. Und der in diesem Augenblick noch menschenleere Ort hallte wider von jedem einzelnen Hieb. Hector verließ uns alle zehn Minuten, um sich, wie er sagte, zu erbrechen, diesmal Opfer irgendeiner Hepatitis. Er kehrte mit nassen Haaren zurück und schluckte demonstrativ ein paar krampfstillende Pillen. Mathias wechselte das Blättchen seines Selmers aus, die Gitarristen spannten ihre neuen Saiten, während ich die Kabel der Kaskadenschaltung zu entwirren versuchte, die Chorus- und Phasing-Effekte miteinander verbanden. Für diesen besonderen Abend hatte ich mir eine Hammond-Orgel mit Tonrädern und einem Leslie-Kabinett ausgeliehen. Im rechten Winkel zu diesem Instrument befand sich ein Fender-Klavier, auf das ich meinen alten Moog-Synthesizer gestellt hatte. Noch heute erinnere ich mich genau an die kleinsten Details dieser Instrumente, die ich mit geschlossenen Augen an ihrem Geruch erkennen könnte, der, je nach Herstellungsart, bei jeder Klaviatur anders war. Bei manchen dominierte der Geruch von Neopren, andere bildeten, wenn sie warm wurden, Ausdünstungen von geschweißtem Zinn, wieder andere rochen nach einem Gemisch aus Lack und Sperrholz, das jedes Mal das Aroma von Lakritze heraufbeschwor. An jenem Nachmittag aber hätten meine Geruchsnerven, verwirrt und berauscht vom Grasrauch der beiden Schlagzeuger, wohl alle Mühe gehabt, solch subtile Analysen vorzunehmen.

Hector, der sich offenbar von seinen Hepatitis-Problemen erholt hatte, verließ uns gegen neunzehn Uhr, diesmal von einer »Epistaxis« befallen, einem leichten, banalen Nasenbluten, das er uns als unkontrollierbaren Blutsturz darstellte, der dringend der Behandlung durch einen Spezialisten bedurfte.

Verbunden, geheilt, verkabelt, gestimmt und bekifft, standen wir um zweiundzwanzig Uhr auf der Bühne, bereit, unser erstes Stück, »Castles Made of Sand« von Jimi Hendrix, anzustimmen.

Von den ersten Takten an spürte ich, dass irgendetwas vor sich ging, etwas bis dahin Undenkbares, Unvorhersehbares: Wir spielten gut. Sagen wir, dass wir das Tempo respektierten, ohne den Akkorden allzu sehr Gewalt anzutun oder die Melodie zu verstümmeln. Die Magie der Umgebung tat ihre Wirkung, wir waren von einer Art Gnade berührt, obwohl sich unsere anfängliche Homogenität von einem Stück zum nächsten sanft verflüchtigte. Wir waren die ersten Weißen, die im Blue Note spielten, die ersten Weißen, die von Schwarzen *anerkannt* wurden. Konnte man sich eine schönere Verschmelzung erhoffen? Mitten in einem Titel von Wilson Pickett, dessen Namen ich vergessen habe, war die Bühne mit einem Schlag in absolute Dunkelheit gehüllt. Im Club um uns herum brannte allerdings weiter das Licht, die Bar schimmerte leuchtend hell, und die Lautsprecheranlage des Lokals hatte unsere Verstärker abgelöst. Das Publikum, stets zahlreich im Blue Note, begann zu tanzen, als wäre nichts geschehen, als wären wir nicht da, als hätten wir nie gespielt. Fiebrig, von Panik erfasst, begierig, das Konzert weiterzuführen, versuchten wir tastend die Anschlüsse zu überprüfen. Nach einer Weile kam der stellvertretende Leiter des Clubs auf uns zu.

»Ihr könnt abbauen.«

»Wie abbauen ... wir haben vor der Panne doch kaum fünf Stücke gespielt.«

»Es gibt keine Panne.«

»Wie, es gibt keine Panne?«

»Nein, der Chef hat den Strom abgeschaltet, weil ihr so unsäglich schlecht seid.«

»Er hat uns den Strom abgeschaltet?«

»Genau. Und jetzt macht, dass ihr so schnell wie möglich von hier fortkommt. Tut mir Leid.«

Es waren Geister, gefügige, lautlose Körper, die ein Kabel

nach dem anderen herauszogen und die Instrumente zum LKW brachten, der auf der Straße auf uns wartete. Mit voll gepackten Armen versuchten wir uns durch die Gäste hindurchzuschlängeln, die uns von oben herab betrachteten.

Kurz bevor wir gingen, meinte ich noch zu sehen, wie sich Hector neben der Bar von einem großen schwarzen Typen im Anzug beschimpfen ließ, der ganz nach dem Besitzer des Clubs aussah. Als er zu uns in den Lastwagen stieg, war er totenblass und fasste sich an den Bauch. Wir beachteten seine eingebildeten Krankheiten nicht mehr als üblich. Er versuchte uns etwas zu sagen, doch seine Sätze blieben ihm tief im Hals stecken. Auf einmal krümmte er sich und kotzte.

Diese Ereignisse müssen gegen Ende des Jahres 74 stattgefunden haben, als ich dabei war, die Wohnung in der Allée des Soupirs zu verlassen, da mir schien, ich hätte Höhen und Tiefen des WG-Lebens genügend ausgekostet. Unter dieser Adresse hatten meine Mitbewohner und ich bereits zwei Staatspräsidenten beerdigt: am 9. November 1970 Charles de Gaulle, gestorben an einem Aneurysma der Aorta, und am 2. April 1974 Georges Pompidou, gestorben an der Kahler-Krankheit. Hector, stets darauf bedacht, seine Neurosen zu pflegen, hatte diese Abfolge von Todesfällen und deren Ursachen fett mit einem schwarzen Filzstift auf unsere Toilettentür geschrieben. Da wir an seine harmlose Verrücktheit gewöhnt waren, fragte keiner von uns nach dem näheren Grund für diese Latrineninschriften. Wir nahmen es einfach hin, dass wir jeden Tag, wenn wir uns auf unserem Sitz niederließen, gezwungen waren, diese morbiden Bemerkungen zu lesen.

Wir hatten uns diesen Ort zu viert geteilt: Mathias, der hemmungslose Saxophonist, Hector, der hoffnungslose Gitarrist, Simon, der beispiellose Bassist, und ich, der arglose Pianist. Wir alle gingen unserem Studium nach und nahmen kleine Jobs an, die uns erlaubten, in Frieden zu leben und unsere Miete zu bezahlen. Alle, außer Simon Weitzman. Dieser behauptete zwar, Medizin zu studieren, setzte aber nie einen Fuß in einen Vorlesungssaal. Und so unvorstellbar das auch sein mochte, Weitzman, ein Araber, behauptete, Mitglied der marokkanischen Königsfamilie und Neffe des Innenministers seines Landes zu sein. Was ihn nicht daran hinderte, tagelang Karten zu spielen, auf dem Pferderennplatz herumzuhängen, komplizierte Betrügereien auszuhecken und auf den Ämtern Möbel zu klauen. Unsere Sessel stammten aus den Versammlungsräumen der Universität Paul-Sabatier. Die beiden großen Küchentische sowie die Stühle vom Campus der Universität du Mirail. Und das merkwürdige Metallregal, das in der Diele an der Wand befestigt war, musste aus den Räumen des Instituts für Politische Studien neben der Fakultät der Sozialwissenschaften entwendet worden sein. Man muss sich das in etwa so vorstellen: Am Abend legten wir uns in einer leeren Wohnung schlafen, und wenn wir am nächsten Morgen aufwachten, glich unser Wohnzimmer, dank der Gnade eines Abkömmlings des Propheten, der Höhle Ali Babas. Dann steckte sich Simon eine Zigarette an und betrachtete uns mit aufmerksamen, vor Vergnügen schelmisch funkelnden Augen. Äußerlich war Weitzman der Doppelgänger des algerischen Staatspräsidenten Houari Boumedienne, eine Ähnlichkeit, die in Anbetracht des politischen und rassenfeindlichen Klimas jener Zeit nicht gerade von Vorteil war. Doch Simon lebte in einer Welt weit jenseits solch prosaischer Dinge. Pragmatisch, intelligent, sich an jede Situation sofort anpassend, improvisierte er sein Leben der Notwendigkeit des Augenblicks entsprechend. Er benutzte und stibitzte alles, was ihm gerade zwischen die Finger kam, das Glück genauso wie ein Damenfahrrad, ein paar Skier oder Sessel aus Skai. Simon war kein Dieb. Er ignorierte ganz einfach die Existenz des Eigentums. Für ihn war die Welt ein gemeinsamer Topf, aus dem sich jeder nach Lust und Notwendigkeit bedienen durfte. Natürlich wusste er, dass es Regeln, Verbote und Gebräuche gab, aber er änderte sie einfach oder setzte sich mit jener eleganten mediterranen Verachtung, mit diesem sympathischen Enthusiasmus über sie hinweg, der lebhaften Kindern eigen ist.

Nachts empfing Simon. Diskrete Gesellen, die uns manchmal am frühen Morgen über den Weg liefen und sämtlich einen prägnanten Geruch nach Geheimnis und kaltem Tabak hinterließen. Zu jener Zeit häuften sich die Demonstrationen und Attentate gegen das Franco-Regime. Vor dem Spanischen Konsulat, das zwei Schritte von der Präfektur und dem Palais Niel, dem Hauptquartier der Armee, entfernt war, wurden selbst gebastelte Bomben deponiert. Die Häufigkeit und Lautstärke der nächtlichen Explosionen nahmen zu, während der Caudillo auf der anderen Seite der Grenze weiterhin Exekutionen von politischen Gefangenen anordnete und sie mit der Garrotte hinrichten ließ.

Simon und Mathias hatten Kontakte zu den militanten Francogegnern geknüpft, die diversen Gruppierungen zur aktiven Bekämpfung der Diktatur angehörten. In der Wohnung gaben sich Basken, Katalanen und Mitglieder der CNT die Klinke in die Hand. Trotz seiner zweifelhaften Abstammung und angeblichen Familienbande mit der marokkanischen Diktatur, seines Rufs als Büroplünderer und Fahrraddieb, wurde Simon rasch zum einzigen Gesprächspartner für unsere Besucher. Wir konnten viel besser Spanisch als er, unsere politische Bildung war einiges umfassender, und doch war er derjenige, der Vertrauen einflößte, der als solidarischer Repräsentant des internationalen Kampfes angesehen wurde. Nicht selten zogen sich unsere Gäste zum Diskutieren sogar lieber mit ihm in sein Zimmer zurück. Wir fühlten uns in diesen Augenblicken tief gekränkt. Und unsere Eifersucht erlebte ihren Höhepunkt, als uns Simon eines Abends mitten beim Essen ankündigte:

»Heute Nacht geht es in die Luft.«

»Was geht in die Luft?«

»Das Konsulat.«

»Wie, das Konsulat?«

»Ich sage nur, das Konsulat geht in die Luft. Das ist alles.«

»Und woher willst du das wissen?«

»Ich weiß es eben.«

Um zwei Uhr morgens wurde das ganze Viertel von einer ohrenbetäubenden Detonation aus dem Bett geholt. Offenbar von identischen Gefühlen getrieben, stürzten Mathias, Hector und ich aus unseren Zimmern. Wir fanden Simon in einem Sessel sitzend, mit einem Zigarillo und der Lässigkeit eines englischen Sommerfrischlers.

»Woher wusstest du das?«

Er betrachtete mich mit seiner sympathischen Gaunervisage, führte den Stummel an die Lippen und blies ein paar Ringe, die zur Decke strebten und miteinander verschmolzen. Dann streifte er, noch geheimnisvoller als sonst, seinen Mantel über und verließ das Haus, ohne sich noch einmal umzudrehen, mit einem kurzen »Gute Nacht, Leute«.

Ich arbeitete damals als externe Aufsichtsperson im allgemeinbildenden Marie-Curie-Gymnasium in einem entfernten Vorort von Toulouse. Die Einrichtung, die über vierhundert Schüler zählte, wurde geleitet von einer in menschlicher Hinsicht erbärmlichen, intellektuell bedürftigen und professionell perversen Figur. In Edmond Castan-Bouisses hartem Gesichtsausdruck lag etwas, das an die unförmigen Züge Benito Mussolinis erinnerte. Er leitete seine Schule so, wie man ein Schlachtschiff führt. Er, der einzige Herr am Steuer, ein paar notorisch feige und unterwürfige Subalterne auf dem Oberdeck aufgereiht, und alle anderen, Lehrlinge und Vorarbeiter gemischt, in den Maschinensaal gezwängt. Mit anderen Worten, Castan-Bouisse war ein astreines Arschloch, ein selbstgefälliger Waschlappen, der gestärkt aus dem Scheitern der 68er Bewegung hervorgegangen war.

Ich fing 1970 dort an, in jenem Jahr, als er beschlossen hatte, das Ruder wieder fest in die Hand zu nehmen und Lehrer wie Schüler die Spitzfindigkeiten einer neuen Hausordnung spüren zu lassen, die direkt seinem resopalfurnierten Gehirn entsprungen war.

Das Marie-Curie-Gymnasium gehörte zu jenen Einrichtungen, die an Ansehen eingebüßt hatten, seit sie eine im Wesentlichen ländliche Schülerschaft aufnehmen mussten, die bis dahin auf die kleinen Schulen des Departements verteilt gewesen war. Die Kinder des Marie-Curie waren zum großen Teil Töchter und Söhne von Landwirten, die restlichen stammten aus bescheidenen Familien, die sich in diesen billigen, um die Städte herum verstreuten Siedlungen sammelten. Castan-Bouisse hatte nur Verachtung übrig für diese, wie er es nannte, »unmögliche Klientel«. Er konnte nicht begreifen, dass die Schulverwaltung ihn, den Hüter des Gesetzes, den Wächter der Tugend in ein solches Rattenloch verbannt hatte. Er mit seinem ganzen Können, seiner ruhmreichen Vergangenheit im Widerstand – von seinen Widersachern allerdings stark in Zweifel gezogen –, mit seinen fließenden Griechisch- und Lateinkenntnissen – laut der Fachleute völlig überschätzt – hätte es verdient, ein Gymnasium von größerem Renommee zu leiten. Stattdessen saß er nun hier, wie er sagte, inmitten einer feindlichen, rohen, nahezu barbarischen Bevölkerung, sekundiert von einer Brigade Unfähiger, die mehr damit beschäftigt waren, sich gewerkschaftlich zu organisieren und herumzuhuren, als die elementaren Regeln des höheren Schulwesens zu beachten.

»Ich nehme an, Sie haben nicht vor, Ihre Haare so lang zu lassen?«

Das war die erste Frage, die mir Castan-Bouisse beim Vorstellungsgespräch stellte. Er wusste weder meinen Namen, noch woher ich kam, weder was ich studierte, noch ob mein Bruder gestorben war oder meine Eltern noch lebten, aber er hatte bereits die wesentliche Frage meines Erscheinungsbildes aufgeworfen.

Solange mein Job im Marie-Curie dauerte, musste Castan-Bouisse allerdings mit dieser Mähne auskommen, deren Anblick ihm im wahrsten Sinn des Wortes unerträglich war. Schon meine Anwesenheit allein irritierte ihn so sehr, dass ich ihn durch die Stille seines Büros hindurch und vorgewarnt von den gewaltigen Kontraktionen seiner Kaumuskeln, mit den Zähnen knirschen hörte. Er hatte an seiner Tür zwei Emailtäfelchen anbringen lassen, auf denen zu lesen war: »Leitung«, und darunter in gotischen Lettern: »Direktor«. Man kann sich leicht vorstellen, dass die Wahl einer solchen Schrift kein anderes Ziel hatte, als die Landbevölkerung einzuschüchtern, die kleinen Schulmeister zu erschrecken und seine Aura als unerbittlicher Diktator der Vorstadt zu festigen.

»... außerdem möchte ich Sie bitten, mit den Schülern keinen vertraulichen Umgang zu pflegen, die meisten von ihnen haben nicht die Erziehung genossen, die ihnen erlauben würde, die Subtilitäten von Autoritätsbeziehungen zu erfassen. Begnügen Sie sich also damit, die Hausordnung buchstabengetreu zu befolgen und mich bei der kleinsten Übertretung zu informieren. Und ... Ihre Haare ... so schnell wie möglich natürlich.«

Bei diesen letzten Worten imitierte er mit Zeige- und Mittelfinger eine Schere, die er mit perverser und genießerischer Miene an der Seite seiner schon ziemlich fortgeschrittenen Kahlköpfigkeit entlangführte.

Das Leben im Marie-Curie war eine Art dreistöckige Hölle. In der ersten Etage hatte ich das Tohuwabohu von Schülern zu ertragen, die genau verstanden, dass ich kein Wachhund war, sondern eher ein Haustierchen, das ihnen nichts Böses wollte. Ganz oben ließ es sich der Kaiser nicht nehmen, mir meine linksextreme Vulgata, meine fehlende Autorität und meine Haarfülle vorzuwerfen. Was die Lehrer betrifft, die im Geschoss zwischen diesen beiden Unannehmlichkeiten dahindämmerten, so machten sie sich eine Pflicht und manche sogar ein Vergnügen daraus, Castan-Bouisses Bemerkungen nachzuplappern, und nicht selten übertrafen sie ihn sogar noch in seiner Kritik.

In dieser schulischen Kloake gab es nur zwei kleine Clans, die mir bescheidene Unterstützung und Trost boten. Zuerst waren da die kommunistischen Lehrer, drei an der Zahl, organisiert in der Lehrergewerkschaft SNI, gegen die Castan-Bouisse seit Jahren einen erbitterten Kleinkrieg führte. Privat und in Gesellschaft seiner Gefolgsleute nannte er dieses Lehrertrio die »Bolschos« oder die »Russenfront«. Und nun hatte ich mit meinem Kommen genau diese Front entlastet. Indem sich der neue Hass der Leitung auf mich konzentrierte, erlaubte ich den Sowjets, etwas aufzuatmen, sich zu reorganisieren und gezielte Aktionen gegen einen Direktor zu führen, der inzwischen auf zwei Kriegsschauplätzen zu kämpfen hatte. Vor jeder Wahl des schulischen Verwaltungsrats versuchten mich die »Roten«, wie man sie damals nannte, ungeschickt zu hofieren und einzuwickeln, indem sie mir zum Beispiel immer wieder sagten, ich sei ihr »objektiver Verbündeter«.

Die zweite Gruppe, die nicht gegen mich intrigierte, bestand aus verliebten Ehebrechern. Sie stellten eine nicht zu vernachlässigende Größe dar, eine interessante Unterkategorie. Die Sympathie, die sie mir bekundeten, war ganz einfach zu erklären: Wenn sie ihren außerehelichen Geschäften nachgingen, hatten alle den Eindruck, etwas Nichtwiedergutzumachendes zu tun, die sakrosankten Hausregeln zu übertreten und permanent das Disziplinargericht herauszufordern. Infantile Erwachsene, erschrocken und zugleich erregt über ihre winzigen Schandtaten, fühlten sie sich heimlich solidarisch mit der »rebellischen« Welt, deren Repräsentant ich in ihren Augen war. Sie versuchten sich selbst davon zu überzeugen, dass es ein Ausdruck von Emanzipation und Befreiung sei, ihre Lebensgefährten anzulügen, sich im Lehrerzimmer zu streifen oder sich zwischen zwei Unterrichtsstunden zu berühren und jeden zweiten Mittwoch zu vögeln. Sie sahen sich als die Avantgarde einer neuen sexuellen Unordnung in einer gegängelten, normativen und lustfeindlichen Gesellschaft. Jeden zweiten Mittwoch lieh ich ihnen die Schlüssel zu meiner Wohnung in der Allée des Soupirs, wo sie für die Dauer von ein paar Stunden nach Lust und Laune stöhnen konnten. Sie hatten wenig Zeit für ihre Bettgeschichten, denn ihre jeweiligen Gefährten, verbeamtete Lehrer wie sie, nahmen es mit den häuslichen Regeln peinlich genau und ließen nicht mit sich spaßen, wenn es um die festen Essenszeiten ging. Mehrmals pro Woche kam es außerdem vor, dass ich morgens das eine oder andere dieser illegalen Paare in die Schule chauffierte. Sie holten mich gegen sieben Uhr dreißig vor meiner Wohnung ab, kletterten auf die Hinterbank meines Volkswagens und knutschten die ganze Fahrt über. Manchmal richteten sie sich dabei ziemlich zu, und wie ein gefälliger Taxifahrer musste ich ein Stück vor dem Gymnasium halten, damit sie ihre Haare wieder in Ordnung bringen und die Kleidung zurechtrücken konnten. Doch es nützte nicht viel, ihre angelaufenen Wangen und extrem roten Lippen verrieten die Intensität ihrer soeben erlebten Gefühlsausbrüche.

Nach ein paar Monaten war ich so sehr in ihre Intimitäten involviert, dass sie überhaupt keine Hemmungen mehr vor mir kannten. Ich denke da vor allem an diese Englischlehrerin, die abends nach dem Unterricht in den Volkswagen sprang, wo bereits ihr Geliebter auf sie wartete, den Rock hochschob und zu ihm sagte: »Ich bin schon ganz nass.« Sie verkündete das mit der naiven Stimme einer Spätpubertierenden, ohne die geringste Scham, als wäre ich eine zu vernachlässigende, abstrakte Größe, ein Diener aus einer vergangenen Epoche, taub, blind und stumm. Was diese triefende Madonna nicht daran hinderte, am nächsten Morgen einen Schüler trocken vor die Tür zu stellen, nur weil er Kaugummi kaute. Die enorme Scheinheiligkeit dieser Lehrer, ihre erstaunliche Inkonsequenz, ihr erbärmliches Bedürfnis, Strenge zu bekunden, verblüfften mich, ganz unabhängig vom Grad ihrer sexuellen Misere.

Ich blieb fast vier Jahre in diesem deprimierenden, demoralisierenden, bornierten Universum, wo man auf alles gefasst sein musste. Es kam mir vor, als würden all diese Figuren in ihrer jeweiligen Rolle gegenüber dem eisernen Castan-Bouisse versteinern, der das kleine Arbeitslager systematisch marterte, als dessen Kapo und Beschützer er sich rühmte. Eines Tages fand er, als er in sein Büro kam, mit schwarzer Tinte die Inschrift »Heil!« auf seine Tür geschrieben. Der Zwischenfall wuchs sich zu einer halb öffentlichen Polemik über seine Vergangenheit als Pseudowiderstandskämpfer aus. Ich wusste nicht, was Castan-Bouisse während des Krieges getan hatte, doch wenn man sah, was für elendigliche Kämpfe er zu Friedenszeiten führte, musste man das Schlimmste befürchten.

Zu Beginn der Sommerferien 1974 kehrte ich dem Marie-Curie-Gymnasium für immer den Rücken. Am Tag meines Abschieds wartete Castan-Bouisse nach der letzten Schulstunde auf mich:

»Sie wollen uns also heute verlassen, Monsieur Blick? Sie wissen bereits, was ich von Ihnen halte, also ersparen wir uns Floskeln in der Art von ›Sie werden uns sehr fehlen!‹. Sie werden hier niemandem fehlen, außer vielleicht den kleinen Schreihälsen und Schmutzfinken, die hoffentlich nächstes Jahr einen engagierteren und weniger permissiven Aufseher vor sich haben werden. Nehmen Sie Drogen, Monsieur Blick?«

»Es kommt vor.«

»Ich wusste es. Todsicher. Sie haben manchmal diese typisch erweiterten Pupillen.«

»Ich muss jetzt gehen, Monsieur Bouisse.«

»Castan-Bouisse, bitte, Sie befinden sich noch immer in meiner Einrichtung. Und sprechen Sie nicht in diesem herablassenden Ton mit mir, wenn ich bitten darf.«

Die Aussprache dieses Mannes erinnerte mich an den beißenden, scharfen Ton meiner Großmutter Marie Blick. Wie bei ihr fühlte man, dass er die allergrößte Mühe hatte, diesen hasserfüllten Köter zu bändigen, der in ihm drin ständig an der Leine riss.

»Eine letzte Frage noch. Das waren doch Sie, nicht wahr, der letztes Jahr dieses deutsche Wort an meine Tür geschrieben hat?«

»Sie meinen ›Heil‹?«

»Ja, das meine ich.«

Ein letztes Mal betrachtete ich diesen kleinen, stets gepflegten Gauleiter, der sommers wie winters in seinen grauen Anzug gezwängt war und immer frisch rasiert. Trotz seiner wilden Entschlossenheit, ständig seine Männlichkeit in Szene zu setzen, ging von ihm etwas Ambivalentes, gar Weibliches aus. Man konnte sich ohne Mühe vorstellen, dass er Saunen und Männertoiletten frequentierte.

»Nein. Ich habe nie etwas auf Ihre Tür geschrieben.«

»Hören Sie mir mal gut zu. Ich weiß genau, dass Sie das waren. Ich weiß es, so wie ich wusste, dass Sie Drogen nehmen. Darum habe ich einen Bericht über all das an die Schulverwaltung geschrieben. Einen detaillierten Bericht. Ich hoffe, dass dieses Dossier Sie auf all Ihren Wegen verfolgen und Sie daran hindern wird, in den nationalen Schuldienst einzutreten, falls Sie je die Absicht dazu gehabt haben sollten. Und jetzt, machen Sie, dass Sie von hier wegkommen.«

Der Sommer in jenem Jahr war im Südwesten ungewöhnlich heiß und trocken. Mein Vater, der die Werkstatt seinem jungen Stellvertreter überlassen hatte, hielt sich oft zu Hause auf, wo er sich vorwiegend um seinen Garten kümmerte, der eine wahre Pracht geworden war, ein Museum, eine richtige Pflanzengalerie. In wenigen Jahren hatte er es geschafft, einen alten arthritischen Park in ein wogendes Pflanzenmeer zu verwandeln, in dem die vielfältigsten Arten zu finden waren. Manche Sträucher zogen sich wie grüne Flüsse die langen Alleen entlang, während andere sich wie dichte Pelzkrägen um Ulmen und Zedern legten. Zurechtgestutzt, herausgeputzt und um ihre abgestorbenen Äste erleichtert, zeigten sich die Palmen, Platanen, Kastanienbäume, Akazien, Judasbäume und Brombeersträucher von ihrer besten Seite. Und dazwischen überall ein kurz geschorener, saftiger, kräftiger Rasen, der Beete und Sträucher miteinander verband und regelmäßig von einem Rasenmäher englischer Marke frisiert wurde, wonach er tagelang die parallelen Spuren seines gezirkelten Schnittes bewahrte.

Dieser Garten war für meinen Vater weit mehr als ein Zeitvertreib, er stellte eine Art Kur für seine Herzbeschwerden dar, seinen letzten Lebensinhalt. Und immer kommt es genau dann, wenn man nach jahrelanger Anstrengung endlich Glück und Erfüllung erreicht zu haben glaubt, das unvorhersehbare Ereignis, das einen am Boden zerstört, uns, unsere Träume und unsere Arbeit.

Die Trockenheit vernichtete den letzten kleinen Funken

Leben meines Vaters. Eine Trockenheit von erdrückender Dauer und Intensität. In jenem Jahr hatte es im Frühjahr kaum geregnet. Keine Niederschläge im Juni, praktisch nichts im April und Mai. Der Juli war ein einziger Brutkasten unter einem verzweifelt blauen Himmel, so dass die Regierung Mitte des Monats Restriktionsmaßnahmen ergriff. Auf dem Land wurde das Gießen der Kulturen reglementiert, und es durfte nicht mehr aus den toten Gewässern des Canal du Midi gepumpt werden. In Toulouse war es verboten, das Auto zu waschen, Schwimmbecken zu füllen und die Gärten zu gießen, private genauso wie öffentliche.

Mein Vater, ein loyaler Bürger und in der Seele Republikaner, beachtete die Auflage buchstabengetreu und ließ seinen schottischen Rasen langsam gelb werden. Dann begannen die am meisten exponierten Sträucher langsam in der Sonne zu grillen und schließlich auch die Bäume. Die Kirschbäume trockneten aus und verloren ihre Blätter wie im November. Nach und nach wurde eine ganze Natur ausgelöscht. Der Boden bekam Risse, und die Wurzeln suchten unter der Erde vergeblich nach einem Tropfen Wasser.

Abends trank ich manchmal mit meinem Vater einen Kaffee. Wir setzten uns in den Garten und hörten dem Fallen der Blätter zu. Wenn sie am Boden auftrafen, gab es ein kleines metallisches Geräusch, an das sich mein Vater einfach nicht gewöhnen konnte.

»Alles ausgetrocknet. Der ganze Park geht zugrunde.«

Anfang August beschloss er, das Gesetz zu übertreten und nachts die Bäume zu gießen. Er hatte mehrere Schläuche angeschlossen, die er alle Viertelstunde umlegte. Er ging schnell vor, wie ein Fahrraddieb, aus Angst, man könnte ihn dabei ertappen, wie er öffentliche Güter veruntreute. Sein Gewissen versuchte er mit der Erklärung zu erleichtern, wenn er nachts gieße, würde er die Verdunstung verhindern und somit dem Grundwasser einen großen Teil von dem zurückgeben, was er ihm wegnahm. Eine gute Woche lang schaffte er es, sich selbst zu belügen, dann erledigten sich die Gewissenskonflikte von selbst: Die Pumpen liefen leer, das Grundwasser war ausgetrocknet.

Die folgenden Tage verbrachte mein Vater damit, die Wettervorhersagen zu hören in der Hoffnung auf die Ankündigung eines Tiefs. Abends trat er auf die Terrasse hinaus und betrachtete den Himmel, das Wetterleuchten, das sich in der Ferne entzündete.

Gegen Ende August brachen endlich gewaltige Gewitter los. Ich war bei meinem Vater, als die ersten Regengüsse niedergingen. Wir traten hinaus, um diesen besonderen Geruch von nasser Erde einzuatmen. Die wirbelnde Luft trug alle möglichen pflanzlichen Düfte heran, die plötzlich durch den Regen befreit wurden. Im Garten klatschten riesige Tropfen wie Kugeln aus Stahl auf den trockenen Blätterteppich.

»Ich hätte mir nie vorgestellt, dass das alles irgendwann so zu Ende gehen würde. In einer Woche fängt das Gras wieder an zu grünen. Aber für den Rest ist es zu spät. Sämtliches Wasser des Himmels würde es nicht schaffen, diese toten Bäume wieder zu beleben.«

Frankreich hatte einen neuen Staatspräsidenten, Richard Nixon war soeben zurückgetreten, die Welt war Kriegen und Reibereien ausgeliefert, doch an jenem Abend gab es für mich nichts Traurigeres, als meinen Vater zu sehen, einen sanftmütigen aufgeklärten Monarchen, der am Rand seines entvölkerten, leblosen Reiches umherirrte.

Alain Poher
(Zweite Amtszeit, 2. April 1974 – 27. Mai 1974)

Bevor mein Vater in jenem Sommer die Launen des Himmels zu erleiden hatte, musste ich für meinen Teil im Frühling die Praktiken eines psychisch gestörten Zahnarztes über mich ergehen lassen. Sein Name hätte mich warnen müssen. Er hieß Edgar Hoover, wie der Direktor des FBI. Hoover war Maries Chef, mit der ich noch immer eine sporadische Beziehung unterhielt. Seit der Episode mit dem Mond riefen wir einander von Zeit zu Zeit an, um zu hören, wie es dem anderen ging, und uns über die kleinen Ereignisse des Lebens auf dem Laufenden zu halten. So war es ganz natürlich, dass ich sie um Hilfe bat, als ich in einem meiner Backenzähne heftige Schmerzen bekam. Marie organisierte mir noch am selben Tag einen Termin bei Hoover, einem wahrhaftigen Koloss, dessen Gesicht durch einen übermäßigen Haarwuchs ganz finster wirkte. Seine einzelnen Bartstoppeln schienen steif und hart wie Zaunpfähle. Man konnte sich nicht vorstellen, wie sich ein Rasierapparat durch ein solches Pfostenfeld hindurchkämpfen sollte. Darüber hinaus säumte eine Art schwarzes Flies den Kragen seines Kittels, unter dem man einen dichten Pelz ahnte, der Brust und Rücken gleichermaßen überzog.

Dieser alterslose Mann litt an einer Krankheit, die allen Leuten seines Berufs gemein ist: Er sprach mit sich selbst. Er ließ einen auf dem Stuhl Platz nehmen, fragte, wo man Schmerzen habe, und sobald die Behandlung anfing, ging ein erschlagender Monolog los, in dem er sich über ein sportliches Ereignis, die Abenteuer irgendeiner Berühmtheit, über Watergate, die nächsten Präsidentschaftswahlen oder seine Einstellung zu Alain Poher ausließ. Hoover war, wie ich erfahren hatte, seit zwei Jahren, der wenn auch nur gelegentliche, so doch eifersüchtige Liebhaber Maries. Ich wusste um ihre Beziehung, aber ich konnte mir auch nicht eine Sekunde lang vorstellen, wie die beiden nebeneinander im Bett lagen, konnte mir einfach nicht vorstellen, dass diese raue, behaarte Masse zwischen Maries samtenen Beinen strampelte oder dass dieses Kadmiumkinn ihre Porzellanbrüste zerkratzte. Und doch hatte Edgar Hoover nichts anderes im Sinn.

Marie hatte mir auch anvertraut, dass der Zahnarzt – seit sich seine Frau mit seinem Teilhaber davongemacht hatte – unter einer chronischen Depression litt, die er nach amerikanischer Methode pflegte, indem er jeden Abend, bevor er seine Praxis schloss, mehrere Dosen von dem Lachgas nahm, das er manchmal als Leichtbetäubungsmittel einsetzte. Das war seine Art, den Rest des Abends in Angriff zu nehmen und das, was er als ständiges Scheitern seines Lebens betrachtete. Oft hatte ihn Marie ausgestreckt auf dem Behandlungsstuhl vorgefunden, wie er, die Maske über dem Gesicht, zur Decke starrend, dieses Stickstoffoxid, seinen professionellen Sake, sein Cannabis vom Fass, tief einzog.

»Tut's hier weh, wenn ich drauf drücke, hier, he?«

Hoover schien ein lustvolles Verhältnis zum Schmerz zu pflegen. Vor allem, wenn er selbst ihn verursachte. Man musste blind sein, diesen Glücksschimmer in seinen Augen nicht zu bemerken, wenn er mit einem einfachen Druck des Zeigefingers eine Havarie im Gebiss auslöste. Bestimmt erlaubte ihm dieser sadistische Schauder, auszuhalten bis zur kritischen Stunde, da er die Wonnen des Gases genießen konnte.

»Ich gebe Ihnen ein Antibiotikum, und in fünf, sechs Tagen werde ich die Wurzel abtöten. Da tut es doch weh, he?«

Und wieder zuckte ein Blitz durch meinen Mund.

Marie hätte ihm besser nicht von unserer ehemaligen Beziehung erzählt. Sobald ich durch Hoovers Tür getreten war, spürte ich, dass er mich nicht mochte, dass ich in seinen Augen all das verkörperte, was er hasste.

Marie lebte nicht mit Edgar Hoover zusammen. Sie hatte ihre Wohnung behalten und übernachtete weiterhin mehrmals pro Woche dort. An jenem Abend gingen wir, wohl durch die besonderen Umstände unseres Wiedersehens stimuliert, zu ihr, wo sie mir wie gewöhnlich eine Ahnung vom Glück verschaffte und mich durch das ganze Bett wirbelte. Der Zahnschmerz stach währenddessen weiter heftig auf mich ein, jetzt noch verzehnfacht durch mein Herzklopfen und die Intensität meiner Lust.

Am Morgen begann ich meine Antibiotikum-Behandlung. Eine Stunde nach Einnahme der ersten Kapsel fing mein ganzes Glied heftig an zu jucken. Dieser Hautreiz wurde von einem beunruhigenden Brennen abgelöst. Gegen Mittag hatte mein Schwanz ein erschreckendes Aussehen und eine eigenartige Färbung angenommen. Die Haut war voller Blasen, dicke widerliche Blattern, die ich mir voller infektiöser Keime vorstellte. Ich hatte keine Ahnung, was für ein stinkendes Leiden mich da heimsuchte, und konnte mir nicht vorstellen, dass Marie mir einen Alien mit solch giftigen, heftigen, ungeheuren Eigenschaften übertragen hatte. Ich umwickelte mein Ding mit einer dicken Gazeschicht, raste zu einem Dermatologen, der keine lange Untersuchung benötigte, um ein pigmentiertes Erythem infolge einer allergischen Reaktion auf das Antibiotikum zu diagnostizieren und mir vierzig bis fünfzig Tage bis zur vollständigen Heilung voraussagte.

Fast zwei Monate lang lebte ich so, mit bis aufs Fleisch aufgeschürftem Schwanz, eingeschnürt wie eine Mumie in stinkende Bandagen aus salbengetränktem Mull. Mein Zahn, inzwischen jeder Behandlung enthoben, hatte seinen Veitstanz wieder aufgenommen. Ich war Stammgast bei Hoover, aber es war nichts zu machen. Die Mittel, die er mir verschrieb, erlaubten mir gerade mal, nachts ein paar Stunden zu schlafen. Ich versuchte meinen stechenden Schmerzen auszuweichen, wie man über eine Pfütze springt. Bei keinem unserer Termine ließ es sich Hoover entgehen, die Fingerspitze auf die am schlimmsten entzündete Stelle meines Zahnfleischs zu drücken.

»Hier ist es, he? Das strahlt bis in den Oberkiefer, wenn ich so drücke, he?«

Nachdem er sich diese rein sadistischen Momente gegönnt hatte, holte er seine Stickstoffflasche, legte mir die Maske aufs Gesicht und öffnete weit die Ventile. Meine Lungen wurden von einer Wolke des Glücks durchströmt, das so artifiziell und flüchtig war wie im richtigen Leben. Ich erinnere mich, dass Hoover jedes Mal, bevor er seine Korbflasche wegräumte, rasch und verstohlen eine Nase voll einatmete, so wie jemand, der das Glas eines Gastes leert. Wenn ich wieder aufstand, hatte ich stets das Gefühl, in einer schwankenden Welt zu leben, in der nichts aufrecht stand, und musste mich sogar seitwärts lehnen, um durch die Türen zu kommen, die in dieser Praxis alle schief eingebaut waren. Traf ich im Flur auf Marie, machte ich ihr ein freundschaftliches Zeichen, doch ich war geistig so verlangsamt, dass sie bereits mit einem anderen Patienten im Behandlungszimmer verschwunden war, wenn meine Hand sich in Bewegung setzte.

Ich kam fast täglich, um die Meinung des Fachmanns zu hören.

»Der Abszess ist noch mehr geschwollen. Und da Sie keine Antibiotika nehmen können, muss ich wohl operieren. Sie sind doch nicht zufällig auch auf Anästhesiemittel allergisch?«

Hoover hatte mir die Frage wieder mit dieser Betonung gestellt, die den Perversen verriet. Je länger die Sitzungen dauerten, umso überzeugter wurde ich, dass dieser Mann von neurotischer Eifersucht besessen war und mir meine Beziehung zu Marie heimzahlen wollte.

»Machen Sie den Mund weit auf. Wenn ich die Nadel einsteche, tut es weh, danach müssten die Schmerzen aufhören.«

Ich befand mich in den Pratzen eines Gorillas. Hoover stach in mich rein wie in den Schlauch eines Reifens, wenn er mir sein legales Gift einspritzte. Marie an seiner Seite, die Schutzmaske auf dem Gesicht, assistierte ihm bei seinen Freveltaten. Sie konnte in meinen Mund sehen, darin sämtliche Schwächen entdecken und hatte freie Sicht bis zu den Furchen meiner Mandeln. Ich wusste, dass sie von nun an eine klinische, chirurgische Wahrnehmung meiner Öffnungen haben würde. Diese Vorstellung gefiel mir gar nicht.

»Schatz, gib ihm ein bisschen Gas.«

Vor allen anderen Patienten siezte Hoover Marie und nannte sie *Mademoiselle*. Wenn ich da war, zog er, zweifelsohne um seine Vorrechte als dominantes Männchen zu markieren, das Kosewort vor. Und so verabreichte mir *Schatz* eine gehörige Dosis Stickstoffoxyd. Dann klemmte mir *Schatz* einen Mundspreizer ins Gebiss, stopfte mir Wattetampons in die Backenhöhlen, saugte meinen Speichel ab, tupfte ein paar Blutfäden auf, und während Hoover mein wundes Zahnfleisch traktierte, dachte ich daran, was *Schatz* ein paar Tage zuvor mit meinem Glied angestellt hatte, ein inzwischen verunstaltetes Organ, zum Ruhestand verurteilt und gewickelt wie eine vulgäre Frühlingsrolle. Hoover steckte mir alles in den Mund, was ihm zwischen die Finger kam. Achtlos stopfte er seine Instrumente hinein, etwa so, wie man morgens, bevor man zum Fischen ausfährt, seinen Kombi packt. Und dabei sprach und plapperte er ohne Unterlass.

»... Diese Wahlen werden natürlich ganz anders diesmal. Erinnern Sie sich an Barbu, der weinte, ich weiß nicht mehr in welchem Jahr, und an Ducatel, der seine erste Rede anfing mit: ›Ich stelle mich vor: Louis Ducatel, Erfinder des gleichnamigen Schlauches.‹ ... Schatz, hier ... saugen ... nein, diesmal, mit Dumont, dem Grünen, und dieser Frau, ich weiß nicht mehr, wie sie heißt, gehen wir gegen ... Schatz, mach mir eine neue Spritze fertig und leg noch ein wenig Gas nach ...«

Hoover behandelte mich mit seinen dämonischen Cocktails, seiner pervertierten Beziehung zur Schmerztherapie wie ein Tobsüchtiger. In Wirklichkeit hielt er mich unter seiner Fuchtel, kontrollierte mich, fügte mir während seiner mysteriösen Eingriffe außergewöhnliche Schmerzen und Wunden zu, die danach nur er allein mit seinen Spritzen, seinen Gelatinekapseln und seinem Gas aus der Flasche beruhigen konnte. Innerhalb von zwei Wochen war es Hoover gelungen, mein Glied zu ruinieren und aus mir einen unterwürfigen, betäubungsmittelabhängigen Patienten zu machen, der unfähig war, den kleinsten Unterschied zu sehen zwischen den Programmen der einzelnen Präsidentschaftskandidaten wie Renouvin, Krivine, Royer oder Laguiller, der vor allem aber außer Stande war, sich *Schatz* anzunähern und sie zu beglücken.

Valéry Giscard d'Estaing
(27. Mai 1974 – 21. Mai 1981)

Ich bin nie zur Wahl gegangen. Ein Prinzip, von dem ich hoffentlich nie werde abweichen müssen. Bis jetzt habe ich allen Verlockungen, sämtlichen Versuchen, Schuldgefühle zu erzeugen, allen Verunsicherungstaktiken, jeder Form von Druck und Erpressung sowie dem Schwall fundierter Argumentationen oder scheinwahrer Spitzfindigkeiten widerstanden, indem ich mich an den einzigen Kanon meines einfachen Breviers hielt, der besagt, nur die dümmsten Kälber wählen ihren Schlächter selber, was seit 1968 jeder weiß. So habe ich in aller Bescheidenheit stets darauf verzichtet, mit von der Partie zu sein. Dies mag manchem feinen Geist etwas kurzsichtig erscheinen, doch für mich ist damit das Wesentliche auf den Punkt gebracht. Hier ist nicht der Ort, dies weiter auszuführen. Sagen wir einfach, dass sich, abgesehen davon, dass es an dieser Vorbedingung nichts zu rütteln gab, während meines ganzen Lebens unter dieser Fünften Republik nicht ein einziger Kandidat auf Stimmensuche eingefunden hat, dem ich bedenkenlos die Schlüssel meines Wagens oder meines Häuschens anvertraut hätte, kurz, ein Typ, mit dem ich gerne eine Woche in die Ferien oder auch nur gemeinsam zum Angeln gefahren wäre. An jenem Abend des 19. Mai 1974 allerdings, als ich sah, dass Giscard d'Estaing mit 1,62 Prozent Vorsprung gewählt wurde, also mit gerade mal 424 599 Stimmen mehr als sein Herausforderer, der zwar unbestreitbar ein *Sozialverräter* war, aber doch in jeder Hinsicht vorzuziehen, spürte ich eine Stunde lang jene Wehmut, die mitschwingt, wenn man eine schlechte Tat verdaut.

Wenn ich bislang kaum über mein Studium der Soziologie gesprochen habe, dann, weil es einer langen, angenehmen physiotherapeutischen Sitzung gleichkam. Nach vier Jahren Anwesenheit hatte ich keine einzige Zeile geschrieben, nicht die kleinste Arbeit abgegeben, nicht die geringste Prüfung abgelegt. Der Unterricht glich eher einer Vollversammlung als einer Vorlesung. Und hätten manche Dozenten auch nur die Versuchung zum Dozieren verspürt, so hätten sie sich wohl ziemlich schnell in einem Umerziehungslager, auf den Feldern oder in der Fabrik wieder gefunden, um die Grundregeln aus dem *Handbuch der Lebenskunst für die jungen Generationen* zu studieren. Am Ende jedes Jahres stellte uns die Verwaltung ohne Gegenleistung unsere Scheine aus. Es gab keinerlei Kontrolle, keinerlei Prüfung. Es war unnötig, die Noten einzufordern, die wir brauchten, um zur Zwischenprüfung und später zum Magister zugelassen zu werden, unnötig, das kleinste Dokument auszufüllen; alles geschah ganz automatisch. Nicht einmal unsere Präsenz in den Vorlesungen war erforderlich. Es reichte, zu Beginn des Studienjahres die Clubkarte an sich zu nehmen und sich dann treiben zu lassen, von Zeit zu Zeit vorbeizuschauen und darauf hinzuweisen: *Dialectics can break bricks*. Die Vorlesungen beschränkten sich auf nicht enden wollende ideologische, strategische Grabenkämpfe zwischen Situationisten, Maoisten, Trotzkisten, Anarchisten, Mitgliedern der kommunistischen marxistisch-leninistischen Partei Frankreichs (PCMLF) und bereits einer Hand voll radikaler Autonomer, Partisanen des bewaffneten Kampfes. Der Dienst habende Dozent machte verschwiegen, diskret und beflissen Notizen und vervollständigte so seine Bildung durch diesen stetigen Austausch von Gedanken, die zugegebenermaßen gelegentlich dazu neigten, ihr revolutionäres und innovatives Potenzial etwas zu überschätzen.

Ich wäre unfähig zu sagen, warum die Wahl Giscard d'Estaings die Ordnung dieser perfekten Welt verändert hatte, doch innerhalb weniger Wochen war die Atmosphäre eine vollkommen andere geworden. Die Verwaltung – hatte sie Anweisungen bekommen, befürchtete sie eine Kontrolle? – begann die Zügel anzuziehen. Die Lehrstuhlinhaber rappelten sich wieder hoch, und die Assistenten trauten sich, an den Schalthebeln ihrer winzigen Macht herumzuspielen. So verlangten unsere Lehrmeister bei den Prüfungen im Jahr 1974 auf einmal, dass wir ihnen für jeden unserer Scheine Arbeiten ablieferten. Es ging noch nicht darum, unsere Kenntnisse zu prüfen, aber wir mussten immerhin eine papierene Gegenleistung erbringen, eine Art Passiergeld, im Tausch gegen die Diplome, die uns die Verwaltung überreichte. Dies kam für uns einem Pronunziamiento gleich, einem Gewaltakt ohnegleichen, einer Rückkehr zum Mandarinentum, die in zahlreichen Vollversammlungen diskutiert wurde. Die Radikalsten unter uns schlugen eine »physische« Lösung vor – ein paar Professoren verprügeln und die Verwaltung verwüsten. Andere, von eher reformistischer Gesinnung, befürworteten den sofortigen Streik und die Mobilisierung sämtlicher Universitäten.

Was bis dahin nichts als ein fröhliches studentisches Chaos gewesen war, endete durch den Fehler eines selbstmörderischen Assistenten, eines gewissen Breitman, der, niemand weiß warum, beschloss, uns mutterseelenallein frontal entgegenzutreten, in einer Meuterei und einem Aufstand. Breitman unterrichtete den am meisten gehassten Stoff, die Statistik, und stand in unseren Augen extrem rechts, denn er war Mitglied der Kommunistischen Partei Frankreichs. Nicht nur verlangte er von uns, ihm am Ende des Jahres eine persönliche Hausarbeit vorzulegen, sondern auch, dass wir uns zu einer regelrechten Prüfung einfanden, bei der unsere Kenntnisse im

Erfassen von Daten und andere statistische Späßchen tatsächlich abgefragt werden sollten.

Breitman war weder ein perverser Ideologe noch ein begnadeter Taktiker. Er gehörte eher jener Kategorie von Lehrkräften an, die nicht sehr raffiniert, ziemlich verbittert und psychorigide waren und sich beim geringsten Konflikt verschlossen. Seine politischen Ansichten und seine Parteitreue bestärkten ihn noch in seiner unbeugsamen Haltung. Bei jeder seiner Veranstaltungen wurde er mit Nachdruck aufgefordert, seine Entscheidungen und seine Haltung zu rechtfertigen, worauf Breitman stets seine Sachen zusammenpackte und wortlos den Hörsaal verließ. Einen Monat lang verfolgten wir diese Taktik, dann entschlossen wir uns zu einer Einschüchterungsaktion, die, so dachten wir, genügen würde, diesen Mustang zur Raison zu bringen. Zu dritt fanden wir uns zur Abendessenszeit bei ihm zu Hause ein. Als er die Tür öffnete, verfinsterte sich sein Gesicht augenblicklich, und mit eiserner Stimme sagte er zu uns:

»Was wollt ihr?«

»Diskutieren.«

»Worüber diskutieren?«

»Können wir vielleicht reinkommen?«

»Nein.«

Jesús Ortega, der Ungeduldigste von uns dreien, schlug mit dem Fuß gegen die Tür, die aufsprang, an die Wand knallte und ein Bild vom Nagel riss.

»Scheiße, du wirst uns doch wohl keinen Ärger machen! Wir haben gesagt, wir sind gekommen, um zu diskutieren!«

»Es gibt nichts zu diskutieren. Ihr seid hier nicht in der Universität, ihr seid bei mir zu Hause! Also raus mit euch!«

Kaum hatte Breitman seinen Satz beendet, da erhielt er von Ortega auch schon eine fette und kräftige Ohrfeige, die trocken aufklatschte. Einen Augenblick später saßen wir alle, vereint wie alte Regimentskameraden, in seinem Wohnzimmer auf der Couch.

»Gut, Breitman, jetzt hörst du uns zu: Mit deinen Cowboy-

Allüren ist jetzt Schluss, Ende, verstehst du? Wir wollen nicht einmal wissen, was in letzter Zeit in deinem Schädel vorgegangen ist. Morgen wirst du allgemein verkünden, dass du deine Meinung geändert hast und uns deine Scheine ausstellst wie immer. Sonst …«

»Sonst was?«

»Sonst schlagen wir dir den Schädel ein, aber richtig, und stecken deinen Wagen in Brand.«

Breitman schien sich in seinem Sessel zusammenzuziehen und all seinen Mut zu sammeln, als würde er sich auf den Aufprall einer großen Welle vorbereiten. Ohne uns anzusehen, den Kopf tief in den Schultern vergraben, sagte er:

»Morgen werde ich wiederholen, was ich schon die ganze Zeit sage: Ihr werdet alle eure Prüfung ablegen. Alle ohne jede Ausnahme.«

Jesús Ortega schlug mit der flachen Hand auf den Beistelltisch, dessen Glasplatte mit einem knirschenden Ton zersplitterte. »Scheißkommunist!« Ich für meinen Teil war ziemlich hilflos und fühlte vage, dass Breitman trotz des Ungleichgewichts der vorhandenen Kräfte dabei war, die Partie zu gewinnen. »Scheißkommunist!«, wiederholte Ortega und marschierte im Wohnzimmer auf und ab, dessen Wände immer näher zu kommen schienen und uns zu erdrücken drohten. Breitman war kaum älter als wir, aber während wir wie bedeutungslose kleine Wichte wirkten, war er, Breitman, die Verkörperung des Realitätsprinzips schlechthin. Ein fest im Boden der Tatsachen verankerter Erdbewohner.

»Du hast Zeit bis morgen, Breitman. Danach gibt's Prügel.«

Ortega versetzte der Couch einen wütenden Fußtritt und verließ den Raum. Man hörte das Geräusch von klirrendem Glas im Flur, dann nichts mehr. Ich sagte etwas wie:

»Sie täten gut daran, noch einmal über die Sache nachzudenken.«

Breitman richtete sein fahles Gesicht auf mich, und seine Augen funkelten vor Wut.

»Haut ab. Haut bloß ab von hier.«

Vom nächsten Tag an loderte es auf dem Campus zwei Wochen lang wie in den heftigsten Stunden des Mai 68. Demonstrationen, Streiks, körperliche Auseinandersetzungen mit Mitgliedern der kommunistisch organisierten Studentengewerkschaft UNEF; Verwüstungen der Lehrsäle, umgekippte Autos: Die Spaltung des harten Kerns um Breitman nahm nukleare Proportionen an, so dass die Uni zehn Tage lang schließen musste, bis wieder etwas Ordnung in die Gebäude und Vernunft in die Köpfe zurückgekehrt war.

Bei der Wiedereröffnung fanden wir Breitman sich selbst treu, ein hartnäckiger Kommunist, steif wie ein Stock und entschlossener denn je, beflissen die Fundiertheit unserer statistischen Anschauungen zu verifizieren. Mit der Verwaltung wurde eine Einigung erzielt: Breitman prüfte uns, wie er es für richtig hielt, doch unabhängig von unseren Kenntnissen würde die Universität dafür sorgen, dass wir nach altem Brauch unseren Schein erhielten. So bekam ich, was mir zustand, und verließ diesen Narrenkäfig, dessen Insasse ich fünf Jahre lang gewesen war. Ich war vierundzwanzig, hatte ein groteskes Diplom in der Tasche und eine verzerrte Sicht auf diese zappendustere Welt. Die Amerikaner waren dabei, aus Vietnam abzuziehen, Pinochet hatte sich in Santiago niedergelassen, Picasso war gestorben, und mein konfuses, chaotisches junges Leben glich dem kubistischsten seiner Bilder.

Seit dem Tod meines Bruders machte ich manchmal ziemlich schwierige Zeiten durch, in denen ich mit Gefühlen der Verlassenheit, der Isolation und Einsamkeit zu kämpfen hatte. Im Herbst 74 überfiel mich eines Abends wieder einmal die Empfindung einer großen Leere, als ich Marie nach Hause begleitete, die mir mit tonloser Stimme verkündete, sie sei schwanger von Edgar Hoover. Ein Versagen ihrer Verhütungsmethode oder reine Vergesslichkeit, ein Moment der Zerstreuung oder Unachtsamkeit hatten genügt, dass eines der Millionen Spermatozoen des behaarten Odontologen spielend die Chalaza, den Nucellus, den Funiculus und die Hülle von Maries Ei überwinden konnte. Um nichts auf der Welt wollte sie, dass der Zahnarzt von ihrem Zustand erfuhr. Er war in erster Linie ihr Arbeitgeber, sagte sie, und sie wollte ihn weder als Ehemann noch als Vater, nicht einmal als Berater oder moralische Stütze in diesen Momenten der Angst. Darum hatte sie mich angerufen. Einfach, damit ich sie begleitete, damit sie die grünliche Praxis dieses Arztes, der sie gebeten hatte, Handtücher, vor allem aber das nötige Kleingeld mitzubringen, nicht allein betreten musste.

Dr. Ducellier gehörte zu jener Kategorie von Medizinern, bei denen man ahnte, dass sie das Risiko, Schwangerschaftsabbrüche vorzunehmen, nicht einzig aus dem Grund eingingen, Frauen in Not beizustehen. Wie die meisten seiner Kollegen übrigens auch, verlangte Ducellier unverschämte Preise als Gegenleistung für sein Können. Er war ein Mann mittleren Alters, der ständig mit seiner geringen Körpergröße zu hadern schien und sich auf Zehenspitzen fortbewegte. Ein breiter Streifen Augenbrauen teilte sein fettes Gesicht in zwei Hälften, in dessen Mitte zwei eng stehende, stechend blaue Murmeln den Raum erforschten, ohne je in Blickkontakt zu treten. Ducellier trug einen Kittel mit kurzen Ärmeln, der muskulöse Unterarme freiließ, die Glieder eines Gewichthebers, voll gepumpt mit Nandrolon und gewohnt, die Geburtszange zu betätigen. Dabei war das Fachgebiet dieses Mediziners weder die Frauenheilkunde noch die Geburtshilfe oder die Chirurgie. Viel prosaischer arbeitete er im Bereich der Rechtsmedizin und der medikalen Expertise. Er wurde im Wesentlichen von Banken und Versicherungsgesellschaften beauftragt, um Gesellschaftern oder Unternehmern, die auf der Suche nach Krediten oder Garantien waren, auf den Zahn zu fühlen.

Während wir die Treppe zu seiner Praxis hinaufgingen, fiel mir auf, dass Marie mit ihrem unbewegten Gesicht und der kleinen Sporttasche in der Hand bereits zu ihrer inneren, schmerzhaften Reise aufgebrochen war, zu dieser gefahrvollen

Expedition, bei der eine Frau stets einen Teil ihrer selbst und ein Stück Unschuld verliert.

»Und wer sind Sie?«

»Möchten Sie meinen Namen wissen?«

»Ich frage Sie, in welcher Beziehung Sie zu ihr stehen.«

»Ich bin ihr Freund.«

»Ich bekomme hier nichts als Freunde zu sehen. Jeder, der sich auf Ihren Platz setzt, ist ein Freund. Ich will wissen, ob Sie nur ein Nahestehender oder wirklich der *Bettgefährte* sind, wie ich es nenne, anders gesagt, der Urheber.«

Gereizt durch meine unbestimmte Antwort, amüsierte sich Ducellier über seine eigenen Worte, seine platten und vulgären Formulierungen. Wie alle suspekten Ärzte verachtete er ostentativ alle Männer und vor allem die Frauen, die in seiner Praxis aufkreuzten. Man sah, dass er sich irgendwie in der Rolle eines Vaters, eines Richters oder Gesetzeshüters fühlte. Dieser unerbittliche Wohltäter packte seine Patienten hart an, um das Übel mit der Wurzel auszutreiben. Das Geld bestimmte sein Leben, aber da war noch etwas anderes, etwas Zwielichtiges, Beunruhigendes, das seine Hand lenkte.

»Nein, ich bin einfach nur ein Freund.«

Marie saß gefasst neben mir, ihre Tasche vor sich auf dem Boden. Ihre Hände lagen aufeinander, als ob sie sich Gesellschaft leisten wollten oder auf etwas warteten. Ich brauchte eine ganze Weile, bis ich merkte, inwiefern ihr Gesicht anders war: Sie war nicht geschminkt. Sie war ganz ungekünstelt hierher gekommen, ohne die Lust zu gefallen oder etwas darzustellen. Zum ersten Mal sah ich sie wirklich nackt.

»Sie haben kein Glück. In einem Monat hätten Sie von dem neuen Gesetz profitieren können. Aber es wäre unvernünftig zu warten, und nach allem, was ich weiß, wären Sie sowieso über den Termin hinaus. In welcher Woche sind Sie noch mal?«

Marie antwortete mit erstickter Stimme, ein kärglicher Hauch, der nur mit Mühe aus ihrer Kehle drang. Ducellier aber setzte erbarmungslos seine Prozedur fort.

»Haben Sie das Geld?«

Gleichmütig zählte er es ab, wie ein Fleischhändler oder ein Autoverkäufer blätterten seine Finger geschickt das Bündel durch. Jede Arbeit verdient ihren Lohn, und das Geld geht nun mal von Hand zu Hand. So einfach ist das.

»Gut. Madame und ich gehen jetzt ins Untersuchungszimmer, und Sie, Monsieur, gedulden sich bitte im Wartezimmer. Falls Sie rausgehen, um etwas zu erledigen, klingeln Sie dreimal kurz, wenn Sie zurückkommen, so weiß ich, dass Sie es sind.«

Ducellier stand auf und zeigte Marie den Weg. Bevor sie drei Schritte tun konnte, hielt er sie mit dem Arm zurück und zeigte auf ihre Tasche:

»Sie haben Ihre Wäsche vergessen.«

Nach und nach brachte mir das Leben seine Regeln bei, zeigte mir seine Prioritäten, zog die unsichtbaren Grenzen, die die Welt der Männer von der Welt der Frauen trennten. Ich wusste, dass Hoover zu dieser Stunde unter einer Maske sein Elixier aus der Flasche einatmete und entspannt im Sessel saß, die Beine leicht erhöht, um die Durchblutung des Gehirns zu fördern. Während Marie mit ausgebreiteten Beinen auf einem Operationstisch lag, die Füße in den Stützen, bei diesem Mann mit den kleinen Augen, der all diese kalten Dinge in sie hineinschob. Dachte er mit seiner Krämerseele, er würde ihr etwas geben für ihr Geld? Ich hatte nichts mit dieser ganzen Geschichte zu tun, nichts verloren in diesem Wartezimmer, und doch gingen mir wirre Gedanken durch den Kopf, die sich um das Vatersein drehten. Eine Angst, die ich nicht benennen konnte, schnürte mir die Brust zu. Ich erinnerte mich an die Nacht der Mondlandung, während der Marie und ich unmerklich von unserer Bahn der Liebe abgedriftet waren. Ich erinnerte mich an unser Gespräch über Collins, den dritten Astronauten, der die ganze Reise umsonst gemacht, die Schwelle der Kommandokapsel nie überschritten hatte. Ich sagte mir, dass den Fötus, mit dem sich Ducellier gerade beschäftigte, heute dasselbe Schicksal ereilte. Auch er hatte eine lange Expedition unternommen, im zitternden

Universum des unendlich Kleinen. Doch ganz am Ende dieser Reise, da hatte er nichts anderes vorgefunden als eine verschlossene Tür und ein Guckloch, durch das er, genau wie Collins, einen Blick auf eine Welt erhaschte, deren Geräusche er hören und deren Vibrationen er wahrnehmen konnte, aber auf die er nie einen Fuß setzen würde.

Als Marie aus Ducelliers Behandlungszimmer trat, hatte sie ein ganz bleiches, abgespanntes Gesicht, und auf ihren Schläfen klebten noch die verschwitzten Haare. Ich bat Ducellier, uns ein Taxi zu rufen.

»Das lohnt sich nicht, es gibt einen Taxistand nicht weit von hier«, sagte er.

Seine Arbeit war getan, und nun hatte er es eilig, dass wir wieder verschwanden. Vielleicht hatte er noch einen anderen Termin geplant und wollte nicht, dass seine Patientinnen einander begegneten.

»Im Prinzip müsste alles gut gehen. Falls es ein Problem gibt, rufen Sie den Arzt an, dessen Nummer ich Ihnen gegeben habe.«

»Werden Sie sie in ein paar Tagen nicht noch einmal untersuchen?«

»Nein. Und Sie sollten nie wieder hierher kommen. So. Ich verabschiede mich jetzt.«

Bis zur letzten Stufe der düsteren Treppe konnten wir seinen forschenden Blick auf unseren Schultern spüren, dann fiel die Tür leise ins Schloss.

Ich blieb bei Marie, die vor Schmerzen und Einsamkeit zitterte. Sie nahm eine gute Dosis Schmerztabletten und schlief sehr spät ein, während sie meine Hand hielt.

Noch mehrere Tage nach dem Besuch bei Ducellier fühlte ich eine seltsame Unruhe in mir, als würde jemand die Sedimente aufwirbeln, die sich am Grunde der Ströme unseres Lebens ablagerten. Hochgespülter Schlick verdunkelte meinen Blick und überzog meinen Geist mit einem Schleier der Erinnerung, wo sich Tote und Lebende mischten, das Schweigen der Steine und die Schreie der Kindheit.

Eines Morgens nahm ich mein Auto und fuhr eine halbe Stunde Richtung Pyrenäen. Über der Nationalstraße bildeten die Zweige der Platanen ein Gewölbe, das dem einer Kathedrale in nichts nachstand. So sahen früher alle Straßen im Süden aus, überdeckt mit dichtem Blätterwerk. Reisen war damals das reinste Vergnügen, eine Art Vorspiel zur Siesta.

Es war das erste Mal, dass ich zu dem kleinen ländlichen Friedhof zurückkehrte, auf dem Vincent beerdigt war. Ohne dass ich wusste warum, hatten mich Maries Abtreibung und die verschlungenen Wege, die mein Geist seither genommen hatte, hierher gebracht, vor diese Steinplatte, unter der sich die Knochen meines Bruders befanden. Ich versuchte mir sein Skelett vorzustellen, die Form seines Schädels, den Zustand seiner Zähne. Was war aus seinen Haaren, seinen Nägeln geworden? Was war von seiner Kleidung übrig geblieben? Und seine Taucheruhr, wasserdicht bis zehn Meter Tiefe, mit fluoreszierenden Zeigern und Zifferblatt, hatte sie der Macht der Zeit standgehalten? Um nicht von einer Welle des Kummers überrollt zu werden, errichtete mein Geist fiktive Deiche aus stupiden Fragen über all diese menschlichen Überreste. Doch nach und nach brach dieses Bollwerk ein, von einer Tränenflut hinweggespült, die aus den Tiefen der Kindheit heraufstieg.

Ich habe nie gebetet. Und ich habe dieses Getue nie verstanden, das darin besteht, ein Knie auf den Boden zu setzen und zu flehen, obwohl es kein Ohr gibt, das einen hört. Ich habe nie gebetet, nie aufrichtig an irgendetwas geglaubt. Ich sehe das Leben als eine einsame Übung, eine Reise ohne Ziel, als die Überquerung eines ruhigen und moderigen Sees. Die meiste Zeit treiben wir dahin. Und ab und zu zieht uns das eigene Gewicht auf den Grund. Wenn wir ihn berühren, wenn wir unter unseren Füßen diese undefinierbare weiche und abstoßende Masse unserer Herkunft spüren, dann überfällt uns die uralte Angst, die alle dem Tod geweihten Kreaturen umtreibt. Ein Leben ist nichts anderes als *das*. Ein zu erduldendes Geschick, und am Grund immer etwas Schlick.

Ich saß auf dem Grab, meinem Bruder ganz nah. Endlich

fanden wir uns wieder, waren beieinander, wie früher. Ich konnte mit ihm reden, ihm sagen, dass sein Tod uns alle in eine Leere gestürzt hatte. Wenn er bei uns geblieben wäre, hätte Papa bestimmt seine Werkstatt behalten, und auch sein Herz wäre kräftiger. Mama würde am Tisch immer noch reden und lachen und helle Farben tragen. Und ich hätte in der Nacht nicht so entsetzliche Angst, langsam auf den Grund des Sees hinabzusinken. Ich sagte meinem Bruder, dass ich ihn immer geliebt und bewundert hatte. Ich erzählte ihm von unserer gemeinsamen Kindheit, davon, was er mir bedeutet hatte. Ein Älterer, der ermutigte, ein brummender Außenbordmotor, der mich dem Leben und dem Erwachsensein entgegentrieb. Ich bat ihn um Verzeihung für die Pferde und den Wagen. Ich gestand ihm, dass ich oft davon geträumt hatte, seine Uhr an meinem Handgelenk zu tragen. Bevor ich ging, erklärte ich ihm, wie sehr ich mir wünschte, dass er mir wenigstens einmal seine Meinung sagen würde über das, was ich aus meinem Leben gemacht hatte.

Ich las seinen Namen auf dem Grabstein. Unseren Namen. Der aus uns zwei untrennbare Brüder machte. Und obwohl ich um die Vergeblichkeit meines frommen Wunsches wusste, gefiel mir die Vorstellung, dass mein Bruder irgendwo über mich wachte.

Auf dem Rückweg vom Friedhof machte ich einen Umweg über Maries Wohnung. Sie schien völlig hergestellt und hatte schon seit ein paar Tagen ihre Arbeit in der Praxis wieder aufgenommen. Mit der Leichtigkeit, mit der sie manchmal ihre wahren Gefühle überspielte, sprach sie über alles Mögliche und Unmögliche, während sie es sorgfältig vermied, die Umstände unseres Besuchs bei Ducellier zu erwähnen. Ich verstand ihre wilde Entschlossenheit, diese schmerzhaften Momente auf Distanz zu halten. Erst als ich im Laufe des Gesprächs den Fehler beging, ihre Zukunft mit Hoover anzusprechen, wurde sie einen Moment nachdenklich und sagte:

»Weißt du, was Louise Brooks gesagt hat? Dass man sich nicht in einen guten oder einen netten Typen verlieben kann.

Weil es nun mal so ist, dass man immer nur die Dreckskerle wirklich liebt.«

Mechanisch tastete ich mit der Zunge den noch immer empfindlichen Krater des Zahnes ab, den mir Hoover schließlich doch gezogen hatte. Ich war völlig erschüttert über das, was Marie gerade gesagt hatte. Dieser Satz erwischte mich eiskalt, wie eine Art Todesurteil der Liebe. Und noch heute lastet er manchmal mit all seinem Gewicht auf mir.

Die blendende Schönheit Anna Villandreux' und vor allem die Umstände unserer Begegnung hoben die Klarheit dieses verwirrenden Theorems nur noch mehr hervor.

Ihr, meiner zukünftigen Frau gegenüber, hatte ich oft dieses eigenartige magnetische Phänomen gespürt, das die Kompasse bei der Annäherung an den Pol verrückt macht. Und lange Zeit brauchte sie mich nur anzusehen, und meine gesamte Widerstandskraft, all meine Prinzipien und sogar meine innersten Überzeugungen gerieten ins Wanken. Anna besaß nichts von der imposanten, majestätischen Gestalt Maries. Und trotzdem war man gebannt von diesem Gesicht, das Zurückhaltung ausdrückte, aber zugleich auch einen ununterdrückbaren libertinistischen Zug besaß, den man in der Maserung ihrer Haselnussaugen erahnte.

Wir lernten uns auf einer Fete kennen, auf der Cruise Control spielte, eine Band, die sich aus nicht unsympathischen Söhnchen reicher Eltern zusammensetzte, die sich mit einem endlosen Studium abplagten, um ihren Eintritt ins Erwachsenen- und Erwerbsleben so weit wie möglich hinauszuschieben. Die meisten Musiker von Cruise Control schienen in zartem Alter gegen die existenziellen Unannehmlichkeiten und jegliches materielles Leid geimpft worden zu sein. Sie hatten alle lange, leicht gewellte, glänzende Haare und erweckten den Eindruck, von Luft und Liebe zu leben und die irdische Nahrung sowie die sexuellen Freiheiten der damaligen Zeit voll auszukosten. Anna war die Freundin des Sologitarristen, eines Gelegenheitsmusikers, der sich zu jung im langatmigen Studium der Pharmazie verzettelte. Er war ein gut aussehender Junge mit fast weiblich geformtem Kiefer, und seine endlos langen Finger glichen den Beinen einer Meerspinne. Wenn er auf seiner Gitarre herumschrammte, musste man an einen linkischen Tennisspieler denken. Er war ein ungelenker Hüne, immer kurz vor dem Entgleisen, obwohl er durchaus auch ein paar ziemlich effiziente Passagen zustande brachte. Neben seinen Talenten als Solist stand Grégoire Elias auch im Ruf, ein unersättlicher Verführer zu sein. Mit etwas zweifelhaftem Schick hatten ihm seine Freunde den Spitznamen Zipper verpasst, was auf Englisch so viel wie »Hosenschlitz« bedeutet.

Ich glaube, ich misstraute Hosenschlitz von der ersten Sekunde an. Er verkörperte in meinen Augen diesen Typ des absoluten Schweinehunds, wohlhabend, cool und frei von jedem politischen Bewusstsein, für den die Frauen ein Zeitvertreib waren, vergleichbar mit Golf, den Börsenkursen oder dem Spezialslalom. Sobald ich Zipper sah, musste ich an Louise Brooks und an Marie denken. Er war die vollkommene Inkarnation des legendären Dreckskerls, eines dieser gierigen Monster, wie es die Frauen so gerne glücklich machen.

Ich habe keine Erinnerung mehr an diesen Abend, weder an die Leute, die da waren, noch an das Niveau der Musik, die gespielt wurde. Annas Gesicht ist das einzige, was mir im Gedächtnis geblieben ist, ein perfektes Oval, durchzogen von einem Strich roter Lippen und mit Rehaugen: Planeten mit dunklen Reflexen, in denen sich ohne Ende das Schicksal der Welt abzuspielen schien. Ihr Hals war ebenso grazil wie sämtliche Gelenke ihres Körpers, der nicht den Gesetzen der Schwerkraft zu unterliegen schien. Anna trug ein Kleid, dessen Schnitt ich mein ganzes Leben lang nachzeichnen könnte. Es war aus schwarzem Jersey und schmiegte sich perfekt an ihren aristokratischen Hintern und ihren lebensprallen Busen, von dem man sich keinen Augenblick vorstellen konnte, dass er gedacht war, Ernährungsfunktionen zu erfüllen.

Betrachtete man die Sache unter rein ästhetischem Gesichtspunkt, so gaben Anna Villandreux und Grégoire Elias ein entzückendes Paar ab. Und dachte man etwas langfristiger, so konnte die wohl durchdachte Kombination ihrer familiären Vermögen und ihrer professionellen Aussichten ihnen ein Leben garantieren, aus dem jeder Mangel verbannt war. Die Familie Elias bildete einen breiten medizinischen Archipel. Jede Insel verfügte über ihr spezielles Fachgebiet und schickte ihre Patienten systematisch zu ergänzenden Untersuchungen in die wichtigste Röntgenpraxis der Stadt, im Besitz und unter der Leitung des Patriarchen des Clans, Simon-Pierre Elias. Der Stamm lebte also in einem engen Zirkel, erhob seinen Zehnten bei einer ihm ausgelieferten, erschöpften Kundschaft, die unter den Strapazen der modernen Gesellschaftskrankheiten litt. Grégoire war einerseits das schwarze Schaf der Familie – er hatte in Medizin versagt –, aber andererseits auch das Glied, das in dieser medizinischen Kette noch fehlte. Einmal niedergelassen, würde er der endgültige Erpresser des Systems sein, derjenige, der die von seinen Vätern ausgestellten Rezepte entgegennahm. Mit ihm würde sich der Kreis schließen.

Die Villandreux' hingegen gehörten keinem Klüngel an. Kleinbürger der ersten Generation, die über kein Netzwerk verfügten, mussten sie sich auf ihrer eigenen Hände Arbeit verlassen. Jean Villandreux war ein pragmatischer Mann ohne Komplexe, dynamisch, mit einer Vielzahl von Überzeugungen, der Theorien, Profitjäger, Faulpelze und linke Ideen generell verachtete. Mit der gleichen Einstellung leitete er ein Unternehmen für Fertigschwimmbäder und eine nationale Sportwochenzeitung, die sich hauptsächlich mit Rugby und Fußball befasste. Weit weg von dieser Welt, die ihr zu männlich war, arbeitete Martine Villandreux, eine zur Plastischen Chirurgie übergewechselte Allgemeinmedizinerin, seit über fünfzehn Jahren in einer Klinik, die auf das Abhobeln von Nasen, das Ummodeln von Brüsten und auf Liftings spezialisiert war. Sie besaß eine berauschende Schönheit, die sie auf ihre Tochter übertragen hatte, und dazu die begehrenswerte Patina, die die Fältchen der Desillusionierung mit sich bringen.

Die Villandreux' und die Elias kreisten in demselben Universum, auch wenn ihre Planeten mit ihren unterschiedlichen

Naturen und Strukturen ganz offensichtlich nicht dieselbe Anziehungskraft ausübten. An jenem vorfrühlingshaften Abend jedoch hatte ich, jenseits solch feinsinniger Betrachtungen und nichts über diese vollkommenen Familien wissend, nur Augen für ihre beiden Sprösslinge, die sich zusammengefunden hatten: Anna, hinreißend, und Zipper, dem ich auf der Stelle den Tod wünschte, während er sich an einem Solo von Santana versuchte. Von diesem Tag an organisierte sich mein Leben voll und ganz um die Momente, die mich diesem Paar näher brachten. Ich musste an sie herankommen, in ihre Kreise eindringen, ihre Sympathie gewinnen, mich zu einem Vertrauten machen. Wenn ich an diese Zeit zurückdenke, sehe ich mich wie eine Spinne, geduldig, entschlossen, blind für die Welt, ganz auf meine Aufgabe konzentriert, die unendlichen Fäden für mein Liebesnetz spinnend.

Dank meiner nie erschlaffenden Aufmerksamkeit, ein paar Tricks, die ich mir bei den linksradikalen Wortgefechten angeeignet hatte, und der großen Zwanglosigkeit jener Zeit war ich bis zum Ende des Frühlings eingeführt. Mit Grégoire sprach ich natürlich über Musik. Er hatte einen fürchterlich konventionellen, erschreckend mittelmäßigen Geschmack und konnte sich mit einem unfassbaren Ernst für klägliche Bands wie America, Ash Ra Tempel, Pink Floyd, Kraftwerk und Jethro Tull begeistern, für die es nun wirklich keine Entschuldigung gab. Seine Vorlieben ließen jede Form von Subtilität und Kohärenz vermissen. Im Prinzip besaß er etwa so viel Urteilsvermögen wie eine Musikbox. Was er sonst noch mochte, war im Winter Skifahren, im Sommer Segeln und Sportwagen und zu jeder Jahreszeit Mädchen, die mit einstiegen. Nach langen Wochen der Beobachtung war ich zur Überzeugung gelangt, dass Grégoire Anna nicht liebte. Ich meine, nicht wirklich, nicht so, dass man um den Schlaf gebracht wird oder sich einen Arm abhacken könnte. Anna wurde mit dem Kabriolett MGB, den Kästle-Skiern, der Fender-Gitarre und der Gruppe Yes auf eine Stufe gestellt. Sie gehörte zu den Accessoires, die das Leben angenehmer, sanfter machten. Sie war für Grégoire, wenn auch vielleicht nicht gerade ein Objekt, so doch das Beste, was er auf dem Markt gefunden hatte, um seinem Ego zu schmeicheln. Er hatte nur höchst selten eine zärtliche Geste für sie, behandelte sie eher wie einen guten Kumpel, und ab und zu gefiel es ihm, bei einem Glas Martini ihren Busen zu betrachten. Sie bildeten eines dieser fiktiven Pärchen, die man vor dem Garten eines Musterhäuschens oder einem englischen Kabriolett fotografiert. Sie schienen nur in der Illusion des Lichts und der Inszenierung zu existieren.

Anna, die sich auf ihre berufliche Zukunft konzentrierte, sah aus, als wäre sie mit dieser minimalistischen Lebensart und der Gesellschaft dieses geheimnislosen Jungen zufrieden. Dass Grégoire derart durchsichtig und vorhersehbar war, garantierte ihr eine Beziehung, die sie vollkommen kontrollieren konnte. Von ihrem Vater hatte sie den Charakter eines Draufgängers, der nicht zögerte, das Leben voll anzupacken. Anna war zwei Jahre älter als ich und besaß bereits ein Diplom in Wirtschaftswissenschaften. Bis zum Abschluss ihres Jurastudiums blieb ihr noch ein Jahr. Nebenbei arbeitete sie als Praktikantin in einer Anwaltspraxis.

Je mehr Zeit verging, umso offensichtlicher schien es mir, dass Anna keinerlei echte Gemeinsamkeiten mit Grégoire Elias hatte und es keinen Grund gab, länger mit ihm zusammen zu sein. Hätte ich auch nur einen Funken Scharfblick besessen, hätte ich rasch erkannt, dass es ebenso wenig Gründe gab, sich für mich zu interessieren.

Im Sommer fuhr Grégoire mehrere Male mit seinen Musikerfreunden übers Wochenende ans Meer. Wie die Fische bewegten sich er und die seinen der Jahreszeit entsprechend im Schwarm fort. Anna hatte nichts übrig für diese Massenmigrationen und blieb lieber in Toulouse. Sie lebte bei ihren Eltern, schlief aber mehrmals pro Woche bei Grégoire. Sie hatte die Schlüssel zu seiner Wohnung, die auf die großen Bäume des Parc Royal hinausging, und so mitten im Zentrum dieser belebten Stadt, die einem stets das Gefühl vermittelte, zu spät dran zu sein, einen besänftigenden, königlichen Ausblick bot.

Ich war ein paar Mal eingeladen in diesem überdimensionalen, mit Knoll-Sesseln und -Couch ausgestatteten Wohnzimmer, in dem Grégoire gerne seine kleinen Spezialabende für die Freunde von Cruise Control organisierte. Partys mit allem, was dazugehörte an Sex, Drogen und leider auch geschmackloser Musik. Das Ritual dieser Feten war stets das gleiche: etwa dreißig Personen, gläserweise Alkohol, ein Tajine oder Couscous und Platten, um die Stimmung aufzuheitern, Gespräche mit vollem Mund, pubertäre Witzchen, ein bisschen Pulver oder Gras, damit jeder etwas Farbe bekam, Kleidung, die immer weniger, Paare, die immer illegitimer wurden, gemeinsame Augenblicke, Zonen der freien Liebe, dann diese Phase des Voneinanderlassens, wo sich die Körper trennten, durchdrungen von Feuchtigkeit und dem Ersticken näher als dem Glück. An diesen Abenden hatte ich alles Mögliche zu Gesicht bekommen: Bekiffte Typen, die sich brutal die Türen gegen die Geschlechtsteile knallten, betrunkene Mädchen, die in die Öffnung einer Jazzgitarre pinkelten, Grégoire, der mit äußerst realistischen Dildos Mädchen fickte. Und sogar ein Musiker von Cruise Control, der seinen zuvor mit der Lieblingsleckerei des Hauses, den Haschischkeksen, gemästeten Hund wichste.

Außer einmal, als sie kurz hereinschaute, nahm Anna nie an diesen Feten teil, die sie offensichtlich als schlüpfrigen Zeitvertreib für zurückgebliebene Musiker betrachtete. Dass Grégoire deren Initiator und einer der wichtigsten Animatoren war, störte sie nicht weiter. Und er machte auch keinen Hehl daraus, dass er bei diesen Legionärsvergnügen seinen Spaß hatte. Er lachte die ganze Zeit. Das war normal. Man musste Spaß haben. War er denn nicht in diesem Geist erzogen worden?

Wenn ich dort war, hatte ich immer eine unbestimmte Angst, Anna könnte unerwartet auftauchen und mich dabei überraschen, wie ich im Wohnzimmer auf allen vieren mit meiner einzigen, angeschwollenen Zitze gleich einer Wölfin eine von orientalischen Ölen und den spießbürgerlichen Delirien Jethro Tulls vernebelte Latein- und Griechischlehrerin säugte. Ich hatte wirklich nicht den geringsten Grund, mich so zu beunruhigen oder mich mit den Schuldgefühlen eines Seminaristen zu belasten, und doch hatte ich das Gefühl, sie zu betrügen.

Eine eigenartige Zeit. Die meisten von uns durchlebten diese Periode in einem Zustand von Betäubung, wie er charakteristisch ist für Forschungsreisende, die eine neue Welt entdecken. Auf dem Kontinent, den wir erforschten, gab es sämtliche Freiheiten, riesige, unbekannte Länder, und der Zeitgeist ermutigte uns, hemmungslos zu leben und zu genießen. Was sich uns bot, war ein Abenteuer ohnegleichen, eine tiefe Umschichtung der Beziehungen zwischen Mann und Frau, befreit von religiösen Krusten und sozialen Verträgen. Es bedeutete die Infragestellung der Exklusivität der Liebe, das Ende körperlichen Eigentums, das Kultivieren der Lust, die Verabschiedung der Eifersucht und auch, warum nicht, »das Ende der Verelendung abends nach fünf«.

Mitten in der Nacht, wenn seine Eier leer waren und nichts mehr von Bedeutung, sank Grégoire Elias neben mir nieder, um locker zu quatschen, da das Wesentliche an Zeit bereits totgeschlagen war. Ich machte ihn neugierig. Ich war der einzige Linksradikale, wie er sagte, den er kannte. Mehrmals hatten wir versucht, über Politik zu reden, aber für ihn kam dies einer übermenschlichen Anstrengung gleich, als müsste er einen riesigen Granitfelsen mit der Stirn beiseite schieben. Er stolperte über die elementarsten Begriffe, verhedderte sich in zehn Zentimetern Theorie und setzte dem Gespräch jedes Mal ein Ende mit der Zauberformel: »Das-sagst-du-heute-und-morgen-bist-du-genauso-rechts-wie-alle-anderen.«

Mit ihm über Musik zu sprechen, war auch nicht gerade ein Vergnügen.

»Hörst du das? Mit meinem neuen Verstärker kommt das wirklich toll rüber. Ein Harman Kardon, zwei mal hundert Watt mit Lansing-Boxen. Ich habe alles ausgetauscht, sogar die Kabel. Merkst du den Unterschied?«

»Der Ton ist gut, aber das, was du hörst … Das könntest du genauso gut auf einem alten Teppaz spielen.«

»Ich verstehe nicht, was dich an der Musik stört, die wir mögen. Du hast wirklich einen komischen Geschmack. Du bist zum Beispiel der einzige Typ, den ich kenne, der die Beatles nicht mag.«

»Ist nun mal so.«

»Aber hör mal, Scheiße, die Beatles ...«

»Was heißt hier, hör-mal-Scheiße-die-Beatles? Das ist mir zu clever, zu englisch, ich fühl mich nicht gut, wenn ich das höre.«

»Nein, aber wart mal, so was kannst du doch nicht sagen ... Nenn mir noch mal ein paar von den Typen, die du magst, einfach so, wollen mal sehen ...«

»Curtis Mayfield, John Mayall, Isley Brothers, Brian Eno, Marvin Gaye, Soft Machine, Bob Seger.«

«Aber was ist das denn? Scheiße, ich kenn keinen einzigen. Ich bin sicher, du kannst hier fragen, wen du willst, die kennt keiner. Ich sag dir mal was: Musik ist etwas ganz Einfaches. Du steckst zwei Geldstücke in den Kasten, und wenn nach dreißig Sekunden nicht alle tanzen, dann ist es Scheiße. Hast du dir heute Abend einen blasen lassen?«

Was konnte ich noch sagen? Ich saß in seiner Wohnung, auf seinem Markensofa aus Leder, gesättigt mit seinem Öl und arabischem Gebäck und war in seine Freundin verliebt. Ich spürte wie noch nie die Schwierigkeit, gute Momente mit jemandem zu teilen, der die Welt nicht so wahrnahm wie man selbst. Ich war bisher immer der Überzeugung gewesen, dass es zwischen einem Mann und einer Frau politische Unterschiede geben kann, die viel tiefer und unversöhnlicher sind als sämtliche so genannten unüberwindlichen Abneigungen. Und nun war ich unsterblich verliebt in ein rechtes Mädchen, das aus einer rechten Familie stammte und mehrmals pro Woche mit einem Erben der Rechten vögelte.

Mit dem Sommer wurde Anna noch schöner. Die Sonne akzentuierte ihre meridionalen Züge, und ihre Haut nahm Farben und Reflexe von glänzendem Kastanienholz an. Wir sahen uns immer öfter, und nicht selten begleitete ich sie auf ihren Einkäufen, während Grégoire sich irgendwelchen Leibesübungen hingab. Ich liebte diese Shoppingtouren. Ich mochte es, neben ihr herzugehen und ihr zuzusehen, wie sie sich irgendetwas kaufte. Ihre Art, Schuhe anzuprobieren gefiel mir, ebenso ihre Art, zu bezahlen und dabei stets den Kassenzettel abzulehnen. Auch musste alles sehr schnell gehen, man durfte keine Zeit verlieren, selbst wenn wir nichts anderes zu tun hatten. Manchmal tranken wir ein Glas auf der Terrasse eines Cafés, und ich schaute zu, wie ihre Armmuskeln in der Sonne runder wurden oder sich feine Schweißperlen auf ihrer Brust sammelten. Ich hatte noch nicht gewagt, ihr meine Theorie über die Schienbeine anzuvertrauen, aber die ihren, hinreißend und hervorspringend wie der Bug eines Segelschiffes, betörten mich jedes Mal, wenn ich den Blick über ihre Beine wandern ließ.

In diesen Momenten gab es keinen Grégoire Elias und auch keine sexuelle Revolution mehr. Anna gehörte mir, mir allein, und ich hatte die Absicht, sie zu behalten, so, an meiner Seite, für den Rest meines Lebens.

Ich war aus der Allée des Soupirs ausgezogen und nach meinem Weggang vom Gymnasium vorläufig zu meinen Eltern zurückgekehrt, auf der Suche nach einem neuen Job. Das Gesicht meines Vaters, der aufgrund seiner gesundheitlichen Probleme physisch stark angegriffen war, hatte sich verändert, und sein Körper kam mir geschrumpft vor. Wenn er die Treppe zu seinem Büro im ersten Stock hinaufging, gab er das Bild eines alten Mannes ab, der die letzten Stufen seines Lebens erklimmt. Geistig blieb er allerdings rege und betrachtete die zunehmenden Unannehmlichkeiten, die ihm seine erschöpften Knochen bescherten, fatalistisch. Wenn wir gemeinsam aßen, beklagte sich mein Vater nie über seinen Gesundheitszustand. Hingegen ersparte er mir selten, was seit vier Jahren zu einem Leitmotiv und einer Qual für seinen Geist geworden war:

»Bist du dir bewusst, dass ich sterben werde, ohne die Wohnung in Torremolinos je anders als auf Fotos gesehen zu haben?«

Die Wohnung in Torremolinos. Eine Geschichte, die auf das Jahr 1971 zurückging. Damals hatte mein Vater auf Rat des neuen Geschäftsführers seiner Werkstatt eine kleine Wohnung in Spanien, in Torremolinos, erworben, ein Seebad am südlichsten Zipfel der Halbinsel, eine Kabellänge von der Straße von Gibraltar entfernt. Eine kluge Investition, die richtige Anlage für einen Familienvater, wiederholte er ständig in den Monaten, die der Unterzeichnung vorangingen. Er hatte die Wohnung nach Plan gekauft, mit zehnjähriger Rückzahlgarantie. Das Prinzip dieser Rente zwar ziemlich einfach: Man investierte die ganze Summe, und der Bauherr baute das Haus, wobei er sich das Recht vorbehielt, es zehn Jahre lang während elf von zwölf Monaten zu seinen eigenen Gunsten zu vermieten, und sich im Gegenzug verpflichtete, dem Investor jedes Jahr zehn Prozent seines Ersteinsatzes zu überweisen. Nach Ablauf des Vertrags war man also im Besitz einer Wohnung, die einen nichts gekostet hatte. Mein Vater schien ganz angetan von der Ausgeklügeltheit dieser Finanzierung, ein wunderbarer Zaubertrick, die Quintessenz eines anständigen Geschäfts. Er konnte die Transaktion von allen Seiten beleuchten, er fand keinen Fehler, keinerlei Haken, die Interessen beider Seiten waren eindeutig gewährleistet. Ich teilte seine Begeisterung nicht und hätte die Transaktion sogar um ein Haar vereitelt.

Aufgrund erbjuristischer Fragen hatte mein Vater nämlich beschlossen, die Wohnung auf meinen Namen zu überschreiben, was mich in eine wahre Zwickmühle brachte. Wie konnte ich die Sprengstoffanschläge auf das Konsulat gutheißen, gegen die Exekutionen mit der Garrotte demonstrieren, mit der allerradikalsten Anti-Franco-Bewegung sympathisieren und gleichzeitig in den iberischen Immobilienmarkt, den Goldesel des Regimes, »un millón veintiuna mil quinientas cincuenta pesetas« investieren, die Summe für das vierundachtzig Quadratmeter große Appartement 196 im Tamarindos

1, in einer direkt an den Strand dieser unmöglichen Costa del Sol gebauten Wohnanlage? Mein Vater mochte mir noch so gut erklären, es handle sich um einen einfachen Rechentrick und er teile im Grunde meine Bedenken, ich ließ mich nicht überzeugen. Ich verstand nicht, dass er sich zugunsten minimaler Einzelinteressen so leicht über wichtige Grundsätze hinwegsetzen konnte. Nach langem Kampf in der Familie, bei dem meine Mutter geschickt den Gesundheitszustand meines Vaters ins Feld führte, um mich einzuwickeln, entschloss ich mich schließlich doch, meinen Namen für diese Operation herzugeben, die ich nach wie vor für eine Untat hielt.

Am Tag der Vertragsunterzeichnung hatte ich das Gefühl, meine Seele sei keine Peseta mehr wert als die von Faust. Der Vertreter der Immobiliengesellschaft Iberico behandelte mich, als wäre ich ein Wohltäter des Regimes. Sämtliche Seiten des Papiers begannen mit »Sociedad Financiera Internacional de Construcciones y Don Paul Blick, de nationalidad francesa, mayor de edad, estudiante, natural y vecino de Toulouse, con domicilio Allée des Soupirs«. El señor Peña Fernández-Peña, der Vertreter der Gesellschaft, war die Karikatur eines schmierigen iberischen Bauherren. Mit seinen vor Brillantine triefenden, nach hinten geklatschten Haaren und seiner rechteckigen Hornbrille konnte man sich ihn genauso gut in der Rolle eines Oberkellners in einem Parador oder als Leiter einer Überwachungsabteilung der Guardia civil vorstellen. Während ich die letzten Seiten des Originaldokumentes unterzeichnete, erzählte er mir irgendwas von Fotokopien, die mir später ein gewisser Alfonso del Moral y de Luna schicken würde, der Leiter des Planungsbüros. Und schließlich entdeckte ich auf der allerletzten Seite des Vertrags den Namen und die Adresse des von Iberico eingesetzten Notars, der sämtliche Transaktionen beglaubigen würde: Carlos Arias Navarro, calle del General Sanjurjo, Madrid. Arias Navarro. Ich traute meinen Augen nicht. Ich war gerade dabei, mit einem der einflussreichsten Minister des Caudillo Geschäfte zu machen.

Ich habe mich nie getraut, jemandem diese Geschichte zu

erzählen, und bis sie im Jahr 1981 auf die abenteuerlichste Weise zu Ende ging, lastete sie auf mir wie eine Vergangenheit als Kollaborateur. Unter diesen Bedingungen konnte mein Vater also in zyklischen Wiederholungen über diese ferne Investition, die er nie sehen würde, oder über einen unerreichbaren weißen Sandstrand lamentieren, soviel er wollte, seine spekulativen Jeremiaden stießen bei mir auf taube Ohren. Um so mehr, als ich in jenem Sommer 1975 im Wesentlichen damit beschäftigt war, eine Arbeit zu finden, eine ruhige Arbeit, die kein großes Engagement erforderte, eine Übergangslösung, die es mir erlauben würde, die nächsten ein, zwei Jahre meinen Lebensunterhalt zu verdienen. Es war Anna, die dies zustande brachte, indem sie mit ihrem Vater sprach. Er suchte gerade Ersatz für einen seiner Kolumnisten, der in Rente ging. Jean Villandreux empfing mich bald darauf in seinem Büro in der Allée Jules-Guesde, ein heller Kokon mit weißem Holz getäfelt, ergänzt von einem kleinen, auffallend männlich eingerichteten Salon. Die *Sports illustrés* war wie gesagt eine nationale Wochenzeitung, die am Montag erschien und sich im Wesentlichen mit Fußball und Rugby beschäftigte. Jean Villandreux hatte das Blatt für ein kleines Vermögen von seinem Gründer Émile de Wallon gekauft, der seit 1937 ihr Eigentümer gewesen war. Mit ihrem maisgelben Papier und dem Berliner Format, gehörte *Sports illustrés* zu jenen Presseerzeugnissen, die sich durch nichts tangieren lassen, weder von Krieg, Aufschwung noch Fortschritt, und die neuen Generationen finden sie genau so vor, wie die alten sie hinterlassen haben. Man konnte sie auf den Nachttisch legen, zehn Jahre verreisen und bei der Rückkehr mit der Lektüre fortfahren. In der *Sports illustrés* änderte sich abgesehen von den Spielergebnissen nie irgendwas.

»Kennen Sie sich aus im Sport?«

»Im Fußball, aber vor allem im Rugby.«

»Haben Sie selbst gespielt?«

»Beides.«

»Eigentlich brauche ich nicht wirklich einen Fachmann,

eher einen Hansdampf in allen Gassen. Einen, der fähig ist, am Sonntag im Stadion einen flotten Bericht zu schreiben, der danach ins Büro kommt, um die Resultate festzuhalten, die uns die Regionalreporter schicken, und ihre Artikel zu überarbeiten. Und wenn ich überarbeiten sage ... Haben Sie schon für eine Zeitung oder eine Zeitschrift geschrieben?«

»Nein, noch nie.«

»Glauben Sie, Sie können das?«

»Um ehrlich zu sein, ich weiß es nicht.«

»Soziologe, nicht wahr?«

»Genau.«

»Keine Beziehung zum Sport.«

»Gar keine.«

»Meine Tochter hat mir gesagt, Sie seien clever, also sagen wir, wir machen einen Versuch zusammen. Sie kommen Sonntagmorgen hierher, der Chefredakteur wird Ihnen die Arbeit erklären und Ihnen ein Spiel für den Nachmittag geben. Wir beide sehen uns Montagmittag hier. Ihr Name ist Block?«

»Blick.«

Jean Villandreux schaute jeden Tag für mindestens zwei Stunden in der Redaktion vorbei. Er liebte die Atmosphäre dieser Zeitung, die wirkte, als sei sie auf einem Luftkissen errichtet und fähig, sämtliche Schläge, sämtliche Angriffe der Außenwelt abzufedern. Als er das Blatt kaufte, hatte er keine Ahnung von der Presse, von ihren Regeln, Gesetzen und Rhythmen. Er liebte den Sport, noch mehr aber liebte er den ganzen Klatsch drum herum. Die Streitereien unter Spielern, die Gerüchte um Transfers, die Drohungen, die über den Trainern schwebten, die geheimen Einkünfte, die Doping-Affären, die Mädchen, die um die Stars, aber auch um die Clubpräsidenten herumscharwenzelten, die hinter ihren Benediktinermienen ein ausschweifendes Leben zwischen Yacht-Clubs und Ferraris führten. Villandreux gehörte nicht zu jener kleinen athletischen, wohlhabenden Welt, doch er liebte es, sie durch das Guckauge seines Büros zu beobachten, wenn ihm danach war. Jedenfalls brachte ihm das ein bisschen

Abwechslung zu dem eintönigen, strengen Alltag seines Bäder-Unternehmens.

»Kennen Sie meine Tochter gut?«

»Ziemlich.«

»Anscheinend begleiten Sie sie überallhin, wenn Grégoire nicht da ist.«

»So ungefähr.«

»Was halten Sie von Elias?«

»Einer, der im Winter Ski fährt und im Sommer segelt.«

»Ha! Ha! Das gefällt mir. Genauso ist es. Ein regelrechter Blödmann, was?«

Als ich die *Sports illustrés* verließ, hatte ich das Gefühl, gepunktet zu haben. Ich hatte mich mit Jean Villandreux noch nicht über mein etwaiges Salär unterhalten, aber um einen Chef solche Urteile über meinen Rivalen fällen zu hören, wäre ich auch bereit gewesen, unentgeltlich zu arbeiten.

Als ich mich am Sonntag zur ersten Stunde in der Zeitung einfand, war ich in der Gemütsverfassung eines Mannes, der, ohne über die Grundbegriffe des Fallschirmspringens zu verfügen, in weniger als zehn Stunden ganz allein zu dieser Übung anzutreten hat. Fünf Jahre Uni hatten mich nicht für einen solchen Fall gerüstet, und Formeln wie »Das politische System, dem die menschlichen Gesellschaften immer unterworfen sind, ist stets der Ausdruck des wirtschaftlichen Systems, das innerhalb einer Gesellschaft existiert« (Kropotkin) konnten mir auch nicht beim Entschlüsseln von Abseits-Positionen oder der Beschreibung eines Sliding-Tackling helfen.

Der Chefredakteur, Louis Lagache, war ein kultivierter Mann, der seine Untergebenen respektvoll siezte, sie allesamt »Freund« nannte und auf ganz natürliche Weise Unmengen gesuchter Wörter verwandte, die nicht so recht zu der Vorstellung passten, die man sich von der Sprache eines Profis machte.

»Sie also sind die von unserem Verleger empfohlene Person? Willkommen im Club, Freund. Ich hoffe, Sie sind die Meleagrina, die wir uns alle wünschen.«

»Was ist eine Meleagrina«

»Eine Perlmuschel, Freund, eine Art Pinctada.«

Ich traute mich nicht zu fragen, was eine Pinctada war. Ich hatte vor meinem ersten Einsatz noch zu viele wichtige Sachen zu lernen. Doch diese drohende Frist schien meilenweit an Louis Lagache vorbeizugehen, der nur so sprühte vor allgemeinen Ideen und eher zweitrangigen Betrachtungen.

»Haben Sie keine Angst, Freund. Über die praktischen Problemchen unterhalten wir uns später. Und außerdem, meine Güte, vergessen Sie nicht, dass wir für die *Sports illustrés* arbeiten, und in *Sports illustrés* steckt das Wort ...«

»... Sport ...?«

»Nein, Freund, nein. *Illustrés.* In *Sports illustrés* haben wir das Adjektiv »illustriert«, und genau darum geht es. Sie sollten nie vergessen, was Leser an Zeitschriften wie der unsrigen schätzen, sind in erster Linie Bilder des Erfolgs, Fotos von Anstrengungen, Ablichtungen von Leistung. All diese kleinen Texte, die um die Fotos herum platziert werden, sind nichts als ein bescheidener Vers, um an der Legende zu stricken. Habe ich mich deutlich genug ausgedrückt?«

Lagache besaß die Gabe, selbst einfache Sachverhalte in verschraubten Bildern darzustellen und erweckte ständig den Eindruck, über den Trivialitäten des Sportjournalismus zu stehen. Später begriff ich, dass hinter dieser lässigen Fassade ein mit allen Wassern gewaschener Fachmann steckte, der fähig war, ausweglose Situationen zu retten und bis in die kleinsten Einzelheiten Spiele zu schildern, die er sich, das hatte er sich zur Pflicht gemacht, nie ansah. Als ich ihn einmal fragte, woher er dieses Know-how habe, sprudelte seine Antwort heraus wie eine Flötenmelodie:

»Diese kleine Welt ist so vorhersehbar, Freund. Die Situationen wiederholen sich genauso wie die Stücke eines Boulevardtheaters. Leute kommen und gehen, treten ein und gehen raus, Türen fallen ins Schloss und die Liebhaber klettern aus ihren Schränken heraus. Und sehen Sie, ich glaube nicht, dass diese Routine der Welt des Sports vorbehalten ist. Man findet diesen Hang zum Misoneismus in sämtlichen berufssoziologischen Milieus. Was ich glaube, Freund, ist, dass der Mann, mag er auch noch so muskelbepackt sein, doch nichts als ein kleines Würmchen ist.«

Lagache war der einzige Vertreter der Redaktion, der die Welt mit einer solchen Abgeklärtheit betrachtete. Die meisten anderen Journalisten des Magazins lebten die Fluktuationen dieses Leistungsmarktes, die sie vorherzusehen und zu analysieren versuchten, intensiv mit. Die Fußballspezialisten, bei weitem die kleinmütigsten unter ihnen, führten mit großer Gewissenhaftigkeit die unwahrscheinlichsten Statistiken, hielten nach jeder Begegnung fest, welche Spieler welche Leistungen erbracht hatten, und diskutierten stundenlang, um sich über die Aufstellung der »Mannschaft der Woche« zu einigen, welche die elf verdientesten Profis versammelte.

Der Beruf des Sportreporters und der Journalisten im Allgemeinen hat in meiner Familie keinen guten Ruf gehabt. Nie werde ich das konsternierte Gesicht meines Vaters vergessen, als ich ihm mitteilte, dass ich nach fünf Jahren Universität beschlossen hätte, für einige Zeit als Sportredakteur zu arbeiten. Seine Augenlider strafften sich, und er murmelte aufrichtig enttäuscht: »Da wäre mir ja noch lieber gewesen, du wärst zur Polizei gegangen.«

Nach einer Einarbeitungsphase von zwei Wochen unterzeichnete Jean Villandreux meinen Arbeitsvertrag, der mir im Austausch gegen die auf den Tribünen nasskalter, halb leerer Stadien verbrachten Wochenenden ein anständiges Gehalt sicherte. Manchmal reiste ich den Mannschaften auch nach. Das Leben von Profifußballern zu teilen oder auch nur in deren Gesellschaft zu reisen, war eine deprimierende, ja geradezu schädliche Erfahrung. Wenn sie nicht ihrer Arbeit nachgehen, wenn das Training zu Ende ist, haben diese Leute nur noch einen Gedanken im Kopf: Schlafen und Karten spielen. Meistens Tarot. Diese übermächtigen Athleten legen in ihrer Freizeit und in ihrem Privatleben das Verhalten von Babys an den Tag. Im Übrigen besorgen sie sich so schnell wie möglich ein wasserstoffblond gefärbtes Kindermädchen zum Heiraten, das sie in Maßen befriedigen, bevor sie schlafen und noch mal schlafen, während die Auserwählte über ihre Kicker-Karriere wacht.

Ich sah, wie sich das Tag für Tag in jeder Mannschaft wiederholte, auf welchem Niveau, in welchem Stil, auf welchem Tabellenplatz und mit welchem Trainer auch immer. Auf ein ernsthaftes Gespräch mit diesen im Kult der Diplomatensprache erzogenen Sportlern hoffte man vergeblich. Ob sie verloren oder gewonnen hatten, erfolgreich oder vom Pech verfolgt waren, stets kamen sie mit den vierundzwanzig, fünfundzwanzig Wörtern zurecht, die sie sich in den Bildungszentren des Fußballbundes angeeignet hatten. Und um die Coachs stand es auch nicht viel besser. Aalglatt schafften sie es immer, sich am Abend nach einer Niederlage sofort davonzustehlen. Hatten sie jedoch gewonnen, so entfalteten sie ihren Federfächer und stolzierten in den Gängen herum wie kleine Hähne, von den Sponsoren des Vereins in Lycraanzüge gesteckt. Deprimierend, ja unerträglich wurde die Atmosphäre, sobald es schlecht lief, nach mehreren Niederlagen zum Beispiel, oder bei einem Transfer, wenn es zwischen Spieler und Verein Differenzen gab.

Es war mir zuwider, diese Leute nach den Spielen in ihren Kabinen aufzusuchen, um ihre Eindrücke einzufangen. »Jede-Niederlage-hat-auch-etwas-Positives.« Oder: »Das-war-unser-Paradespiel.« In solchen Momenten hatte ich das Gefühl, in einen langen Mantel der Scham gehüllt zu sein und verstand ganz genau, was mein Vater gemeint hatte.

Es gab bei der *Sports illustrés* Journalisten, die sich auf Krisen spezialisiert hatten, hinterlistige, durchtriebene, scheinheilige Investigatoren, die fähig waren, durch boshafte Unterstellungen und kurze Pressenotizen Meere zu entzünden und Berge zu versetzen. Sie suchten den einen Club auf, dann den anderen, pusteten hier ein bisschen, zündelten da und publizierten täglich die sauren Früchte ihrer Ernte. Sie bliesen ein Nichts zu einer unglaublichen Affäre auf, und banale Meinungsverschiedenheiten, die sich bei einem Glas Gigondas hätten regeln sollen, fanden sich als Schlagzeile auf der Titelseite oder auf dem Terminkalender des Arbeitsrichters wieder.

»Haben Sie geglaubt, Freund, der Journalismus sei eine edle Tätigkeit für Gentlemen, die von guten, tugendhaften Gefühlen geleitet sind? Wissen Sie, was Valéry zu sagen pflegte? ›Ich bin ein rechtschaffener Mann, und damit will ich sagen, dass ich die meisten meiner Handlungen gutheiße.‹ All meinen Rechercheuren geht es ähnlich. Sie sind, wie übrigens die meisten anderen Reporter auch, von der Richtigkeit ihrer Machenschaften überzeugt.«

Wenn es mir heute auch schwer fällt, die Gesichtszüge von Louis Lagache präzise wiederzugeben, so hallen der Ton seiner gesetzten, ernsten Stimme und ihre starke Ausdruckskraft noch immer in mir nach wie das Grollen eines fernen Gewitters. Wenn ich ihm damals zuhörte, hatte ich das Gefühl, den einzigen Überlebenden einer vergangenen Epoche vor mir zu haben, dessen durch und durch französische Geisteshaltung einzig bestrebt war, die unschönen Falten des Alltags wegzubügeln.

Innerhalb von zwei Monaten hatte sich in meinem Leben so viel verändert, dass ich manchmal, wenn ich meine neue Existenz betrachtete, das eigenartige Gefühl bekam, einen Nachbarn auszuspionieren. Da war zunächst meine Anstellung bei der Zeitung, so unerwartet und untypisch für den von mir eingeschlagenen Kurs, dann die neue, fast zu vornehme Wohnung, in die ich gezogen war, aber vor allem Annas unwahrscheinlicher Entschluss, von einem Tag auf den anderen mit mir zusammenzuleben.

An einem einzigen Abend hatte sie Grégoire Elias verlassen, bei ihren Eltern die wichtigsten Sachen abgeholt und sie in ihrem winzigen Morris zu mir gebracht. Ich, der ich so oft unter meiner eigenen Entscheidungsunfähigkeit leide, der ich ohne Ende die Folgen abwäge, die das Versetzen des kleinsten Steinchens meines Lebens haben könnte, bin schon immer fasziniert gewesen von diesen Naturen, die fähig sind, aus freien Stücken ein häusliches Erdbeben auszulösen, mit wenigen Worten eine verbrauchte Existenz abzustreifen, den Inhalt eines Schrankes zu leeren, von einem Haus in ein anderes zu ziehen, das Bett zu wechseln, den Partner, die Gewohnheiten, manchmal auch die Meinungen, und all dies, wie die Armenier sagen, in weniger Zeit, als eine Ziege braucht, um niederzukommen.

Elias war aus Annas Leben herauskatapultiert worden. Ein unmittelbarer, plötzlicher Rausschmiss ohne Vorankündigung. Sein Fall war innerhalb einer Sekunde abgehandelt worden. Er war da, und einen Augenblick später war er verschwunden. Er, und mit ihm sein MG, seine Yacht, seine Dock Side, sein Harman Kardon, seine Lansings, sein Vox, seine Fender, seine Lacostes, seine Jethro Tulls und seine Aussicht auf den Apothekerberuf. Was hatte er Schreckliches getan, um eine solche Infamie zu verdienen? Meines Wissens nichts Besonderes. Wie man mir später erzählte, war er an jenem Abend so wie immer, das heißt, reich, heiter und fröhlich, aber auch grob, unflätig, ungehobelt und rüpelhaft. Diese explosive Mischung, die bis dahin seine Beliebtheit ausgemacht hatte, geriet ihm diesmal zum Verhängnis. Ich sollte noch erfahren, dass Anna einen Charakter besaß, den man als »überquellend« bezeichnen könnte, entsprechend den Schwimmbecken mit Überlaufrinne, die ihr werter Vater herstellte. Wie diese solide gemauerten Konstruktionen, konnte sie, ohne mit der Wimper zu zucken, eine Menge ertragen, doch wenn der kritische Punkt erreicht war, lief das ganze Wasser unter dem starken Druck an allen Seiten über. Und an jenem Abend nahm Grégoire Elias, der die Hochwassermarke ignorierte, einfach nur sein gewohntes abendliches Bad.

In den fünf Tagen, die diesem Bruch vorangingen, hatten Anna und ich eine Abwesenheit von Elias ausgenutzt und waren einander praktisch nicht mehr von der Seite gewichen. In einer Art Sinnesrausch hatten wir das komplette Inventar unserer sexuellen Eignungen und Neigungen erstellt. Diese frenetischen Ergüsse spielten sich in Grégoires Wohnung ab, deren Bewohner alle ausgewandert waren. Zusammen mit Anna an diesem von seinem verachteten Eigentümer, dessen stocksteifen Freunden und ihrer schrecklichen Musik verlassenen Ort zu sein, war eine leicht perverse und eindeutig erregende Angelegenheit. Die Abfolge von Sonnen und Monden, unter denen ich durchgeknetet, bearbeitet, verschlungen, geleckt und liebkost wurde, glich einer hundertzwanzig Stunden währenden strahlenden Reise, bei der mir zumute war, als ließe ein Schamane glühende Schmetterlinge in meine Brust gleiten.

All dies schien sich ohne unseren Willen abzuspielen. Wir hatten nichts geplant, nichts berechnet. Der Zufall hatte ganz einfach mit einem Zusammentreffen günstiger Umstände dafür gesorgt, dass die orogenetischen Kräfte, die »drinnen im Dunkeln« walteten, die Annäherung unserer Liebeskontinente endlich ans Licht brachten. Als Grégoire Elias bei seiner Rückkehr den Schlüssel ins Schloss steckte, konnte er nicht ahnen, dass ihn hinter der Tür ein Scheinprozess, ein bereits verlorenes Spiel, die sofortige Vorführung vor den Scharfrichter erwartete, die seinen Unbescheidenheiten ein für allemal ein Ende setzte.

Mit Anna zu leben war so einfach und angenehm, wie an einem Sommernachmittag mit dem Fahrrad einen langen Hügel hinunterzufahren. Der Wind des Lebens pfiff einem sanft in den Ohren und trug den Duft von geschnittenem Gras heran. Stunden und Tage folgten einander ohne die leiseste Erschütterung, und nachts, wenn man die Augen öffnete, empfand man das kostbare Gefühl, seinen Platz auf dieser Erde gefunden zu haben.

Nach und nach lernte ich Annas wirklichen Charakter kennen, dieses innere Territorium mit seiner komplexen, zerklüfteten Topographie, wo Gratwege an atemberaubenden Abgründen entlangführten. Es lag viel mehr Zerbrechlichkeit, Traurigkeit und Großzügigkeit in den Augen dieser Frau als in den abgestumpften Blicken der Kurtisane, die im brausenden Kielwasser von Grégoire Elias trieb. Von dem Augenblick an, da wir zusammenlebten, verloren wir, glaube ich, kein Wort mehr über diesen Jungen, erwähnten nicht einmal mehr seinen Namen. Es war ein bisschen so, als hätte er nie existiert.

Die verzauberte Zeit bekam allerdings einen Riss an jenem 20. November 1975, als ich von der *Sports illustrés* nach Hause fuhr und im Autoradio hörte, dass Franco gestorben war. Ich war überglücklich. Ich erinnere mich, an einer Kolonne von Exilanten vorbeigefahren zu sein, die im Schritttempo über den Boulevard Carnot rollten, rotschwarze Fahnen schwenkten und ihre Freude hinaushupten. Ich machte einen Umweg über das Spanische Konsulat, vor dem eine jubelnde Menge Hände klatschend katalanische Lieder sang. Über dreißig Jahre warteten in dieser Stadt Zehntausende von Republikanern und Flüchtlingen auf diesen Moment.

Als Anna zur Tür hereinkam, war ich wahnsinnig vor Freude, sie wiederzusehen, und brannte darauf, ihr die Neuigkeit mitzuteilen:

»Weißt du es schon? Franco ist tot.«

»Na und?«

Ich hatte den Eindruck, im Nichts zu hängen, am Ende eines Seils zu baumeln, das jeden Augenblick reißen und mich dorthin befördern konnte, wo sämtliche schwarzen Seelen des Caudillo schmorten. Sie hatte bloß gesagt: »Na und?«, und das hatte gereicht, eine Welt zum Einsturz zu bringen. Elias hätte dasselbe antworten können. Elias und all jene, die sich in seiner Wohnung in Gruppen oder individuell befriedigten. »Na und?« Mir war soeben grausam bewusst geworden, dass die emotionale und körperliche Beziehung, die mich mit Anna vereinte, im Grunde eine tiefe Mesalliance kaschierte. Wir beide gehörten Parallelwelten an. Wir hatten nicht dieselbe Luft geatmet, nicht dieselbe Atmosphäre geteilt. Ich bildete mir etwas ein auf die linksradikale Theologie, während sie die Politik für eine Art Makramee hielt. Meine jämmerlichen achtzig Quadratmeter, tief unten in Spanien, nagten Nacht für Nacht an meinem Gewissen, während ihr Familienunternehmen ohne die geringsten Skrupel die schönsten Plätze der

Costa Brava mit Schwimmbecken überschwemmte. Ich las die Revolutionstheoretiker, während sie das Wirtschaftsblatt *L'Expansion* abonniert hatte.

Einzig ein Bett von 2,80 Quadratmetern konnte die Gegensätze abfedern, die Differenzen einebnen. Auf dieser bescheidenen Oberfläche übergaben wir unseren Körpern die Kontrolle über die Situation. Sie kamen ihren Verpflichtungen aufs Beste nach, verbündeten sich mit uns für die Zeit unseres Duells und überließen es dann jedem in der Stille seines Rückzugs, die Vorzüge einer bürgerlichen Fellatio und eines progressiven Cunnilingus' miteinander zu vergleichen. Aber bildeten 2,80 Quadratmeter hochwertiger Latex ein Fundament, eine Basis, die stark genug war, eine Liebesbeziehung aufzubauen? Trotz meines lässigen Auftretens hatte ich damals den tiefen Wunsch nach Stabilität und Lust, eine einzige Frau zu lieben, so lange wie möglich. Auch hatte ich eine sehr genaue Vorstellung von dieser idealen Gefährtin: ein Mädchen, das aussah wie Sinika und dachte wie mein Bruder Vincent, das fähig wäre, mich zu lieben und mich aufzurütteln, wenn ich mich auf dem Holzweg befand, ein Mädchen, mit dem ich spielen, basteln, Gras rauchen und unter freiem Himmel schlafen konnte, dem ich die Geschichte mit dem Pferdewagen und der verfluchten Wohnung erzählen mochte und neben dem ich nie die Last des Lebens spüren würde. Und auch nicht die Angst, allein zu sterben.

Und dann, dann genügten zwei Wörter, um mich aus meinen Träumen aufzuschrecken und mir begreiflich zu machen, dass ich in Wirklichkeit eine Anhängerin Giscards liebte, eine überzeugte Liberale, eine egoistische Ökonomin von zwar umwerfender Schönheit, aber für die Guernica nie etwas anderes sein würde als eine Stadt im Mundaca-Tal in der Provinz Vizcaya, berühmt für ihre Gießereien.

Ich glaube nicht, dass Anna meine Verwirrung bemerkte. Wie auch, schließlich war »Na und?« aus ihrer Sicht die einzig richtige Antwort.

»Weißt du was, ich habe ein Problem mit dem Auto«, fuhr

sie fort. »Wenn ich etwas zu abrupt beschleunige, gerät der Motor ins Stocken, als hätte er nicht genug Benzin.«

»Ich geh runter und schau mal nach.«

»Jetzt?«

Ich ergriff die Gelegenheit, schnell aus dem Raum zu kommen, mich auf etwas anderes zu konzentrieren, im Nebel der betäubenden Kohlenwasserstoffdämpfe zu vergessen, was eben vorgefallen war. Eine Stunde blieb ich in Dunkelheit und Kälte und hantierte an der Zündspule, den Kerzen und der Benzinpumpe des Morris herum, dessen Kotflügel und Fahrgestell von Rostwarzen angefressen waren. Als ich wieder hochging, lag Anna auf dem Sofa und las eine Biographie über Adam Smith.

Unter dem Vorwand, dass dieser Ökonom seine berühmte *Untersuchung über die Natur und die Ursachen des Wohlstandes der Nationen* im Jahr 1765 in Toulouse in Angriff genommen hatte, machte sie aus diesem Vater des Liberalismus eine Art Guru, hinter dem sie sich versteckte, um die Exzesse des modernen Kapitalismus zu rechtfertigen. Sie rühmte die optimistische Haltung des Schotten, für den sich die Regulierung des Marktes dank des natürlichen Gleichgewichts von Angebot und Nachfrage ganz automatisch vollzog.

»Wenn du Smith verstehen willst«, wiederholte sie ständig, »musst du seine Theorie akzeptieren, laut der nichts Schlechtes darin besteht, die Einzelinteressen zu bevorzugen, da sie sich früher oder später stets nach dem allgemeinen Interesse ausrichten werden.«

Auf Grund solcher Axiome, die der antiquierte Schotte vor mehr als zwei Jahrhunderten aufgestellt hatte, machte sich Anna Villandreux in den Fußstapfen ihres Vaters daran, sich die Taschen voll zu stopfen, und in der Folge – jedenfalls war sie davon felsenfest überzeugt – auch die Kassen des Landes zu füllen.

Bei der Zeitung am nächsten Tag erwähnte niemand Francos Tod. Mit Ausnahme von Louis Lagache, der, sobald er mich erblickte, mit großer Begeisterung davon anfing:

»Haben Sie gesehen, Freund, wie flink dieser kleine spanische König in die Schuhe der Macht geschlüpft ist? Diese Aristokraten sind doch unglaubliche Leute. Geradezu unverwüstlich. Sie erinnern mich an Bakterien, die bei einer plötzlichen Eiszeit einfrieren, an schlafende Spirochäten, die fähig sind, bei der geringsten Erwärmung der Atmosphäre wieder zum Leben zu erwachen.«

»Was sind Spirochäten?«

»Wenn ich Ihnen sage, das sind Brachiopoden, wird uns das kaum weiterbringen. Also sagen wir mal Fossilien des Paläozoikums, deren Arme spiralförmig sind. Um auf unser Thema zurückzukommen, haben Sie den unvergesslichen Artikel gelesen, in dem berichtet wird, dass dieser Monsieur Franco die Marotte hatte, sämtliche Schnipsel seiner Fingernägel in kleinen Silberdosen aufzubewahren? Die Talente dieses tyrannischen Sonderlings waren bekannt, und nun erfährt man am Tag nach seinem Tod auch noch, dass dieser ungehobelte Kerl ein krankhafter Onychophag war ... Sie lächeln, aber Sie sagen nichts. Manchmal machen Sie mich wirklich neugierig, vor allem, wenn Sie diese Miene aufsetzen, als ob Sie das alles nichts anginge, was man Ihnen erzählt. Jetzt zum Beispiel, in diesem Augenblick, unmöglich zu sagen, was Sie denken. Ich kann mir jedenfalls nicht vorstellen, Freund, dass Sie das, was ich eben geäußert habe, geschockt hat. Sie sind zu jung und haben zu lange Haare, um Diktatoren zu mögen und Könige zu respektieren.«

»Wissen Sie eigentlich, dass Sie der Einzige sind in der Redaktion, der mich nicht duzt?«

»Ich konnte mich noch nie für das Duzen in Geschäftsbeziehungen erwärmen, für diese schmierige Vertrautheit, die bewirkt, dass sich die Mitglieder derselben Zunft im Namen ich weiß nicht welcher Kollegialität aller elementaren Rücksichten entledigen.«

»Wo wir gerade dabei sind, wissen Sie schon, welches Spiel ich am Sonntag übernehmen soll?«

»Werfen Sie einen Blick auf das schwarze Brett, dann sehen

Sie, dass Sie am Sonntag hier bleiben. Sie koordinieren und redigieren die Rugbyseiten. Das bringt Ihnen ein bisschen Abwechslung von den kleinen Fußballpäderasten. Und außerdem können Sie den Tag im Warmen verbringen.«

Seit ich mit seiner Tochter zusammenlebte, mied mich Villandreux. Er rief mich nicht mehr zu sich ins Büro, um über Elias zu lästern, den neusten Garderobenklatsch zum Besten zu geben, mich nach meiner Meinung über Lagache zu fragen und zu erfahren, ob ich alles verstand, was dieser sagte. Die beiden Männer unterhielten eine merkwürdige Beziehung, in die sich Faszination, Verachtung, Neid und eine Art sehr männlicher Zuneigung mischten. Villandreux besaß zwar Vermögen, kam sich aber neben der Gelehrtheit und dem blühenden Wortschatz seines Angestellten ziemlich ärmlich vor. Und dieser wiederum mochte die mündliche Rede meisterhaft beherrschen, besaß jedoch keinen Pfennig, so dass er sogar oft gezwungen war, an der erniedrigenden Zeremonie der »kleinen Kasse« teilzunehmen. Stolz an seiner Würde festhaltend, hatte er dieses Ritual jahrelang ignoriert. Und dann, getrieben von der Notwendigkeit und einer etwas zu stark ausgeprägten Vorliebe für Pferderennen, hatte er schließlich auch angefangen, so wie alle anderen die Hand auszustrecken und »Danke, Monsieur Villandreux« zu sagen.

Die »kleine Kasse« bestand aus einem bescheidenen Weinkarton, einer Schachtel aus weißem Holz voller Fünf-Franc-Scheine, gut verschlossen in einem Safe, der in die Bürowand der Chefsekretärin eingebaut war.

Jede Woche versammelte Villandreux in seinem eleganten Salon die sieben Abteilungsleiter der *Sports illustrés*. Dann bat er Marianne, seine Assistentin, den kleinen Tresor zu holen. Ihren jeweiligen Verdiensten entsprechend händigte er nun seinen »sieben Söldnern«, wie er sie nannte, die wöchentliche Prämie aus. Das Geld ging so vor aller Augen von Hand zu Hand. Es war für jeden dieser Männer ein peinlicher Moment. Was hatten sie getan, um eine solche Belohnung zu verdienen? Was waren die Kriterien für herausragende Qualitäten? Was hatten die weniger Bedachten falsch gemacht? Die an dieser Messe Beteiligten stellten sich diese Fragen schon lange nicht mehr. Sie verbargen einfach ihre Verlegenheit, nahmen das Geld und dankten diesem untypischen, abstrusen und großzügigen Chef, der es immer so einrichtete, dass am Ende des Monats alle Begünstigten ungefähr gleich große Prämien eingesteckt hatten. Warum konnte man unter diesen Umständen nicht einfach offiziell die Gehälter der Abteilungsleiter um den gleichen Betrag erhöhen? Dies hätte ohne Zweifel die Arbeit der Buchhaltung erleichtert, aber auch das Ego des Direktors angekratzt, das sich so gerne aufblies.

Wenn er mich im Büro sah, grüßte Villandreux mich stets mit lässiger Geste. Anna hatte den Fehler begangen, mich zwei, drei Mal von der Redaktion abzuholen. Das reichte, damit mich die gesamte Zeitung als den »der-die-Tochter-des-Chefs-vögelt« betrachtete. Ich verstand, dass Villandreux, im Übrigen ein Monstrum an Taktlosigkeit, an der Vorstellung festhalten wollte, die er sich von einem ordentlichen Protokoll machte. Wahrscheinlich hatte er für sich beschlossen, dass sein Image als wohlwollender Eigentümer keinen Nutzen aus dem Umgang mit einem offenbar lüsternen kleinen Angestellten ziehen konnte, über den man munkelte, er habe seinen Platz in der Redaktion mit seinem Zauberstab erstritten. Unter diesen Bedingungen hatte Villandreux, der für das Geschwätz der Leute empfänglich war, keinerlei Grund, sich mit mir sehen zu lassen.

Bei einem merkwürdigen Abendessen entkrampfte sich unsere Beziehung ein wenig. Annas Eltern legten Wert darauf, uns am ersten Januar einzuladen, am Tag nach einer Silvesterfeier, die ganz offensichtlich ihre Spuren auf den Gesichtern unserer Gastgeber hinterlassen hatte. Mit ihrem fahlen Teint, ihren unruhigen Blicken, die typisch sind für die von Sex, Alkohol und anderen Substanzen vernebelten Nächte, erweckten Martine und Jean Villandreux den Eindruck, noch leicht unter dem Einfluss der Trunkenheit zu stehen wie unter der Spätwirkung einer Arznei. Sie naschten ein wenig von der

Gänseleber, stocherten in ein paar Austern aus dem Tiefseebecken von Arcachon und in einer Scheibe gegrilltem Schwertfisch herum. Gegen Ende des Essens wurde Jean Villandreux, wahrscheinlich belebt von der Wirkung des Jods, herzlicher, legte mir sogar die Hand auf die Schultern, um sich meiner Komplizenschaft zu versichern, während er fröhlich meinen Vorgänger in die Pfanne haute:

»Sagen Sie mal, Paul, redet Anna mit Ihnen eigentlich oft über Adam Smith?«

»Ganz selten.«

»Das ist ein gutes Zeichen. Wenn meine Tochter sich mit einem Typen langweilt, spricht sie die ganze Zeit über Adam Smith. Das ist mir aufgefallen, stimmt's, Martine? Am Schluss mit Elias, da gab's nur noch Smith von morgens bis abends.«

»Papa ...«

»Was, stimmt das etwa nicht? Wenn ihr da wart, hörte ich nichts anderes mehr, Smith hier, Smith da ... Andererseits muss man zugeben, dass die Auswahl an Gesprächsthemen mit Grégoire recht begrenzt war. Dieser Typ war die reinste Katastrophe.«

»Papa, hör auf, bitte.«

»Weißt du, was ich zu deiner Mutter gesagt habe, als sie mir mitteilte, dass du mit ihm zusammen bist? Elias! Oh Schreck, lass nach! Jacques Goude, der seine Familie gut kennt, hat mir gesagt, er sei ein noch größerer Idiot als sein Vater, der bereits im Ruf steht, ein ziemliches Kaliber zu sein.«

»Papa ...«

»Aber Paul hat diesen Esel am besten charakterisiert. Als wir uns zum ersten Mal sahen, habe ich ihn gefragt, was er von Elias hält. Und weißt du, was er mir geantwortet hat? Erinnern Sie sich, Paul? ›Ein Typ, der im Winter Ski fährt und im Sommer segelt.‹ Meine Tochter, eines Tages musst du mir erklären, was du an diesem Tölpel gefunden hast.«

»Jean, jetzt wirst du wirklich taktlos.«

Das war Martine Villandreux. Die Stimme von Müdigkeit durchdrungen. Eine Zigarette zwischen ihren lackierten Fingernägeln. Eine unentschiedene Franse, die ihr widerspenstig in die Stirn fiel. Der Träger ihres schwarzen Kleides, der sich in die Wölbung ihrer Schulter grub. Sie war unglaublich aufregend. Ohne Zweifel die sinnlichste Frau, der ich je begegnet bin. Unerhört lasziv, hübsch zerkratzt von ihren Fältchen und mit ein paar Rundungen ausgestattet, stellte Martine Villandreux die harmlose Perfektion ihrer fünfundzwanzig Jahre jüngeren Tochter in den Schatten. Von dieser Frau ging eine erotische Macht aus, so spürbar, so stark wie der Geruch von frisch gemähtem Gras. An jenem überspannten Neujahrsabend hatte ich nur einen Wunsch: Dass der Vater seine Tochter mit sich nähme, dass sie zusammen weggingen und mich mit der Mutter allein ließen. Dann würde ich zusehen, wie sie ihre Zigarette zu Ende rauchte. Und in ihrem Mund den Geschmack von feuchtem Tabak kosten. Und es gäbe nicht viel zu sagen. Sie würde ins Badezimmer gehen und die Tür weit offen lassen. Ihren Slip ausziehen, sich auf die WC-Schüssel setzen, und ein dünner Urinfaden würde hinunterrinnen. Mit geschlossenen Augen würde ich dem leisen Plätschern dieses kleinen Rinnsals lauschen. Mit der Ergebenheit eines Pilgers niederknien. Dann schöbe ich meinen gebeugten Arm wie einen Haken zwischen ihre Beine. Hätte ich sie so aufgespießt und die Faust auf ihrem Steiß geschlossen, würde alles fließender. Die Zungen drängten in sämtliche Löcher der Erde und leckten alles, was es zu lecken gäbe. Es existierte kein Vorn, kein Hinten, kein Rechts und kein Links mehr. Die Münder wären voll und auch die Bäuche und die Kehlen. Haut und Körper spannten, verzogen, verzerrten sich, Wasserspeiern gleich, durch die alle möglichen Säfte strömten. Die Worte kämen zu Hilfe, würden, reptiliengleich, in die Ohrwindungen gleiten. Sie würde murmeln: »Ich lutsche die Lieblingseier meiner Tochter.« Und es läge dieser frevelhafte Genuss in der Luft, dieses befriedigende Gefühl, nicht umsonst betrogen zu haben. Unmöglich dann, die Stellung von Hund und Mensch zu unterscheiden. Die Gerüche von See und Leben entströmten diesem Berg aus

Fleisch. Die Samengischt würde die letzten Öffnungen befeuchten. Die Zähne grüben sich in die Haut. Er würde tief eindringen, das Loch für sein eigenes Grab schaufeln, und sie würde ihn an die Tore seines Verderbens geleiten. Und da er den ganzen Weg gemacht hatte, würde er sich in diesen glitschigen Abgrund fallen lassen, in dem vor ihm schon so viele andere untergegangen sind.

Und danach müssten nur ein paar Spuren aus dem Gedächtnis getilgt werden.

Und nichts von alledem hätte je existiert.

»Gefällt es Ihnen bei der Zeitung?«

Es war offensichtlich, dass sich Martine Villandreux einen Dreck um meine Antwort und den Grad meiner Begeisterung für die *Sports illustrés* scherte. Sie tat nur so, als würde sie sich nach einem ausschweifenden Abend für den neuen Freund ihrer Tochter interessieren, während ihr Magen mit einem unangenehmen Gurgeln zurechtzukommen versuchte. Ohne mir Zeit für eine Antwort zu lassen, wandte sie sich denn auch an ihren Mann und sagte:

»Du hast den Kindern noch nicht einmal die Geschenke gegeben.«

»Welche Geschenke?«

»Jean, du bist unmöglich. Die auf der Kommode in der Diele.«

»Die sind für sie?«

Nichts sehr Originelles. Ein edler Füllfederhalter für mich, ein paar sündhaft teure Boots und ein entsprechender Scheck für Anna.

»Ein frohes neues Jahr euch beiden.«

Martine Villandreux umarmte uns nicht gerade überschwänglich und regelte die ganze Angelegenheit mit drei Gesten. Dann, so plötzlich wie ein knallender Champagnerkorken und ohne dass irgendetwas im Gespräch darauf hingewiesen hätte, holte Jean Villandreux zu einer Attacke gegen die allgemeinen Unzulänglichkeiten der Regierung Giscards aus, dieses »bastardisierten Ablegers irgendwelcher Von und Zus«.

»Man muss sich in Acht nehmen vor diesen Typen, die behaupten, von den Kreuzrittern abzustammen … Sind Sie sich bewusst, dass diese Republik mitten im zwanzigsten Jahrhundert von einem Staatspräsidenten regiert wird, und ich betone das Wort Republik, der eine Frau mit dem Namen Anne-Aymone Sauvage de Brantes geheiratet und seine beiden Töchter Valérie-Anne und Jacinthe getauft hat? Man darf sich nicht wundern, wenn dieses Land eines Tages links wählt.«

Niemand fühlte sich autorisiert, diese plötzliche staatsbürgerliche Entrüstung zu kommentieren. Jean Villandreux schenkte sich ein Glas Pomerol ein, schloss die Augen und trank es in kleinen Schlucken. Wir tauschten noch ein paar Banalitäten und beschlossen bald darauf einmütig, schlafen zu gehen. Die Mutter mit dem Vater und die Tochter mit mir.

Die physische Anziehungskraft von Annas Mutter hatte mich lange Zeit verwirrt und in Verlegenheit gebracht. Jedes Mal, wenn ich in ihrer Nähe war, fing ich ihre sexuellen Schwingungen auf, die die Besonderheit hatten, mit meinen Wellenlängen zu harmonieren. Doch ein wichtiges Ereignis, das mitten im Sommer 1976 eintrat, störte die Frequenzen meiner Obsessionen erheblich.

Als Anna mir mitteilte, dass sie ein Kind erwartete, hatte ich das Gefühl, von einem rasenden Zug erfasst zu werden. Nachdem ich diesen ersten Schreckensmoment überwunden hatte, durchströmte eine angenehme Wärme meinen Körper, sämtliche Muskeln meines Nackens lockerten sich, und eine bisher ungekannte Freude, prickelnd und stürmisch, in die sich Unsicherheit mischte, machte mich mit den allerersten Gefühlen der Vaterschaft vertraut. Der werdende Vater, der ich war, nahm die Mutter in seine Arme, doch diese fühlte sich kalt, distanziert, fast abwesend an. Sie sagte zu ihm, es sei eine Katastrophe, und er verstand nicht warum. Sie wiederholte, sie sei nicht bereit dazu, sie könne das Kind nicht behalten. Er antwortete nichts, obwohl er wusste, was das alles bedeutete. Er hatte schon einmal die Sporttasche mit den sauberen Handtüchern getragen. In der Nacht hatte er Maries Hand gehalten.

Und am Tag die Schmerztabletten abgezählt. Doch diesmal würde es schlimmer sein. Denn diesmal hieß der Vater nicht Edgar Hoover.

Eine Woche lang wechselte Anna zwischen Phasen des Zweifels und Momenten der Sicherheit hin und her. Jedes Mal hatte sie gute Gründe, ihre momentane Verwirrung zu rechtfertigen. Ich konnte es verstehen. Hingegen konnte ich mich schlecht damit abfinden, dass ich nie wirklich gefragt wurde, wenn sie unsere gemeinsame Zukunft und vielleicht auch die des Kindes ins Auge fasste. Es beeindruckte sie wenig, dass ich ihr meine Argumente oder meinen Standpunkt darlegte, sie dachte vor allem als Einzelkind, besorgt, ihre Welt gegen jeden Eindringling zu verteidigen. Und das Baby und ich waren in gewisser Weise ungeladene, ja ungelegene Gäste. Obwohl es zu früh kam in einer noch in den Kinderschuhen steckenden gemeinsamen Geschichte, fand ich selbst nichts Erschreckendes oder Schlimmes an dieser Situation. Ich liebte dieses Mädchen, sie erwartete ein Kind, ich war der Vater, und ein anständiges Monatsgehalt erlaubte uns, es aufzuziehen.

Gegen Ende Juli entschloss sich Anna in einem dieser für sie typischen Umschwünge, das Kind zu behalten, und verwandelte sich augenblicklich in eine aufmerksame Erzeugerin, die begeisterte Reden an der Grenze zur Überspanntheit über die Vorteile der Familie und den Segen der Mutterschaft hielt. Ich erinnere mich noch genau, dass ihre Entscheidung, nicht abzutreiben, auf den Tag der Exekution von Christian Ranucci fiel, dem letzten zum Tode Verurteilten, der in Frankreich hingerichtet wurde. Ein paar Tage vor diesem 28. Juli 1976 hatte Giscard Ranuccis Anwälte empfangen, die um Gnade für den Verurteilten baten. Er hörte sie an, dann ließ er sie hinausbringen, ohne sich in der einen oder anderen Richtung geäußert zu haben. Und am Tag der Exekution tat der Präsident nichts anderes, als die Stunden verstreichen zu lassen.

Er blieb unerschütterlich. Nahm das Telefon nicht ab. Und der Kopf fiel. Dieser kleine Adelige, der alles dafür getan hatte, den Namen der D'Estaings »aufzuwerten«, ging in die Geschichte ein als der letzte Präsident der Fünften Republik, der einen Gefangenen guillotinieren ließ. An jenem Juliabend, als das Fernsehen die Umstände und die genaue Uhrzeit von Ranuccis Tod bekannt gab, kam mir der Mann, der von einer Mehrheit an die Spitze des Staates gewählt worden war, vor wie ein kleiner Wicht, ein erbärmliches Würstchen. Von diesem Tag an konnte ich sein Gesicht nie mehr ansehen, ohne dass mir unwillkürlich, so wie ein saures Aufstoßen des Gedächtnisses, die Erinnerung an diese Exekution hochkam.

Anna war seit zwei Monaten schwanger, als wir es unseren Familien mitteilten. Meine Eltern nahmen die Neuigkeit mit der ganzen Freude auf, deren sie fähig waren. Sprachlos, gleichzeitig gerührt und skeptisch, sah mich mein Vater mit neuen Augen. Gestern noch ein zurückgezogenes Kind, das seine Dinky Toys über den Teppich seines Zimmers schob, kam ich heute mit einer Frau am Arm daher und geschmückt mit dem unglaublichen Titel des Familienvaters. Ich wusste, dass viel vorging in Victor Blicks Kopf, dass sich in dem Windstoß, den ich ausgelöst hatte, widersprüchliche Gedanken und Gefühle in großer Geschwindigkeit jagten. Unter diesen wirbelnden Gedankenfetzen waren ohne Zweifel Bilder von meinem eroberungslustigen Bruder Vincent, von der Werkstatt *Tag und Nacht*, von meiner Mutter im Sommerkleid, von mir, wie ich aus der Schule kam, von der Nadel des Elektrokardiographen, von einer dunklen, zerstückelten Vergangenheit. Als sich der kleine Sturm gelegt hatte, mussten all diese Einzelteilchen klassifiziert und der Wichtigkeit nach geordnet werden, um einen sauberen Platz zu schaffen für den, der kommen würde, für den neuen Blick, dessen Vater ich zu sein behauptete. Ja, ich glaube, an jenem Tag hat mich Victor Blick angesehen, wie man eine Überraschung anstarrt, die man nicht so recht einzuordnen weiß.

Obwohl seit Vincents Tod emotional zerrüttet, war meine Mutter aufgewühlt, bewegt vom Aufscheinen eines uralten Glücks, einer Empfindung, die von weit her kam, einem Stoß, der durch den Unterleib ging und den sie vielleicht aus der Zeit kannte, als sie mit ihrem ersten Sohn schwanger war.

Während unseres ganzen Besuchs galt ihre einzige Sorge Anna. Es war offensichtlich, dass in den Augen meiner Mutter Anna allein den Schatz und die Schlüssel des Lebens in sich trug. Sie war äußerst zärtlich, voller Aufmerksamkeit, und kam mir vor, als würde sie sich einen Moment Ruhe gönnen, sich den üblichen Zwängen entziehen. Für einmal gab es nichts zu korrigieren, nichts zu widersprechen, nichts zu bedauern oder zu beklagen. Mit diesem Kind rückte die Vergangenheit zum ersten Mal etwas von ihr weg, und es dämmerte eine Zukunft, in der das Leben den Vorrang hatte.

Bei den Villandreux spielte sich die Ankündigung in einem eindeutig weniger heiteren Klima ab, und Annas Mutter, erst fassungslos vor Verblüffung, hatte große Mühe, ihre Feindseligkeit zu verbergen. Es war klar, dass sie etwas anderes für ihre Tochter vorgesehen hatte, einen anderen Start ins Leben, bessere Aussichten und bestimmt auch eine passendere Partie. Jemand aus ihren Kreisen, der zum Beispiel im Sommer gesegelt und im Winter Ski gefahren wäre, ein nicht ganz so katastrophaler Elias. Es war, als gäbe es zwei Martine Villandreux'. Jene, die das Bild einer emanzipierten, aufgeblühten Frau von liberalem Geist bot, die man für fähig hielt, zu verführen und zu lieben, und die nicht verhehlte, dass sie den Freuden des Lebens nicht abgeneigt war. Und jene andere, in einen gesellschaftsfähigen Katholizismus gezwängt, in die kleinen ökonomischen Prinzipien der Bourgeoisie geschnürt, gerüstet mit sämtlichen Plattheiten konservativer Engstirnigkeit, ernst, streng, gnadenlos und stets eine verletzende Bemerkung oder einen perfiden Spruch auf der Zunge. Hatte man es mit der zweiten zu tun, war man immer wieder aufs Neue überrascht, wie ein solch vollkommenes Gesicht, ein dermaßen verführerischer Körper eine so schwarze Seele beherbergen konnten. Es herrschte eine auffallende Antinomie, eine flagrante Unvereinbarkeit zwischen der Üppigkeit ihres Fleisches und der Armseligkeit und Strenge ihres Geistes.

Als Martine Villandreux klar wurde, dass wir beschlossen hatten, das Kind zu behalten, lancierte sie eine zweite Offensive, deren Konsequenzen ich nicht bedacht hatte:

»Und wann wollt ihr heiraten?«

1976 war die Welt noch alt, konventionell und heimlich regiert von der Moral der Sutanen. Ein Kind brauchte einen Vater und eine Mutter, die offiziell miteinander verbunden waren, einen Familienstand, der konform war mit dem drohenden Kanon der Sitten.

»Wir haben nicht vor zu heiraten.«

Ich hatte es so natürlich wie nur möglich gesagt, ohne die leiseste aggressive oder provokative Absicht. Diese paar Worte aber ließen Annas Mutter aus der Haut fahren:

»Wenn ihr dieses Kind behalten wollt, dann ist das eure Sache, aber ich verlange, dass ihr euch wie verantwortungsbewusste Eltern benehmt. Eine Heirat ist unverzichtbar. Und je eher, desto besser.«

Martine Villandreux sprang auf wie eine Feder und verließ das Zimmer, ohne ihre Tochter eines Blickes zu würdigen. In einem Anflug feiger Solidarität folgte ihr Mann ihr mit einem kleinen Lächeln, das männliche Komplizenschaft ausdrückte und bei ihm ungefähr soviel bedeutete wie: »Die Frauen sind doch die reinsten Hormonbündel!«

Die brutale Haltung und die Erklärungen Martine Villandreux', die keinen Widerspruch duldeten, verfolgten kein anderes Ziel, als einen Keil zwischen ihre Tochter und meine Reserven gegenüber der Ehe zu treiben. Sie wusste genau, dass Anna psychisch unfähig wäre, auch nur den kleinsten familiären Konflikt zu ertragen. Sie war einfach so. Schon der Gedanke an eine Meinungsverschiedenheit zwischen ihr und ihren Eltern konnte Angstzustände in ihr auslösen. So kämpferisch sie sich nach außen hin gab, so schnell streckte sie die Waffen bei der geringsten Unstimmigkeit mit einem ihrer beiden Erzeuger.

Bereits auf der Fahrt nach Hause fing Anna davon an, dass eine Heirat »schließlich auch nicht das Ende der Welt bedeutete, dass das alles völlig unwichtig sei und man den Eltern diesen Gefallen doch tun könne«.

»Ich habe überhaupt keine Absicht, deiner Mutter diesen Gefallen zu tun und mich diesen lächerlichen Mätzchen zu unterziehen.«

»Ich nehme an, es geht wieder einmal um deine sakrosankten politischen Prinzipien. Soll ich dir mal was sagen? Du bist genauso starr, genauso ungerecht wie sie.«

»Aber hör mal, das ist ja allerhand! Inwiefern habe ich mich bei dieser ganzen Sache ungerecht verhalten? Ich werde doch wohl noch das Recht haben, gegen das Heiraten zu sein, ohne gleich als Wilder zu gelten.«

»Du bist sowieso immer gegen alles. Du betrachtest die Welt und die anderen nur durch deine linksradikale Brille. Du hast manchmal wirklich komische Reaktionen.«

»Wovon sprichst du?«

»Von nichts.«

»Du wirfst mir vor, komische Reaktionen zu haben. Ich möchte gerne wissen, was du damit meinst.«

»Am Tag von Francos Tod zum Beispiel. Du bist auf mich zugekommen und hast mir vom Tod dieses Typen erzählt, als hättest du eben einen Sechser im Lotto gewonnen. Das nenne ich eine komische Reaktion.«

Martine Villandreux hatte ihr Ziel erreicht. Sie hatte es geschafft, ein Gift zwischen Stamm und Borke zu spritzen, zwischen die Mutter und den Vater. Und für ihre jämmerliche Heiratsgeschichte wurde sogar der alte Caudillo aus dem Grab herausgezerrt.

Je runder Annas Bauch wurde, umso mehr sank meine Entschlusskraft. Ich klammerte mich an meine Prinzipien wie ein erschöpfter Bergsteiger an sein Seil. Doch insgeheim hatte ich bereits losgelassen. Ich wollte Anna nicht unglücklich machen, ihre Schwangerschaft nicht erschweren und noch weniger ein schlechtes Vaterbild vor meinem Sohn abgeben. Ich verlangte nur eins: Dass man mir Zeit gab, in Würde zu kapitulieren, mich in Ehren zu unterwerfen. Doch selbst das wurde mir verweigert. Die ganze Sache musste hastig und überstürzt über die Bühne gehen.

»Sie scheinen überrascht, das ich Sie bitte, schnell zu machen, Paul. Die Dringlichkeit dieser Hochzeit ist Ihnen offenbar nicht bewusst? Können Sie sich unsere und vor allem Annas Verlegenheit vorstellen, wenn sie mit einem riesigen Bauch von sechs, sieben Monaten zur Feier erscheinen muss? Ich denke, das ist eine Frage des Respekts. Sie haben manchmal wirklich komische Reaktionen …«

An jenem Tag hätte ich, statt durch mein stilles Einverständnis zuzulassen, dass diese Plastische Chirurgin die Konturen meines Lebens begradigte, sie auf ihrer Couch umlegen, ihr den ganzen Plunder vom Leibe reißen und sie mit der Scham- und Rücksichtslosigkeit nehmen sollen, die man im Allgemeinen den Motorradfahrern aus Michigan nachsagt. Ich hätte mich an David Rochas' bewährte Empfehlung halten sollen: »Wenn meine Mutter schön wäre, würde ich sie ficken.« Ich glaube, das hätte uns allen den Kopf etwas zurechtgerückt.

Zwei Wochen später kamen bei einem Abendessen unsere Eltern zusammen. Ich vergaß zu erwähnen, dass Martine Villandreux in der Euphorie ihres Sieges Anna hinter meinem Rücken noch rasch eine religiöse Zeremonie aufdrängen wollte, bevor es zum Standesamt ging. Doch sie prallte ab am gleichzeitig bestimmten und vereinten Widerstand ihres Mannes und ihrer Tochter. Das feierliche und prätentiöse Abendessen fand bei den Villandreux' statt. Dic Entfaltung der Tischkunst ließ an ein Erster-Mai-Defilee in der ehemaligen Sowjetunion denken, als sich das Regime verpflichtet glaubte, sein ganzes Alteisen und seine Missiles aufzufahren, um die Neugierigen abzuschrecken und, vor allem, um Eindruck zu schinden. Ich kannte Martine Villandreux. Ich wusste, dass sie solcher nicht sehr löblicher Kalküls fähig war. Das glänzende Silberbesteck blitzte im Vermeil der Teller auf, und im Kristall der Gläser schillerten die Karaffendeckel in allen Regenbogenfarben. Selbst Messerhalter aus Spat mussten für die Inszenierung herhalten. Meine Eltern, wie immer ganz ohne Argwohn, beachteten diese Zurschaustellung von Hausrat kaum. Ihr Leben hatte sie nach und nach von der Welt der Empfänge entfernt, und so hatten sie Codes und Regeln dieser kleinen Tafelspielchen längst vergessen.

Jean Villandreux fand in meinem Vater einen erstklassigen Gesprächspartner, mit dem er über Autos reden konnte. Im Gegensatz zu anderen Konversationsthemen hat die Mechanik die verbindende Macht, Männer einander anzunähern und sie sehr schnell zu Partnern oder Komplizen im Glück oder Unglück zu machen. Jeder hat früher oder später schon mal irgendein Problem mit einem Satelliten- oder Planetengetriebe, mit dem Zylinder- oder Kugelkopf oder dem Hauptbremszylinder gehabt. Diese Missgeschicke knüpfen ein unsichtbares männliches Band zwischen all diesen Automobilisten, die vom Schicksal nicht verschont worden sind. Mein Vater entfaltete seine persönliche Theorie über die Altersschwäche der Marke Simca, und Villandreux verschlang gebannt jedes seiner Worte, als hätte er einen der Gründungsväter des Fahrzeugs vor sich. Meine Mutter hatte nicht das Glück, auf eine so dankbare Zuhörerin zu treffen. Die Strenge und Marginalität ihrer Arbeit ließen ihr keine große Chance, in der Gesellschaft zu brillieren. Nachdem Martine Villandreux sich aus reiner Höflichkeit nach ihrem Fachgebiet erkundigt hatte, erging sie sich in einem langen Plädoyer *pro domo*, das die Wohltaten der ästhetischen Chirurgie rühmte, die sie als einen Akt der Emanzipation, die zweite Befreiung der Frau ansah, die es dem weiblichen Geschlecht erlaubte, seinen Körper tatsächlich in Besitz zu nehmen. Die Dummheit und Kläglichkeit ihrer Argumentation trugen bereits das Stigma der zügellosen Konsumgesellschaft. Meine Mutter hörte ihr mit diesem verschwommenen Lächeln und diesem verschleierten Augen zu, die ich nur zu gut an ihr kannte. Claire Blick war nicht mehr da. Sie hatte diesen Tisch der Eitelkeiten, der großspurigen Plattitüden, der obligaten Festlichkeiten längst verlassen. Auf ihrem Stuhl saß nur noch ein Double ihrer selbst, eine leblose Hülle, hohl und düster wie ein Grab. Ich stelle mir vor, dass meine Mutter in solchen Momenten von einem anderen Leben träumte, das sie mit einer anderen Familie in einer anderen Welt gehabt hätte. Martine Villandreux hingegen agierte unermüdlich in dieser hier. Ihr strahlendes Äußeres, ihre elegante Toilette, ihr beneidenswerter, geschickt durch etwas Schmuck hervorgehobener Teint, dies alles trug dazu bei, sie unumgehbar zu machen, sie zur Generaldirektorin dieses Familienrats zu bestellen. So verführerisch sie auch war, Martine Villandreux kam mir zunehmend vulgärer vor, wie sie sich den andern aufdrängte, kaltschnäuzig ihren Reichtum, ihren Erfolg, ihre Eleganz und ihre Schönheit zur Schau stellte. Neben ihr erinnerte meine Mutter mit ihrer einfachen Kleidung, ihrem bescheidenen, geheimnisvollen Lächeln und ihrem beharrlichen Schweigen an ein höfliches Zimmermädchen. Beim Nachtisch trieb mir ein Fettnäpfchen von Martine Villandreux die Tränen in die Augen. Es kam völlig unvorhergesehen, während eines harmlosen Gesprächs. Annas Mutter erzählte ein paar Anekdoten aus der einsamen Jugendzeit ihrer Tochter und erklärte, wie sehr sie sich ein zweites Kind gewünscht hätte. Völlig unvermittelt richtete sie sich an meine Mutter und sagte, während sie an ihren Haaren herumspielte:

»Ich habe gehört, Paul hat einen Bruder gehabt, nicht wahr?«

Sie gab diesen Satz von sich, wie sie alle anderen fallen ließ, hinein ins Geplätscher, ohne nachzudenken oder sich eine einzige Sekunde lang vorzustellen, dass diese Worte den großen Kummerberg ins Wanken bringen könnten, der seit achtzehn Jahren in unsicherem Gleichgewicht auf unseren Köpfen lastete.

Indem sie in der Vergangenheit sprach, hatte sie die Frage bereits beantwortet. Was hatte sie eigentlich damit bezweckt? Dass meine Mutter nach zwei Jahrzehnten Schweigen und Selbstverstümmelung in rührenden Erinnerungen schwelgte oder Vincents Todesumstände zum Besten gab? Hoffte sie, dass Claire Blick ihren Sohn so beschrieb, wie er gewesen war, herzlich, großzügig, loyal, mutig, robust, fleißig, kräftig, ergreifend, Besitzer eines silbernen Pferdewagens und einer Brownie Flash der Marke Kodak? War diese Fälscherin durch ihre Näharbeiten so sehr abgestumpft, dass sie nicht um das schmerzhafte Nässen von Gedächtnisnarben wusste? Peinliche Stille folgte auf die Frage der Conférencière. Man nahm noch ein wenig Nachtisch, und das beruhigende Klirren der Löffelchen, die das Porzellan der versilberten Teller streiften, bestärkte die Herrin des Hauses in dem Gedanken, dass es in prekären Situationen vor allem darauf ankam, die Liturgie der Verköstigung fortzusetzen.

Wieder zu Hause, ließ ich Anna schlafen gehen und blieb noch lange allein mit dem Pferdewagen und der Brownie Flash meines Bruders. Ich erinnere mich, dass ich durch den Sucher seines Apparats hindurch lange die Straße betrachtete. Und allein die Tatsache, dass ich mein Auge in die Mitte dieses Rahmens setzte, in den er so oft seines gesetzt hatte, erfüllte mir die Brust mit Tränen. Mit meinem Gang zum Standesamt hatte ich das sichere Gefühl, einen Frevel zu begehen, und ich flehte inständig, dass niemand, vor allem keiner meiner alten Freunde, mich in dieser Kellner-Aufmachung sehen würde. In den schlimmsten Momenten stellte ich mir sogar vor, dass Anna mir mit einer dieser lächerlichen Überraschungen aufwarten wollte, die bei den Angelsachsen sehr beliebt waren, und die ehemaligen Mitglieder von Round up eingeladen hatte, um für die Unterhaltung des Abends zu sorgen. Und dass sie da stehen würden, auf der Bühne, in kompletter Formation, unfähig, ihren Instrumenten auch nur die leiseste Note zu entlocken, und mich anstarrten, als würden sie dem Tod begegnen.

Zu meinem großen Glück waren von meiner Seite nur ein paar der engsten Familienmitglieder zu diesem traurigen Tag eingeladen. Außerdem gingen sie völlig unter in der Masse der Gäste der Villandreux'. Ihr sozialer Status, aber auch ihr Bedürfnis nach Selbstdarstellung hatten sie angestachelt, eine unglaubliche Party zu organisieren, deren Freigebigkeit kein anderes Ziel hatte, als jeden, aber auch jeden über den Vermögensstand der gastgebenden Macht zu unterrichten. Sämtliche Bekannte, Verwandte und Freunde der Villandreux' waren da. Jean hatte sogar die gesamte Redaktion der *Sports illustrés* einberufen, das Wort ist nicht zu stark. Ich nehme an, für all diese wohlwollenden Journalisten war ich jetzt »der-der-es-geschafft-hat-die-Tochter-des-Chefs-zu-schwängern-und-zu-heiraten«. Mit einem Glas in der Hand kam Lagache unsicheren Ganges auf mich zu, um mir zu gratulieren:

»Freund, Sie haben eine bezaubernde Frau und ich wünsche Ihnen alles Glück, das ein ehrbarer Bewohner dieses Planeten erhoffen kann. Wissen Sie, dass ich auch einmal verheiratet war? Mit einer Art Unheilseherin, die jeden Tag das Ende der Welt und unseres Glücks prophezeite.«

»Und hat sie Recht bekommen?«

»Wenn man so will. Eines Morgens beim Frühstück, als ich nicht mehr hören konnte, wie sie die Zukunft schlecht redete, bin ich vom Tisch aufgestanden und habe ihr ganz ruhig, ohne ein Wort, einen heftigen Faustschlag in die Schnauze versetzt. Selbstredend habe ich so etwas nie wieder getan. Verzeihen Sie, Freund, Ihnen an einem solchen Tag mit so erbärmlichen Heldentaten zu kommen, aber ich glaube, dieser hervorragende Glenfiddich fängt an, mich zu berauschen.«

Lagache führte eine graziöse Kehrtwendung aus und beugte sich schwankend in die Menge, um ein paar Preziöse mit seinem gewundenen Vokabular zu delektieren. In diesem Dekor, das sich fürstlich gab, spielte Lagache unwissentlich die Rolle des frechen kleinen Zeremoniendieners. Anna ließ ihre unzähligen Freunde einen Moment allein und setzte sich zu mir.

»Woran denkst du?«

»An nichts. Oder eher an das alles, an all diese Leute, die sich bewegen, tanzen, sprechen.«

»Glaubst du, du wirst glücklich sein?«

»Ich weiß es nicht.«

»Du siehst traurig aus.«

»Das ist kein sehr fröhlicher Tag.«

Sie verstand genau, was ich sagen wollte. Ich wusste, dass

es ihr unangenehm war, mir dieses ganze Affentheater aufgedrängt zu haben, diesen Klamauk, den ich verabscheute. Sie sah mich inmitten einer Welt sitzen, die nicht die meine war, still gebeugt unter der übergroßen Last der Konvention. Würden wir glücklich sein? Man musste Lagaches Exfrau fragen.

Anna fuhr mir mit der Hand übers Gesicht, als wollte sie sich bedanken, dass ich all das für sie auf mich genommen, ihr den Beweis erbracht hatte, sie *wirklich* aus Liebe geheiratet zu haben. Wäre sie zu solchen Opfern fähig gewesen? Zu diesem Rätsel besaß sie allein den Schlüssel.

In gewisser Weise spiegelte dieser Abend das Unbehagen wider, das ich von da an empfand, in diesem Land zu leben. Wie Emmanuel Bove zu einem anderen Anlass schrieb, war es eindeutig, »dass eine Epoche zu Ende ging und eine andere, offensichtlich weniger schöne, anfing«. Die lange Zeit der Sorglosigkeit, der Freiheit, des Glücks, die den Mai 68 begleitet hatte, war endgültig vorbei. Man hatte seine Illusionen an den Nagel gehängt, die Hose hochgezogen, seine Tetrahydrocannabinol-Kippe ausgedrückt, die Haare aus dem Gesicht geworfen und sich wieder an die Arbeit gemacht. Das Land hatte seine Interessen einem berechnenden kleinen König überlassen, der sich als begeisterter Akkordeon-Spieler gab, hatte sich Anzüge in lächerlichem Schnitt und nicht weniger lächerliche Köfferchen angeschafft. In diesen thermoformierten Diplomatenkoffern, die anscheinend die Macht des Jahrhunderts beinhalteten, versteckte jeder, ohne es zu wissen, in Wahrheit das Elend und die Scham, wieder ein erbärmliches Ich geworden zu sein.

Raymond Barre theorisierte bereits über die Verdienste des »Gürtelengerschnallens« und prügelte sich mit den Gewerkschaften, als mein Sohn, der sich wohl die allgemeine Verwirrung zunutze machte, beschloss, auf die Welt zu kommen.

Bei unserer ersten Begegnung fand ich ihn eher hässlich und abweisend. Geschlossene Augen, verquollene Lider, ein zerknautschtes Gesicht, den Kopf geformt wie ein Zuckerhut und zornige, feindselige, fest geballte Fäuste. Als die Krankenschwester in seinem Bettchen auf ihn zeigte, sagte sie nur: »Drei Kilo vierhundertfünfzig«, wie man das Gewicht eines Boxers beim Wiegen mitteilt. Diese Ziffern haben sich tief in mein Bewusstsein eingegraben, und noch heute, wenn mich mein Sohn besucht, schießt mir manchmal durch den Kopf: »Sieh an, da kommen die drei Kilo vierhundertfünfzig.« Wir gaben ihm den Namen Vincent. Um ehrlich zu sein, hatte ich mir keinen Moment lang vorstellen können, mein Sohn würde anders heißen. Und Anna auch nicht. Als meine Mutter von der Geburt und unserer Namenswahl erfuhr, brach sie in Tränen aus und drückte mich an sich, als wäre ich ihr einziger Sohn. Mein Vater bekam wieder das Gesicht, das ich in meiner Kindheit an ihm gesehen hatte, und sagte nur: »Vincent Blick. Das ist schön, sehr schön.« Bei den Villandreux' tat der Charme der »Drei Kilo vierhundertfünfzig« seine Wirkung so gut, dass sämtliche während der kritischen Phase der Heirat angestauten Spannungen sofort vergessen waren. Als ich all diese Erwachsenen gemeinsam oder jeden für sich über diesem kleinen Wesen einfältig daherplappern sah, dachte ich, dass Geburten, wie übrigens auch Todesfälle, die seltsame Macht besitzen, die Herzen zu besänftigen und einen Strich unter eine allzu belastete Vergangenheit zu ziehen.

Eineinhalb Jahre später, als meine Tochter Marie zur Welt kam, konnte ich mich ein zweites Mal von der Richtigkeit dieser Beobachtung überzeugen. Während ihr Bruder das Licht der Welt scheinbar nur widerstrebend erblicken wollte, mit düsterer Laune und drohender Faust, erweckte Marie vom ersten Augenblick an den Eindruck, von der so fein mit Sauerstoff versorgten Atmosphäre dieser Welt verzaubert zu sein. Bei ihren blonden Haaren, ihren atlantikblauen Augen, mit denen sie jeden anlächelte, musste man an diese englischen Urlauberinnen in Südfrankreich denken, die über alles ins Entzücken geraten. Ich hatte eine Tochter, ich platzte vor Stolz. Eine Tochter. Das schönste Geschenk, das man einem Mann machen kann.

Es war Anna, die entschieden hatte, gleich ein zweites Baby zu bekommen. Ich glaube, um so schnell wie möglich ihren inneren Schwur einzulösen, nie ein Einzelkind zu haben. Bestimmt hatte sie wie ich zu sehr unter der Einsamkeit der Familie gelitten, unter dieser endlosen, trostlosen Jugend, in der man sich selbst überlassen ist.

Bevor sich die Rollen vertauschten, stellte ich fest, dass zuerst einmal Vincent und Marie ihre Mutter erzogen, ihr beibrachten, das Wesentliche vom Unwesentlichen zu unterscheiden, das Sein auf Kosten des Scheins zu bevorzugen und die Säuglings-Fibel der Adam Smith-Bibel vorzuziehen. Der Honigmond war allerdings nicht von langer Dauer. Anna fühlte sich nicht besonders angezogen von den Freuden der Mutterschaft. Sie liebte ihre Kinder, aber die Versuchungen der äußeren Welt, das Bedürfnis zu agieren, wurden jeden Tag dringlicher. Vor allem, seit Jean Villandreux, der sich ganz der *Sports illustrés* widmen wollte, ihr vorgeschlagen hatte, die Leitung von Atoll, seiner Bäderfabrik, zu übernehmen, die ihm überhaupt keinen Spaß mehr machte, seit er das Magazin gekauft und an den Annehmlichkeiten der Presse Geschmack gefunden hatte. Für Anna war das die Gelegenheit, ihre Diplome unter Beweis zu stellen, ihr Know-how zu entfalten. Schon bevor sie das väterliche Angebot akzeptierte, kannte ich die Liste ihrer Zielsetzungen genau: Den Umsatz eines bereits florierenden Unternehmens um zehn Prozent steigern; ungefähr fünfzig leitenden Angestellten und Arbeitern, die nur auf den ersten Fehltritt von ihr warteten, die Stirn bieten; das Sortiment ausbauen, neue Formen anbieten und eine komplette Serie von Spas und Jacuzzis vorlegen, wie sie in Amerika en vogue waren. Es kam mir vor, als hätte Anna diese Situation seit Jahren vorausgeplant. Als wären in ihrem Kopf sämtliche Dossiers vorbereitet, verhandelt, budgetiert und terminlich festgelegt gewesen. Sie hatte noch keinen Fuß ins Büro von Atoll gesetzt und erzählte mir bereits von ihrer neuen Rolle, unterrichtete mich über Stärken und Schwächen des Unternehmens, als hätte sie die Firma gegründet.

Anna litt an einer in jener Giscard-Barre-Ära ziemlich verbreiteten Krankheit: dem *Unternehmerfieber*, das sich durch ein ununterdrückbares Bedürfnis charakterisierte, den honigsüßen liberalen Bienenstock um ein weiteres Wabenstückchen zu bereichern. Um eine eigene kleine Zelle im großen Ganzen. Dieser Wunsch, zu schaffen und zu erschaffen, zu bauen und zu errichten, voranzuschreiten, zu konstruieren, zu kreieren und zu produzieren, ging im Allgemeinen einher mit einem gewaltigen Ödem des Egos und einer schweren Krise des Selbstvertrauens. Anna versammelte all diese Symptome, und so war es keine große Überraschung zu sehen, wie sie sich nach und nach von uns dreien entfernte, um ins Sprudelbad der väterlichen Geschäfte einzutauchen.

Dieses brutale Abtauchen veränderte unsere Lebensweise radikal. In wenigen Tagen entschwand die Frau, die ich liebte und mit der ich die Annehmlichkeiten des Alltags teilte, zugunsten einer Verwalterin, die gegen die Abgaben der Klein- und Mittelbetriebe, den Einfluss der Gewerkschaften, die Desorganisation der Arbeitgeber, die Gewinnsteuer und das mangelnde Engagement der Angestellten wetterte. Diese Umwälzungen brachten mich zu einer Entscheidung, die ich schon lange in Erwägung gezogen hatte: Mit meiner stupiden Arbeit aufzuhören, um mich ganz meinen Kindern zu widmen. Sie in aller Ruhe aufzuziehen. Wie die Mütter von einst.

Ich hatte das Gefühl, dieser Entschluss kam allen gelegen. Anna war auf einen Schlag ihr schlechtes Gewissen los, ihre Säuglinge im Stich zu lassen. Und Jean Villandreux schien erleichtert, dass er mich nicht mehr in den Korridoren der *Sports illustrés*, seines neuen Reichs, herumstreichen sah. Da die Einkünfte der Direktorin von Atoll mehr als anständig waren, konnte ich mich ungeniert meiner neuen Aufgabe als Hausmann widmen.

Diese Jahre, die ich mit Marie und Vincent verbrachte, diese Jahreszeiten außerhalb der Arbeits- und Erwachsenenwelt, gefielen mir. Unser Leben bestand aus Spaziergängen, Mittagsschläfchen und nachmittäglichen Imbissen mit Honigkuchen, der nach Unschuld und Glück schmeckte. So oft wie ich sie gesalbt und gepudert hatte, kannte ich jeden Quadratzentimeter Haut meiner Kinder, ich nahm die dominierenden Züge ihres Geruchs wahr, animalisch beim Jungen und vegetativ beim Mädchen. Im warmen Badewasser stützte ich ihren Nacken, und sie trieben, besänftigt in den Zwischenräumen der Welt, auf der Oberfläche einer Flüssigkeit mit serösen Reminiszenzen. Es gefiel mir, sie danach in saubere, duftende Wäsche zu stecken und im Winter in warmen Pyjamas ins Bett zu legen. Marie schlief sehr schnell ein, während sie meinen Zeigefinger in ihrer kleinen Hand hielt. Ihr Bruder schmiegte sich in meinen Unterarm und ließ seine großen schwarzen Augen ins Leere schweifen. Er schien bereits zu träumen, bevor er schlief.

Meine Tage beschränkten sich auf stereotype, einfache Aufgaben, die mehrheitlich den Haushalt betrafen, für mich jedoch einer gewissen Würde nicht entbehrten. Abends, wenn Anna nach Hause kam, war das Essen bereit und die Kinder im Bett. Mein Leben glich dem Leben jener idealen Ehefrauen, die man in den Sechzigern in amerikanischen Fernsehserien sah, stets tadellos und zuvorkommend und die einzig auf der Welt zu sein schienen, um den dominanten, fleißigen Ehemann die Müdigkeit eines anstrengenden Arbeitstages vergessen zu lassen. Alles, was mir fehlte, waren der Faltenrock und die Pfennigabsätze. Was den Rest betrifft, so servierte ich der Managerin nach dem Vorbild meiner Schwestern jenseits des Atlantiks einen Scotch, während ich so tat, als würde ich mich für ihre unternehmerischen Klagelieder interessieren. Manchmal fragte sie mich, wie mein Tag gewesen war, ich antwortete »normal«, und dieses ausweichende, minimale Adjektiv schien ihre Neugier vollauf zu befriedigen. Wenn sie ihr Glas ausgetrunken hatte, ordnete sie noch ein paar Unterlagen, ging dann wie alle guten Familienväter den Kindern einen Gutenachtkuss geben und zog ihnen die Decke über die Schultern. Während ich den Tisch vorbereitete, strich sie um den Fernseher herum, fing ein paar Nachrichten auf und fragte mich, was es zu essen gebe. War das Menü genehm, wurde ich voll genießerischer Ungeduld mit einem »ausgezeichnet« bedacht. Schien ihr hingegen meine Küche nicht zu gefallen, musste ich mich mit einem »Mach-dir-keine-Umstände-ich-habe-heute-sowieso-keinen-großen-Hunger« zufrieden geben. Das war mein Leben, in jeder Hinsicht häuslich. Mochte ich auch noch so weit entfernt sein von dem, was die Welt bewegte, ich wurde mir bewusst, dass ich diese Erde intensiver bewohnte als Anna, so paradox das erscheinen mag. Sie behauptete zwar stets, aktiv zu sein, doch eigentlich tauchte sie nie aus dem smaragdfarbenen Wasser ihrer kleinen Schwimmbäder auf. Vom Balkon unserer großen Wohnung (wir waren inzwischen umgezogen) sah ich so die Stunden verstreichen und betrachtete den Lauf der Welt. Ich bekam den Tod eines Papstes mit und erfuhr eines Morgens jenen von Mao Tse-tung (Der Osten ist rot, die Sonne geht unter). Die Amoco Cadiz schüttete den Saft ihrer Innereien in den Ozean, und die Autonomen plünderten in Paris das Feinkostgeschäft Fauchon. Im Iran brach die Revolution aus, und hier und dort sprach man bereits vom blendenden Glanz der Bokassa-Diamanten. Und dann richtete man Jacques Mesrine, wie man nicht einmal einen Hund abschlachten würde. Aus allernächster Nähe, mit einer regelrechten Kugelsalve.

All diese Ereignisse, so unterschiedlich sie auch waren, traten jedoch in den Hintergrund, wenn Anna nach Hause kam. Sie konnte es nicht lassen, mir täglich die neuesten Schlagzeilen von Atoll zu unterbreiten, die sich stets um Putschversuche des Betriebsrats, um Hintertreppenintrigen, gewerkschaftliche Revolutionen und Staatsstreiche der Sozialversicherungsbehörde drehten.

Obwohl mir mit jedem Tag mehr bewusst wurde, dass Anna und ich langsam, aber sicher in entgegengesetzte Richtungen drifteten, war ich glücklich, dieses Leben an der Seite meiner Kinder und einer Frau zu führen, die ich trotz allem noch immer liebte. Die freie Zeit jener Tage nutzte ich, um mich einer Passion meiner Kindheit zu widmen: der Fotografie. Ich habe diese stille, diskrete und einsame Tätigkeit stets gemocht.

Während meiner Jugendzeit war ich mit der Contarex meines Vaters losgezogen und hatte mit Vorliebe die Mineral- und Pflanzenwelt fotografiert, eigentlich alles, was sich nicht bewegte. Es faszinierte mich, das Unbewegliche festzuhalten.

Ich besaß eine beachtliche Sammlung an Bildern von Obst, Gemüse, Bäumen und Steinen, die allerdings kein bisschen edel waren. Für mich hatten diese Stillleben etwas sehr Beredtes. Ich arbeitete ausschließlich draußen, mitten in der Natur, entnahm meine Motive dem Durcheinander der Welt, des Zufalls und der wechselnden Jahreszeiten. Danach entwickelte ich die Fotos in dem kleinen Labor, das ich mir in einer Kammer neben dem Badezimmer eingerichtet hatte.

Mein Vater war es, der mich in dieses Schattendasein eingeführt hatte, wo ich in strahlenarmem Licht – zu Hause hatten wir eine Natriumlampe –, die Filme entwickelte, bevor ich mich an die Abzüge machte. Das erste Mal, als ich sah, wie mein Vater ein Bild im Silbersalz des Entwicklers erscheinen ließ und es danach im Thiosulfatbad fixierte, hielt ich ihn allen Ernstes für einen Magier, der mit übernatürlichen Kräften ausgestattet war. Und ich glaube, dass es dieses Zauberkunststück war, das mich später auf den Geschmack brachte, Bilder aus dem Nichts entstehen zu lassen. Stückchen der Welt in meinen Maßen wiederzuerschaffen. Heidnische Momentaufnahmen, Lebensfragmente, gleichzeitig unbeweglich und doch so nah an der Vorstellung, die ich mir von der menschlichen Gattung machte.

Je länger ich darüber nachdenke, umso eindeutiger scheint mir, dass es dieser geheimnisumwobene und gnadenvolle Moment zwischen Vater und Sohn ist, der aus mir gemacht hat, was ich bin.

Ende des Jahres 1979 schloss ich mich jede Nacht, wenn Anna und die Kinder schliefen, in meine Kammer ein und entwickelte, abgeschnitten von allem, die Fotos, die ich auf meinen Spaziergängen mit den Kindern aufgenommen hatte. Ich wusste es noch nicht, doch während ich dieses scheinbar unbedeutende Leben führte, war ich dabei, die Weichen für mein Schicksal zu stellen.

Ich hatte den Kontakt zu meinen alten Freunden von der Uni und aus der Wohnung in der Allée des Soupirs verloren. Wenn ich an sie dachte, an diese ganze Zeit, die wir gemeinsam verbracht hatten, und daran, wie wir gelebt hatten, empfand ich dieses undefinierbare Gefühl von Ekel, das einen geheimen Verrat begleitet. Obwohl ich eigentlich, abgesehen von einer wenig rühmlichen Hochzeit, keinen Grund hatte, rot zu werden. Ausgehalten vom Kleinunternehmertum, von der Familie ans Haus gefesselt, isoliert, abseits jeder Strömung und Gruppierung, eignete ich mich zweifellos nicht mehr als Beispiel für einen revolutionären Aktivisten. Ich war nicht mehr Teil dieser euphorischen Fraktion. Ich gehörte inzwischen zu einer anderen menschlichen Kategorie mehr oder weniger guten Willens, zu diesen Typen, die vielleicht nicht sehr viel taugen, die an nichts glauben, aber die dennoch jeden Morgen das Bett verlassen.

Zwei, drei Mal im Monat organisierte Anna zu Hause ein Abendessen, zu dem ihre beiden Jugendfreundinnen samt Ehemänner geladen waren. Laure Milo, eine junge sexy Mama mit äquatorialem Hintern, übte denselben Beruf aus wie ich. Sie zog unbeirrt und mit einer erfrischend guten Laune ihre Kinder groß. François, ihr Partner, Ingenieur bei Aérospatiale, arbeitete an den Tragflächen für das Airbus-Programm. Michel Campion war nach seiner Zeit als Assistenzarzt an einer namhaften Klinik für Neugeborene und Herzchirurgie tätig. Brigitte, seine Frau, teilte ihre Zeit zwischen allen möglichen sportlichen Betätigungen und einer ganzen Palette von Schönheitsbehandlungen, von der Maniküre über Rolfing bis hin zu biokosmetischen Haarspülungen. Doch die Aufbietung sämtlicher Kräfte all dieser Berufssparten änderte nichts an Brigitte Campions Problem: Sie hatte keinerlei Eleganz, überhaupt keinen Charme und glich, von welcher Seite man sie auch betrachtete, einem geschmacklos gekleideten Mann. Die Campions hatten ein Kind, das man nie zu Gesicht bekam, von dem man sie kaum sprechen hörte und das die meiste Zeit der Obhut von Michels Mutter überlassen war.

Diese abendlichen Einladungen fingen immer gleich an: Die Frauen kamen zu mir in die Küche, um sich über Rezepte, Familie und Kinder zu unterhalten, während die Männer im Wohnzimmer ein Glas tranken und mit Anna über die Arbeit sprachen. Ich habe mich oft gefragt, was Brigitte und Laure von mir dachten. War ich für sie noch ein richtiger Mann oder eher ein Zwitter, ein Mutant, der sein männliches Aussehen bewahrt hatte, aber mit einem eindeutig weiblichen Motherboard ausgestattet war? Hätte man mich gefragt, so hätte ich geantwortet, dass ich mich wie eine Art Süßwasserschwimmer sah, oft traurig, manchmal müde, und der mit der Zeit immer mehr einem Ertrinkenden glich.

Bei diesen Abendessen war Anna wie verwandelt. Inmitten ihrer Freunde legte sie die berufliche Maskerade und die obligaten Sorgen um die durchwachsenen Bilanzen ab und erstrahlte wieder in ihrem alten Glanz. Obwohl ich nichts zu dieser Metamorphose beitrug, war ich glücklich, für ein paar Stunden das Mädchen wieder zu finden, das ich Elias nach hartem Kampf abgerungen hatte.

An einem dieser Abende saßen wir alle noch zu Tisch, als das Telefon klingelte. Es war meine Mutter. Ihre Stimme schien von einem anderen Planeten zu kommen: »Dein Vater hat wieder einen Herzanfall … der Rettungsdienst bringt ihn ins Krankenhaus … ich muss jetzt auflegen … ich fahre mit ihm …« Jedes Detail dieses Abends ist mir im Gedächtnis geblieben. Die Platte von Murray Head, *Betweeen Us*, die im Hintergrund lief. Das Gemisch von Parfum und Essensdüften. Das beruhigende Licht der harmonisch im Raum verteilten Lampen. Die merkwürdigen, auf mich gerichteten Gesichter der Gäste, die mich allesamt anstarrten. Ein langes, ungeduldiges Hupen auf der Straße. Anna, die fragte, »Was ist los?«, und die tiefe Überzeugung, wie ein Pfahl in mich hineingetrieben, dass ich meinen Vater nie wieder lebendig sehen würde.

Als ich auf der Intensivstation des Krankenhauses Rangueuil

ankam, sah meine Mutter aus wie eine alte Frau. Sie lehnte an einer Wand, hatte die Arme unter der Brust verschränkt und fröstelte, der Kälte eines unsichtbaren Winters ausgesetzt. Als sie mich sah, gab sie mir ein zärtliches Zeichen mit dem Kopf, das vielleicht so viel bedeutete wie: »Mach dir keine Mühe, es ist eh zu spät.«

Mein Vater befand sich auf der anderen Seite der Glaswand in einem Metallbett. Er hatte das entspannte Gesicht, das ich von ihm kannte, wenn er im Sommer seinen Mittagsschlaf hielt, den Mund halb offen und den Unterkiefer leicht herunterhängend. Er bekam Infusionen, und verschiedene elektrische Kabel verbanden ihn mit einem Monitor. Anna versuchte meine Mutter zu trösten, der Dienst habende Kardiologe sah sich die Befunde an, die Apparate gaben kurze elektroakustische Signale von sich, alles schien unter Kontrolle, und doch entglitt uns mein Vater unmerklich.

Gegen Mitternacht kam der Arzt, um uns über das Ausmaß der gesundheitlichen Schädigungen zu unterrichten, an denen »Monsieur Block« litt. Meine Mutter hörte ihm zu, ohne den Mut zu haben, den Namensfehler richtig zu stellen. Und als der Mediziner zu ihr sagte: »Gehen Sie nach Hause und ruhen Sie sich aus, Madame Block, wir sehen uns morgen wieder, und ich hoffe, dass ich dann bessere Nachrichten für Sie habe«, stimmte sie ihm wortlos zu. Dieser Vorschlag kam ihr recht. Sie nahm vor allem auf, dass dieser Mann ihr implizit versichert hatte, dass es ein Morgen gab, dass Victor Blick nicht einfach so hinübergehen würde, allein, ohne jemanden wieder zu sehen, mitten in der Nacht. Bei einem solchen Versprechen akzeptierte sie ohne mit der Wimper zu zucken, Block genannt zu werden, jetzt, morgen und, wenn es sein musste, für den Rest ihrer Tage.

Als ich meine Mutter nach Hause brachte, hatte ich die Gewissheit, dass wir am Ende einer gemeinsamen Geschichte angelangt waren und dass mein Vater sterben würde. Was mich verwirrte, war der Eindruck, dass ich der Einzige war, der es wusste.

Ich blieb bei meiner Mutter. Sie trank einen Tee, sprach einen Augenblick über Anna und die Kinder, dann ging sie erschöpft in ihr Zimmer hinauf und fiel ins Bett wie ein Stein. Unten mühte ich mich, elektrisiert vor Angst, die Stunden herumzubringen, ging im Wohnzimmer und im Garten auf und ab, den Kopf voller unzusammenhängender, verworrener Gedanken. Mein Bruder und ich mit meinem Vater im Auto. Meine Großmutter, ihr »Mikoyashhh« ausspuckend. Das Foto von Sinikas Hund. Mein Großvater Lande auf seinem Berggipfel. Collins am Rande des Mondes. Die ausweichenden Augen von Dr. Ducellier. Der Sternenhimmel in den Nächten der Trockenheit. Ich, der ich Pflastersteine in die Schaufenster der familieneigenen Niederlassung schmiss.

In dieser langen Nacht kamen mir auch Bilder meines Vaters in seinen besten Jahren ins Gedächtnis, als er diesen galaktischen Ozeandampfer steuerte, der »Tag und Nacht« über die Stadt zu wachen schien. Er hatte diesen unvergesslichen Namen selbst gefunden. (Noch heute, wo die Werkstatt natürlich längst verschwunden ist, orientiert man sich an diesem unsichtbaren Fixpunkt, der in den Köpfen mehrerer Generationen von Stadtbewohnern verankert geblieben ist.) Hinter den Glasschildern seines Büros, mit seinem Zweireiher und seinem Filzhut aus Espéraza, erinnerte er an eine Figur von Tati, voller Gewissheiten und an seinen Vorsätzen festhaltend, aber jedes Mal von einer kindlichen Freude belebt, wenn er die Gelegenheit hatte, an den Hebeln der modernen Welt herumzuspielen. Die Wagen kamen und gingen und knirschten mit ihren Reifen über den himbeerroten Lack der Böden. Als Reinlichkeitsfanatiker legte mein Vater Wert darauf, dass seine Einrichtung eher nach einer Geburtsstation aussah denn nach einer Werkstatt, in der geölt und geschmiert wurde. Sein größter Stolz war, dass keinerlei Geruch nach Kohlenwasserstoff die Luft verunreinigte, die man Tag und Nacht einatmete. Seine Werkmeister befolgten seine Anweisungen, so dass jedes Tröpfchen, jedes Leck, jede ausgeronnene Flüssigkeit sofort mit einem Lappen aufgewischt wurde. Mein

Vater kaufte riesige Ballen alter Stoffe, die einzig für diesen Zweck reserviert waren. Warum er die P 60 »Pedros« nannte, weiß ich nicht, doch ich erinnere mich noch ganz genau, dass er, der fast nie über Autos sprach, zu einer bestimmten Zeit anfing, zu erklären, zu betonen und einzutrichtern, dass der Simca 1100 vom ästhetischen und technischen Gesichtspunkt betrachtet der Prototyp des modernen Frontantriebs war. In beinahe biblischem Ton und mit pastoraler Stimme schloss er seine Predigt stets mit den Worten: «Und hundert Mal, ihr werdet sehn, wird kopiert und imitiert, überflügelt aber nie.« Seine kümmerlichen Verse verdankten nichts dem Zufall oder der Improvisation. Diese Ode an den Simca hatte er, ich war mir dessen sicher, wie ein Victor Hugo des Ferodo eines Tages irgendwo schriftlich festgehalten.

Die Nächte, die dem Tod eines Vaters vorangehen, sind eigenartig, irreal, voller Fiebrigkeit und Unruhe, heimgesucht von plötzlichen Geistern und unzusammenhängenden Reminiszenzen. Die Flammen des Gedächtnisses züngeln in alle Richtungen, verteilen ihr Licht, schieben Stunde um Stunde die unerbittliche Macht der Dunkelheit zurück. So viele Sachen vermengen sich, dass man schließlich nicht mehr weiß, was man lieber möchte, den Tod, weil er die Angst nimmt, oder einfach noch ein bisschen Leben, da man schließlich nie wissen kann.

Diesmal wussten wir es gegen fünf Uhr morgens. Die Stimme am Telefon sagte ganz einfache Dinge. Das Herz hatte aufgehört zu schlagen. Die vergebliche Wiederbelebung. Das Schweigen des Kardiographen. Lassen Sie sich Zeit. Er ist hier. Er wartet auf Sie.

Und meine Mutter, der Nacht entrissen, die sich in der Eile eines Reisenden anzieht, die Treppen hinunterstürzt und die Wagentür zuschlägt, als wollte sie jede Bindung zu dieser Welt abschneiden. Sie bittet, schneller zu fahren, sagt, vielleicht könne man es noch rechtzeitig schaffen, weint und fleht ich weiß nicht wen an, ich weiß nicht was zu unternehmen, fragt nach Anna, die sie noch ein paar Stunden zuvor gesehen hat, fragt nach den Kindern, verflucht das Telefon, spricht zum ersten Mal in der Vergangenheit von meinem Vater, klettert mühsam aus dem Auto, durchquert den langen Flur, indem sie sich an mir festklammert, betritt das schwach beleuchtete Zimmer, geht auf die Leiche zu, schaut, so gut sie kann, dem Tod ins Gesicht und bricht am Ende eines unsichtbaren Pontons, während jede Form von Widerstandskraft von ihr weicht, langsam zusammen, die Hand meines Vaters festhaltend.

Ich blieb einen Augenblick unbeweglich stehen, als wartete ich auf etwas oder jemanden. Dann trat ich vor und küsste meinen Vater. Ich küsste ihn ganz flüchtig, als würde ich ihn kaum kennen. Seine Haut war eiskalt.

Als wir das Krankenhaus verließen, ging ich direkt nach Hause. Der Tag war kaum angebrochen. Anna schlief noch tief. Ich setzte mich in die Küche und brach vor einem Glas Sodawasser in Tränen aus.

Mein Vater würde die Talbots nie kennen lernen. Simca gab es seit 1979 nicht mehr. Er hatte das Verschwinden seiner Marke um ein Jahr überlebt.

François Mitterrand (I)
(21. Mai 1981 – 7. Mai 1988)

Nie hatte ich meinem Vater so viel zu sagen gehabt wie in den Monaten, die seinem Tod folgten. Ich wollte ihm erklären, warum ich so oft nicht bei ihm und manchmal so gleichgültig gewesen war, warum ich geschwiegen und mir so wenig aus seinen Familienangelegenheiten und seiner Werkstatt gemacht hatte. Ich hätte ihn gerne um Rat gefragt, ihm von meinen Sorgen um Anna und die Kinder erzählt und von ihm gehört, was er eigentlich dachte über mich und mein Leben.

Ich hatte mir nicht vorstellen können, wie sehr der Tod meines Vaters den Lauf meines Lebens und meine Sicht auf die Welt veränderte. Mit seinem Sterben hörte ich auf, ein Sohn zu sein, und wurde mir meiner Einzigartigkeit physisch bewusst. Ich war nicht mehr der jüngere Bruder des unvergleichlichen Vincent Blick, sondern, was genauso beängstigend war, »ein ganzer Mensch, gemacht aus dem Zeug aller Menschen, und der so viel wert ist wie sie alle und so viel wert wie jedermann«. Meine Mutter währenddessen geriet in eine Spirale undefinierbarer Ängste, die sich gegenseitig verstärkten. Die Angst zum Beispiel, nicht genug Geld zu haben, um das zu große alte Haus instand zu halten, war eine ihrer

Hauptsorgen. Um sie von dieser Qual zu erlösen, kam ich auf die Idee, ihr vorzuschlagen, die Wohnung in Torremolinos zu verkaufen.

Damit verfolgte ich zwei Ziele auf einmal: Meine Mutter wurde eine Sorge los und ich ein moralisch belastendes Erbe. Kurz nach Francos Tod war die Gesellschaft Iberico mit Kopf und Kragen in einen Aufsehen erregenden Konkurs von internationalem Ausmaß geraten, und der Notar Carlos Arias Navarro kam, der Veruntreuung überführt, ins Gefängnis. In einer unglaublichen Wechselreiterei hatten dieser ehemalige Minister und seine Teilhaber mehreren Kunden ein und dieselbe Wohnung verkauft. Diesen schäbigen Trick hatte er mehrere hundert Mal praktiziert. Auf einer Reise zum Konkursverwalter nach Madrid erfuhr ich allerdings, dass ich sehr wohl der einzige und ausschließliche Besitzer der Wohnung 196 im Haus Tamarindos 1 war. Es blieb mir nur noch, sie zum Verkauf auszuschreiben und ihren Gegenwert in Pesetas in Empfang zu nehmen. Mit dem Erwerb dieses bescheidenen Gutes hatte mein Vater in gewisser Weise das Franco-Regime unterstützt, bevor es sich, unfreiwillig natürlich, in einen dieser Dominosteine verwandelte, die, wenn sie fallen, ein ganzes System zum Einsturz bringen.

Gegen Mitte Mai 1981 erhielt ich einen Anruf von der Immobilienagentur in Torremolinos, die mir mitteilte, dass ein Madrider Kunde die Wohnung kaufen wolle. Der Preis schien ihm angemessen, es musste nur noch bei einem Notar vor Ort der Kaufvertrag unterzeichnet werden. Doch bevor ich von dieser Reise erzähle, sollte man sich noch einmal das wenig reizvolle Gesicht des damaligen Frankreich vor Augen führen: ein Land, das von seinen alten konservativen Dämonen eingeholt worden war. Die Wahl Mitterrands hatte den Franc in den freien Fall geführt, die Börsenwerte um zwanzig Prozent einsinken lassen und Kapitalfluchten ausgelöst, die Tag und Nacht an sämtlichen Grenzen stattfanden, die das Land vorzuweisen hatte. Und in dieser Zeit also lenkte ich mit leichter Seele und lockerem Fuß mein Auto Richtung Barcelona. Ich besaß einen alten Triumph V6, ein launisches kleines englisches Kabriolett, das aussah wie ein Fisch, mit abgewinkelten Scheinwerfern und gefälteltem Kühlergrill, womit es stets wirkte, als hätte es schlechte Laune und als bewegte es sich nur widerwillig vorwärts. Ich hatte beschlossen, bis Katalonien zu fahren und dann das Flugzeug nach Malaga zu nehmen.

Ich erinnere mich an die leichte, frühlingshafte Stimmung bei diesem Flug in den Süden, an die helle Kabine der Iberia Boeing, an das wohlige Gefühl, das mir einflüsterte, dass sich nun etwas ändern und das Glück sich wenden würde. Flugzeuge haben auf mich immer diese schmerzstillende, euphorisierende Wirkung gehabt. Vielleicht aufgrund der Sauerstoffverdünnung, oder ist es ganz einfach die Tatsache, auf sechsunddreißigtausend Fuß Höhe zu fliegen und der berauschenden Illusion zu unterliegen, außer Reichweite der weltlichen Sorgen und Nöte zu sein?

Entspannt auf meinem Sitz, den Kopf an das Fenster gelehnt, dachte ich daran zurück, was in Frankreich geschehen war, an diese komische Wahl, die mit dem theatralischen Abgang Giscard d'Estaings endete, der sich beleidigt von seinem Sessel erhob, von der Szene abtrat und die Franzosen der Angst vor dem Nichts überließ. Solche Momente und andere, ähnliche Bilder mit genauso dürftigen Motiven sind es, die mir stets die Lust am Wählen genommen haben. In meinem Flugzeug, irgendwo zwischen Himmel und Erde, dachte ich an den, der sich einfach aus dem Staub gemacht hatte und nun durch diesen anderen ersetzt wurde, der von jeher scharf auf den Posten war und seine eigene Ära mit einem Besuch bei den Toten und drei roten Rosen in der Hand begann. Ich mochte diese Leute nicht und noch weniger, wie sie ihre kläglichen Pläne und Empfindlichkeiten öffentlich zur Schau stellten.

Vom Balkon der Wohnung aus konnte ich beinahe die marokkanische Küste sehen. Ich war am Ziel der Träume meines Vaters angelangt. An jenem Abend hätte ich ihm gerne meine Augen geliehen, hätte ihm gerne gezeigt, was er selbst nie sehen konnte. Durch die Pleite der Gesellschaft hatte das Gebäude viel von seiner alten Pracht eingebüßt. Mit der großen Marmorhalle, die vom Treiben der Concierges und Bediensteten erfüllt war, war nun Schluss. Die Aluminiumuhren, die die Stunden der großen Weltmetropolen angezeigt hatten, standen still. Die prächtigen Innengärten, deren Pflanzen die Stockwerke hochkletterten, waren heruntergekommen. All diese stolzen, einst der Begegnung und dem Herumschlendern zugedachten Plätze waren heute so gut wie leer. Die Luft war unglaublich mild und der Südwind duftete. Am nächsten Morgen hatte ich einen Termin in der Kanzlei Consuelo y Talgo. Alles schien perfekt. Während ich den Himmel betrachtete, dachte ich an das Leben, das mein Vater gehabt hatte, und schlief, ohne es zu merken, beim beruhigenden Rauschen des Meeres ein.

Consuelo sah Talgo ähnlich, oder umgekehrt. Die beiden erinnerten jedenfalls eher an mexikanische, meskalgetränkte Schurken als an andalusische Notare. Ihre Kanzlei sah dementsprechend aus: schmutzig, chaotisch, dubios. In der zweiten Etage eines skrofulösen Gebäudes untergebracht, beschränkte sie sich auf zwei nebeneinander liegende Räume, die von bunt zusammengewürfelten Gegenständen überquollen, die man bei Männern des Gesetzes eigentlich nicht vermutete. Ein Mopedrahmen, ein alter Kühlschrank, eine auf Lautsprecherboxen balancierende Kochplatte, ein brandneues Rennrad, ein Plastikmülleimer voller Orangen und überall reihenweise leere Bier- und Sodadosen. Auf verbogenen Regalen trockneten Akten wie alte Wäsche vor sich hin.

Consuelo belauerte Talgo aus den Augenwinkeln, und dieser sah mich schief von der Seite an. Neben dem Geruch verbrannter Maiswaffeln schwebte in diesem Raum der Dunst allgemeiner Verdächtigungen. Die Luft stank förmlich nach Gaunerei.

»Señor don Blick, wenn Sie so gut sein möchten, sich zu setzen …«

»Der Käufer ist noch nicht da?«

»Eigentlich, Señor, kommt der Käufer gar nicht. Er hat uns gestern angerufen, er wurde in Madrid aufgehalten.«

»Wollen Sie damit sagen, dass Sie mich umsonst haben kommen lassen?«

»Keineswegs. Mein Teilhaber, el Señor Talgo, wird, wenn Sie so wollen, den Käufer bei der Transaktion vertreten. Er hat von unserem Klienten eine Vollmacht erhalten.«

»Haben Sie das Dokument hier?«

»Eigentlich wurde es erst gestern aufgesetzt und erreicht uns frühestens in achtundvierzig Stunden. Aber das hindert uns keineswegs, den Kaufvertrag schon heute zu unterzeichnen.«

»Und die Zahlung?«

»El Señor Talgo wird Ihnen einen Scheck ausstellen.«

»Einen Scheck der Kanzlei?«

»Nein, einen privaten Scheck.«

Mit seinem asymmetrischen Gesicht, seinem zu einem schiefen Lächeln verzogenen Hundekiefer, standen diesem Notar – falls er tatsächlich irgendwann die Universitätsbank gedrückt haben sollte – die Urkundenfälschung, die Veruntreuung von Gesellschaftsvermögen, die Unterschlagung von Geldern, die Erbschleicherei, die Bestechlichkeit und hundert andere, streng vom Gesetz geahndete Gaunereien in die Visage geschrieben. Irgendetwas sagte mir also, dass ich, sollte ich diesen Vorschlag akzeptieren, weder Talgo noch Consuelo noch die Schlüssel der Wohnung noch meinen außergewöhnlichen Besitz und vielleicht nicht einmal meine Familie jemals wieder sehen würde. Ich würde wie durch Zauberhand verschwinden, meine Kinder wären Waisen und meine Mutter ruiniert.

»Tut mir Leid, aber nichts ist so, wie wir es vereinbart haben: Der Käufer ist nicht anwesend, es fehlen Dokumente, und Sie schlagen mir vor, mich mit einem privaten Bankscheck auszuzahlen …«

»Es ist wahr, durch ein paar widrige Umstände seitens unseres Klienten hat sich einiges verändert, aber was wir Ihnen vorschlagen, ist vollkommen legal.«

»Mag sein, aber unter diesen Umständen möchte ich Sie bitten, mir die Summe für die Wohnung in bar auszuzahlen.«

»In bar? Aber Señor, eine solche Summe haben wir nicht in der Kanzlei ...«

»Na gut, dann beschaffen Sie sie bis morgen früh.«

»Haben Sie an die Devisenkontrollen gedacht? Man kann Spanien nicht mit so viel Geld verlassen, ohne es zu deklarieren.«

»Lassen Sie das meine Sorge sein.«

»Geben Sie uns eine Minute Bedenkzeit, Señor.«

Francisco Talgo und Juan Consuelo verließen den Raum mit verschwörerischen Mienen. Mir war schnell klar, dass es nie einen Madrider Kunden gegeben hatte und dass Talgo die Wohnung für sich selbst kaufen wollte. Fragte sich nur, warum die beiden Männer diese Geschichte erfunden hatten, wo es doch viel einfacher gewesen wäre, die Sache ganz normal abzuwickeln und mir die Wahrheit zu sagen.

Als ich die beiden Kompagnons wieder auf mich zukommen sah, dachte ich, dass es auf der Welt wohl nur wenige Männer des Gesetzes gab, die sich derart wie Krabben vorwärts bewegten, den Verrat förmlich ausschwitzten und so böse Schwingungen aussandten.

»Die Summe wird morgen früh bereit sein, Señor.«

Einer neben dem anderen, hinterhältige, gefährliche Doppelgänger, zwangen sie sich zu einem Lächeln, das Typen draufhaben, die irgendetwas zu verbergen suchen. Am nächsten Morgen blätterte ein dienstbeflissener Consuelo die Seiten des Kaufvertrags um, während Francisco Talgo und ich unsere Unterschriften darunter setzten. Um sich seine Verwirrung nicht anmerken zu lassen, sprach Consuelo wild drauflos, vom Klima, von den Orangenkulturen und den Deutschen, die die Küste überrannten. Ich schenkte diesen belanglosen Betrachtungen wenig Aufmerksamkeit, bis er mir plötzlich eine persönliche Frage stellte:

»Kehren Sie über die Atlantikküste oder über Barcelona nach Frankreich zurück, Señor?«

Ohne zu wissen warum, hatte ich am Vorabend die beiden Notare angelogen und ihnen erzählt, ich sei im Auto über Malaga gekommen. Und jetzt war ich in einem Anfall von Paranoia auf einmal felsenfest davon überzeugt, dass die beiden Hurensöhne mich beim Zoll anzeigen würden, sobald ich ihnen den Ort meines Übergangs nannte. Nicht nur hätten sie sich so für die Unannehmlichkeiten, die ich ihnen verursacht hatte, rächen, sondern darüber hinaus auch noch die Prämie für die Anzeige kassieren können.

»Ich kehre über Madrid, Burgos und das Baskenland zurück.«

»Schöne Gegend, Señor, schöne Gegend.«

Als Talgo sein Köfferchen öffnete und eine wahre Festung von Pesetas vor mir aufzustapeln begann, verstand ich, dass ich in eine üble Geschichte hineingeraten war. Worin sollte ich all diese Bündel transportieren? Ich hatte kein Gepäck und auch keine Zeit mehr, einen Koffer zu besorgen. Das Flugzeug wartete. Consuelo und Talgo sahen mir nach, als wäre ich eine Paketbombe.

Die Boeing hob pünktlich ab, und ich hätte sie um ein Haar verpasst. Mit Scheinen gepanzert und umwickelt, steckte ich bis zum Hals in Geld. Überall Geld. In den Taschen von Hose, Hemd, Weste und Regenmantel, im Futter, im Gürtel und sogar in den Socken. Für kurze, euphorische Momente jubelte ich beim Gedanken, die beiden Gauner ausgetrickst zu haben und lebend dieser Räuberhöhle entkommen zu sein. Doch schon im nächsten Augenblick packte mich die Angst, ich sei mit Falschgeld bezahlt worden oder hätte mich im komplizierten Spiel von Division und Multiplikation der Wechselkurse übers Ohr hauen lassen. Schweißgebadet, mit feuchten, zitternden Händen, schloss ich mich in die Toilette ein, um noch einmal grob die kleinen Bündel meines verborgenen Schatzes zu zählen. Oder genauer, das Geld, das meine Mutter von ihren primären Sorgen erlösen sollte.

Als ich mich auf dem Parkplatz des Barceloner Flughafens hinter das Steuer meines Autos setzte, muss ich ausgesehen haben wie einer dieser verwandelten, glückseligen Geretteten, die das Leben und die Welt anlächeln, voller Dankbarkeit für ihre Wohltäter und bereit, die ganze Welt zu lieben bis ans Ende aller Zeiten. Ich ließ den Motor an, und die sechs Zylinder des altehrwürdigen Triumphs setzten ungestüm die Verbrennung in Gang. Noch ein paar hundert Kilometer, und meine Mission würde beendet sein. Auf der Autobahn, die zum Grenzübergang Le Perthus führte, dachte ich, dass ich in diesem Monat Mai, wo das Kapital in alle Richtungen und Länder flüchtete, wohl der einzige französische Staatsbürger sei, der Geld ins nationale Territorium hineinbrachte.

Die Komik der Situation sollte sich bald ins Groteske steigern. Etwa zwanzig Kilometer vor der Grenze begann der Motor ein merkwürdiges Geräusch von sich zu geben, eine Art Gurgeln mit metallischen Konsonanten, gefolgt von einem dumpfen Knall und einer nicht enden wollenden Stille. Einen Augenblick sah es so aus, als wäre der Triumph über seine Probleme erhaben, doch dann, von der Realität eingeholt, verlangsamte er sich unerbittlich, bis er auf dem Pannenstreifen zum Stehen kam. Der Keilriemen war gerissen. Ein guter Tag Arbeit, unter der Bedingung, dass Ersatzteile vorhanden waren und mein Flehen erhört wurde, dass Kurbelwelle und Ventile das Malheur heil überstanden hatten. Noch bevor ich über eine Rufsäule den Abschleppdienst kontaktierte, war mein erster Reflex, die Bündel, die ich in die Türfächer und das Handschuhfach gestopft hatte, an mich zu nehmen und sie wieder in sämtlichen Taschen meiner Kleider zu verstecken. Ich war gerade mit meiner Operation zu Ende, als ich im Rückspiegel einen Seat der Guardia Civil entdeckte, der sich anschickte, hinter mir zu parken.

Die Früchte dieser Wohnung waren verdammt. Spanien und Katalonien verlangten einen hohen Preis von mir für die Kollaborations-Tätigkeit meiner Familie: Es bestand überhaupt kein Zweifel, dass diese zwei Polizisten es merkwürdig finden würden, mich bei jedem Schritt knistern zu hören wie eine alte Zeitung. Sie würden mich durchsuchen und in die schlimmsten

Verließe der Halbinsel stecken zu Arias Navarro und den anderen alten Ekeln des Regimes. Doch die Polizisten erwiesen sich weder als neugierig noch misstrauisch und fragten sogar, ob sie in meinem Fahrzeug warten sollten, bis der Abschleppwagen da sei. Sie hatten ihr Blaulicht angemacht, um die anderen Autofahrer zu warnen, und rauchten seelenruhig in ihrem Wagen, der sich nach und nach mit einer dicken blauen Wolke füllte. So nah an der Grenze, war es ein französischer Kraftfahrzeugmechaniker aus Perpignan, der mit dem Abschleppen von Pannenfahrzeugen beauftragt war. Der Mann klappte nicht einmal die Motorhaube hoch und hievte den Triumph auf die Ladefläche. Er fragte, ob ich zu ihm in die Kabine steigen wolle. Ich antwortete, ich bliebe lieber in meinem Auto sitzen. Wir passierten den Grenzposten, ohne angehalten zu werden, auf der für Dienstwagen reservierten Spur. Der Fahrer setzte mich am Bahnhof ab und bat mich, in zwei Tagen anzurufen, um mich nach dem Motor zu erkundigen.

Gegen zweiundzwanzig Uhr stieg ich in den Zug nach Toulouse. Ich habe eine albtraumhafte Erinnerung an Wagen, überfüllt von lärmenden Militärs mit roten Augen und gelben Zähnen, die in den Gestank von Bier und Urin eingehüllt waren und mit wüsten Beschimpfungen und Zoten über die anderen Abteile herfielen. Der Fluch hielt offenbar noch immer an. Sparsam mit meinen Bewegungen, von Entsetzen gepackt bei der Vorstellung, die Aufmerksamkeit dieser wilden Horde auf mich zu ziehen, bemühte ich mich, eingemummelt in meinen Devisenpelz und gepanzert mit meinem Harnisch aus Scheinen, stillschweigend vor mich hin zu schwitzen.

Am nächsten Morgen stand ich zur ersten Stunde in der Bank, diesmal meinen Sold schön geordnet in einem kleinen Lederkoffer. Als ich ihn öffnete, konnte der Leiter der Filiale ein nervöses Zucken seiner Oberlippe nicht unterdrücken. Ich ahnte nicht, dass dieses unmerkliche Zittern den großen inneren Jubel des Raubtiers verriet, das seiner Beute sicher ist.

»Es ist im Augenblick eher selten, dass unsere Kunden uns Geld aus dem Ausland bringen …«

»Ich weiß.«

»Auch wenn ihre Geste ... sagen wir ... patriotisch ist, so bleibt diese Einfuhr ausländischer Zahlungsmittel doch ein Verstoß gegen das Devisengesetz. Sie hätten eine Überweisung von Bank zu Bank vornehmen sollen ...«

»Ich weiß, aber das war nicht möglich, ich hatte keine Wahl.«

»Wir können diese Peseten natürlich dem Konto ihrer werten Mutter gutschreiben, allerdings müssen Sie wissen, dass bei dieser Operation zusätzliche Gebühren anfallen und wir uns daher natürlich nicht nach dem realen Wechselkurs richten können.«

»Was bedeutet das konkret?«

»Genau das, was ich Ihnen sage: Sie werden beim Tausch verlieren.«

»Wie viel?«

»Ich kann Ihnen diese Frage erst am späten Nachmittag beantworten, wenn ich mit unserer Devisenabteilung gesprochen habe. Für eine solche Summe brauche ich den Aval aus Paris.«

Um fünfzehn Uhr ließ mich der Zweigstellenleiter in einen kleinen Raum neben seinem Büro eintreten. Wie ein lächerlicher Immigrant, ein grotesker Reisender, trug ich noch immer meinen kostbaren kleinen Koffer bei mir.

»Ich habe keine besonders guten Nachrichten für Sie, Monsieur Blick.«

»Das heißt?«

»In Anbetracht der aktuellen politischen und ökonomischen Umstände, die, wie Sie wissen, ziemlich außergewöhnlich sind, schlägt Ihnen die Direktion vor, dieses Geld zum heutigen Wechselkurs abzüglich zehn Punkte zu transferieren.«

»Zehn Punkte, was heißt das?«

»Zehn Prozent.«

»Zehn Prozent?!«

»So ist es. Zehn Prozent weniger als der Tageskurs.«

»Aber das ist ungeheuer viel, und noch dazu illegal!«

»Ich weiß. Aber was Sie von uns verlangen, auch. Keine andere Bank wird Ihnen einen besseren Vorschlag machen, falls Sie überhaupt eine finden, die bereit ist, dieses Geld zu wechseln.«

»Welche Alternative habe ich?«

»Diese Peseten illegal nach Spanien zu befördern, sie auf eine iberische Bank zu bringen und dann eine legale Überweisung auf das Konto Ihrer Mutter vorzunehmen.«

»Einen Augenblick mal, sind Sie sich bewusst, was Sie mir da sagen? Ich soll riskieren, mich in Le Perthus erwischen zu lassen wie ein Spekulant, um *spanisches* Geld gesetzeswidrig aus Frankreich herauszubringen, das ich zwei Tage zuvor aus Malaga hinausgeschmuggelt habe …«

»Genau so ist es.«

»Sie sind aber ganz schön unverschämt … Ich werde mit meiner Mutter über Ihren Vorschlag reden und Ihnen morgen Bescheid geben … Es gefällt mir gar nicht, wie Sie die Situation ausnützen.«

»Ich kann Sie verstehen. Was ich hingegen nur schlecht verstehen kann, sind die Gründe, die Sie bewogen haben, eine solche Summe illegal nach Frankreich zu bringen, statt eine Banküberweisung vorzunehmen, die Sie fast nichts gekostet hätte …«

Die Gründe hießen Juan Consuelo und Francisco Talgo. Zwei banale Anwälte. Zwei kleine, schlecht rasierte Schieber. Doch war dieser so ruhige und gepflegte Banker, der in der diskreten Atmosphäre seines eleganten Büros mit Zahlen jonglierte, in Wirklichkeit nicht der schrecklichere Verbrecher als das abenteuerliche andalusische Gaunerpaar?

Meine Mutter, die weder auf Zahlen noch auf Verhandlungen erpicht war, akzeptierte den Vorschlag der Bank begeistert, überglücklich, einen guten Teil des auf Abwege geratenen und seit so langer Zeit ausgesiedelten Geldes wiederzuerlangen.

Zwei Jahre später erfuhr ich, dass der Filialleiter, der mir so raffiniert seine Sicht der Dinge aufgedrängt hatte, aufgrund mehrerer Unehrlichkeiten entlassen worden war. Ob der Betrug, den er meiner Mutter gegenüber begangen hatte, Teil der Veruntreuungen war, die ihm vorgeworfen wurden, habe ich nie herausgefunden.

Wenn 1981 das Ende meiner Laufbahn als Schwarzhändler besiegelte, so war es doch auch das Jahr meines Eintritts in die Welt der Fotografie. Die Kinder waren größer geworden und gingen zur Schule. Ich kümmerte mich immer noch um sie, und in den freien Stunden versuchte ich zu arbeiten. Dank der Beziehungen von Annas Vater konnte ich ein paar Aufträge ergattern, farbige, abstrakte Bildserien, die für die Gestaltung von Verpackungen bestimmt waren.

Tagsüber machte ich meine Aufnahmen, und bei Anbruch der Nacht verschwand ich zum Entwickeln und Abziehen der Bilder in meiner Kammer. Bei dieser neuen Beschäftigung sah ich Anna praktisch nicht mehr, und wir mussten jemanden einstellen, der sich in meiner Abwesenheit um die Kinder kümmerte. Vincent und Marie waren irritiert, ihren Vater nicht mehr ständig um sich zu haben. Sie hatten sich daran gewöhnt, mit dieser männlichen Präsenz zu leben, diesem stets verfügbaren Vater, der mit der Natürlichkeit einer Mutter die Bettlaken wusch, die Schlafanzüge bügelte, das Essen vorbereitete und die Tränen trocknete.

Nachdem Anna mich jahrelang in meinem Kindermädchendasein unterstützt hatte, wünschte sie sich jetzt doch, dass ich dem Haushalt den Rücken kehrte, und ermutigte mich, meine fotografischen Aktivitäten voranzutreiben. Auch hatte sie eine sehr dezidierte Meinung über die Qualität meiner Arbeit. Alles war technisch einwandfrei, doch fehlte es eindeutig an Leben, an Bezügen zur realen Welt. Obwohl die Gewissheiten und die Selbstgefälligkeit meiner Frau mich stets auf die Palme brachten, musste ich ihr in diesem Punkt ein wenig Recht geben. Denn man hätte tatsächlich ziemlich ausgeschlafen sein müssen, um auch nur die geringste menschliche Spur in meinen Ilford- oder Agfa-Schachteln zu finden. Ich fotografierte nur Dinge, das Unbewegliche, mineralische und vegetative Fragmente. Manchmal begnügte ich mich sogar mit puren Abstraktionen, überglücklich, das Farbenspiel des Lichts oder die Tiefe eines Schattens eingefangen zu haben. An ihrer Kritik erkannte ich genau, welche Richtung Anna meiner Arbeit gern gegeben hätte. Sie hätte mich gerne als einen dieser Nachrichtenreporter mit Flimmerhärchen gesehen, ein Zeuge ohne Grenzen, der kühn das Innerste dieser Welt nach außen kehrt, jede ihrer Zuckungen festhält, alles, was sich regt, bewegt, verändert, was agiert, hüpft, rennt, paradiert, so tut als ob, stolpert, fällt, auf die Welt kommt, quäkt, sich zu Tode langweilt und stirbt. Eigentlich wäre es Anna Villandreux am liebsten gewesen, wenn ich zu *Paris Match* gegangen wäre, wo ich doch manchmal schon Mühe hatte, das Haus zu verlassen.

Wer meine Arbeiten betrachtete, musste glauben, ich hielte mich in einem Universum auf, aus dem sämtliches Leben oder was man gemeinhin darunter versteht, verbannt war. Und trotzdem, wenn all diese Bilder auch eher Dinge als Lebewesen zeigten, so scheint es mir doch, dass in seiner bescheidenen Arglosigkeit, seiner Verweigerung, in *Erscheinung* zu treten, jedes einzelne eine Form von Frieden, von Sanftheit und sogar Wohlwollen ausstrahlte. Ich wusste es damals noch nicht, aber genau das, was Anna mir vorwarf, sollte schon bald die Grundlage meines Erfolgs bilden.

Wenn ich an diesen Zeitabschnitt zurückdenke, sage ich mir, dass Anna und ich in einer Art gutnachbarlichen Beziehung zueinander standen. Wir lebten stumpfsinnig vor uns hin, doch in gutem Einvernehmen. Inzwischen mit der Geschäftspraxis bestens vertraut, führte Anna ihr Unternehmen wie eine Turniertänzerin, die hinter ihrer Anmut eine starke Hand und einen eisernen Willen verbarg. Sehr schnell hatte sie sich einen Überblick über die Firma und die wahre Natur ihrer Angestellten verschafft. Ohne sich um die Gemütslage der einzelnen Mitarbeiter zu kümmern, hatte sie die Produktionsrate unmerklich erhöht und neue Exportmärkte erschlossen. Blitzschnell hatte sie ein friedliches Familienunternehmen in einen frenetischen *ballroom* verwandelt, in dem alle auf das Dröhnen der Kanonen tanzten. Und der Umsatz war natürlich dementsprechend: sechs Prozent Zuwachs im ersten Jahr, noch einmal neun Prozent im zweiten, zwölf Prozent im dritten, und seither eine stabile Frequenz. Ihre neuen Spas und Jacuzzis waren aus moiriertem Kunstoff und erinnerten in Struktur und Farbe an die Jetons und Chips eines Casinos. Das alles war von furchtbar schlechtem Geschmack und ging weg wie warme Semmeln. Als ob Frankreich und Südeuropa den Gürtel enger schnallten, um sich das Privileg zu leisten, tagelang in Annas hässlichen, blasenwerfenden Kesseln zu planschen. Anna, die nie ein Blatt vor den Mund nahm, wenn es darum ging, ihre Wahrheit über die unterschiedlichsten Themen zu verkünden, ertrug es überhaupt nicht, dass irgendjemand die geringsten Zweifel an der Qualität oder Ästhetik ihrer Produktion anmeldete. Ich hatte einmal mehr Gelegenheit, mich von ihrem dünnen Fell zu überzeugen, als sie mir an einem Frühlingsabend den Entwurf ihres neuen Katalogs für das Jahr 1983 präsentierte:

»Nicht schlecht, was?«

»Ganz ehrlich?«

»Wie, ganz ehrlich …«

»Willst du, dass ich ganz ehrlich sage, was ich davon halte?«

»Natürlich.«

»Ich find's nicht so toll. Na ja, nicht mein Geschmack. Das Material, aber vor allem die Farben …«

»Was ist denn mit den Farben?«

»Dieses metallische Grün, dieses schimmernde Blau, dieses orange irisierende Gelb, diese glänzenden Pigmente, das ist wirklich … gewohnheitsbedürftig.«

»Ach so! Und seit wann hast du denn überhaupt eine Meinung über Spas?«

»Seit du mich danach fragst.«

»Du hast Recht. Ich weiß nicht, was über mich gekommen ist, dir diese Sachen zu zeigen, dir, einem reinen Ästheten …«

»Sei nicht beleidigt … das ist lächerlich.«

»Soll ich dir mal sagen, was lächerlich ist? Deine Haltung ist lächerlich! Deine ganzen linken Scheißreflexe sind lächerlich! Du interessierst dich einen Dreck für das, was ich mache, für die Schwierigkeiten einer Frau, die ganz allein ein Unternehmen wie das meine in Betrieb halten muss. Die Konkurrenz, der Export, der Wechselkurs, die Marktgesetze, du stehst natürlich über solchen Dingen!«

»Anna …«

»Das Einzige, was für dich zählt, ist, nicht groß zu werden, dich auf eine Stufe mit deinen Kindern zu stellen, dich der Verantwortung zu entziehen. Und ich muss jeden Tag kämpfen, um dreiundsechzig Leute zu ernähren. Verzeihung, vierundsechzig, ich habe dich vergessen …«

»Wie elegant!«

»So ist es jedenfalls! Ganz zu schweigen von deinen Freunden von der linken Union, die in einem Jahr zweimal den Franc entwerten, die Unternehmen mit Steuern überschütten und die Vermögenssteuer einführen! Du entschuldigst also, wenn ich unter diesen Bedingungen geschmacklose Spas produziere, die immerhin das große Verdienst haben, sich zu verkaufen und uns zu ernähren.«

»Seit einiger Zeit tragen meine Fotos auch ein wenig dazu bei, nicht?«

»Deine Fotos … Du sprichst von Fotos … Soll ich dir mal sagen, was ich von deinen erstarrten Bildern halte?«

»Nicht nötig, du hast es gerade getan.«

Man durfte an nichts rühren, was Atoll von weitem oder aus der Nähe betraf. Nierenförmige Schwimmbäder, vermarktet als Riviera Line, Epurator-Kieselalgenfilter, Exzellenz-Pumpen oder lächerliche Blasentöpfe namens Balloon, dies alles war heilig und unantastbar. Irgendeinen Vorbehalt, und sei er rein ästhetischer Art, gegen das kleinste dieser Produkte zu äußern, kam für Anna einem persönlichen Angriff gleich, bedeutete, ihr Leben, ihr Werk, ihre Kompetenzen, Adam Smith und sogar unsere kaputte Beziehung, die unserem Sexualleben entsprechend dahinsiechte, in Frage zu stellen.

Anna ertränkte ihre Libido in den Untiefen ihres Atolls,

während ich meine in den warmen Hinterbacken von Laure Milo vergrub.

Die Schulausflüge, die Geburtstagspartys, die freien Mittwochnachmittage, die Kinovorstellungen, die Schulferien, all diese so oft geteilten Aktivitäten hatten uns folgerichtig aufeinander zu bewegt. Laure fühlte sich damals genauso einsam wie ich, da François, ihr Mann, zur Luftfahrt dieselben ausschließlichen Beziehungen pflegte wie Anna zu ihren Wohlfühlbädern. Er lebte nur für seine Tragflächen und kultivierte Obsessionen, die er mit sämtlichen *salarymen* dieser Zunft teilte: Boeing eines Tages die Lufthoheit zu entreißen. *Toulouse vor Seattle.* Diese patriotische Manie hatte zur Folge, dass er seine gesamte Freizeit damit verbrachte, die Kurven von Flügeln zu zeichnen, statt die seiner Frau zu streicheln. Bei unseren gemeinsamen wöchentlichen Abendessen führte er uns mit Verbissenheit vor, dass Herz und Seele der Airbus-Industrie, dieses europäischen Konsortiums, sich nur in Toulouse und nirgendwo anders befinden könnten: »Hier werden sämtliche Flugzeuge konzipiert, gezeichnet und zusammengebaut. Hier heben sie ab, von der Concorde bis zum 300er. Alle anderen Länder, die am Programm teilnehmen, sind bloß Zulieferer. Wenn man die wahre Funktionsweise von Airbus verstehen will, darf man das nie aus den Augen verlieren.« Hätte François Milo, Projektleiter von ich weiß nicht welchen Stabilisierungsflächen oder Tragflügelvorderkanten, seine starr zum Himmel gerichteten Augen einen Moment bescheidener unter den Tisch gleiten lassen, so hätte er bemerkt, wie die Fingerspitzen der Mutter seiner Kinder meine Reproduktionsorgane streiften. An manchen Wochentagen, wenn unsere Kinder in der Schule waren, suchte Laure mich in meinem Labor auf. Sie kam herein, schloss uns in dieser beschützenden dunklen Zelle ein, und wir vögelten auf die Gesundheit des Konsortiums und die vereinten Jacuzzis, wir vögelten, was wir konnten, erstickten vor Hitze in diesem engen Raum, und unsere umschlungenen und aneinander gepressten Körper strömten intime Düfte aus, die sich mit dem scharfen Geruch von Thiosulfat mischten. In dem gelblichen Licht der Natriumlampe mussten wir, so miteinander verwachsen und uns fiebrig betastend, einer menschlichen Krake ähnlich gesehen haben, einem großen, sich selbst verschlingenden Humboldt-Kalamar.

Seit meiner frühen Kindheit trug ich keine Unterwäsche mehr. Diese völlig überflüssigen Leinen- oder Baumwollstoffe waren mir schon immer lästig und auf der Haut extrem unangenehm. Ich werde nie den erotischen Schub vergessen, den Laure hatte, als sie diese äußerst bescheidene Besonderheit bemerkte. Sie symbolisierte für sie eine Form sexueller Bereitschaft und gab ihr etwas Abwechslung zu ihren ehelichen Gewohnheiten. »Du kennst François, prüde wie ein Mönch. Wenn er könnte, würde er drei Slips übereinander anziehen.« Jeden Tag ohne Unterhose zu leben, bedeutete für sie den Gipfel der Zügellosigkeit, das Alpha und Omega der Schamlosigkeit, Sinnenlust und Ausschweifung. Ich war der erste Mann dieser Art, den sie traf, und das brachte im wahrsten Sinn des Wortes ihr Blut in Wallung.

Wenn Laure einen bestimmten Grad an Erregung erreicht hatte, wurde sie mitteilsam, und ihr Vokabular sprengte jede Zensur. Als hätte sich bei ihr unter dem Druck der Lust ein Ventil geöffnet, das einen zu lange zurückgehaltenen Schwall libidinöser Dämpfe entweichen ließ. Sie sagte Dinge, bei denen sich mir vor Lust die Haare sträubten, und manche ihrer Beschreibungen verursachten mir buchstäblich eine Gänsehaut. Ihre Pobacken waren von einem Projektleiter entworfen worden, der ebenso perfektions- und detailbesessen sein musste wie ihr Mann. Nichts, kein einziger Leberfleck, nicht das kleinste Fältchen störten die Vollkommenheit dieser außerirdischen Kugeln. Laure brauchte sich nur auf den Rahmen des Vergrößerers zu stützen und ihren Rock zu heben, und alles andere ergab sich von selbst.

Weder sie noch ich hatten etwas mit postkoitaler jesuitischer Zerknirschung zu tun. Zwischen uns gab es kein Bedauern, keine Skrupel, keine Schuldgefühle. Einzig das Vergnügen, höchst effizient und ohne die geringste Anspielung auf unsere Partner. Außerhalb unseres Kabuffs gingen wir unserem jeweiligen Leben nach, und wussten beide, was davon zu halten war. Aber hier, in diesem Labor, diesem Fürstentum der Lust und Leidenschaft, inmitten von Silbersalz und toten Bildern, nahmen wir einander hemmungslos, ließen uns gehen wie einsame Reisende, die sich verzweifelt an Unbekannte klammern.

Mir ist oft aufgefallen, mit welcher Verbissenheit gebildete, vernünftige und intelligente Leute sich abmühen, ihr Sexualleben zu zerstören, indem sie sich Jahrzehnte lang mit einem ebenso liebevollen, talentierten und brillanten Partner zusammentun, der jedoch mit einer biologischen und sozialen Uhr ausgestattet ist, die ganz anders tickt. Und trotz dieser Unvereinbarkeit hängt dieses asynchrone Paar aneinander, strampelt sich in der zähen Masse des Unmöglichen, dem Schlamm der Frustrationen ab, das Offensichtliche verleugnend. Als François Milo seine ganze Energie darauf verwand, Tragflächen an Aer Lingus zu verkaufen, träumte Laure von einem Cunnilingus. Und doch lebten sie weiterhin zusammen in diesem mutistischen, asexuellen Niemandsland, in dem sie ihre Kinder aufzogen, fernsahen, in Urlaub fuhren und auf Kredit Familienautos kauften.

Laure zu vögeln war belebend und natürlich, als würde man atemlos über eine Wiese rennen. Ich wusste es noch nicht, aber diese angenehmen Zügellosigkeiten führten mich nach und nach in das behagliche Idyll, das mir das Schicksal vorbestimmte. Wieder einmal trug dieser wohlwollende Zufall die Züge Jean Villandreux'.

Nachdem er die Gesellschaft an seine Tochter übergeben hatte, richtete sich mein Schwiegervater definitiv in der Leitung der *Sports illustrés* ein und widmete sich leidenschaftlich der Erneuerung eines Magazins, von dem man dachte, es sei seit seiner Gründung zu Marmor erstarrt. Diese Umwälzungen schockierten die Redaktion, die nicht verstand, dass ein Schwimmbadfabrikant und bis dahin diskreter Eigentümer, sich auf einmal erlaubte, ein Erbe und eine Institution zu verunstalten. Offiziell war eine solch tief greifende Veränderung durch nichts gerechtfertigt, schon gar nicht durch einen vagen Willen zur Modernisierung, der ohne große Überzeugung von der Direktion verkündet wurde. Die Wahrheit war viel simpler: Villandreux langweilte sich. Der Tratsch der Sportler, der ihn eine Zeit lang amüsiert hatte, reichte nicht mehr aus, seine leeren Nachmittage zu füllen. Was er jetzt wollte, was er brauchte, war Aktion, Bewegung.

Als Erstes war das gelbe Papier des Magazins an der Reihe, das er in einem Kraftakt an einem Wochenende bleichte. Danach änderte er sämtliche Schrifttypen, den Umbruch und das gesamte Layout. Bei jeder Entscheidung rief er mich an und ließ mich in sein Büro kommen. Er breitete mehrere Entwürfe auf dem Tisch aus und bat mich, einen auszuwählen:

»Sagen Sie mir Ihre Meinung, Paul.«

»Warum fragen Sie mich? Sie wissen doch genau, dass ich keine Ahnung von der Presse habe.«

»Vielleicht, aber Sie haben ein gutes Auge, alle Fotografen haben ein gutes Auge, und Sie mehr als jeder andere.«

Seit einiger Zeit war ich für Jean Villandreux »der-Typ-mit-dem-guten-Auge« geworden, eine Art Guru des Visuellen, der instinktiv die Spreu vom Weizen trennen konnte. Die Fotos, die die Tochter so sehr reizten, schlugen den Vater dermaßen in Bann, dass es ihm angesichts eines Baumpaares oder dreier nasser Kieselsteine die Sprache verschlug.

»Ende der Woche wechseln wir die Schriftart aus. Welche gefällt Ihnen am besten? Garamont, Times oder Bodoni?«

»Vielleicht die Times.«

»Ich wusste es. Ich wusste, dass Sie sich für die Times entscheiden würden.«

Er griff auf der Stelle zum Telefon, rief den technischen Leiter an und teilte ihm mit, dass die Zeitung von nun an in der Times gedruckt werde.

»Wie geht es eigentlich Anna?«

»Es geht.«

»Fällt sie Ihnen nicht zu sehr auf den Wecker mit ihren Geschichten von Ausbildungsabgaben und ihren Unterlagen zur Exportförderung? Man muss zugeben, dass sie sich gut schlägt. Sie hat die Zahlen um einiges verbessert. Und Sie?«

»Ich was?«

»Geht es Ihnen gut? Ich finde, Sie sehen nicht gerade blendend aus. Müde. Wissen Sie, so wie alle, die es still und heimlich tun. Ha! Ha!«

»Es geht.«

»Im Ernst, Paul, ich hätte da vielleicht etwas für Sie. Etwas Großes, sehr interessant.«

»Hier bei der Zeitung?«

»Nein, in Paris. Ein befreundeter Verleger hat die Absicht, einen Fotoband über Bäume zu machen, etwas ganz Besonderes, eine Baumart pro Seite, ziemlich aufwändig das Ganze, können Sie es sich ungefähr vorstellen? Ich habe ihm von Ihrer Arbeit erzählt, und es scheint ihn ernsthaft zu interessieren. Er möchte, dass Sie ihn anrufen.«

»Das ist sehr nett. Wenn einmal etwas wird aus meinen Fotos, habe ich es Ihnen zu verdanken.«

»Was hält Anna von Ihrer Arbeit?«

»Sie wissen doch ...«

»Ich finde, sie wird ihrer Mutter immer ähnlicher ...«

Ich, mit meinem angeblich guten Auge, hatte auch ein gutes Ohr. Und dieser Satz klang ganz und gar nicht wie ein Kompliment. Schon mehrmals war mir die Schärfe mancher Bemerkungen Jean Villandreux' über seine Frau aufgefallen. Es waren die Worte eines enttäuschten, im Stich gelassenen Mannes, und sie verrieten einen unbestimmten Groll, eine diffuse Frustration. Martine Villandreux hingegen war immer noch genauso verführerisch. Die Zeit, das Alter schienen keinerlei Wirkung auf diesen Körper auszuüben, nach dem sich die Männer noch immer umdrehten. Ich selbst spürte ab und zu Anfälle von Lust auf meine Schwiegermutter, und im Halbdunkel meines Labors wurde ich manchmal von unlauteren und nicht sehr züchtigen Phantasmen heimgesucht.

»Kommen Sie doch heute Abend mit Anna zum Essen, ich würde mich freuen.«

Für mich stand außer Zweifel, dass Martine Villandreux einen Liebhaber hatte, irgendeinen Assistenzarzt oder einen jungen Spezialisten der Plastischen Chirurgie, mit dem sie sich von Zeit zu Zeit über ihre Ehekrise hinwegtröstete. Ich hatte sie einmal in ihrem Büro in der Klinik in einer ziemlich unglücklichen Situation überrascht, die nichts mit dem Job zu tun hatte, auch wenn sie nicht ganz eindeutig war. Eine gewisse Schwüle in der Luft, allzu rosa Wangen, eine spürbare Verlegenheit, eine unterbrochene Vertrautheit, alles veranlasste zu dem Gedanken, dass etwas gewesen war oder geschehen sollte. Martine Villandreux hatte das Ganze rasch in den Griff bekommen, doch ihr Partner, an dessen Gesicht ich mich kaum erinnern kann, schlängelte sich mit einem Ausdruck kindlicher Angst wie eine Regenbogenforelle zwischen uns hindurch. Bevor er über die Schwelle trat, hatte ich allerdings Zeit, seine üppige Seemannserektion zu bemerken. Meine Schwiegermutter schaute mich starr an, und in ihren wunderbaren Augen konnte ich sämtliche Abstufungen der Verachtung und des Ressentiments sehen. Diese verletzenden Nuancen musste ihr Mann, da war ich mir sicher, vor mir auch schon entdeckt haben. Vielleicht hatte er sie sogar jeden Abend zu ertragen?

Diese Frau war mit einer außergewöhnlichen Power und Lebensenergie ausgestattet. Ein fanatischer Egoismus, ein unstillbares Bedürfnis, sich durchzusetzen, erlaubten ihr, die heikelsten Situationen mit einem Gleichmut zu überwinden, der manchmal an Kälte und Gefühllosigkeit grenzte. Eines Abends, als wir bei ihr zum Essen eingeladen waren, kam sie zu spät, kochend vor Wut:

»Es tut mir wirklich Leid, aber ich hatte ein Problem in der Klinik. Ich habe eine Patientin verloren.«

»Wie das, *verloren*?«

»Machst du das absichtlich, Jean, oder was? Verloren, eben! Verloren, verloren!«

»Du meinst, sie ist gestorben!«

»Ja genau! Sie ist gestorben!«

»Was ist denn passiert?«

»Diese blöde Kuh wollte sich die Brust verkleinern lassen. Ich operiere sie, alles geht gut, bis sie auf einmal Herzflimmern bekommt. Der Anästhesist verliert den Kopf, ruft nach einem Kardiologen, aber bis endlich einer da ist, hat sie einen Herzstillstand. Unmöglich, sie wieder zu beleben, war nichts zu machen.«

»Und dann?«

»Dann habe ich die Familie empfangen, um es ihnen zu sagen. Alle anderen haben sich natürlich aus dem Staub gemacht. Ihr Mann verstand nicht, wie das passieren konnte, fing natürlich an, mir argwöhnische Fragen zu stellen. Ich habe ihn beiseite genommen und unter vier Augen zu ihm gesagt: Wenn man eine herzkranke Frau hat, Monsieur, versucht man ihr auszureden, sich die Brüste operieren zu lassen. Punkt Schluss.«

»Und was hat der Mann gesagt?«

»Was soll er schon gesagt haben? Geheult hat er. Jedenfalls hoffe ich, die ganze Geschichte wird nicht noch vor Gericht enden. Denn dann, das kann ich dir sagen, wird sich die Versicherungsgesellschaft die Gelegenheit nicht entgehen lassen, die Prämie kräftig zu erhöhen.«

Ich sagte mir, dass irgendwann jemand dieser Frau das Herz aus dem Leib gerissen haben musste. Was mich aber am meisten beunruhigte, war der Satz von Jean Villandreux, der mir seither nicht mehr aus dem Kopf ging: »Ich finde, sie wird ihrer Mutter immer ähnlicher.«

Anna sah vor allem ihrer Zeit ähnlich: anmaßend, arrogant, unersättlich, begierig zu haben, zu besitzen, zu zeigen und vor allem zu beweisen, dass es mit der Geschichte endgültig vorbei war. Lange vor Fukuyama entwickelte meine Frau die These, dass sich die Welt auf eine Art unkritische Masse reduzierte, die einzig dazu fähig war, den Währungsfluss zu regulieren und die Kollateralgewinne zu kassieren. In diesen achtziger

Jahren musste man tot sein, um keine Ambition zu haben. Das Geld hatte den aggressiven, an Scheiße erinnernden Geruch von Toilettensprays. All jene, die sich an diesem Ruch störten, waren angehalten, die anderen nicht damit zu behelligen. Und zur Seite zu treten. Die Sozialisten und ihre Freunde, rasch zu den molligen Realitäten der Geschäftswelt konvertiert, fleißige Leistungsempfänger, eifrige Schüler, die es eilig hatten, ihre Lehrer einzuholen, infiltrierten die Industrie und die Banken und setzten sich im Pelz der Macht fest. Untrügliches Zeichen: Meine Frau fand schließlich doch ein paar positive Züge an ihnen. Hatten sie denn nicht Fabius zum Premierminister gewählt und die Kommunisten erfolgreich aus der Regierung vertrieben? »Frankreich findet langsam wieder zu einem menschlichen Antlitz zurück«, bestärkte sie meine Schwiegermutter. So sahen mein Land und die Familie, mit der ich das Leben teilte, aus.

Meine Mutter wurde langsam zu einer alten Dame. Sie rief noch immer Schriftsteller aller Richtungen zur Ordnung, die sich aus Unwissen oder Zerstreutheit Freiheiten im Gebrauch der Sprache erlaubten. Ihr Herz hatte stets für die Linken geschlagen, und sie konnte meine Zurückhaltung gegenüber den Sozialisten nicht verstehen. Ich wusste es damals noch nicht, doch sie hatte für François Mitterrand eine Leidenschaft entwickelt, die noch ausarten sollte.

Er hieß Louis Spiridon – wie der Marathonsieger der ersten Olympischen Spiele der Neuzeit – und leitete die Abteilung »Schöne Bücher« eines großen Pariser Verlages. Er schlängelte sich wie auf Samtpfoten durch die engen Gänge. An seine Autoren, wie übrigens auch an die Hersteller, Buchhändler und den Vertrieb wandte er sich mit großer Gleichmut und Sanftheit. Man konnte gar nicht anders, als mit Spiridon gesittete Beziehungen zu unterhalten. Er gehörte zu jener Sorte Mensch, die gemacht war, charakterliche Unterschiede auszugleichen, Fehltritte aufzufangen und Konflikte zu entschärfen. Seine Freundschaft mit meinem Schwiegervater war echt, und so bereitete er mir in seinem Büro einen herzlichen Empfang. Eines aber machte mich stutzig: die Hartnäckigkeit, mit der Spiridon sich über den Charme meiner Schwiegermutter ausließ.

»Ist sie immer noch so verführerisch? Eine Frau von blendender Schönheit, nicht wahr? Stellen Sie sich vor, ich habe sie kennen gelernt, als sie gerade ihr Medizinstudium beendete. Was waren wir jung damals!«

Nach jedem Satz machte Spiridon eine lange, vieldeutige Pause. Sein verlorener Blick aber, sein abwesendes Lächeln, seine äußerst vorsichtige Wortwahl veranlassten mich zur Vermutung, dass er irgendwann mal mit meiner Schwiegermutter intim gewesen war. Mit eigenartiger Geste, so wie man im Sommer eine Fliege verjagt, entledigte sich Spiridon dieser Vergangenheit, um mit mir über seine neueste Idee zu sprechen: sein Werk über das Reich der Bäume.

»Ich habe zwei Buchprojekte: Das erste, das man *Bäume Frankreichs* nennen könnte, ist eine aufwändig gestaltete Bestandsaufnahme der wesentlichen Arten unseres Landes. Das zweite, *Bäume der Welt*, nimmt dasselbe Prinzip wieder auf, diesmal aber auf den ganzen Planeten ausgeweitet. Der Reiz dieser Werke besteht natürlich in der Darstellung, in der Qualität der Bilder. Ich möchte, dass jeder Baum mit der gleichen Sorgfalt porträtiert wird, die man früher im Harcourt-Studio auf die Schauspieler verwandte, verstehen Sie, was ich meine? Die Bedeutung des Lichts, des Aufnahmewinkels, der Perspektive. Jean hat mir Ihre Arbeiten gezeigt, und glauben Sie mir, das ist genau, was ich suche. Die meisten Fotografen können Bewegungen in einer Tausendstelsekunde festhalten. Nur wenige hingegen haben den Sinn und die Fähigkeit, die Schönheit der Bewegungslosigkeit ins Licht zu setzen.«

»Und wer wählt die Bäume aus?«

»Sie. Das bedeutet eine große Recherche-Arbeit. Auskundschaften. Reisen. Und dann müssen Sie die Jahreszeiten berücksichtigen, die immergrünen Arten, die sommergrünen.

Wenn Sie sich mit einer Art beschäftigen, werden Sie tagelang nach dem Exemplar suchen, das sich von allen anderen unterscheidet, dasjenige, das sich Ihnen plötzlich wie eine Evidenz aufdrängt. Jedes Mal müssen Sie den Baum finden, der für sich allein den ganzen Wald umfasst und gleichzeitig in den Schatten stellt. Und wenn Sie diese seltene Perle endlich aufgespürt haben, muss auch noch die Umgebung einigermaßen frei sein, damit unser Fundstück sich von allen anderen Exemplaren abhebt. Das ist eine sehr langwierige Arbeit, die Geduld erfordert und hohe Ansprüche stellt. Was halten Sie davon?«

Nichts hätte mich mehr locken können. Diese Idee kam mir völlig irreal vor, genau auf meine Ambitionen zugeschnitten. Dafür bezahlt werden, die Welt zu betrachten und zu bewundern. Mit niemandem sprechen müssen. Zurückgezogen in den Wäldern leben. Von den Bäumen und der Erde lernen. Die Zeit Zeit sein lassen, nach einer anderen Uhr leben. Und jedes Bild stets mit all diesen kleinen unsichtbaren Dingen füllen, die aber dennoch da sind und die Schönheit dessen, was uns umgibt, transzendieren. Er sprach noch immer mit mir, doch ich befand mich bereits am Fuß einer Zeder, die ich kannte, suchte nach dem richtigen Ausschnitt, dem richtigen Licht.

»… der editoriale Rahmen für die beiden Werke ist klar und unveränderlich vorgegeben. Ein Baum pro Seite, ganzseitig, im natürlichen Umfeld. Keinerlei Tricks, keine künstliche Beleuchtung. Verstehen Sie mich recht, Monsieur Blick, dieses Projekt ist weit mehr als ein kommerzielles Unterfangen. Ich möchte, dass jeder, der dieses Buch oder diese Bücher aufschlägt, von einer unbeschreiblichen Emotion gepackt wird, dass etwas in ihm ausgelöst wird, das von weit her kommt und den ursprünglichen Bezug erneuert, den wir einst zur Pflanzenwelt hatten und der heute vergessen ist. Verstehen Sie, was ich sagen möchte?«

Das Leben hatte mir ein wunderbares Geschenk gemacht: ein Jahresgehalt, um friedlich unter Bäumen zu leben. Mir nichts, dir nichts war ich am Ziel angelangt: einen Beruf auszuüben, ohne zeitliche Zwänge, keine Befehle entgegennehmen und noch weniger welche geben zu müssen. Sobald ich wieder zu Hause war, machte ich mich voller Ungeduld, mit der Arbeit anfangen zu können, daran, meine fotografische Ausrüstung durch den Erwerb einer Hasselblad 6x6 zu ergänzen, die das äußerst leistungsfähige Material vervollständigte, das mir mein Vater vermacht hatte: eine großformatige Rolleiflex, zwei Nikon-F-Gehäuse mit 20, 35, 50 und 105 mm Objektiven und ein Leitz-Focomat-IIc-Vergrößerer.

Anna war begeistert, auch wenn sie mir gestand, die Gründe nicht zu verstehen, die einen Verleger allen Ernstes dazu bringen konnten, sich in ein solches Abenteuer zu stürzen, das ihrer Ansicht nach ökonomisch zum Scheitern verurteilt war, noch bevor das erste Bild aufgenommen wurde.

»Ich freu mich wirklich für dich. Aber gib zu, dass diese Geschichte weder Hand noch Fuß hat. Ein dermaßen unausgegorenes Projekt, das nach allem, was du mir erzählst, auf einem vagen Gefühl und auf Intuition beruht, würde bei einem Banker keine zwei Sekunden Bestand haben. In der realen Welt würdest du keinen Pfennig erhalten.«

Was Anna die *reale Welt* nannte, war das Universum der Geschäfte, eine süffisante, mündige Welt, regiert von ein paar klugen, verantwortungsbewussten, handverlesenen Leuten, die mit dem kleinen Löffel einstellten, mit der großen Keule entließen und die Arbeit geschickt zu einer Rarität machten, so selten wie Kobalt, und ganze Generationen mit der erniedrigenden Übung des Kniefalls disziplinierten.

Ich begann meine Arbeit ein paar Tage, bevor die Greenpeace-Affäre ausbrach. Von Baum zu Baum ziehend verfolgte ich im Autoradio die mörderischen Unterwasserabenteuer von ein paar Tauchern, die von der Republik ans andere Ende der Welt geschickt worden waren, um das Ego eines eifernden Sozialisten zu befriedigen.

Zum Glück gab es meine Bäume. Als hätten sie schon immer auf mich gewartet. Als wären sie absichtlich abseits von den anderen gewachsen, um mir eine herrliche Perspektive und einen besseren Bildausschnitt zu bieten. Die Natur war voller geeigneter Modelle, die sich in Szene setzten. Ein paar Spaziergänge am Waldrand oder in einer Talsohle reichten, um sie ausfindig zu machen. Dann musste man nur noch abends wiederkommen, wenn das Licht nachließ und golden wurde, oder, im Gegenteil, in der Frühe, wenn die Natur noch in der Anonymität der Nacht zu schweben schien. Art für Art, Woche für Woche füllte sich mein gigantisches Herbarium. Ich reiste durch das ganze Land auf der Suche nach Trauerweiden, Zedern, Platanen, Ulmen, Magnolien, Eichen, Kastanienbäumen, Haselnusssträuchern, Buchen, Birken, Zypressen, Ahornbäumen, Nussbäumen, Zürgelbäumen, Maulbeerbäumen, Eiben, Pinien, Tannen, Pappeln, Palmen, Birnbäumen, Lindenbäumen, Olivenbäumen, Pfirsichbäumen, Kirschbäumen und Akazien.

Wie Spiridon es mir vorausgesagt hatte, gab es stets einen dieser Bäume, der für sich allein die ganze Majestät und die Charakteristika seiner Art umfasste, »sich wie eine Evidenz aufdrängte und den Wald in den Schatten stellte«. Meistens reichte es, mein Stativ aufzubauen, meine Hasselblad darauf zu schrauben und den richtigen Zeitpunkt abzuwarten. Wenn ich gegen Mittag den richtigen Baum gefunden hatte, ließ ich mich neben ihm nieder, bis das schöne Abendlicht da war. So hatten wir, wenn man so will, Zeit, uns aneinander zu gewöhnen. Wahrscheinlich beneidete er mich um meine Beweglichkeit, während ich die Geduld und Ausdauer bewunderte, mit der er hier seit Jahrhunderten Wurzeln schlug. Die hartnäckigsten – Olivenbäume, Eichen, Buchen, Kastanienbäume und Eiben – hatten mit Leichtigkeit mehr als tausend Jahre auf dem Buckel. Es gab in Roquebrune-Cap-Martin im Departement Alpes-Maritimes zweitausendjährige Olivenbäume, und sogar gleich bei mir in der Nähe, in der Haute-Garonne. In der Corrèze und im Calvados standen noch immer Eiben von tausendsechshundert Jahren. Im Finistère konnte man Kastanienbäume von tausendfünfhundert Jahren finden. Und im Var zählte man die tausendjährigen Eichen schon gar nicht mehr.

Während dieser langen Zeit des Wartens sagte ich mir, dass diese Bäume irgendwo ein Gedächtnis haben mussten, das wahrscheinlich ziemlich anders funktionierte als das unsrige, aber fähig war, die Geschichte ihrer Wiesen, die geräuschvollen Frequenzen der fernen Städte aufzunehmen. Für mich gab es gar keinen Zweifel, dass sie ein Verständnis der Welt besaßen, das mindestens ebenso subtil war wie dasjenige, worauf wir uns etwas zugute halten. Wie wir hatten auch sie den Auftrag, ihr Leben aus dem Nichts heraus aufzubauen, ausgehend von der Kombination eines Zufalls und einer Notwendigkeit, von einem einfachen Samenkorn, das der Wind oder ein Vogel herbeigebracht hatte, um dann mit dem Salz der Erde und dem Regenwasser vorlieb zu nehmen.

Wie unermüdliche Ameisen kämpfen wir uns ab, um einen Platz auf dieser Welt zu finden. Die Bäume müssen sich wundern über unsere Art. Kleine, aggressive Säugetiere mit kümmerlicher Lebenserwartung, kämpfen wir ohne Ende und fallen unerbittlich vor ihnen auf die Nase, ohne je irgendwo Wurzeln zu fassen. Nie scheinen wir eine dauerhafte Lehre aus unseren Irrtümern zu ziehen. Auch wenn wir fähig sind, Wasser mit Kohlensäure zu versetzen und drahtlose Telefone zu erfinden.

Am Fuß der Bäume zu meditieren, brachte mich offenbar nur auf dumme Gedanken. Ich hielt mich so oft in ihrer Gesellschaft auf, bis ich beinahe ihre Sprache sprach und dachte, dass ich in Zukunft die allergrößten Schwierigkeiten haben würde, Menschen zu fotografieren. Wenn der Wind ins Gehölz blies, war es, als wütete eine Äquinoktialsturmflut inmitten des Waldes, als fauchten Meeresschmieden zwei Schritte von dort. Ich konnte stundenlang vor diesem Meereschoral verharren und dem Rauschen der Phantomwellen lauschen.

Die Hasselblad machte prächtige Aufnahmen von außergewöhnlicher Qualität. 6x6 war wirklich ein königliches Format, und dieser schwedische Apparat hatte es verdient, von der NASA für die Bilder der Astronauten bei ihren ersten Schritten auf dem Mond ausgewählt zu werden. Die Fotos stapelten sich zu Hunderten in ihren Schachteln, und mein geübtes Auge hatte keine Mühe, der Persönlichkeit eines jeden Baumes auf die Spur zu kommen. Da waren jene, die alles leicht nahmen, bereit, beim ersten Windstoß umzukippen. Dann die Prosaischen, an karge Böden und wenig Aufhebens gewöhnt. Die Unerschütterlichen, wahre pflanzliche Festungen, im Boden verankert bis zum Jüngsten Gericht. Die Stämmigen, Kinder fetter Erde, die vor Grün nur so strotzten und ihren reichen Pelz entfalteten. Die Verträumten, mit magerem Körper, nicht wirklich von dieser Welt und den Kopf stets in den Wolken. Die Ängstlichen, Geplagten, Knorrigen, gekrümmt unter der Last jahrhundertealter Zweifel. Die Aristokraten, gerade wie eine Eins, leicht verächtlich und etwas von oben herab. Die Großzügigen, die selbstlos den Schatten ihrer ausladenden Äste spendeten. Die Bedürftigen, Angepassten, ohne Unterlass damit beschäftigt, den Boden an sich zu binden. Ich hätte Stunden im Labor verbringen und mich diesen ethnozentrischen Spielereien hingeben, diesen pflanzlichen Wesen tausend und noch einen Charakterzug zuschreiben können. In dem Stapel meiner Aufnahmen befanden sich zwei Fotos, die unmöglich zu beschreiben sind, zwei ergreifende Bilder, die unweigerlich jeden verwirrten, der sie sah. Ich könnte nicht sagen warum, aber sobald man diese Fotos in die Hand nahm, hatte man den Eindruck, dass es die Bäume waren, die einen betrachteten, und nicht umgekehrt, so lebendig wirkten sie.

Das erste Bild hatte ich südlich der Montagne Noire aufgenommen, zwischen Mazamet und Carcassonne. Es war ein Winterabend. Ein leichter Nebelschleier schwebte über der von einer feinen Schneeschicht bedeckten Erde. Einen Meter über dem Boden hingegen war die Luft klar, kristallin, von einem irrealen Glanz. Und auf dem Gipfel des Hügels, weit abseits vom Wald, die Ebene dominierend, die an jenem Tag unter Wolken verborgen war, die Araukarie, ein Nadelbaum chilenischer Abstammung, eine Art Tanne mit Schuppen, deren Äste aufstiegen wie die Arme eines enormen Leuchters. Eine Art Wikingerdrachen aus Pflanzen, der im Nebel dahintrieb, eine

Wache am Vorposten der Erde. Er symbolisierte zugleich die Einsamkeit und das Exil. Wir hatten einander eine Weile gegenübergestanden. Und während unserer ganzen Begegnung hatte ich konfus gespürt, dass meine Anwesenheit ihn störte, dass ich ein Eindringling war. Er hielt übrigens nicht mit seinen Gefühlen zurück und fixierte mich starr durch das Objektiv hindurch. Dieses Unbehagen gab das Foto getreu wieder. Wer immer das Bild betrachtete, konnte klar in den Gedanken der Araukarie lesen: »Du hast hier nichts zu suchen.«

Das zweite Bild war ganz anders. Ich hatte es in einer Waldlichtung in den Landes aufgenommen, am Tag eines großen Sturms. Die vom Meer kommenden Winde wehten in Böen von über hundert Stundenkilometern. Bei diesem Wetter hatte ich nicht die Absicht, Aufnahmen zu machen, sondern suchte nur Motive für den nächsten Tag. Und da sah ich sie. Eine riesige, allein stehende Kiefer, inmitten einer weiten Schneise, durch die die Böen mit der Kraft einer Lawine jagten. Es war ein Koloss von einem Baum, der seine Artgenossen um mehrere Köpfe überragte. Man sah, wie er sich in den Windstößen in alle Richtungen abmühte, als wollte er unsichtbaren Flammen entrinnen. Man konnte ihn knarren und ächzen hören wie ein vibrierendes Rohrblatt im Wind. Er erweckte den Eindruck, als würde er am Vorposten des Waldes einen einsamen Kampf gegen den Sturm führen, versuchen ihn ganz allein zu brechen, ihm die Spitze zu nehmen, damit er nicht den Wald verwüstete. Da ich wusste, dass ich nie wieder die Gelegenheit haben würde, Bilder eines solchen Kampfes zu machen, stellte ich mein Material auf und drückte ab. Das Foto hat etwas wirklich Erstaunliches, auch Erschreckendes. Vom Wipfel bis zu den Wurzeln kämpft der Baum, presst und klammert sich ans Innere der Erde. Er verkörpert aufs Schönste die manchmal abstrakte Vorstellung, die man sich vom Begriff der Lebenswut macht. Am nächsten Morgen kam ich wieder in den Wald, um meine Arbeit fortzusetzen. Die große Kiefer lag am Boden. Entwurzelt, besiegt.

Im Sommer 1985, unter der Regierung eines gemäßigt sozialdemokratischen Laurent Fabius begonnen, wurden die *Bäume Frankreichs* zwei Monate nach der Nominierung Jacques Chiracs zum Premierminister fertig. In der Kohabitation hatte das Land und mit ihm seine ganze Armada von kleinmütigen Kurpfuschern eine neue Marotte gefunden, und sie kratzten an dem kleinen Ekzemherd, bis er blutete. In diesem ständigen Karussell begaben sich alte Konservative wieder auf den Weg der Macht, den bis dahin Reformer genommen hatten. Und der Präsident der Republik, der unerschütterliche Pharao aus dem Morvand, überwachte im Louvre die Errichtung seiner Pyramide der Hochnäsigkeit.

Die Aussage, dass die *Bäume Frankreichs* ein Erfolg waren, grenzt an eine Litotes. Das Buch war eines der meistverkauften des Jahres und wurde von Buchhändlern und Presse gleichermaßen begeistert aufgenommen. Fernsehen, Radio und Zeitungen feierten das Werk einmütig. Jedes Organ fand, je nach politischer Orientierung und Leserschaft, etwas darin, um sich zu entflammen. Die Massenblätter ließen sich über »die Schönheit und Majestät der Bilder« aus, andere, politischere, bemerkten »das anspruchsvolle Niveau und die Ambition eines wahrhaft ökologischen Unterfangens«, während die künstlerisch-mondänen Wochenzeitschriften »die überzeugende Klarheit eines logisch zu Ende geführten Konzepts, ohne jede Konzession an reißerische Bilder oder eine vereinfachende Ästhetisierung« analysierten. Seit Erscheinen des Buches lebte Spiridon auf einer Wolke. Er begleitete mich zu allen Radio- und Fernsehsendungen, zu denen ich eingeladen war. Und wenn ich gefragt wurde, wie ich auf diese einfache und schöne Idee gekommen sei, unterließ ich es nie, daran zu erinnern, dass ich nur der auslösende Finger eines Projektes war, dessen ganzes Verdienst meinem Verleger zukam. Bei jeder dieser Ehrungen, und sie waren zahlreich, erweckte Spiridon den Eindruck, einen guten Meter über seinem Stuhl zu schweben, emporgehoben von der Freude und der anrührenden kleinen Sünde des Hochmuts.

Und obwohl die Promotionstour noch lange nicht beendet

war, verkündete Spiridon jedem, der es hören wollte, dass er bald die *Bäume der Welt* herausbringen würde. Er verankerte in den Köpfen von Journalisten und Buchhändlern bereits den Gedanken einer prächtigen Fortsetzung im Weltmaßstab, die Arten beschrieb, deren Existenz er nicht einmal erahnen konnte. Ich sei selbstverständlich der Architekt des Werks, und sie würden nicht enttäuscht werden! Die Verkaufsflut hatte mich mit einem Schlag zu einem reichen Mann gemacht. Zu einem ungewöhnlich vermögenden Typen.

Während die Presse in mir nun einen »Doisneau oder einen Weegee der Pflanzenwelt« sah, wechselte ich auch zu Hause den Status. Offenbar machte mich der Erfolg sexy, und Anna sah mich in einem neuen Licht. Zur Zeit, als ich noch meinen häuslichen Aufgaben nachging, schlief sie nur sporadisch mit mir, mit der Eile und Gleichgültigkeit, die man normalerweise Hausangestellten entgegenbringt, die eine Gratifikation verlangen. Jetzt, wo ich dreihunderttausend Exemplare überschritten hatte, behandelte sie mich wie einen finanzstarken, hoffnungsträchtigen japanischen Käufer. Hätte ich es gewollt, hätte ich ihr in meiner neuen Situation auf der Stelle hundert dieser scheußlichen Jacuzzis abkaufen können. Ich war überzeugt, dass allein schon diese Vorstellung sie erregte. In ihren Augen war ich ein anderer Mann, einer dieser angesagten Typen, die im Fernsehen auftraten und natürlich früher oder später alle einen Whirlpool erstehen würden.

Die Kinder schienen jedes Mal überrascht, wenn sie mich in einer Fernsehaufzeichnung sprechen sahen, während ich zwei Schritte vom Sofa den Stecker des kaputten Staubsaugers auswechselte. Konnten sie diese Verzerrung von Raum und Zeit vollkommen annehmen, wenn es sich um einen Unbekannten handelte, so hatten sie große Mühe, den illusorischen Charakter der Allgegenwart dieses Vaters zu durchschauen, der gleichzeitig überall und nirgends war. Denn zwischen Marie, Vincent und mir war der Bruch vollkommen. Sie hatten all diese Zeit, die wir in den ersten Jahren gemeinsam verbracht hatten, vergessen und sahen nur noch die in ihren Augen ungerechtfertigte Abwesenheit der letzten Monate. Sie benahmen sich nicht gerade feindselig mir gegenüber, behandelten mich aber wie Luft. Sie ließen es mich sehr teuer bezahlen, dass ich meinen Posten verlassen hatte, während ihre Mutter über Jeanne, das Kindermädchen, das sie eingestellt hatte, die Sache wieder in die Hand nahm.

Wer jedoch am meisten beeindruckt war von meinem Siegesmarsch durch die Medien, war unbestreitbar Martine Villandreux. Ein paar Fernsehsendungen genügten, mich in ihren wunderschönen Augen wie eine Art Magellan erscheinen zu lassen, der fähig war, die Welt zu erobern. Jedes Mal, wenn wir gemeinsam zu Abend aßen, hing sie an meinen Lippen und nahm jedes meiner Worte wie eine Kostbarkeit auf. Sie konnte sich überhaupt nicht mehr einkriegen. Für sie bedeutete die Salbung durch das Fernsehen die Krönung der Moderne. Wer immer sie erhielt, verdiente es, mit Gold, Weihrauch und, warum nicht, mit Myrrhe bedacht zu werden. Es war eigenartig zu sehen, wie diese bis dahin unerreichbare, verächtliche und grausame Frau förmlich verging vor einem Schwiegersohn, dessen einziges Verdienst es war, unbewegliche Bäume zu fotografieren. Als ich dieser Tätigkeit noch ohne Bezahlung und Anerkennung nachgegangen war, konnte ich froh sein, mich überhaupt an den gemeinsamen Tisch setzen zu dürfen und meine Augen ehrfürchtig niederzuschlagen, während ich von den Hinterbacken der Hausherrin träumte. Und jetzt fing dieser Hintern, der mich stets eingeschüchtert hatte, bereits vor Glück an zu zucken, sobald ich auch nur über die Türschwelle trat.

Dies hatte zur Folge, dass meine inzestuösen Fantasmen einen Kurzschluss erlitten und Martine Villandreux' Reize ungefähr so anziehend für mich wurden wie der berühmte Braten David Rochas'. Ich werde also nie erfahren, ob sie es unter diesen veränderten Umständen, nun, wo mich der Nimbus des frisch Gekrönten umgab, zugelassen hätte, dass ich meine Finger unter ihren Parmakaschmir steckte, um nach Lust und Laune ihre beneidenswerte Brust zu kneten.

Die einzigen beiden Personen der Familie, die sich um diesen Presserummel wenig scherten, waren Jean Villandreux, für den ich nach wie vor ein »Typ, der ein gutes Auge hat« blieb, und meine Mutter, die mich bis zur Stunde ihres Todes als »den kleinen Bruder von Vincent« betrachten sollte. Jedes Mal, wenn ich seine alte Brownie Flash Kodak in die Hand nahm, war ich, Millionär hin oder her, einfach nur dieser kleine Bruder.

Bevor ich verreiste, um das zweite Werk in Angriff zu nehmen, wollte Anna unbedingt, dass wir ein Haus kauften unter dem Vorwand, die Kinder sollten allmählich in den Genuss eines Gartens kommen. In Wirklichkeit fühlte ich, dass sie es vor allem eilig hatte, unseren Erfolg zu plakatieren, ein kleines Fürstentum zu errichten, das fähig wäre, es mit dem mütterlichen aufzunehmen. Ich hatte diese ziemlich plumpe Rivalität zwischen Anna und ihrer Mutter stets unterschätzt. Dieser Antagonismus manifestierte sich oft in unerwarteter und kaum wahrnehmbarer Form. Das plötzliche, vordringliche Bedürfnis, ein Haus zu besitzen, war nichts anderes als der Wunsch, ihrer Mutter zu imponieren und sie unmissverständlich darauf hinzuweisen, dass sie von jetzt an das Ruder wieder fest in die Hand genommen hatte. Ob es um Schwimmbäder, Jacuzzis, Kinder, neue Häuser oder gar um diesen reservierten Typen ging, von dem alle Welt im Fernsehen sprach.

Wenn ich an diese Zeit zurückdenke, sehe ich das Bild eines einsamen Mannes, apathisch und abgestumpft, an einer faden Brust lutschend, aus der ein schales Glück floss. Ich mochte die Leute um mich herum nicht mehr wirklich, verachtete sie aber nicht genug, um den Mut zu haben, mich von ihnen zu lösen. Ich arbeitete, um Geld zu verdienen, das ich nicht mehr nötig hatte. Ich fuhr ein altes Volkswagen-Kabriolett, um mir die Zerstreuung und den Luxus zu gönnen, Pannen zu befürchten. Ich schlief weiterhin ab und zu mit Laure Milo und speiste zweimal pro Monat mit ihrem Mann François. Dabei sprach er weiterhin von seinen Flugzeugen und Anna von ihren Whirlpools, während Laure mich zwischen den Gängen immer noch verstohlen streifte. Michel Campions Chirurgen-Anekdoten interessierten niemanden, es sei denn, sie waren schlüpfrig. Was Brigitte betraf, seine Frau, so suchte sie noch immer alle möglichen Gurus der Ästhetik auf, ohne an der Unvorteilhaftigkeit ihrer Züge und der Plumpheit ihrer Figur etwas zu ändern.

Unser neues Heim war eine mindestens zweihundertjährige Toulouser Villa. Mit seinen Mauern aus rotem Ziegel und den Steinen aus der Garonne, seinem zierlichen provenzalischen Fries, seiner Außentreppe und seinen steinernen Fensterbrüstungen glich das Haus einer riesigen, in der Sonne dösenden Katze. Der Anstrich der Fassaden betonte das Tageslicht, vergoldete es und verlieh den Terrassen ständig die Farbigkeit von Spätnachmittagen. Es war wunderschön. Anzusehen jedenfalls. Denn man musste vollkommen verrückt sein, so etwas zu kaufen in der Hoffnung, es bewohnen zu können. Wie sollte man sich darin wohl und lebendig fühlen, darin die Kinder aufziehen, miteinander darin schlafen und hinnehmen, darin krank zu sein, alt zu werden und natürlich eines Tages zu sterben. Ein gutes Dutzend stattlicher Menschen wäre nötig gewesen, um all diese Zimmer ein bisschen mit dem Lachen und den beruhigenden Schreien des Lebens zu füllen, um diesem Wohnsitz, der schon einiges hinter sich hatte, auch nur ein kleines bisschen zu imponieren. Doch wir waren bloß vier unglückliche, verlorene Schiffbrüchige, die in diesen Gängen der Unendlichkeit umherirrten. Ein zu großes, wirklich zu großes Haus zu bewohnen, verschafft einem sehr schnell das Gefühl chronischer Angst. Der unbewohnte Raum wird zur feindlichen Zone, voller stiller Vorwürfe. Wenn ich anfangs nach Hause kam, hatte ich stets den Eindruck, von einem gigantischen Magen verschlungen zu werden, der mich am Abend und in der Nacht langsam verdaute, um mich am Morgen wieder auszustoßen. Ich brauchte sehr lange, um die Vorstellung loszuwerden, das Haus sei ein riesiger Bauch, in dessen Innern ich einem banalen Verdauungszyklus unterworfen war.

Als ich meine Probleme Anna anvertraute, antwortete sie mir:

»Das, mein Alter, gehört nicht mehr in den Immobiliensektor, sondern in den Zuständigkeitsbereich der Psychoanalyse.«

»Nein, aber ich meine es ernst, dieses Haus macht mir wirklich Angst, ich fühle mich nicht wohl darin.«

»Du wirst dich dran gewöhnen, du wirst sehen. Es ist dein schlechtes linkes Gewissen, das dich quält.«

»Was erzählst du da …«

»Die Wahrheit. Unbewusst kannst du nicht akzeptieren, was dir passiert. Weder das Geld deines Buches noch dieses angenehme Haus. Nach deiner Logik musst du diese Dinge ablehnen, weil sie dich zu einem Kleinbürger machen, zu einem Typen wie jeder andere, der zum Funktionieren dieses Systems beiträgt, dem du dich stets verweigert hast.«

»Du redest ziemlichen Stuss daher.«

»Überhaupt nicht. Das Glück hat dich erwischt. Und das ist es, was dir Angst macht.«

Anna hatte eine Vorstellung von Glück, die sich im Wesentlichen auf das Zusammentreffen zweier Komponenten beschränkte: ein siebenstelliges Bankkonto und ein sehr großes Haus. Sich über meine Bedenken hinwegsetzend, hatte sie diesen Schuppen gekauft, aber nicht, um ihn zu bewohnen, sondern um ihn auszustellen. Damit jeder, der an dieser Fassade vorbeikam, sich auf der Stelle die Schätze ausmalte, die sie beherbergten. Dass darin vier jämmerliche Bewohner wie arme Seelen umherirrten, sobald es Abend wurde, ließ Anna ziemlich kalt.

Von Zeit zu Zeit ging ich zu meiner Mutter essen, die seit der Wahl von François Mitterrand nur noch auf die Sozialisten schwor. Ihre bedingungslose Bewunderung für den Präsidenten war stark genug, um über sämtliche Verleugnungen und Unzulänglichkeiten seiner Freunde hinwegzusehen. Sie erlebte die Kohabition wie eine langsame Kreuzigung und verglich Chirac mit einem Paar zu kleiner Wanderschuhe, die den siegessicheren Schritt des Großen Wandersmanns behinderten. Das Haus hatte nicht allzu sehr unter dem Tod meines Vaters gelitten. Wenn auch etwas verwildert, behielt der Garten immer noch seinen undefinierbaren Charme. Mich in diesen vertrauten, einladenden Mauern wiederzufinden, war erholsam und beruhigend. Hier fühlte ich mich zu Hause. Manchmal erzählte ich meiner Mutter von dem Unbehagen, das ich in Annas Haus verspürte, von diesem Gefühl, das Leben eines blinden Passagiers zu führen, der sich in den immensen Tanks eines Schiffes zusammenkauerte. Sie hörte mir mit höflicher Geduld zu und setzte dann dem Gespräch ein Ende mit einer Kopfbewegung und den Worten: »Du bist einfach zu verwöhnt.«

Ich habe nie erfahren, was meine Mutter wirklich von Anna hielt. Ob sie eine aufrichtige Zuneigung für sie empfand. Ob sie ihre unleugbaren beruflichen Qualitäten schätzte oder ihre Schwiegertochter im Gegenteil für ihre Gewinnsucht verachtete. Wenn sie zusammen waren, wurden Anna und meine Mutter undeutbar. Sie unterhielten eine Beziehung von erstaunlicher Neutralität, und die Gefühle, die sie füreinander haben mochten, wurden vom Geplätscher ihrer Plaudereien übertönt. Nie stellte mir meine Mutter die Frage, ob ich mit Anna glücklich sei. Wahrscheinlich verrieten ihr die Häufigkeit meiner Besuche und die Tatsache, dass ich es überhaupt nicht eilig hatte, wieder an Bord des Tankers zu steigen, mehr über das Thema, als es meine verlegenen Antworten getan hätten.

Wenn ich nach diesen Besuchen auf der langen Allee mitten durch den Garten nach Hause zurückkehrte, fühlte ich mich in der Dunkelheit wie ein Glühwürmchen, das sich instinktiv auf das Licht zu bewegt. Und wie ein Insekt verharrte ich, bevor ich eintrat, eine Weile vor einer Scheibe, um zu sehen, was mich drinnen erwartete.

War ich zu verwöhnt, wie es meine Mutter behauptete? Wahrscheinlich. Aber ich hatte auch ein paar gute Gründe, den Verlauf meines eigenen Lebens in Frage zu stellen und das Geschick, das ich an den Tag legte, es zu meistern. Ich, der ich mich stets für fähig gehalten hatte, den Versuchungen und dem Druck eines manchmal verflucht verführerischen, manchmal subtil autoritären Systems standzuhalten, wurde mir bewusst, dass ich wie alle anderen von der kinetischen Energie des sozialen Körpers mitgerissen worden war. Zu gegebener Stunde hatte ich, ohne es zu merken, sämtliche Etappen des Lebens eines Kleinbürgers durchlaufen. Für die Diplome Student, in den Pausenzeiten Anarchist, einen kurzen Schauder lang Libertin, dann schnell durch eine gute Heirat wieder angepasst und zwei handfeste Kinder am Hals, war ich schließlich beträchtlich reich geworden. Alles in allem war ich ein guter Schüler. Das System hatte mich nicht abgerichtet und gegeißelt, sondern, nach dem Beispiel von Annas Haus, verdaut.

Um diese Zeit, scheint mir, wurde die Liebe an und für sich – Aids verpflichtet – wieder zum Beschäftigungsthema Nummer eins. Nach der Logik der Evolution und den Gesetzen der Konditionierung schien ich also verdammt, dieses Gefühl früher oder später noch einmal zu erproben. Doch ich hatte in dieser Hinsicht keinerlei Illusionen mehr. Ich hielt die Liebe für eine Art Glauben, eine Art Religion mit menschlichem Antlitz. Statt an Gott zu glauben, glaubte man an den anderen, nur existierte der andere genauso wenig wie Gott. Der andere war nichts als der trügerische Widerschein des eigenen Ich, der Spiegel, der die Verzweiflung einer unermesslichen Einsamkeit mildern sollte. In unserer Schwäche halten wir jede Liebesgeschichte für einzigartig, außerordentlich. Doch nichts ist falscher als das. All unsere Herzensregungen sind gleich, reproduzierbar, vorhersehbar. Ist der erste Blitzschlag vorbei, folgen lange Tage der Gewohnheit, die dem unendlichen Tunnel der Langeweile vorausgehen. All dies ist tief in unseren Herzen verankert. Rhythmus und Intensität dieser Sequenzen hängen einzig von unserem Hormonspiegel, der Laune unserer Moleküle und der Geschwindigkeit unserer Synapsen ab. Unsere Erziehung – unser Drill, sollte ich sagen – kümmert sich um den Rest, das heißt, uns vorzugaukeln, dass ein vernebelter Kopf, eine zitternde Herzkammer und ein schön steifer Schwanz die glücklichen Zeichen irgendeiner göttlichen oder übernatürlichen Gnade sind, die uns Sterblichen in ausgewählten Fällen gewährt wird. Die Liebe ist eines dieser komplizierten Gefühle, die wir zu entwickeln gelernt haben. Sie gehört zu den opiumhaltigen Zeitvertreiben, die uns helfen, geduldig auf unseren Tod zu warten.

Über diese Dinge sprach ich nie mit Anna, auch nicht mit ihren Freunden. Keiner hätte eine solch restriktive Ansicht geteilt oder auch nur geduldet. Die einzige Person, mit der ich mich genügend vertraut fühlte, um dieses Thema anzusprechen, war Marie. Wir hatten uns ab und zu über diese Neigung unterhalten, alles schön zu reden und unsere Liebesgeschichten verzerrt wiederzugeben. Als müssten sie absolut einem Vorbild entsprechen, in eine Schablone passen. Je länger ich darüber nachdenke, umso mehr muss ich mir sagen, dass Marie wahrscheinlich die einzige Frau war, die ich kannte, die nicht zögerte, dem Leben in die Augen zu sehen und es als das zu nehmen, was es war. Ich erinnere mich, dass ich manchmal, wenn wir zusammen schliefen, im Dunkeln den Glanz ihrer Pupillen wahrnahm. Und wenn ich sie fragte, ob etwas nicht in Ordnung sei, sagte sie nur: »Ich denke nach.« Mit diesen selben, weit geöffneten Augen maß sie die Liebe ab.

Damals jedoch war mir kaum mehr nach Gefühlen zu Mute, zu sehr war ich beschäftigt mit den Vorbereitungen für meine große Reise, die Weltreise, die mich auf der Suche nach meinen pflanzlichen Modellen von Kontinent zu Kontinent führen sollte. In den Wochen vor meiner Abreise fand Spiridon keine Ruhe mehr. Er telefonierte fast täglich, um mir zu wiederholen, wie sehr die Aussicht auf dieses Buch ihn freue, und fügte jedes Mal hinzu, für ihn sei es bereits Gewissheit, dass es sich in der ganzen Welt verkaufen würde. Wir versuchten eine sinnvolle Route zusammenzustellen, um unnötige und kostspielige Hin- und Rückreisen zwischen den einzelnen Kontinenten zu vermeiden.

Am Tag meiner Abfahrt gingen die Kinder ohne einen Gruß oder Kuss zur Schule, und Anna winkte mir nur kurz zu, als wäre ich in einer Stunde wieder da. Trotz meiner Theorien über die eiskalte Mechanik der Gefühle brach mir dieses Verhalten das Herz.

Und dann begann die geheimnisvollste und magischste Zeit meines Lebens. Noch heute habe ich Mühe, darüber zu sprechen, dieses beinahe ununterbrochene Staunen zu beschreiben, das, von Zwischenlandung zu Zwischenlandung, von Baum zu Baum, meine Sicht und die Wahrnehmung der Welt veränderte. Ein Reisender beinahe ohne Gepäck, ein sorgloser Nomade, jeder Verantwortung, der geringsten Verpflichtung enthoben, ein Hobbybotaniker, erforschte ich frohen und leichten Geistes die unendliche Schönheit der Vegetation.

Ich lernte extreme Hitze kennen, stellte mich gewaltigen Winden entgegen, trotzte entfesselten Stürmen, kämpfte mich durch Wolkenbrüche, einfach nur, um einen Baum zu sehen, einen einzigen, und ein Bild von ihm zu machen. Ich erinnere mich an Douglas-Fichten und immergrüne Mammutbäume von über hundert Metern Höhe, die in den nordkalifornischen und britisch-kolumbischen Brisen oszillierten, an Riesen-Saguaros, die aus der Arizona-Wüste emporschossen, an die unbekümmerten Kokospalmen auf den Bahamas, die überwältigenden Palmen in Marokko, die granitenen Affenbrotbäume in Kenia, die üppigen Säfte der Ahornbäume in Quebec und der Kautschukbäume in Malaysia, an die Fächerahornbäume mit ihren siebenlappigen Blättern, die zerfurchten Lärchen, die Sicheltannen, alle drei in Japan, an üppige Kaffeesträucher in Kolumbien, unverwüstliche Dodobäume in Südafrika, an den kostbaren, in Thailand teuer gehandelten Seidelbast, die flammenden Hinoki-Scheinzypressen in Taiwan, die strengen Montezuma-Zypressen im mexikanischen Oaxaca, die unsterblichen dreitausend Jahre alten Kastanienbäume in Sizilien, an massive Eichen im Sherwood-Wald, wo Robin Hood gelebt hatte, an den tasmanischen Rieseneukalyptus in Australien und an unglaubliche Banyan-Feigenbäume in Kalkutta, die mit ihren vielen Stämmen, den dreihundertfünfzig dicken und dreitausend kleinen, einen Umfang von über vierhundert Metern bildeten. Ich geriet in einen Glückstaumel. Äste folgten auf Äste, Arten auf Arten, und immer gab es noch mehr, noch spektakulärere, noch bezauberndere. Nie würde ich ans Ende kommen. Sämtliche Aufnahmen wurden durch Makroarbeiten ergänzt, bei denen ich die winzigsten Details der Rinde fotografierte. Die Zeit hatte überhaupt keine Bedeutung mehr. Meine Liste und mein Terminplan wurden hinfällig. Ich hatte keine Ahnung, wem oder was ich hinterherjagte, ich war wie besessen von dieser absurden Suche nach Vollständigkeit, Perfektion und auch Reinheit. Ich ging, immer allein. Stunde um Stunde. Bis ich ihn sah. Bis ich verstand, dass ich einzig für ihn diesen ganzen Weg gemacht hatte. Dann genügte es, den richtigen Winkel zu finden und auf das Licht zu warten. Da ich gelernt hatte, das schlechte Wetter auszuhalten, es mit einzubeziehen, machte es mir überhaupt nichts mehr aus, im Regen oder unter Wolken, bei Wind oder Sturm zu arbeiten. In manchen tropischen Regionen geriet ich in Gewitter von danteskem Ausmaß, die wie tausend Bombardements dröhnten und die Rinde der Erde aufwühlten, so dass man sich an die ersten Augenblicke der Schöpfung erinnert fühlte. All diese Bilder, all diese Emotionen sammelten sich in mir. Während meiner einsamen Wanderungen musste ich manchmal an den Garten meines Vaters denken, an die Brownie meines Bruders, den Geruch meiner Kinder, an Annas fürchterliche Jacuzzis, an unser überdimensionales Haus, an die stille Arbeit meiner Mutter. Ich sah auch meinen Großvater mütterlicherseits wieder, auf dem Gipfel seines Gebirgspasses, überwältigt von der Schönheit seiner Berge. Ich nutzte die Zeit des Wartens und der Ruhe, um die Blätter der verschiedenen Arten, die ich fotografierte, zu betrachten. Ich untersuchte ihre Spreite, ihre Adern, ihre Stiele, und ordnete sie der Form nach den Fiederschnittigen zu, den Gefingerten, Gefiederten, den Fiederlappigen, Gewellten, Gesägten, Gezahnten, den Fiederspaltigen, den Spiral-, Schild-, Hand- oder Palmförmigen. Ohne es wirklich zu merken, tauchte ich mit jedem Tag tiefer in ein Universum ein, das immer ätherischer, immer schemenhafter wurde. Und auf einmal endete diese Reise, die jeden Sinn verloren hatte und ein ganzes Leben so hätte weitergehen können, gewaltsam in der Nähe von Colombo, da sich mein Körper und mein Geist eines Abends verbündeten, um mich niederzuzwingen, als ich vom Fotografieren der Teesträucher in den Bergen Sri Lankas zurückkehrte.

Ich wohnte in einem kleinen Hotel aus Holz direkt am Meer. Es wurde früh dunkel, und meist aß ich draußen auf der Terrasse im Schein einer Öllampe. An jenem Abend fing alles mit Kälteschauern an. Dann kamen das Fieber, die Übelkeit, die Koliken, die mich Dutzende Mal auf die Toilette trieben. Ich hatte den Eindruck, literweise Wasser auszustoßen, ganze Kübel zu erbrechen. In meinen Eingeweiden spielten sich grausame Kämpfe ab. Meine Haut brannte, und mein Körper fröstelte vor Kälte. Um nicht mit den Zähnen zu klappern, stopfte ich mir die Enden des Bettlakens in den Mund. Und dann stand ich auf. Und wieder war es die Hölle. Ich musste die ganze Zeit an diesen Satz denken, den ich über Sri Lanka gelesen hatte: »Willst du eines Tages nach Ceylan kommen, solltest du gute Gründe für diese Reise haben, sonst wirst du, wie stark du auch sein magst, dort sterben.« Hatte ich gute Gründe für diese Reise?

Tagsüber verschwanden Fieber und Verdauungsbeschwerden wie durch Zauberhand, doch ich war so erschöpft, dass ich ans Bett gefesselt blieb. Sobald es Nacht wurde, überrollte mich, unerbittlich wie die Flut, von neuem das Fieber, und alles ging wieder von vorne los.

Während dieser nächtlichen Episoden wusste ich nicht mehr, ob ich Albträumen ausgeliefert war oder mich im Delirium befand. Manchmal sah ich, wie sich sämtliche Bäume, die ich aufgenommen hatte, über mein Bett beugten und mich nach und nach mit ihrem Laub bedeckten, dann trat mein Bruder Vincent leise ins Zimmer und fotografierte mich unablässig mit seiner Brownie Flash in meinen schweißbefleckten Laken.

Ich konnte ihn anflehen, inständig bitten, mich von hier wegzubringen, er machte unbeirrt weiter.

Nach Ablauf einer Woche war ich völlig kraftlos. Der Hotelbesitzer brachte mir Reis, Gemüse und ein wenig Fisch, was ich kaum anrührte. Ich hatte auch die unbestimmte Erinnerung an den Besuch eines lokalen Arztes, der mir, wie ich später erfuhr, einen Absud auf Kräuter- und Pflanzenbasis verordnete. Ich schlief den ganzen Tag, und sobald es Nacht wurde, begann der Angriff der tausend Teufel von neuem. Jede Nacht erbrach ich, vor einem alten Bild der englischen Königin auf dem Boden kauernd, das aus der Zeit stammen musste, als Ceylon noch britischer Besitz gewesen war. Ich kam nicht einmal auf den Gedanken, mich in ein Krankenhaus bringen zu lassen, und der Hotelbesitzer offenbar genauso wenig. Er war es gewohnt, zu sehen, wie sich seine Gäste aus dem Westen in ihren Betten wanden und seine Waschbecken voll schmierten. Er überließ es der Zeit, vertraute ihr. Ich wusste, dass die ärmsten Leute sich hier, wenn sie am Ende ihrer Kräfte angelangt waren, auf den Boden legten und auf der Straße starben. Am Morgen suchten Männer, deren Beruf das war, die Gehsteige ab, sammelten die Leichen ein und stapelten sie auf einen Handkarren. Aber was wollte Vincent bloß mit all diesen Fotos?

In der Nacht, wenn es schlecht ging, band ich, kurz bevor ich jeden Halt verlor, den Gurt meiner Fototasche um mein Handgelenk und presste Apparate und Filme fest an mich. Es war mir nie klar, ob ich sie so vor irgendeiner Gefahr beschützen wollte oder ob ich von dieser Geste etwas Trost erhoffte. Manchmal bekam ich heftiges Nasenbluten, und mein Zahnfleisch begann zu eitern. Eine unbekannte Panik zog mir die Brust zusammen, und ich hatte das Gefühl, dass sich eiskaltes Gelee langsam über meinen Körper ergoss.

Während dieser Krankheit habe ich oft den Boden unter den Füßen verloren, ich bin eingeknickt, aber gebetet habe ich nie. Auch nicht, als meine Angst und meine Schmerzen ihren Höhepunkt erreichten, auch nicht, als ich sah, wie sämtliche Kräfte aus meinem Bauch wichen. Weihrauchgerüche aus einem nahen Tempel drangen bis an mein Bett, und diese süßlichen Dämpfe der Bittgesuche trugen noch zu meinem Ekel bei.

Ich bin stets Atheist gewesen, und die Religion, welche auch immer, ist für mich kein verhandelbarer Begriff. Überall habe ich gesehen, wie das Ungeziefer des Glaubens und der Überzeugung an den Menschen nagt, sie verrückt macht, erniedrigt, herabsetzt, sie zu Zirkustieren degradiert. Die Vorstellung von Gott ist das Schlimmste, was der Mensch je erfunden hat. Ich halte sie für überflüssig, unangebracht, nutzlos und einer Gattung unwürdig, die Instinkt und Evolution dazu gebracht haben, sich auf die Hinterfüße zu stellen, die aber angesichts des Todes nicht lange der Versuchung widerstehen konnte, sich wieder auf die Knie zu werfen. Der Versuchung, sich einen Meister, einen Abrichter, einen Guru, einen Buchhalter zu erfinden, um ihm die Interessen seines Lebens, die Verwaltung seines Todes, seine Seele und sein Jenseits zu überantworten. Selbst als das Fieber am stärksten war, der Weihrauch mich belästigte, selbst als mein Bewusstsein sich zu verwirren drohte, habe ich nie irgendjemanden angefleht. Ich habe mich ganz einfach an die Wirklichkeit gehalten, die mich umgab, mich mit der Gesellschaft meiner Apparate, meiner Fotos und vor allem meiner Bäume getröstet.

Eines Morgens, nachdem ich wieder das nächtliche Entleeren über mich hatte ergehen lassen müssen, fand ich genug Kraft, um aus diesem teuflischen Vierundzwanzig-Stunden-Rhythmus auszubrechen, mich anzuziehen und im Taxi zum Flughafen bringen zu lassen.

Die Reise war endlos, als müssten wir sämtliche Vororte der Welt durchqueren. Mit meinen Schwindelgefühlen, die mich seit einer Woche nicht mehr verließen, kam ich mir bei dieser Fahrt entlang der Küste vor, als befänden wir uns auf stürmischer See. Der Boden des Fahrzeuges, ein alter Hillman, glaube ich, war von Rost zerfressen, und ich konnte unter meinen Füßen die Straße vorbeiziehen sehen. Wieder einmal war ich an mein kostbarstes Gut gekettet, die Tasche, aber vor allem an meine Bäume, da ich Angst hatte, sie könnten durch diese gähnende Öffnung gleiten und verschwinden. Auf halber Strecke fing es an zu regnen, und das Wasser spritzte durch die Löcher im Chassis. Der Fahrer fuhr unbeirrt weiter, ohne den Unebenheiten der Straße oder den Tieren auszuweichen, die sie überquerten, und begnügte sich damit, ausgiebig auf die Hupe zu drücken. Als er einen Hund überfuhr, spürte man den Aufprall kaum, doch für einen Moment sah ich unter meinen Füßen den Kadaver des Tieres, das sich mit dem Kiefer am Längsträger des Hillman festbiss. Lag ich noch im Hotel, in meinen verseuchten Laken und im krankhaften Dämmerzustand meiner Albträume, oder fuhren wir unter einem Monsunregen in Begleitung eines toten Hundes gemütlich zum internationalen Flughafen von Colombo?

Nachdem die Stewardess meine Tasche im Gepäckfach verstaut und mir beim Setzen geholfen hatte, bekam ich das Gefühl, dass all die Teufel, die seit drei Wochen in meinem Bauch ihr Unwesen trieben, auf diese Reise in meiner Gesellschaft verzichteten. Ich spürte regelrecht, wie sie meinen Körper verließen, das Feld räumten. Es war, als würde eine unsichtbare Last von mir genommen. Und als die Boeing 747 an Höhe gewann, fühlte ich, wie sich ein beruhigender Frieden in mir ausbreitete. Ich schloss die Augen und glitt ohne Angst in eine Nacht, von der ich wusste, dass sie mir Erholung bringen würde.

Anna holte mich am Flughafen Blagnac ab. Als sie mich sah, wich sie unwillkürlich zurück.

»Was ist mit dir los?«

»Ich war krank.«

»Was war das für eine Krankheit?«

»Ich weiß es nicht, Durchfall, Fieber, Schwindel.«

»Warst du beim Arzt?«

»Ich glaube, das heißt, ich weiß es nicht mehr.«

»Du siehst ja zum Fürchten aus, blass und mager. Nimmst du Medikamente?«

»Nein.«

»In diesem Zustand kannst du nicht nach Hause.«

»Wie meinst du das?«

»Stell dir mal vor, du hast etwas Ernsthaftes, Ansteckendes. Woher kommst du?«

»Aus Sri Lanka.«

»Auch das noch. Nein, im Ernst, ich bring dich in die Klinik, damit sie dich untersuchen. Denk an die Kinder. Schau dich doch an, du kannst ja kaum gehen. Gib mir deine Tasche.«

»Nein, ich behalte sie.«

Ich verbrachte vier Tage in einer Abteilung, die auf ansteckende Tropenkrankheiten spezialisiert war. Ich kann mich nicht erinnern, in meinem Leben je so tief und friedlich geschlafen zu haben wie während dieses kurzen Krankenhausaufenthaltes. Dank ich weiß nicht was für eines therapeutischen Cocktails verließ ich diese Abteilung infusioniert, hydratisiert und auskuriert als neuer Mensch, gesund an Körper und Geist.

Zum ersten Mal freute ich mich, das Haus wieder zu sehen. Nach all dem, was ich erlebt hatte, hätte es auch alle Mühe gehabt, mir vorzumachen, es würde mich nach Lust und Laune verdauen. Es machte mir keine Angst mehr. Trotz seines vornehmen Aussehens wusste ich genau, es hätte es nicht länger als zwei Tage in meinem Hotelzimmer in Sri Lanka ausgehalten.

Ich war sechs Monate lang weg gewesen, und der Zufall wollte es, dass ich ein paar Tage vor dem elften Geburtstag meines Sohnes Vincent zurückgekehrt war, der in jenem Jahr 1987 mit dem Börsenkrach der Wall Street zusammenfiel. Die Titel verloren nach der Ankündigung des abgrundtiefen Defizits des amerikanischen Außenhandels dreißig Prozent ihres Werts. Aus Gründen, die ich noch nicht kannte, verfolgte Anna diese Ereignisse mit dramatischer Intensität. Später erfuhr ich, dass sie ein Aktien-Portfolio besaß, das von der Krise ernsthaft erfasst wurde. Gleichgültig diesem Börsenerdbeben gegenüber, fühlte ich die Wirkung eines viel persönlicheren Umsturzes: Vincent war beinahe ein Jugendlicher, und mit Ausnahme der ersten Lebensjahre hatte ich meinen Sohn kaum groß werden sehen. Sämtliches Bedauern der Erde konnte nichts daran ändern.

Vincent besaß noch immer die sanften kindlichen Züge, strahlte aber bereits die Sicherheit und Bestimmtheit aus, die seine Mutter charakterisierten. Ohne Zweifel gab es einen David Rochas unter seinen Freunden, einen Jungen, gewitzt genug, um ihn besser, als ich es je geschafft hätte, in die alles in allem doch ziemlich plumpen Geheimnisse der Männlichkeit einzuweihen.

Mir fiel auf, dass meine Tochter Marie sich seit meiner Rückkehr ziemlich distanziert verhielt. Sie sprach kaum mit mir. Und wenn ich las, kam sie manchmal, setzte sich auf einen Sessel in meine Nähe und starrte mich wortlos an. Dieser hartnäckige, forschende Blick, in dem ich einen stillen Vorwurf zu spüren glaubte, brachte mich so sehr in Verlegenheit, dass ich aufstand und den Raum verließ.

In meinem Labor hatte ich mit der Entwicklung der Filme und dem Abziehen der ersten Schwarzweißfotos begonnen. Die Bildschärfe war so gut, dass die Struktur der Stämme plastisch hervorzutreten schien. Da ich meine Tage eingeschlossen mit meinen Bäumen verbrachte, sah und sprach ich mit niemandem. Es war, als würde mich ständig eine Glaswand von meinen Angehörigen trennen. Wenn ich einen Versuch unternahm, Anna etwas näher zu kommen, und ihr ein paar meiner Bilder zeigte, warf sie einen zerstreuten Blick darauf und sagte: »Du hast es wirklich gut, dass du deinen Lebensunterhalt auf so einfache Weise verdienen kannst.« In ihrer Stimme lag ein Hauch Bitterkeit, in dem mitschwang, dass der Erfolg für sie ein ständiges Infragestellen und das Überleben einen pausenlosen Kampf bedeutete. Sie gab mir zu verstehen, dass der Dschungel des Marktes um einiges gefahrvoller war als eine pflanzliche Fotosafari. Überall lauerten die Raubtiere, die nur darauf warteten, dass ihre Aufmerksamkeit für einen Augenblick nachließ, um sich auf sie zu stürzen und sich über ihre Produktion herzumachen. Ich stimmte ihr mit einem freundlichen Lächeln zu und fragte mich, welcher Industrielle so viel schlechten Geschmack haben konnte, es auf ihre unförmigen Jacuzzis mit den unbeschreiblichen Farben abzusehen.

»Ich bin müde, weißt du. Ich habe das alles satt.«

Es war das erste Mal in über zehn Jahren eines gemeinsamen Lebens, dass ich Anna so etwas zugeben hörte. In dieses »das alles« schloss sie das Familienunternehmen ein, dem sie ihre Zeit, den größten Teil ihrer Jugend und ihrer Energie gewidmet hatte, das sie modernisiert hatte, das inzwischen um die hundert Angestellte beschäftigte, und dessen einziger und enttäuschender Auftrag darin bestand, kleine plätschernde Becken zu verkaufen an Leute, die bereits fließendes Wasser hatten.

»Es geht gar nicht gut. Ich werde entlassen müssen.«

Erschöpfung und der Schatten der Kapitulation verschleierten Annas Blick. Ihre Stimme, die bisher sämtliche Abstufungen der Autorität beherrscht hatte, war schrill und suchte unsicher nach der richtigen Tonlage.

»Es herrscht wirklich eine Krise. Und wir sind als Erste davon betroffen.«

»Wie das?«

»Die Börsen sind eingebrochen, viele Leute haben ungeheure Summen verloren. Und das waren unsere potenziellen Kunden, die die Luxus- und Freizeitindustrie am Leben erhielten. Und wir sitzen genau dazwischen. Folge: Seit dem Börsenkrach sind die Bestellungen um fünfundsechzig Prozent zurückgegangen.«

»Wie viele Leute wirst du entlassen?«

»Ein Drittel der Belegschaft, für den Anfang. Mehr oder weniger in allen Bereichen.«

»Wenn es dir weiterhilft, nimm das Geld, das du brauchst, von meinen Honoraren.«

»Das ist nett von dir, aber es würde nichts ändern. Vielleicht die Frist etwas hinausschieben, aber das Problem würde sich in zwei, drei Monaten erneut stellen. Es geht nicht darum, einen schwierigen Moment zu überbrücken. Wir sind mitten drin in der Krise, und wir werden eine ganze Weile damit leben müssen.«

»Hast du über all das mit deinem Vater gesprochen? Vielleicht kann er dir helfen.«

»Mein Vater, mir helfen? Seit er Atoll verlassen hat, ob du es glaubst oder nicht, hat er nie wieder einen Fuß hineingesetzt. Er verbringt seine Zeit damit, sämtliche Leute in der Zeitung zu nerven und meiner Mutter nachzuspionieren.«

»Deiner Mutter nachzuspionieren?«

»Er ist davon überzeugt, dass sie einen Freund hat, dass sie sich mit jemandem trifft. Er wird wirklich unmöglich.«

»Du solltest trotzdem mit ihm reden, bevor du entlässt. Vielleicht hat er eine Lösung.«

»Aber meine Güte, es gibt *keine* Lösung, verstehst du? Es ist nicht ein Problem von Konkurrenz oder Modernisierung oder von Produktivität. Es gibt keine Bestellungen mehr, keine Käufer, Schluss, Amen. In einer Krise haben die Leute andere Sorgen als Jacuzzis. Ich bin es müde, alleine zu kämpfen. Neben den Bankern muss ich jetzt auch noch die Gewerkschaften beruhigen und all diese Leute empfangen, um ihnen zu sagen, dass ich sie nicht mehr bezahlen kann. Es ist das erste Mal in meinem Leben, dass ich so etwas tue.«

Anna rollte sich auf dem Sofa zusammen und legte ihre Wange auf mein Bein. Sie schloss die Augen wie ein kleines, schläfriges Mädchen. Kaum dass man ihren Atem spürte. Ich dachte an die Bestürzung und die Pleiten all der Adam Smiths dieser Erde, an die Absurdität und die Inkonsequenz der Wirtschaft. Während ich sanft über Annas Haar strich, sah ich, wie ihr eine Träne über die Wange lief und langsam bis zum Ansatz ihrer Lippe kullerte.

Die Widrigkeiten der Moderne hielten vor den Türen meines Labors. Hier arbeitete ich wie in alten Zeiten, mit den immergleichen Materialien, mit Silbersalzen, Thiosulfaten, mit Belichtungspapier, aber vor allem mit Geduld, Aufmerksamkeit, peinlicher Sorgfalt, Sauberkeit und in einer Stille, die schließlich jeden Winkel der Kammer füllte. Spiridon bedrängte mich, ihm meine Schwarzweißbilder so schnell wie möglich zu schicken. Vertrieb und Buchhändler warteten auf das Erscheinen des Werkes. Alle setzten offenbar große Hoffnungen auf die *Bäume der Welt*. Trotzdem nahm ich mir Zeit, behandelte jedes Bild mit manischer Gewissenhaftigkeit. Da ich starke Kontraste bevorzugte, suchte ich mit meinem Exaphot unermüdlich nach der richtigen Belichtungszeit. Auch benutzte ich meine Hände als mobile Masken, um einem schön bewölkten Himmel oder den schlecht beleuchteten Teilen eines Stammes mehr Helligkeit zu geben.

Während ich mit der Langsamkeit eines Taxidermisten einen Baum nach dem anderen der Nacht entriss, bekam ich zweimal Besuch von Laure Milo. Der erste fand etwa zehn Tage nach meiner Rückkehr statt. Er war schnell zu Ende, als Laure meine Magerkeit, mein verwüstetes Gesicht, meine dunklen Augenringe und diesen nicht sehr ermutigenden Teint sah, normalerweise das Zeichen einer kranken Leber. Ich erinnere mich, dass jede Form von Lust aus ihrem Blick verschwunden war und dem demonstrativen Mitgefühl Platz gemacht hatte, das am Bett von Kranken angebracht ist. Unsere zweite Begegnung fand zwei, drei Wochen später statt. Sämtliche Kräfte waren zurückgekehrt, und mein Gesicht sah wieder einigermaßen menschlich aus. Laure schlich sich in mein Labor, als würde sie von einem Schwarm Spione verfolgt. Unter dem Natriumlicht schien ihre Haut extrem braun. Die genaue Farbe ihrer Bluse war schlecht auszumachen, aber ich erkannte den leichten Sommerrock wieder, den ich so manches Mal hochgestreift hatte. Laure konnte kaum stillstehen. Sie tanzte von einem Bein aufs andere, schaute sich ein paar Fotos an, hüstelte, warf die Haare nach hinten, verschränkte die Arme, löste sie wieder, räusperte sich erneut, schaute mir zu, wie ich einen Abzug machte, verdrückte sich in eine Ecke und spielte mit irgendeiner Zange oder einem anderen Utensil herum.

»Kannst du mir mal einen Augenblick zuhören?«

»Ich tu nichts anderes.«

»Hör auf. Ich möchte, dass wir uns ernsthaft unterhalten. Ich habe ein großes Problem.«

»Ich hör dir zu.«

»Ich habe jemanden kennen gelernt. Vor etwa einem Jahr. Es hat angefangen, etwa sechs oder acht Monate, bevor du weggefahren bist. Er ist kaum älter als ich, er ist wunderbar. Bist du schockiert?«

»Überhaupt nicht. Ich versuche nur zu verstehen, wo das Problem liegt?«

»Das Problem ist, dass wir uns lieben, dass er verheiratet ist und dass ich schwanger bin.«

»Von ihm?«

»Ja.«

»Bist du sicher?«

»Absolut. François war zu jener Zeit in Deutschland. Und mit ihm passiert's sowieso nur alle drei Monate. Ich kann dir versichern, über den Vater gibt's keinen Zweifel.«

»Und was wirst du tun?«

»Das ist es ja, ich habe keine Ahnung. Am liebsten würde ich mit Simon weggehen und das Kind behalten, aber das ist unmöglich und wirft viel zu viele Probleme auf. Simon, mein Freund, ist … wie soll ich sagen … Rabbiner.«

Ich brach in ein ausgesprochen heidnisches Gelächter aus, das nicht nur ununterdrückbar, sondern Laure gegenüber völlig respektlos war.

»Ich wusste, dass du so reagieren würdest. Du bist der Letzte, mit dem ich über diese Sache hätte reden sollen.«

»Verzeih mir, es kam so unerwartet, du mit einem Rabbiner, und diese ganze Geschichte …«

»Ich bin völlig ratlos, Paul. An manchen Tagen bin ich kurz davor, François alles zu sagen, und sei es nur, damit er endlich wieder auf die Erde zurückkehrt, damit er für zwei Minuten seine verdammten Scheißflugzeuge vergisst!«

»Was hindert dich daran, mit deinem Freund zu leben?«

»Mit Simon? Bist du wahnsinnig? Erst einmal bin ich nicht

jüdisch. Und dann, kannst du dir vorstellen, er, der moralische Garant seiner Gemeinde, er, der Hochzeiten zelebriert, verlässt von einem Tag auf den anderen Frau und Kinder, um mit einer Goy zusammenzuleben, die er geschwängert hat? Schwör mir, dass du nie ein Wort zu jemandem davon sagst.«

»Ist doch klar. Und François?«

»Der lebt auf einem anderen Planeten. Wenn ich ihm heute Abend mitteile, dass ich schwanger bin, wird er dümmlich lächeln, mir sagen, das sei wunderbar, und sich wieder vor seinen Computer setzen. François kann mich mal.«

»Und dein Freund, der Rabbiner?«

»Er? Er wird wütend werden, wenn ich ihm sage, dass ich das Kind behalten will. Er hat nur eine Sorge, dass die Geschichte ans Licht kommen könnte.«

»Wenn ich recht verstehe, ist er mehr Rabbiner als verliebt.«

»Das ist mir egal. Ich kann nicht ohne ihn leben, verstehst du? Er macht mich wahnsinnig, ich habe das noch nie erlebt.«

»Was hast du noch nie erlebt?«

»Was wohl!?«

Und dann machte mir Laure eines dieser Geständnisse, die ein Mann in seinem Leben nur selten zu hören bekommt.

»Siehst du, Paul, ich glaube, dass mich zwei Männer in meinem Leben geprägt haben. Du, weil du in gewisser Weise der netteste warst, und Simon, weil er der Einzige ist, der mir einen Orgasmus verschafft.«

Ich war gerade achtunddreißig geworden. Ich lebte unter den Bäumen. Meine Kinder mieden mich. Meine Schwiegermutter hatte einen Liebhaber. Meine Mutter wählte einen Sozialverräter. Meine Frau bereitete die »Sozialpläne« vor. Und meine ehemalige Geliebte entdeckte den Orgasmus in den Armen eines lasterhaften, aber vorsichtigen Rabbiners.

Die Lächerlichkeit der Situation, in die sie sich manövriert hatte, hinderte mich, ernsthaft mit ihren Herzensproblemen mitzufühlen, doch ich war ihr dankbar für all die Mühe, die sie sich gegeben hatte, mir in dieser Kammer jahrelang ekstatische Freuden vorzuspielen.

War François Milo wirklich dieser unausstehliche Kotzbrocken?

Und hatte er es tatsächlich verdient, das Baby eines Rabbiners großzuziehen?

Durch welches Wunder schaffte es ein solcher Trottel, die Flugzeuge in der Luft zu halten?

Diese und viele andere Fragen stellte ich mir in der Abgeschiedenheit meines im Natriumlicht dahindämmernden Refugiums. Währenddessen kämpfte François Mitterrand um sein zweites Mandat. In den ersten sieben Jahren hatte er 1700 Mal öffentlich gesprochen. Außerdem ließ sein Kabinett verlautbaren, dass er 154 Auslandsreisen unternommen hatte. Seine politischen Kreuzfahrten stellten sich wie folgt dar: 60 Staatsbesuche in 55 Ländern; 70 Tagesreisen; 18 Reisen zum Europäischen Rat und 6 Gipfel.

Als ich dies las, dachte ich, wenn man die Aktivität und Ernsthaftigkeit eines Kandidaten nach seiner internationalen Reiserei bemaß, würde mich die Publikation meiner Fahrt um den Globus zu einem höchst aussichtsreichen Anwärter machen.

François Mitterrand (II)

(8. Mai 1988 – 17. Mai 1995)

Der Erfolg der *Bäume der Welt* übertraf noch die optimistischsten Erwartungen Louis Spiridons. Mitte Dezember war der Band in Buchhandlungen und Verbrauchermärkten ausverkauft. Als das bestverkaufte Buch des Weihnachtsgeschäftes führte es die Bestsellerlisten noch Anfang des folgenden Sommers an. Es war ein solches Phänomen, dass mehrere Magazine sich des Ereignisses annahmen und Soziologen und Verhaltensforscher mobilisierten, um die Begeisterung der Konsumenten für einen simplen Katalog exotischer Bäume zu erklären. Laut der Fachleute war diese Schwärmerei der sichtbare Ausdruck einer tiefen Bewusstwerdung der globalen Ökologie, von der die gesamte Gesellschaft gerade erfasst wurde.

Früher hätte ich mich wahrscheinlich verwahrt gegen diese Marotte der Humanwissenschaften, die darin besteht, den Schaum der Tage zu filtern, um daraus eine kümmerliche, fade Schlacke zu gewinnen. Aber der Soziologe in mir hatte schon vor sehr langer Zeit dem »Mann der Stämme« Platz gemacht, wie mich ein Journalist in der Literaturbeilage der *Libération* nannte.

Druck und Layout waren in der Tat fantastisch. Spiridon

hatte im Anhang Makrofotografien von den Rinden sämtlicher Bäume abgedruckt. Diese Bilder – vier auf jeder Seite – wirkten wie das Werk eines akribischen japanischen Kalligraphen oder die abstrakte Malerei einer alternativen Schule.

Spiridon handelte mit ausländischen Verlegern einen Vertrag nach dem anderen aus. Das Buch ging um die ganze Welt. Sidney, Bombay, Montreal, Lima, Moskau. Und von seinem kleinen Arbeitstisch dirigierte er wie ein gutmütiger Dirigent mit Meisterhand die Musiker, die dieses kommerzielle Konzert zu interpretieren hatten. Die Partitur erfüllte ihn so sehr, dass er es mir überhaupt nicht übel nahm, als ich ihm mitteilte, dass ich mich nicht an der Promotion des Buches beteiligen würde. Da er bereits unter den vielen Bestellungen zusammenbrach, antwortete er mir mit einem verständnisvollen Lächeln und einem einfachen Schulterzucken, das man etwa übersetzen könnte mit: »Macht nichts, ich glaube, das ist gar nicht nötig.«

Anfang Frühling erkundigte sich die Schule meiner Kinder, ob ich trotz der allgemeinen Ablehnung, von der ihnen mein Verlag erzählt habe, ausnahmsweise einen Vortrag bei ihnen halten würde zu einem Zeitpunkt meiner Wahl. Nachdem ich Vincent und Marie um ihre Meinung gefragt hatte, die beide Feuer und Flamme waren für diese Idee, sagte ich zu. Der Termin wurde auf den Nachmittag des 9. Mai 1988 festgelegt.

54,01 %. Mit diesem Ergebnis hatte Mitterrand am Tag zuvor Chirac in der zweiten Runde der Präsidentschaftswahlen geschlagen. Ich hatte einen Teil des Wahlabends bei meiner Mutter mitverfolgt. Sie nahm den Ausgang mit jugendlichem Überschwang auf. Ich sehe sie noch vor mir, wie sie ihre kleinen Fäuste ballte und vor Freude auf die Lehnen ihres Sessels trommelte. François war gewählt. Denn inzwischen nannte sie ihn François.

Sie konnte meine Zurückhaltung gegenüber dem Mann, der der gesamten Linken wieder eine Statur, eine Existenz und sogar eine Vision verliehen hatte, nicht verstehen. In meiner Gegenwart fühlte sie eine Missionarsseele in sich erwachen, die sämtliche Register der Propaganda zog. Abgesehen von Mitterrands politischer Durchschlagskraft bewunderte sie als Fachfrau vor allem seinen Umgang mit der Sprache. »Er benutzt stets das treffende Wort, die richtige Wendung. Er konjugiert wunderbar und respektiert die Zeitenfolge. Er ist eigentlich der Einzige, der korrekt französisch spricht, ganz im Gegensatz zu diesem Le Pen, der sich an einem Kauderwelsch berauscht, in das sich ein bisschen Konjunktiv Imperfekt, etwas Küchenlatein und hochgestochene Wörter wie ›palinodie‹ oder ›stipendier‹ mischen, die außer diesem armen Teufel niemandem Eindruck machen.«

Am Tag nach den Wahlen begab ich mich zur verabredeten Stunde mit der gleichen Beklommenheit ins Gymnasium, die mich meine ganze Schulzeit hindurch begleitet hatte. Die Angst, nicht zu genügen, gemessen, verglichen und beurteilt zu werden. Der Schulleiter empfing mich wie eine hochrangige Persönlichkeit, als wäre ich das verdienstvolle Mitglied eines Ministeriums oder irgendeiner Akademie. Nachdem er mir fast sämtliche Lehrkräfte seiner Einrichtung vorgestellt hatte, führte er mich in die Aula, die so großzügige Ausmaße hatte, dass mehrere hundert Personen darin Platz fanden. Vorne die Kinder, dahinter die Eltern.

Der Schuldirektor stellte mich vor als eine Mischung zwischen Jean Rouch und Paul-Émile Victor, als einen »verdienten Forschungsreisenden auf den Spuren der Ewigkeit in einer unbewegten Pflanzenwelt«.

Während er von all diesen Dingen sprach, die mich nur sehr entfernt betrafen, versuchte ich in der Menschenmenge die Gesichter meiner Kinder auszumachen. Auch wenn unsere Beziehung seit langem getrübt war, so wusste ich doch, dass ihr Herz in diesem Augenblick ein bisschen lauter klopfte als das ihrer Kameraden.

Da entdeckte ich sie. Sie waren nicht allein. Umrahmt von Anna und meiner Schwiegermutter, wie auf einem Familienfoto. Der Anblick dieser beiden Frauen brachte mich so sehr aus dem Konzept, dass ich am liebsten vom Podium gestiegen wäre. Es war bestimmt lächerlich, aber ihr unerwartetes Auftauchen in diesem Saal schien mir plötzlich ein Zeichen der Feindseligkeit, des Argwohns. Ich hatte das Gefühl, sie wären nur gekommen, um mir zu widersprechen, mich öffentlich zu demütigen, mich mit ihren erbarmungslosen Blicken zu erdolchen. Dieser Anfall von Paranoia legte sich erst, als der Direktor mir das Wort übergab und ich mit tonloser Stimme zu einer bunten Erzählung meiner überkontinentalen Pflanzensafari ansetzte. Ich sprach von der Musik, wenn die asiatischen Winde durch die Spalten der Kieferrinden pfiffen, wenn die amerikanischen Regenfälle auf die fetten Blätter des Trompetenbaums prasselten, sprach von den tausend Düften, die die indische Erde verströmte, von den planlosen Wanderungen, die mich irgendwann doch immer an ein Ziel brachten, von diesem inneren Herumirren, das im Gegensatz dazu nirgendwohin führte. Ich sprach von der fragilen Schönheit dieses Planeten, dessen fremdes Herz und Eiserne Lunge die Bäume zugleich waren. Ich sprach von den Nachmittagen, die ich damit verbracht hatte, auf das schöne Licht zu warten, während ich dem unablässigen Rauschen des aktiven Lebens lauschte, das unermüdlich seinen Beschäftigungen nachging, sprach von den Geheimnissen dieser langen Reisen, die irgendwann die Marschroute selbst bestimmten und meine Schritte lenkten. Ich sprach vom Zufall, vom Glück und vom Unglück, das einen streift, vom Schicksal, das einen verpasst, vom Höhenrausch und von dem überfahrenen Hund. Ich sprach von all diesen unbedeutenden, unzusammenhängenden und gewöhnlichen kleinen Dingen. Und schließlich sprach ich von Vincents Brownie Flash, vom Leitz-Vergrößerer und den Zauberbädern meines Vaters, von diesem magischen Moment, wenn das Bild aus dem Nichts auftaucht. Von Laure Milos schimmernden Hinterbacken hingegen sprach ich nicht.

Am Schluss, als alles gesagt war, erhoben sich Eltern und Kinder, um mir zu applaudieren, als hätte ich gerade die Wahlen gewonnen. Beim Anblick meiner Angehörigen im Saal, die mich mit der Hand grüßten, hatte ich das eigenartige Gefühl, zu verreisen, an einer Art Landungsplatz zu stehen.

Als ich gemeinsam mit den Kindern die Schule verließ, fragte ich mich, ob sich unter all diesen gut erzogenen Jugendlichen wohl ein David Rochas versteckte, der nach dem Unterricht als Erstes zum Kühlschrank rannte, um schnurstracks den Familienbraten zu beehren.

Marie und Vincent empfingen mich ungewöhnlich überschwänglich und teilten mir stolz mit, dass ihre Freunde mich »voll nett« gefunden hätten, was mich auf der Werteskala ganz oben platzierte zwischen, sagen wir mal, The Clash und Police. Anna war nicht mehr zu Atoll zurückgekehrt, sondern direkt mit den Kindern nach Hause gefahren. Als ich sie nach dem Grund für ihr unerwartetes Erscheinen in der Schule fragte, holte sie tief Atem, was sich wie ein Seufzer anhörte.

»Ich habe heute mehr als dreißig Entlassungsschreiben verschickt, also ganz ehrlich, da hatte ich nicht den Mut, im Büro zu bleiben. Ich rief Mama an, und da sie Zeit hatte, beschlossen wir zu kommen. Du warst übrigens sehr gut.«

»Dreißig Entlassungen?«

»Sechsunddreißig, um genau zu sein.«

»Meine Güte, aber warum hast du mir nichts gesagt? Ich gebe nichts aus, ich habe gar keine Verwendung für das viele Geld. Und außerdem verkaufen sich die Bücher immer weiter.«

»Das ist nett von dir, aber das haben wir bereits besprochen. Wenn ich das Unternehmen über die Krise hinwegretten will, muss ich die Lohnkosten erheblich reduzieren.«

»Hast du all diesen Leuten gesagt, dass du sie rausschmeißt?«

»Natürlich. Ich habe jeden einzeln empfangen.«

»Und wie haben sie es aufgenommen?«

»Paul, ich bitte dich.«

Annas Augen füllten sich langsam mit Tränen. Hell entsetzt über die Nachricht, die sie mir soeben mitgeteilt hatte, fragte ich mich, ob meine Frau ihr eigenes Unglück beweinte oder ob sie echtes Mitgefühl für die sechsunddreißig Angestellten aufbrachte, die sie einfach ihrem Schicksal überließ. Dachte man an ihre Unternehmensphilosophie und die Grundlagen ihrer Geschäftsmoral, so war aller Wahrscheinlichkeit nach eher Ersteres der Fall.

»Ich glaube, Mama wird meinen Vater verlassen. Sie hat mir gesagt, sie halte ihn nicht mehr aus …«, murmelte Anna, während sie einen Schluchzer zu unterdrücken versuchte, »ich hatte nicht den Mut, sie zu fragen, ob sie jemand anderen hat … Warum muss denn immer alles auf einmal kommen?«

Am nächsten Tag begab ich mich zur *Sports illustrés*. Jean Villandreux stand vor dem großen Fenster in seinem Büro, die Hände auf dem Rücken, und beobachtete das Leben unten auf der Straße. Man spürte, dass die Zeitung ihn enttäuscht hatte. Als er seinen Schwimmbädern den Rücken kehrte, um sich hier einzurichten, hatte er gehofft, täglich diesen kleinen Kick zu bekommen wie in jener Zeit, als er noch ein- oder zweimal die Woche in der Redaktion vorbeischaute, um Akten zu unterzeichnen oder an Versammlungen teilzunehmen. Die Zeitung war ihm damals wie eine Quelle der Inspiration, ein bunter Taubenschlag erschienen. Inzwischen hatte er entdeckt, wie eintönig der Alltag in einer Sport-Wochenzeitung sein konnte. Die Redaktion belebte sich erst wirklich an den Wochenenden. Doch konnte sich Villandreux, der psychologisch auf die Rhythmen der Industrie konditioniert war, nur schlecht an die besonderen Zyklen der Presse gewöhnen und kam samstags und sonntags nie ins Büro, nicht einmal an jenen Wochenenden im Frühling, auf die sich die Endspiele der meisten Wettbewerbe und ihre stets dramatischen Epiloge konzentrierten.

»Paul, wie geht's?«

»Ich komme wegen Anna. Hat sie Ihnen von ihren Problemen erzählt?«

»Sie meinen die Entlassungen bei Atoll? Natürlich weiß ich Bescheid.«

»Ich fragte mich, ob Sie nicht vielleicht versuchen könnten, das in Ordnung zu bringen, ob Sie mit Ihrer ganzen Erfahrung nicht eine andere Lösung finden.«

»Glauben Sie mir, wenn Anna entlässt, dann, weil sie nicht anders kann. Sie nimmt sich das alles sehr zu Herzen, wissen Sie. Ich habe den Buchhalter angerufen, er hat mir die Zahlen gegeben. Sie sind katastrophal. Seit Monaten ein Schwindel erregender Einbruch.«

»Wollen Sie nicht wenigstens versuchen, sich die Situation aus der Nähe anzusehen?«

»Ganz ehrlich? Nein, ich werde Ihnen die Wahrheit sagen, Paul. Die Probleme von Atoll sind mir völlig egal. Dieses Unternehmen ist mir absolut fremd geworden. Ich würde Ihnen ja gerne sagen, dass ich mich für die rund dreißig Leute verantwortlich fühle, die nun arbeitslos werden, aber nicht einmal das ist der Fall. An der New Yorker Börse drehen ein paar Typen durch, und am nächsten Morgen kann man in Toulouse keine Jacuzzis mehr verkaufen. Ich verstehe diese verdammte Welt nicht mehr. Hat Anna mit Ihnen über ihre Mutter gesprochen?«

»Über ihre Mutter?«

»Ja, über ihre Mutter, na, über meine Frau.«

»Nein, worüber denn?«

»Martine baut Mist. Sie baut regelrecht Scheiße. Sie verstehen, was ich meine. Übrigens, damit ich es nicht vergesse, Lagache hat mir gesagt, er hätte sehr gerne ein Buch mit Ihrer Widmung, könnten Sie das für ihn tun?«

Jean Villandreux äußerte sich nicht weiter über seine häuslichen Sorgen, doch jeder Winkel dieses Büros strahlte die Angst eines Mannes aus, der sich an der Schwelle zum Alter mit der Einsamkeit konfrontiert sah.

In der Zwischenzeit hatte Mitterrand, der als Jugendlicher von den Maristenbrüdern erzogen worden war, die Schlüssel des Landes seinem Lieblingsfeind Michel Rocard anvertraut, der seinerseits die Weisheiten protestantischer Pfadfinder eingeimpft bekommen hatte, bei denen er unter dem Spitznamen gelehrter Hamster diente. Bestens mit Kirchenlichtern versorgt, war Frankreich also in guten Händen.

Wie es ihrem Wunsch entsprach, hatte Laure Milo das Kind, mit dem sie schwanger war, schließlich behalten und sämtliche Verdienste ihrem Mann zugeschrieben, während sie mit dem allzeit bereiten Rabbiner weiterhin sporadische Beziehungen unterhielt. Wenn ich an die affektiven und sexuellen Verrenkungen dachte, die wir uns alle auferlegten, beneidete ich die Riesenmammutbäume um ihre Unbewegtheit, denn nichts wissend von den quälenden Heimsuchungen der Lust wiegen sie sich sanft in der Brise und im Nebel des Pazifiks.

Seit ich von meiner Reise zurück war, hatte ich das Gefühl, das Leben spiele sich in Zeitlupe ab. Die Tage wollten kein Ende nehmen, alle glichen einander. Während Anna sich in ihrem Unternehmen abkämpfte, jeden Abend Unterlagen mit nach Hause brachte und auch übers Wochenende arbeitete, führte ich die Existenz eines Schrankenwärters, der auf den Posten eines stillgelegten Gleises versetzt worden war. Ich unterhielt den Garten, stutzte Sträucher, sägte tote Äste ab und mähte den Rasen. Auch kochte ich. Komplizierte, zum Teil exotische Gerichte, die von Anna und den Kindern, die für das Essen nur wenig Zeit und Interesse aufbrachten, stets hastig hinuntergeschlungen wurden. Von Zeit zu Zeit dachte ich mit Wehmut an Laures wogende Hinterbacken. Oder an Maries imposante Gestalt. Eines Nachmittags rief ich sie in Hoovers Praxis an. Sie arbeitete immer noch bei ihm, lebte aber weiterhin in ihrer eigenen Wohnung. Als ich sagte, ich würde sie gern wieder sehen, lehnte sie mein Angebot äußerst freundlich ab, mit der Erklärung, sie habe keine Lust mehr, sich das Leben durch »unwesentliche Beziehungen« schwer zu machen. Dieser mir neue Ausdruck überraschte mich. Von welchem Moment an und nach welchen Kriterien wurde eine Beziehung als »unwesentlich« eingestuft, und was kennzeichnete dagegen eine, die das Attribut bedeutend verdiente? Ich konnte mich stundenlang solchen Grübeleien hingeben. Und das umso mehr, als meine »Bäume« nach den Informationen, die mir Spiridon jede Woche gab, immer noch auf der ganzen Welt gediehen.

Im Frühling 1989 begann sich das Auftragsheft der Jacuzzis dank neuer, billiger, in Südostasien hergestellter Produkte wieder zu füllen. Was aber nicht hieß, dass Anna deswegen auch nur eine einzige zusätzliche Person einstellte. Sie behauptete, dass die Belastungen zu hoch und der Gesundheitszustand des Unternehmens noch recht unstabil seien. Meine Frau hatte ihre Autorität wiedererlangt. Wenn man ihr so zusah, hätte man denken können, es sei nichts passiert, die Krise sei ein Artefakt des Marktes und sie hätte ein paar Monate zuvor nicht ein Drittel der Belegschaft vor die Tür gesetzt. Ich war sogar sicher, dass diese schwierige Phase sie in ihren Überzeugungen noch bestärkte und der aktuelle Aufschwung ihr den Beweis erbrachte, das Richtige getan zu haben. Das, so wiederholte sie immer wieder, sei ein verantwortungsbewusster Unternehmer: einer, der im richtigen Moment den Mut hat, ein Glied zu amputieren, um den ganzen Körper zu retten. Ich war mir nicht sicher, ob jene, die sie auf diese Weise abgesägt hatte, ihre Kunst, das Messer anzusetzen, genauso schätzten.

Auch zwischen Martine und Jean Villandreux hatte sich etwas getan. Ihres Liebhabers überdrüssig – wenn es nicht umgekehrt war –, hatte sich meine Schwiegermutter ihrem Mann schließlich wieder angenähert, und dieser begann eine Diät und trainierte täglich seine Muskeln. Außerdem gab ein Biokosmetiker seiner alten, von der Zeit patinierten Haarpracht dank der Deckfähigkeit diskreter, fortschrittlicher Produkte regelmäßig die einstige Farbe zurück. Einmal im Monat lud Jean Villandreux seine Frau zu einer Wochenendreise in eine große europäische Stadt ein. Venedig, London, Genf, Madrid, Florenz, Stockholm, Wien, Kopenhagen, Amsterdam.

Villandreux war nicht mehr derselbe Mann. Er glich jenen Überlebenden, die von einer Kanonenkugel gestreift worden sind und von da an jede Sekunde ihres Lebens auskosten, als wäre es die letzte.

Unmerklich renkten sich die Dinge wieder ein. Außer für

mich und Salman Rushdie. Wir beide lebten unser abgeschiedenes Leben. Ich in meinem mentalen Gefängnis, von Langeweile und Depression heimgesucht, und er, prosaischer, in einer Wohnung, bedroht von einer Fatwa. Auch wenn das überraschen mag, aber in jener Zeit habe ich ihn oft um seine Situation als Flüchtling beneidet und vom Untergrund geträumt, von einem falschen Bart, von Leibwächtern, Gerüchten, P38, von plötzlichen Wohnungswechseln, wunderbaren Mädchen in den Gängen, schmeichelhaften Presseartikeln, in denen meine Kunst und mein Mut gelobt wurden, von Drohungen und der Flucht in Autos mit geschwärzten Scheiben, kurz, von einer grotesk männlichen Existenz, durchzogen von Schweiß- und Adrenalingeruch. Es gab allerdings ein Problem an der ganzen Geschichte: Salman Rushdies Gesicht. Er konnte unmöglich die Rolle des Guten übernehmen. Rushdie hatte schlechterdings die Züge des Haudegens, sämtliche Kennzeichen des hinterhältigen Übeltäters. Mit seinen Fakiraugen, stets halb geschlossen und leicht drohend, seinem etwas vorstehenden Unterkiefer, mit dieser Stirn und diesen Augenbrauen, die ständig das allerschwärzeste Projekt auszubrüten und zu verbergen schienen, war Rushdie die lebende Verkörperung des indischen Verräters aus Tim und Struppis *Zigarren des Pharaos*.

Schließlich fing ich vor lauter Untätigkeit und Einsamkeit an zu verblöden. Ich konnte mich an irgendeine Geschichte hängen, die mir im Grunde völlig egal war – Rushdie, zum Beispiel –, und sie tagelang wiederkäuen, sie wie einen einfarbigen Rubik-Würfel immer wieder neu zusammensetzen.

Ich glaube, ich war mit meinen schwachsinnigen Marotten am tiefsten Punkt angelangt, als mich kurz vor Weihnachten ein Telefonanruf aus einer dieser unerbetenen Siestas riss, die im Allgemeinen mit meinem langsamen neurasthenischen Abdriften einhergingen. Es war Michel Campion. In den aufdringlichen Formulierungen, für die er eine Vorliebe hatte, lag etwas unangenehm Katholisches, eine übertriebene Vitalität.

»Hallo, mein Freund, was macht das Leben?«

»Nichts Besonderes.«

»Weck ich dich? Du hast eine Stimme, als kämst du gerade aus dem Bett.«

»Quatsch ...«

»Hör zu, ich ruf dich an, um dir vorzuschlagen, mich auf eine Mission zu begleiten.«

»Auf was für eine Mission?«

»Für Ärzte der Welt, nach Rumänien.«

Zwei, drei Tage zuvor waren die ersten Schüsse der Revolution gefallen, und die humanitäre Organisation schickte Medikamente und eine Gruppe von Ärzten zur konkreten Einschätzung der Bedürfnisse des Krankenhauses von Timisoara. Michel arbeitete seit langem für diese NGO und hatte bereits an mehreren humanitären Einsätzen teilgenommen, so zum Beispiel nach den Erdbeben in der Türkei, in Armenien oder in Ländern Mitteleuropas.

»Und was habe ich bei einer solchen Mission verloren?«

»Nichts, du begleitest mich, das ist alles. Und du machst Fotos, wenn wir welche brauchen.«

»Was für Fotos?«

»Was weiß ich. Fotos eben. Wir fliegen gegen achtzehn Uhr mit einer Sondermaschine los. Wir sind zu viert, zwei Ärzte, eine Krankenschwester und du, falls du mitkommst.«

Der Himmel, der Mond und sämtliche herumirrenden Asteroiden fielen mir auf den Kopf. Ich planschte gerade im behaglichen Schlamm einer Luxusdepression, und da, einen Augenblick später, schickte mich ein befreundeter Arzt an die vorderste Front eines Konflikts, von dem er selbst annahm, er würde in einem Blutbad enden.

»Ich verstehe nicht, warum du mir so etwas vorschlägst.«

»Ich dachte, das könnte eine Erfahrung sein, die dich interessiert. Weißt du nicht mehr, du hast einmal zu mir gesagt, du würdest gerne mal sehen, wie so eine Mission eigentlich abläuft.«

Ich erinnerte mich nicht im Geringsten, je eine solche Absurdität gesagt oder auch nur gedacht zu haben. Mein Beruf bestand darin, im Spazierschritt die Welt abzuklappern und Zürgelbäume in der Abendsonne abzulichten, nicht darin, vor den Gewehrsalven aufgeregter Transsylvanier und hysterischer Walachen davonzurennen. Und während sich jede Faser in mir gegen Michels Angebot sträubte, hörte ich mich antworten, ja, einverstanden, ich sei zur vereinbarten Zeit mit meinem Reisepass am Flughafen.

Die meisten Sitze waren aus der alten Boeing entfernt und der Platz mit mehreren Tonnen Kriegsverbandstoff und Medikamenten zur Ersten Hilfe gefüllt worden. Im hinteren Teil der Maschine saß ein Dutzend Passagiere von nicht sehr einnehmendem Aussehen, alle wie aus einer Form gegossen: Schultern wie Hafenarbeiter, die Statur von Marinekommandos und militärischer Haarschnitt.

Das Flugzeug landete in Ungarn auf dem Budapester Flughafen, wo zwei Lastwagen in den Farben der Ärzte der Welt auf der Landebahn warteten. Die zehn Samurai beteiligten sich am Ausladen der medizinischen Fracht und lösten sich dann in Luft auf.

Wir mussten die beiden Fahrzeuge erst nach Szeged bringen, eine Stadt an der Grenze zu Rumänien, um von dort die eisigen Weiten von Timisoara hinunterzufahren. Ich lenkte einen dieser Lastwagen zusammen mit Michel, der andere war Dominique Pérez anvertraut, dem zweiten Arzt, assistiert von Françoise Duras, der Krankenschwester. Am Zoll von Szeged rieten uns die ungarischen Beamten in nicht sehr diplomatischer Weise, auf unsere Reise zu verzichten und umzukehren. Rumänien läge ihrer Ansicht nach in Schutt und Asche und sei dem Zorn von Meuterern und den unkontrollierbaren Verfolgungen durch Ceausescus Securitate ausgeliefert.

Sobald wir die Demarkationslinie überquert hatten, inspizierten die dem Diktator noch immer treuen Militärs, bevor sie uns eine zweifelhafte »Fahrerlaubnis« für ihr Land aushändigten – das Blatt war von Hand geschrieben –, die beiden Lastwagen und zwangen uns zum Kauf von irgendwelchen erfundenen

Visa, die in Dollars zu bezahlen waren, und deren Betrag wahrscheinlich drei-, viermal ihrem monatlichen Sold entsprach.

Der Tagesanbruch hatte etwas von Abenddämmerung. Schnee bedeckte Felder und Wegränder. Immer wieder wurden wir durch Straßensperren von bewaffneten Männern angehalten, die in unvollständigen Uniformen steckten, die mit abgenutztem Adidas-Zeug oder verdreckten Jägerkitteln kombiniert waren. Die meisten dieser Milizionäre sahen aus wie Hundediebe. Sie waren so abstoßend, dass einen die Angst packte. Man spürte, dass sie misstrauisch waren und eine reale Bedrohung darstellten. Traumatisiert von der Warnung der Ungarn, saß Michel Campion geduckt auf dem Beifahrersitz. Jedes Mal, wenn wir kontrolliert wurden, hob er die Hand, schwenkte in der anderen ein Stethoskop und rief für alle, die es hören wollten: »French doctors! French doctors!« An jeder Ecke von diesen zwielichtigen Soldaten, von denen wir nicht wussten, in wessen Dienst sie standen, gefilzt, abgetastet und beinahe beschnüffelt, waren wir fast einen ganzen Tag unterwegs, bis wir endlich das Krankenhaus von Timisoara erreichten.

Das Gebäude erinnerte an eine verlassene Kaserne. Einige der Scheiben im Erdgeschoss waren zerbrochen, Türen ohne Schloss ließen die Kälte eindringen, und im Hof standen umgekippte Rollwagen herum, doch schien diese Unordnung eher die Folge eines allgemeinen Schlendrians als das Werk einer erst kürzlich stattgefundenen Verwüstung. Ein paar untätige Krankenpfleger wärmten sich rauchend an einem Holzofen.

»French doctors!«, wiederholte Michel unermüdlich, während er mit seinem Stethoskop herumfuchtelte. Bevor wir in die Stadt hineinfuhren, hatte er uns am Straßenrand anhalten lassen, um auf dem Rücken unserer Anorake enorme NGO-Plaketten anzubringen. Es waren blaue Kreise von ungefähr vierzig Zentimeter Durchmesser. Als ich eine davon an meiner Goretex-Kleidung befestigte, stellte ich mir vor, wie verlockend diese furchtbar auffällige runde Zielscheibe für einen einsamen Schützen sein musste.

Ein junger Krankenhausarzt trat mit misstrauischer Miene aus seinem Büro und kam uns entgegen.

»French doctors! French doctors!«

»Roman Podilescu. Ich kann sehr gut Französisch, ich habe mein Medizinstudium in Montpellier absolviert. Und wer sind Sie?«

Als Michel sich vorstellte und den Zweck unserer Mission erklärte, schien Podilescu aus allen Wolken zu fallen, folgte uns aber höflich bis zu unseren Lastwagen. Mit den Gesten eines Trickkünstlers, der Tauben aus seinem Hut zaubern will, öffnete Michel Campion deren Türen und vollführte mit der Hand diese lächerliche kleine Bewegung, die alle Zaubergehilfen so gerne machen. Podilescu blieb vor unseren Schachteln mit Verbandstoff, Desinfektionsmitteln und jeder Menge anderer Zutaten, mit denen man normalerweise die Kämpfe würzt, wie angewurzelt stehen.

»Das ist sehr freundlich von Ihnen, wir sind gerührt von der Solidarität Ihres Landes, aber wir brauchen das alles nicht.«

»Aber ja doch, als Erste Hilfe für Ihre Verwundeten.«

»Wir haben keine Verwundeten.«

Michel traf diese Antwort wie eine Ohrfeige. Es verschlug ihm förmlich die Sprache, und aus seinem halb offenen Mund kam nichts als der dampfende Ausstoß seines Atems.

»Die Schweizer und die Deutschen waren heute Morgen auch schon da. Sie haben einen Operationstrakt und eine mobile Wiederbelebungseinheit gebracht. Ich sagte ihnen dasselbe wie Ihnen: ›Vielen Dank, aber es gibt keine Opfer.‹ Nicht einmal Leichen. Die paar Toten, die wir in der Leichenhalle aufbewahrten, haben Soldaten mitgenommen und in einem Vorort der Stadt begraben, um die Existenz eines Massengrabs vorzutäuschen.«

Michel Campion schaute Dominique Pérez an, der gab Françoise Duras Feuer, und diese stieß eine wahre Rauchwolke aus, die sich wie ein heliumgefülltes Gebet senkrecht in den Himmel erhob.

»Ich muss euch das alles aber trotzdem geben …«, sagte Michel mit fast flehender Stimme. Podilescu rief die Gang der Krankenpfleger zusammen, die die Ärmel aufkrempelten und sich ans Ausladen machten, als handelte es sich um einen wahren Kriegsschatz.

»Ich nehme an, meine Einschätzung Ihrer Bedürfnislage hat sich damit erübrigt …«

»Wenn es um eine direkt mit den Unruhen der Revolution verbundene Hilfe geht, ja. Wenn sich Ihre Organisation hingegen auf lange Sicht engagieren, uns in unserer alltäglichen Arbeit unterstützen will, dann sind unsere Bedürfnisse allerdings unermesslich. Es fehlt uns an vielem, an Prothesen, Röntgenmaterial, Operationsinstrumenten … Das habe ich heute Morgen auch den Deutschen erklärt.«

Michel empfand es als eine zusätzliche Erniedrigung, dass die Germanen ihm auf dem geheiligten Boden des Notstandes zuvorgekommen waren. Diese Mission war für ihn ein wahres Fiasko.

»Ja, aber dann ist das alles, was man im Fernsehen über die Toten sagt …«

Podilescu lächelte ausweichend.

»In Bukarest vielleicht … Hier kann man vereinzelte Schüsse hören, vor allem nachts. Seit gestern geht auch das Gerücht, wir würden von Agenten der Securitate angegriffen, die unsere Verletzten umbringen wollen, dabei haben wir praktisch keine Verletzten … Also ich weiß nicht … Viele dieser Nachrichten stammen von jugoslawischen Presseagenturen, und die Jugoslawen, wissen Sie …«

Noch nie in meinem Leben hatte ich ein so düsteres und beängstigendes Gebäude gesehen. Die alten Kugeln aus Mattglas, die die Gänge beleuchten sollten, verströmten einen schmutzigen Glanz, der den Eindruck erweckte, er tropfe wie abgestandenes Fett von den vergilbten Tapeten. Während Michel und seine Freunde sich die Situation in der Stadt erklären ließen, besichtigte ich die Stockwerke. In der Ferne war sporadisch der Lärm von Schießereien zu hören.

Der Krankenhausdirektor, noch unter der Ära Ceausescus

ernannt, war von seinem Posten und wahrscheinlich auch aus Timisoara geflüchtet, um den Abrechnungen zu entkommen, mit denen sämtliche Behörden zu rechnen hatten. In seinem Büro waren die typischen Requisiten und das Mobiliar eines Provinzapparatschiks versammelt. Die Wände trugen noch die Spuren der Porträts des Conducators, die nach den ersten Aufständen vorsorglich abgehängt und auf dem Bücherschrank übereinander gestapelt worden waren. Hinter den Türen dieses imposanten Möbels kein einziges Buch, statt dessen um die hundert Flaschen teuren Bordeaux', geordnet nach Gebieten und Schlössern. Und jede Menge Dosen Ringeltauben-Salmi, Wildragout, Entenbrust und Gänseleber.

Der Schreibtisch, aus vulgärem Behördenholz, hatte diktatorische Ausmaße. Saß man hinter einem solchen Gerät, durfte man sich zu Recht vor vielen Dingen geschützt fühlen, unangreifbar. Drei alte Telefone, eine Aluminiumlampe, ein Papiermesser mit ledernem Griff, und sonst nichts, nicht ein Dossier, nicht die kleinste Notiz.

Kaum hatte ich mich auf dem Thron dieses kleinen Reiches niedergelassen, platzten ohne anzuklopfen zwei bewaffnete Männer mit undefinierbaren Armbinden herein. Als sie sahen, wie ich im Sessel des Meisters fläzte, zuckten sie regelrecht zusammen vor Angst. Sie erstarrten einen Augenblick in ihrer lächerlichen Haltung, dann fassten sie sich, salutierten mit einem konventionellen Gruß, der von einer Art Kriegsschrei unterstrichen wurde, und verschwanden wieder im Flur, wo der Lärm ihrer Schritte noch lange nachhallte.

Im Erdgeschoss überbot sich Podilescu mit Höflichkeitsbekundungen, um seine Gäste zu würdigen.

»Sie können im Krankenhaus übernachten. Hier werden Sie nicht zur Zielscheibe von Snipers. Wir haben genug freie Betten.«

Ich wäre bereit gewesen, ein unter Beschuss geratenes Minenfeld zu durchqueren, um nicht noch eine Stunde länger in dieser Anstalt bleiben zu müssen, die nackte Angst ausstrahlte. Eine halbe Stunde später verließen wir das Krankenhaus hinter dem Steuer unserer Lastwagen, eskortiert von einem gepanzerten Armeefahrzeug. Auf dem Weg zum Hotel übersäte der Panzerspähwagen Fassaden von Gebäuden und Wohnhäusern mit Kugeln. Obwohl zu keinem Moment jemand auf uns geschossen hatte.

Die Nacht und eine eisige Kälte waren über Timisoara hereingebrochen. In den Salons des Hotel Continental wimmelte es von Reportern, die an diesem Tag aus ganz Europa angereist waren, während in der Halle Militärs in Uniform, Kalaschnikows in den Fäusten, das Gebäude vor einem eventuellen Angriff der Securitate schützten. Ich teilte mit Michel das Zimmer 501, während Pérez und seine Krankenschwester in der 502 wohnten. Wir hatten weder Heizung noch warmes Wasser, und das Restaurant, in dem es kein Gas mehr gab, servierte nur noch improvisierte kalte Gerichte.

An sämtlichen Tischen wurde von nichts anderem als von diesem Massengrab gesprochen, das man entdeckt hatte, von der frisch umgegrabenen Erde, von all den nebeneinander liegenden Leichen, gefilmt von den Fernsehkameras. An diesem Abend speiste die ganze Welt in Gesellschaft der Bilder dieses Massakers, das den Brigaden Ceausescus zugeschrieben wurde.

Wenn ich diesen Reportern hätte sagen können, was uns der Arzt im Krankenhaus über den Diebstahl dieser Toten aus der Leichenhalle erzählt hatte, über die Inszenierung, die darauf folgte, über die fantastischen Behauptungen der Jugoslawen, hätte mir keiner geglaubt, kein Einziger wäre bereit gewesen, eine Retusche vorzunehmen am tadellosen Szenario einer Revolution, das, wie man später erfahren würde, von den Drehbuchautoren des CIA geschrieben worden war.

Das Essen war kalt, im Gegensatz zu den Blicken, die Dr. Pérez und Schwester Duras wechselten. Als gegen zehn Uhr abends ein Aufständischer ins Hotel stürmte und »Securitate! Securitate!« schrie, machten die wachhabenden Militärs alle Lichter aus und begannen, die Straße unter Beschuss zu nehmen. Bei den ersten Schüssen kauerten sich Gäste aller Nationalitäten mehr oder weniger elegant auf den Boden. Pérez und Duras, ungerührt von dem ganzen Durcheinander ringsum, taub für den walachischen Rabatz, nutzten die Dunkelheit zum Küssen.

Das Zimmer war ohne Heizung eiskalt. Mit den Kleidern in die Decken und den Bettüberwurf eingerollt, versuchten Michel und ich trotz der Schüsse, die durch die Stadt hallten, Schlaf zu finden.

»Podilescu hat mir gesagt, das seien die Aufständischen, die nachts an die Wände schießen, um glauben zu machen, es sei die Securitate, damit der Hass der Bevölkerung gegen sie geschürt wird.«

Michel sprach in die Dunkelheit. Seine Stimme klang monoton, Müdigkeit und Mutlosigkeit lagen darin. Er war der Leiter einer Mission ohne Mission. Ein Arzt der Welt, den die Welt nicht brauchte. Kaum dass er seinen Satz beendet hatte, drangen von der anderen Seite der Wand Geräusche zu uns, die keinen Zweifel an der Natur der Kämpfe ließen, die sich dahinter abspielten. Pérez vögelte Duras, oder umgekehrt. Sie nahmen einander nach Art der Zwölftonmusik, die, wie allgemein bekannt ist, alle zwölf Töne der temperierten Skala enthält. Neben dieser kleinen seriellen Musik bescherten sie uns auch das rhythmische Klopfen des Bettes gegen unsere Wand. Bei jedem seiner Stöße gab Pérez das Grunzen eines Baumstammwerfers von sich, während Duras eine kurze Leiter der hohen Töne hinaufstieg. Das Finale des ersten Satzes überstieg an Intensität alles, was mir in diesem Bereich je zu Ohren gekommen war. Ihr Keuchen klang nach einer frohlockenden, animalischen Bestialität, die uns beide in dieser eiskalten, feindseligen Umgebung mit unseren Wurzeln konfrontierte.

»Erst unser Reinfall im Krankenhaus und jetzt auch noch das hier, dieser komische Abend, ich frage mich, was du wohl über unsere Einsätze denkst … So etwas ist mir noch nie passiert …«

Eine Serie von Schüssen auf der Straße, vielleicht aber auch in der Hotelhalle unterbrach Michel in seinen Betrachtungen als Missionsleiter, und er flüsterte mit beinahe kindlicher Stimme:

»Hast du die Tür verschlossen? Man kann nie wissen.«

Im Nachbarzimmer war wieder der Rammbock zugange. Ich konnte es kaum erwarten, dass diese Nacht ein Ende fand.

Als wir am nächsten Tag den Fernseher einschalteten, verfolgten wir live und auf Rumänisch den unglaublichen Prozess gegen Nicolae und Elena Ceausescu. Es hatte etwas Irreales, zu sehen, wie dieses tyrannische, allmächtige Paar sich in Handschellen von jungen Einberufenen anbrüllen ließ, die von der Situation sicherlich mehr beeindruckt waren, als es den Anschein hatte. Ich verstand natürlich nichts von dem, was gesagt wurde, doch es war klar, dass die Richter, die man nie sah, massive Anschuldigungen gegen die Ceausescus richteten, die diese mit animalischer Aggressivität von sich wiesen. Die beiden, sie in ihrem Mantel und mit ihrem Schal, er mit seiner Toque und seiner dicken Golduhr, sahen aus wie ein kleines Krämerpärchen, das in aller Eile hergekommen war, um Klage wegen eines versuchten Überfalls einzureichen. Sie wirkten wie diese vermeintlichen Opfer, die sich für etwas Besseres halten und sich entrüsten, wenn ihr Fall in der Klinik oder auf dem Kommissariat nicht vorrangig behandelt wird.

Am nächsten Tag verbreitete das nationale Fernsehen die verstümmelten Bilder von der Exekution des Paares. Als ich die Leiche von Nicolae Ceausescu sah, ging mir nur ein Gedanke durch den Kopf: Was war aus seiner Uhr geworden?

Jeder beruflichen Pflicht enthoben, genossen Pérez und Duras weiter ihre Flitterwochen. Michel schien durch diese Idylle völlig aus der Fassung gebracht.

»Kannst du dir das vorstellen, und darüber hinaus ist er auch noch verheiratet ...«

»Über was hinaus? Was ändert das?«

»Nichts, ich bin wohl aus altem Holz geschnitzt.«

»Und Duras?«

»Duras was?«

»Ist sie auch verheiratet?«

»Keine Ahnung, ich kenne sie nicht, es ist das erste Mal, dass ich mit ihr zu einem Einsatz fahre. Pérez hingegen schien zu wissen, mit wem er die Reise unternahm.«

Ich verbrachte den Nachmittag damit, durch Timisoara zu spazieren. Eine Stadt, so verlockend wie ein Geräteschuppen. Mit seinen alten Trams, seinen aus dem Boden ragenden Schienen, seiner höchst verhaltenen Architektur erinnerte das Zentrum an eine Vorortsbaustelle. Dieser Eindruck des Unfertigen wurde noch verstärkt durch die Einschusslöcher, die neuerdings die Fassaden sprenkelten. Die Bewohner gingen ungeachtet des nächtlichen Geplänkels ihren Einkäufen nach. Als ich in der Ecke eines Gartens das Gerippe einer alten Eiche sah, fiel mir auf, dass ich die kleine Nikon, die ich mitgebracht hatte, seit meiner Ankunft in diesem Land kein einziges Mal benutzt hatte. Am Tag nach diesem Spaziergang fuhren wir, ohne wirklich zu wissen, wozu wir in diese Stadt gekommen waren, im Lastwagen erst Richtung Szeged, dann nach Budapest, wo mir beim Anblick eines McDonald's der Gedanke durch den Kopf ging, dass auch hier eine zweifellos diskretere, aber dafür um so zerstörerischere Revolution im Gange war.

Bevor wir das Hotel Continental in Timisoara verließen, tat ich etwas Merkwürdiges, was ich mir noch heute nicht ganz erklären kann. Während Michel an der Rezeption unsere Rechnung beglich, blieb ich einen Moment im Badezimmer und verstopfte die Abflusslöcher von Badewanne und Waschbecken. Dann drehte ich sämtliche Hähne voll auf und wartete, bis das Wasser überfloss. Zum ersten Mal packte ich meinen Fotoapparat aus und machte mehrere Bilder von diesen häuslichen Kaskaden, die die sanitären Anlagen hinunterliefen und nach und nach die Teppiche mit eiskaltem Wasser durchtränkten.

Ich verbrachte noch ein paar Tage in Budapest, bevor ich nach Hause zurückkehrte. An der Donau fotografierte ich ein paar einsame Bäume. Es war sehr kalt, die Leute trafen Vorbereitungen für das erste Neujahrsfest nach dem Fall der Mauer, der zwei Monate zuvor stattgefunden hatte. Als ich die Stadt besichtigte, versuchte ich mir vorzustellen, wie das Leben hier zur Zeit des Warschauer Pakts ausgesehen haben mochte und welcher Art die ökonomischen Freuden waren, die die neuen Kreuzfahrer des Westens Pest auferlegen würden.

Annas Eltern luden uns am Neujahrstag zum Essen ein und stellten mir tausend Fragen über meinen Trip nach Rumänien. Die beiden, normalerweise Volksbewegungen gegenüber eher distanziert, waren diesmal völlig gebannt von der Inszenierung dieser Revolution. Meine Schwiegermutter war hell entrüstet, als sie erfuhr, dass ich, der ich mich mitten im Geschehen befunden hatte, weder die Geistesgegenwart noch die Lust verspürt hatte, auch nur ein einziges Bild zu machen: »Manchmal, Paul, frage ich mich wirklich, in welcher Welt Sie leben. Und Sie haben nichts von dort mitgebracht?« Doch. Den Schlüssel zu Zimmer 501, einen Geldschein von *una suta lei* der Banca Nationalä a Republicii Romänia und einen anderen von *száz forint*, ausgegeben von der Magyar Nemzeki Bank.

Anna, weit davon entfernt, die Enttäuschung ihrer Mutter zu teilen, hatte sich köstlich amüsiert über den Bericht dieser erbärmlichen Expedition, der mit den unerwarteten nächtlichen Ausschweifungen des Dr. Pérez seinen Abschluss fand. Seine Unterleibsübungen gefielen ihr umso mehr, als sie seine Frau seit langem kannte und vor allem verachtete.

Kurze Zeit später kam Laure nieder. Ich war offensichtlich der Einzige, der den Namen des wahren Erzeugers dieses Kindes kannte. Dies brachte mich ab und zu in eine nicht gerade vorteilhafte Situation, so zum Beispiel, als François für einen Moment von seinem Airbus-Trip runterkam und mich mit dem Kind auf dem Arm fragte: »Er sieht mir ähnlich, findest du nicht?«

Manchmal hatte ich Mühe, Laures Entscheidungen zu verstehen. Mit vierzig Jahren ein drittes Kind zu haben, von einem verheirateten Rabbiner, Vater einer mehrköpfigen Familie, und die Vaterschaft einem ständig abwesenden Ehemann aufzubürden, schien mir keine besonders durchdachte und vernünftige Wahl. Nachdem sie sich aber nun mal dafür entschieden hatte, blieb ihr in Zukunft keine andere Alternative als für immer zu schweigen. So wurde ich zum Mitwisser eines echten Geheimnisses, zum Komplizen eines folgenschweren Seitensprungs. Es blieb nur noch eines zu hoffen: Dass die Zöllner der Genetik nie die Lust überkommen mochte, den Karyotyp des Sohnes mit dem seines angeblichen Vaters zu vergleichen.

Was Laure betrifft, so erweckte sie den Eindruck, die ganze Situation zu ignorieren, und spielte meisterhaft die Rolle der erfüllten Mutter und viel geliebten Ehefrau. Die Verleugnung war vollkommen, die Inszenierung beinahe perfekt. Außer wenn unsere Blicke sich begegneten. Dann konnte ich in ihren Augen eine stumme Bitte und eine kurze Drohung lesen. Und da Laure keine halben Sachen machte, gab sie ihrem Kind den Namen des Rabbiners: Simon.

Laut Laure hatte diese Aufmerksamkeit den heiligen Mann tief erschüttert, ihn allerdings nicht dazu gebracht, irgendeine Absicht zu bekunden, seinem Doppelleben ein Ende zu setzen. Ihre Beziehung ging also hinter den Kulissen weiter. Sie würden mit sämtlichen Accessoires des andauernden Ehebruchs jonglieren müssen: allgegenwärtige Kinder, improvisierter Sex, ständige Lügen, viel Religion und Flugzeuge, immer mehr Flugzeuge.

Zu Hause hatte ich, kaum berührt von der hysterischen Terminplanung jener Zeiten, meine häuslichen Rhythmen wieder aufgenommen.

Es war Ende Mai 1990, als die Stimme am Telefon zu mir sagte: »Guten Tag, hier ist das Büro des Präsidenten der Republik ...«

Mein Gesprächspartner hieß Auvert oder Aubert und rief mich, wie er behauptete, im Namen von François Mitterrand an.

»... Dem Präsidenten hat Ihr Buch außerordentlich gefallen. Er möchte, dass Sie ihn vor einigen seiner Lieblingsbäume in Paris, in Latché und im Morvan fotografieren.«

»Was ist denn das für ein Unsinn?«

»Das ist absolut ernst, Monsieur Blick. Sie wissen, wie gern der Präsident Bäume um sich hat. Er hat aus dieser Leidenschaft nie ein Geheimnis gemacht. Und nun möchte er, dass Sie ihn neben seinen Bäumen fotografieren.«

»Und warum wendet er sich dabei an mich?«

»Wie ich Ihnen bereits sagte, wegen Ihres Buches. Der Präsident ist voll des Lobes. Also?«

»Es tut mir Leid.«

»Was tut Ihnen Leid?«

»Ich kann diesen Auftrag nicht annehmen.«

»Gibt es eine Möglichkeit, Sie umzustimmen, haben Sie irgendeinen Wunsch?«

»Nein.«

»Gut. Das ist eine … sagen wir … unerwartete Antwort. Ich werde dem Präsidenten Ihre Absage mitteilen.«

Obwohl die Stimme dieser Person jene Mischung aus Gleichgültigkeit und Professionalität ausdrückte, die man von Staatsbeamten kennt, hatte ich die allergrößte Mühe, den Vorschlag, den mir dieser Auvert/Aubert soeben unterbreitet hatte, ernst zu nehmen. Trotz seiner ausdrücklichen Schwäche für die Pflanzenwelt, konnte ich mir nur schlecht vorstellen, wie der Präsident der Republik drei, vier Tage seiner kostbaren Zeit darauf verwandte, vor Baumstämmen zu posieren. Dieser Anruf schien mir so wenig seriös, dass ich nicht einmal Anna davon erzählte.

Drei Tage später rief mich Auvert/Aubert am frühen Nachmittag noch einmal an. Ein paar Sonnenstrahlen schlichen sich zwischen den Blättern des Kastanienbaumes hindurch und zeichneten Lichtinselchen auf die breiten Bretter des hellen Parketts in der Diele, wo ich gerade staubsaugte.

»Monsieur Blick? Büro des Präsidenten, ich verbinde Sie mit dem Herrn Präsidenten der Republik …«

Auvert/Aubert hatte mich nicht einmal gefragt, wie es mir

ging oder ob er störte. Es interessierte ihn wenig, ob ich gerade in Schweiß gebadet staubsaugte oder mit höchster Konzentration Fotos auf 24x30 Glanzpapier abzog. Wenn der Präsident mich sprechen wollte, verstand es sich von selbst, dass ich alles unterbrach, und zwar unverzüglich.

»François Mitterrand am Apparat ... Wie geht es Ihnen, Monsieur Blick?«

»Gut, danke.«

»Sehr schön, sehr schön. Ich hoffe, dass man Ihnen gesagt hat, wie sehr ich Ihre großartigen Fotos im Buch *Bäume der Welt* bewundere. Sie haben eine bemerkenswerte Arbeit geleistet ... es fertig gebracht, mit einem völlig neuen Blick, die Erhabenheit einer ewigen Welt zum Ausdruck zu bringen ... Sind Sie noch da?«

»Ja, ja, natürlich.«

»Sie haben also sämtliche Kontinente bereist?«

»Ja.«

»Welcher hat Sie am meisten beeindruckt?«

»Australien vielleicht.«

»Sieh an. Ist die Flora dort drüben so bezaubernd, oder sind Sie dem Charme des Coriolis-Theorems erlegen?«

»Ich weiß nicht ...«

»Schön. Schön. Kommen wir zur Sache. Meine Leidenschaft, die ich schon lange für Wälder und Bäume hege, ist Ihnen bestimmt nicht neu. Und so war ich sehr verstimmt, als man mich wissen ließ, dass Sie mein Projekt nicht ausführen möchten. Wahrscheinlich wurde es Ihnen schlecht dargelegt. Also Folgendes: Ich habe in Paris, im Morvan und vor allem in den Landes eine bestimmte Anzahl Fetisch-Bäume, neben denen ich gerne fotografiert werden möchte. Etwas sehr Privates, sehr Einfaches, für meine persönliche Sammlung ... Sind Sie noch da?«

»Ja.«

»Weder Beleuchtung noch Schminke. Alles in allem könnte ich mir so um die dreißig Bilder vorstellen. Noch vor dem Herbst. Ich lege die Termine fest. Damit die Sache klar ist, es handelt sich dabei natürlich um einen privaten Auftrag. Sind Sie noch da?«

»Ich bin noch da.«

»... So. Ganz einfache Bilder, in Schwarzweiß. Sehen Sie, wie in Ihrem Buch. Nur ein Baum und ich daneben. Nur Sie, ich und der Baum. Ich bin mir sicher, Sie werden das sehr gut machen.«

»Das glaube ich nicht.«

»Und warum nicht?«

»Ich fotografiere keine Menschen ...«

»Meine Feinde würden Ihnen sagen, dass ich das immer weniger bin.«

»Es tut mir Leid.«

»Haben Sie etwas gegen Menschen im Allgemeinen oder verachten Sie mich im Besonderen, Monsieur Blick? Ich bin enttäuscht. Ich hätte diese Bilder wirklich gern gehabt. Ich glaube sogar, sie hätten mir gut getan. Aber da Sie nichts davon wissen wollen, machen wir sie eben nicht. So einfach ist das.«

Die Verbindung wurde gleich nach dem letzten Satz unterbrochen, und ich brauchte ein paar Sekunden, um zu begreifen, dass mir der Präsident der Republik eben den Hörer hingeknallt hatte. Seine monarchistischen Manieren, seine kapriziösen Zumutungen versetzten mich in einen eiskalten, republikanischen Zorn. Am liebsten hätte ich diesen Aubert/Auvert zurückgerufen und ihm gesagt, was ich von diesem sozialistischen Maristenzögling in Schnabelschuhen hielt, von diesem ehemaligen Mitglied der Volontaires nationaux, der seine ganze Karriere lang, seinen persönlichen Interessen entsprechend, zwischen einer Kuschellinken und einer opportunistischen Rechten hin- und herschwankte. Ich hatte nicht die geringste Lust, François Mitterrand zu fotografieren. Und seine Bäume schon gar nicht.

Als ich am Abend Anna von dem Gespräch erzählte, verstummte sie einen Moment erstaunt:

»Ich weiß nicht, ob es sehr klug war, abzulehnen.«

»Was willst du damit sagen?«

»Ich weiß nicht, es wäre eine Erfahrung gewesen. Und außerdem finde ich seine Idee sehr ästhetisch, rührend sogar.«

»Aber hör mal, ich werde doch wohl noch das Recht haben, eine Arbeit abzulehnen, und sei sie vom Präsidenten mit stampfendem Fuß geordert worden.«

»Du hast sämtliche Rechte. Inklusive jenes, ins Fettnäpfchen zu treten, wenn du von deinem eigensinnigen Charakter und deinen alten linksradikalen Reflexen geblendet wirst.«

»Ich habe mit zwei Büchern genug Geld verdient, um drei Leben mit Nichtstun verbringen zu können, und du willst, dass ich mich flach zu Boden werfe und die Launen eines ehemaligen Mitglieds der Volontaires nationaux befriedige?«

»Das ist deine Sache. Ich glaube, du warst ungeschickt, das ist alles. Damit ich's nicht vergesse: Ich habe heute Laure gesehen. Sie hat morgen Nachmittag irgendwas zu erledigen und fragt, ob du auf den kleinen Simon aufpassen kannst.«

»Nein.«

Sollte sie ihn doch dem Rabbiner anvertrauen. Wenn es nicht genau er war, mit dem sie etwas zu »erledigen« hatte. Ich war gerade vom Präsidenten der Republik erniedrigt worden, da würde ich doch nicht auch noch einer ehemaligen Geliebten einen Dienst erweisen, die die Chuzpe besaß, meine Frau zu fragen, ob ich ihr Kind hüten könne, während sie unter die Laken des Vaters kroch, eines Pharisäers und falschen Fuffzigers erster Güte, der ihr zumindest eine Stunde lang das verschaffen konnte, wozu ich jahrelang unfähig gewesen war: Lust.

Ich dachte, mit der »Affäre« Mitterrand zu Ende zu sein.

Doch ich hatte nicht mit der Krämerseele meiner Schwiegermutter und den sozialistischen Fixierungen meiner eigenen Mutter gerechnet.

Kaum zwei Tage nach meinem Gespräch mit dem Präsidenten kam Martine Villandreux, wahrscheinlich von Anna darüber unterrichtet, am späten Nachmittag bei mir vorbei. Sie war nicht mehr dieselbe Frau. Sie war mit einem Schlag gealtert. Ihr einst so strahlendes Gesicht hatte nicht mehr den geringsten Reiz, und es schien, als würde die Haut auf einer fettigen Masse ohne Knochen schwimmen.

»Ich hoffe, Sie sind mit sich zufrieden, Paul.«

»Warum denn?«

»Wegen der Sache mit Mitterrand, warum sonst. Sind Sie jetzt verrückt geworden oder was? Wollen Sie eine Steuerprüfung auf sich ziehen?«

»Was erzählen Sie da?«

»So stellen Sie sich doch nicht dumm, das weiß doch jeder.«

»Was weiß jeder?«

»Was die Sozialisten für Methoden haben, wenn ihnen jemand nicht gefällt oder wenn man ihnen einen Dienst verweigert!«

»Und was haben sie für Methoden?«

»Sie hetzen einem den Fiskus auf den Hals, jawohl! Hätte Sie das so viel gekostet, diese verdammten Bilder aufzunehmen, hm?«

»Moment mal, ich verstehe überhaupt nichts mehr. Wenn Ihren Theorien nach jemand etwas vom Fiskus zu befürchten hat, dann ich und nicht Sie.«

»Nichts ist weniger sicher. Sie greifen auch die Familie an. Muss ich Sie daran erinnern, dass Sie in einer Gütergemeinschaft leben?«

»Na und?«

»Nun, junger Mann, wenn die Heuschrecken über Sie herfallen, dann greifen sie auch Annas Unternehmen an. Manchmal frage ich mich wirklich, was Sie im Kopf haben. Sogar Jean, der sie immer verteidigt, versteht die Welt nicht mehr. Gestern Abend erst hat er zu mir gesagt: ›Aber Paul ist doch ein Linker, oder nicht?‹«

Die Börsenschwankungen infolge der irakischen Invasion in den Kuwait Anfang August hatten die finanziellen Sorgen meiner Schwiegerfamilie bald wieder in den Vordergrund gerückt. Ich hielt die Affäre Mitterrand endgültig für vergessen, als auf einmal meine eigene Mutter anfing, mir die Leviten zu lesen. An einem dieser erdrückenden Sommertage, an denen ich die Schwäche besaß, zu ihr zum Mittagessen zu gehen, fiel sie, die normalerweise so ruhig, so gemäßigt war, noch bevor ich mich setzen konnte, über mich her, wie ich sie noch nie erlebt hatte.

»Ich glaube, mein Sohn ist verrückt. Schau mich nicht mit diesem entsetzten Gesicht an! Du bist verrückt, mein Sohn, übergeschnappt!«

»Was ist denn mit dir los?«

»Mit mir ist los, dass ich seit Wochen versuche, nichts zu sagen, mir einzureden, das gehe mich nichts an, aber da, wenn ich dich jetzt so vor mir sehe, muss ich mir einfach Luft machen, sonst ersticke ich an meiner Wut. Wie konntest du nur!«

»Wie konnte ich nur was?«

»Dem Präsidenten nein sagen, eine so schöne Sache, die er dir anbietet, ablehnen!«

»Nein, bitte nicht schon wieder …«

»Wenn ich daran denke, dass wir dich Latein-Griechisch machen ließen …«

Diesen Satz habe ich in meinem Leben oft gehört. Meine Mutter sagte ihn jedes Mal, wenn ich ihr eine große Enttäuschung bereitete. Sie verstand nicht, dass ein Mensch, der an den Zitzen der Zivilisation gesäugt worden war, dermaßen immun sein konnte gegen die Weisheit der alten Meister. So, wie mich der BCG (Bazillus Calmette-Guérin) vor der Tuberkulose bewahrte, hätte mich ihrer Ansicht nach Latein-Griechisch, ein höchst kultureller Impfstoff, vor Fehlentscheidungen und Verhaltensfehlern beschützen sollen. Indem ich das Angebot des Präsidenten ausschlug, hatte ich seine Wirkungslosigkeit auf Organismen und so ungehobelte Charaktere wie den meinen unter Beweis gestellt.

»Du hast dich aufgeführt wie ein Hooligan. Ich frage mich, was dieser Mann jetzt über uns denkt …«

»Aber seid ihr denn nun alle verrückt geworden? Und das

alles nur, weil ich es abgelehnt habe, ein paar Fotos zu machen!«

»Fotos? Das nennst du *Fotos*? Aber mein armer Sohn, das waren *die* Fotos deines Lebens. Und darf man wissen, was du dem Präsidenten für eine Entschuldigung gegeben hast, um ihm zu sagen, dass du es nicht tust?«

»Ich habe ihm gar keine Entschuldigung gegeben, ich habe nur gesagt, dass ich keine Menschen fotografiere.«

»Paul, das hast du nicht gesagt ... Aber das ist doch eine unverschämte Grobheit ... Das ist absolut respektlos und herablassend ...«

»Hör zu, Mama ...«

»Wenn ich bedenke, dass du das zu dem Mann gesagt hast, der die Todesstrafe abgeschafft hat ...«

»Mama ...«

»Ein betagter Mann, der dich unter tausend anderen auserwählt hat, damit du ihn ganz einfach fotografierst mit den Bäumen, die ihm wichtig sind, ein besonnener, würdiger Mann, der die Sprache beherrscht und respektiert wie kein anderer ... Und du, du antwortest: ›Ich fotografiere keine Menschen‹ ... Ja, für wen hältst du dich eigentlich, Paul Blick?!«

Ihre Entrüstung, die sie bis dahin zurückgehalten hatte, schwappte über. Jeder Versuch, dieser Flut von Vorwürfen Einhalt gebieten zu wollen, war sinnlos.

»Lass dir eines sagen, was du da getan hast, wird dich dein ganzes Leben lang verfolgen. Und es wird Konsequenzen haben für deine Arbeit, glaub mir.«

»Mama, ich arbeite nicht. Ich habe fast noch nie gearbeitet, ich habe nur aus Zufall Geld verdient.«

»Du hast zu viel Glück gehabt. Das hat dir das Urteilsvermögen und den gesunden Menschenverstand verdorben.«

Meine Mutter hatte nicht ganz Unrecht. Die Verkaufszahlen meiner beiden Bücher, die an ein Wunder grenzten, hatten mir erlaubt, ein Leben abseits von der Welt, von meiner Familie und manchmal sogar von mir selbst zu führen. Ich war in nichts involviert, teilte keine Pläne mit den anderen. Manchmal hatte ich den Eindruck, der einzige Repräsentant einer Kaste zu sein, die sich für niemanden und für die sich niemand interessierte. War das ein Leben, unbewegliche, schweigende Bäume zu fotografieren, sorgfältig darauf bedacht, dass kein Mensch je vor das Objektiv trat? Meine Bilder mussten sich erst auf der ganzen Welt verkaufen, damit mir bewusst wurde, dass ich meine Kinder, Vincent und Marie, sozusagen kein einziges Mal aufgenommen hatte, und Anna oder meine Mutter auch nicht öfter. Die einzigen Porträts, die meine Mutter von meinem Vater besaß, waren in der Werkstatt von Unbekannten gemacht worden. Ich zog um die Welt auf der Suche nach Baumrinden und vernachlässigte das Leben meiner Familie, das um mich herum und vor meiner Tür stattfand. Ich war vierzig Jahre alt und hatte das Gefühl, gerade eben die Universität verlassen zu haben. Ich hatte meine Kinder kaum aufwachsen sehen, und mein Sohn hatte schon die Schuhnummer neununddreißig. Ich hatte noch nie wirklich gearbeitet und war seit langem frei von finanziellen Sorgen. Ohne zu wissen, wie mir geschah, war ich das reine Produkt einer skrupellosen, grausam opportunistischen Zeit geworden, in der die Arbeit wertlos war, es sei denn für jene, die keine hatten.

Wenige Tage nach diesem unangenehmen Gespräch erlitt meine Mutter einen Schlaganfall, wonach ein Teil ihres Gesichts gelähmt und die eine Hand für ein gutes Vierteljahr behindert war. Lange wurde ich den Gedanken nicht los, dass diese Durchblutungsstörung eine Folge der großen Verstimmung war, die mein Zwischenfall mit dem Präsidenten in ihr ausgelöst hatte. Bei einem der häufigen Besuche, die ich ihr während ihrer Genesungszeit machte, trat sie auf einmal mit einer Bitte an mich heran:

»Weißt du, womit du mir eine Freude bereiten könntest? Wenn *du* mir ein Foto von Mitterrand machst. Ein Foto für mich.«

Im ersten Augenblick fand ich den Vorschlag witzig, auch wenn ich mit dem Gedanken spielte, den einen oder anderen

Pressefotografen, nach einem Porträt des Präsidenten zu fragen. Doch die Art, mit der meine Mutter auf dem *du* beharrt hatte, untersagte es mir, auf eine solche List auszuweichen. Sie setzte zu ihrer Autorität geschickt ihre Krankheit und Schwäche ins Spiel. Ich fühlte, dass sie mich auf die Probe stellen, mir eine Buße auferlegen wollte, die gleichzeitig meine angebliche Unverschämtheit gutmachen und mich der sozialistisch-élyséeischen Karawanserei annähern sollte.

»Wirst du das tun für mich?«

Wie sollte man nein sagen auf eine solche Frage, ausgesprochen von einer alten Dame mit asymmetrischem Gesicht und unbeweglicher Hand? Was hätte ich anderes tun können, als zu versprechen, ja, ich würde das für sie machen, allerdings ohne die geringste Vorstellung, wie ich es anstellen sollte.

Nach Erwägung mehrerer Optionen entschloss ich mich schließlich, ein Teleobjektiv und eine Serienbildautomatik zu kaufen, um den Präsidenten bei einem seiner öffentlichen Auftritte abzulichten. Der autistische Pflanzenfotograf, der ich war, bekam Panikanfälle beim Gedanken an eine solche Metamorphose. Von einem Tag auf den anderen hatte meine Mutter aus mir einen vulgären Paparazzo gemacht. Mit dem schönen Licht und den Nachmittagen des Wartens neben meiner Hasselblad war Schluss. In Zukunft würde mein Leben von diesem kleinen Automatikformat, von einem entwürdigenden Versteckspiel und furchtbarem Stress bestimmt sein.

Da es mir nicht möglich war, eine Presseakkreditierung zu bekommen, beschränkte sich mein Betätigungsfeld auf öffentliche Plätze, die der Präsident bei seinen offiziellen oder privaten Unternehmungen aufsuchte. Der Fotograf einer Zeitschrift hatte mir das vom Élysée aufgestellte Programm des Präsidenten zugespielt. Anfang dieses Jahres 1991 gab es in Paris ein paar Einweihungsfeiern und zwei Besuche in der Provinz. Es stand mir nur ein begrenzter Spielraum zur Verfügung. Ich musste den kurzen Moment nutzen, in dem das Staatsoberhaupt aus dem Wagen stieg, um rasch hinter den Mauern der Institution zu verschwinden, die ihn empfing. Ich musste es irgendwie schaffen, mein Objekt von der Menge und von den Leibwächtern zu isolieren, beten, dass das Licht günstig und der Präsident guter Laune war, dass er lächelte, in meine Richtung schaute und dass ich geistesgegenwärtig genug war, sekundenschnell zu reagieren. Die Qualität des Bildes, seine Brauchbarkeit, hing davon ab, ob das Glück gewillt war, sich hinter meinem Schlitzverschluss einzufinden. Am 18. Januar 1991 war es anlässlich eines offiziellen Termins des Präsidenten soweit, dass ich einen ersten Versuch starten konnte.

Am 17. brach der Golfkrieg aus. Sämtliche Butterfahrten des Élysées wurden natürlich annulliert. Ich setzte mich wie alle anderen Franzosen vor den Fernsehapparat und schaute zu, wie Amerika sich anschickte, die ganze Welt zu verschaukeln. Entstellung der Wirklichkeit. Semantische Veruntreuungen. Verfälschung von Motiven. Übertreibung der Konsequenzen. Fälschungen von Zeugenaussagen und Beweisen. Vortäuschung von Zielen. Verschleierung von Leid. Verheimlichung von Toten. Diese Leute jenseits des Atlantiks verkörperten die zivilisierte Form der Barbarei. Manipulatoren des Bewusstseins, Verhinderer des Denkens, Propagandisten unheilvoller Gedanken, hatten sie aus dem Bild einen deformierenden Spiegel gemacht, den sie mit der Komplizenschaft gedungener Schaumschläger ihren Bedürfnissen entsprechend beliebig einsetzten. Falls es sich morgen als nötig herausstellen sollte, konnte der Krieg, wie übrigens auch der Friede, in einem Zahnputzglas entschieden werden.

Anfang April, nach Beendigung des Konflikts, nahm das Leben wieder seinen gewohnten Gang auf. Die Börse stabilisierte sich, meine Schwiegermutter fand ihr Lächeln wieder, und ich besorgte mir einen neuen Terminkalender des Präsidenten und begab mich bei der ersten Gelegenheit auf die Fährte dieser unerreichbaren Persönlichkeit, die im Laufe der Wochen zu meinem weißen Wal wurde. Wie das Waltier, das Ahab das Leben schwer machte, verfolgte und quälte mich Mitterrand, wurde zu einer unfassbaren, beweglichen Zielscheibe, einer Art ektoplasmischen Größe, die nicht einmal die Filme meiner Kamera beeindruckte. Nach drei Versuchen innerhalb eines Monats besaß ich nicht ein einziges Bild, das den Namen verdient hätte. Der Präsident tauchte nirgendwo auf. Entweder wurde er von einem Mitglied seines Ordnungsdienstes verdeckt oder eine Tür schluckte ihn, bevor ich den Auslöser auch nur gestreift hatte. Er glitt mir förmlich durch die Finger. Ich war dabei, die Fundiertheit meiner Behauptung am eigenen Leib zu erfahren: Ich konnte wirklich keine Menschen fotografieren. Irgendetwas zwischen Inkompetenz und Fluch hinderte mich, das Gesicht dieses Mannes einzufangen. Nach drei Misserfolgen entschied ich mich, die Methode zu ändern, gab das Teleobjektiv und die Fernaufnahme zugunsten einer 50mm Brennweite auf, die mich zwingen würde, mich unter die Menge zu mischen und wenige Meter von meinem Ziel entfernt zu arbeiten. Darin lag wirklich nichts Besonderes. Bei jedem Regierungsauftritt drückten sich tausende Franzosen an die Schranken, um Fotos von ihrem Präsidenten zu machen. Ich aber war bestimmt der einzige Bürger, der von dem Gedanken verfolgt wurde, dass sich ein unsichtbarer Finger auf ihn richtete, ihn inmitten dieser Menge als das schlechte Subjekt überführte, das den doch so harmlosen Auftrag des Staatschefs abgelehnt hatte. Auf dem Höhepunkt meiner paranoischen Anfälle stellte ich mir vor, dass Mitterrand mich zwischen zwei Handschlägen erkannte und in einem arroganten Ton auf mich zukam: »Sieh an, Blick, ich dachte, Sie fotografieren keine Menschen.«

Meine erste Rollfilmserie mit 50 mm, die ich Ende Frühling anlässlich einer Reise des Staatschefs in die Provinz realisierte, war genauso unbefriedigend. Dieses Mal aber hatte ich mein Model wenigstens gestreift. Es war nur ein paar Schritte entfernt an mir vorbeigegangen, der Motor der Nikon verschlang den Film im Rhythmus von zwei Bildern pro Sekunde, und trotzdem hatte ich noch immer nichts Akzeptables. Ein unkenntliches Profil. Die Nahaufnahme einer Schulter. Eines Nackens. Sein Nacken in fast allen Variationen. Als hätte der Präsident, meine Anwesenheit ahnend, rasch den Kopf auf die andere Seite gedreht, um mir das Bild seines verächtlichen Hinterkopfs zu bieten. So unwahrscheinlich das klingen mag, sobald Mitterrand in meinem Sucher erschien, wurde ich blind. Der Ausschnitt verdunkelte sich, und ich sah überhaupt nicht mehr, was ich fotografierte. Mit der Zeit, als die unproduktiven Reisen sich aneinander reihten, wurde mir das absolut Lächerliche der Situation bewusst. Da war ein Mann, dessen Bitte, ihn unter optimalen Aufnahmebedingungen zu fotografieren, ich verweigert hatte und dem ich nun, um eine mütterliche Laune zu befriedigen, hinterherjagen musste, zu allen Zeiten und an alle Orte, wie ein jämmerlicher Eindringling in die Privatsphäre. Wenn ich nach diesen Trips zu Hause in meinem verschwiegenen Labor meine Filme entwickelte und meine ausgesprochen kümmerlichen Negative sah, hatte ich es mit zwei vollkommen gegensätzlichen Gefühlen zu tun: Scham und Wut.

Ich hatte die Schwäche, mich Anna anzuvertrauen, die sich über meine Abenteuer ziemlich lustig machte.

»Das sind wirklich Luxusprobleme und die Freizeitbeschäftigungen eines verwöhnten Kindes.«

»Ich habe dir erklärt, warum ich das tue.«

»Ich weiß, aber trotzdem. Wenn dich das wenigstens dazu bringen würde, über deine Inkonsequenz nachzudenken.«

»Das hat nichts miteinander zu tun.«

»Natürlich hat das miteinander zu tun. Du hast die Begabung, dich in unmögliche Geschichten hineinzumanövrieren. Du verbringst dein Leben mit dem Versuch, Suppen auszulöffeln, die du dir selbst eingebrockt hast.«

»Ich habe mir überhaupt nichts eingebrockt, das hat sich so ergeben …«

»Jedenfalls finden es selbst deine eigenen Kinder lächerlich, wie du den Paparazzo spielst. Erst gestern hat Marie gesagt, sie verstehe nicht, warum du deiner Mutter nicht ein banales Pressefoto gibst. Warum musstest du die ganze Sache überhaupt deinen Kindern erzählen? Willst du wirklich, dass das ganze Gymnasium davon erfährt?«

Nein. Das war das Letzte, was ich wollte, ich schämte mich so sehr über die Lage, in die ich mich gebracht hatte, dass ich bereit war, das Schweigen meiner Kinder und all ihrer Freunde zu egal welchem Preis zu erkaufen.

Schließlich erreichte ich auf der siebten Reise, wonach ich suchte: eine Serie von Porträts, aus der Menge heraus aufgenommen, ein, zwei Meter vom Präsidenten entfernt, als dieser sich in die Pyramide des Louvre begab. Das Licht, die Belichtung, die Schärfe, alles perfekt. Auf den meisten Bildern hatte Mitterrand ein kleines Freizeitlächeln aufgesetzt, das man normalerweise nicht von ihm kannte. Diese Fotos waren technisch einwandfrei, auch wenn der Präsident auf manchen Bildern geschlossene Augen hatte und während eines Zwinkerns zur Mumie wurde. Dafür hob sich ein wahrhaft einzigartiges Bild vom Rest der Serie ab. Man sah darauf, wie François Mitterrand sich umdrehte und mit einer Mischung aus Überraschung und Genervtheit direkt ins Objektiv schaute: Es wirkte, als versuchten seine Augen, über das Spiel der Linsen hinweg, in meine zu blicken. Wenn ich dieses nicht sehr liebenswürdige Gesicht betrachtete, hörte ich ihn sagen: »Dafür sieben Reisen? Sie sind lächerlich, Blick.« Bestimmt war ich das, Herr Präsident, doch als ich sah, wie sich das Gesicht meiner Mutter aufhellte, als sie das Objekt ihrer Begierde, in hellem Holz gerahmt, erblickte, wusste ich, dass ich zwar tatsächlich kein Talent hatte, Menschen zu fotografieren, dafür aber manchmal dank meiner Beharrlichkeit imstande war, ihnen ein kleines bisschen Glück unter Glas zu bescheren.

Meine Mutter hatte sich von ihrer Behinderung erholt, aber das Alter machte sich bemerkbar. Es quälte sie, krümmte ihren Körper und ließ sie aussehen wie ein erschlaffter Bogen. Ihr Geist hingegen blieb weiterhin lebendig, und nebst ihren Mitterrand-Anwandlungen machte sie auch in ihrem Ruhestand sowohl im Mündlichen wie im Schriftlichen noch immer Jagd auf die Sprachfehler ihrer Landsleute. Sie kannte keinerlei Milde gegenüber den Entgleisungen von Journalisten, Fernsehansagern oder Ministern. Damals stand Edith Cresson an der Spitze der Regierung. Laut meiner Mutter würde sie sich mit einer solch nachlässigen Sprache und solchen Manieren nicht lange halten können.

Einige Monate vor dem Sturz der Dame ließ das Élysée die Presse wissen, dass François Mitterrand an Krebs operiert worden war. Meine Mutter nahm diese Nachricht mit derselben Anteilnahme auf, als hätte es jemanden aus ihrer Familie getroffen, und entrüstete sich über die Polemik, die sie auslöste: War der Präsident in Anbetracht seines Zustandes noch imstande, über die Geschäfte der Nation zu wachen? Unnötig hinzuzufügen, dass ihr bei der Ernennung Edouard Balladurs zum Premierminister nach der Niederlage der Linken bei den Parlamentswahlen im Jahr 93 wie ein alter Rheumatismus die Erinnerung an die dunklen Stunden der ersten Kohabitation hochkam. Zu seinem Unglück war der arme Balladur, abgesehen von seinen ausgesprochen rechten Posen, zu allem Überfluss auch noch mit dem eindeutigen Profil eines Bourbonen ausgestattet. Und es war, glaube ich, dieses Spitzenjabot des selbstgefälligen Aristokraten, das meine Mutter ihm nie verzieh.

Die Zukunft meines bald siebzehnjährigen Sohnes wurde also in die Hände dieses ehemaligen Chefs der Compagnie européenne d'accumulateurs gelegt, der in seiner Freizeit so unverzichtbare liberale Dinge schrieb wie »Ich glaube stärker an den Menschen als an den Staat«, »Leidenschaft und Dauerhaftigkeit«, »Zwölf Briefe an die zu ruhigen Franzosen« oder »Wege und Überzeugungen«.

Siebzehn Jahre. Anscheinend sind alle Männer so. Sie werden alt, ohne zu merken, dass ihre Söhne groß geworden sind. Bis zu dem Tag, wo ihnen im Badezimmer ein langer Typ mit ausgewachsenem Körper über den Weg läuft, einer, der ihnen irgendwie ähnlich sieht und dessen Stimme sie an jemanden erinnert. Und plötzlich bricht in ihnen eine Welt zusammen, ein polarer Schauder packt sie am Nacken. Und sie können nicht glauben, was sie sehen, nicht akzeptieren, was sie gerade erst beginnen zu verstehen. Und sie denken, das sei nicht möglich, es müsse sich um einen Irrtum handeln, wo sie doch gestern noch dieses herrliche Kind mit ausgestreckten Armen in die Höhe hoben. Da bleibt die Uhr in ihnen plötzlich stehen, eine Feder erschlafft. In der Leere, die darauf folgt, stellen sie im Kopf eine rasche Rechnung an. Und wenn sie das Resultat haben, begreifen sie, dass gestern vor siebzehn Jahren war.

Wie alle anderen Männer war ich diesem Wachstum gegenüber blind, taub gegenüber dem Murmeln der vergehenden Zeit. Als mildernden Umstand könnte ich vielleicht anführen, dass meine Tochter und mein Sohn wie Frühlingsgras emporgeschossen waren, ohne besondere gesundheitliche oder schulische Probleme, dass sie wie auch er einem stillen Flusslauf folgten und jedes Gefälle mühelos überwanden. Ja, das könnte ich sagen.

Ich hatte damals die Schwäche, mich für einen disponiblen, präsenten, meinen Kindern sehr nahen Vater zu halten. Ich war überzeugt, sie ganz genau zu kennen. Das Wichtigste in ihrem Leben mit ihnen zu teilen. In Wirklichkeit sahen sie in mir eine Art Sozialbehinderten, einen lästigen Seitenverwandten, der sämtliche Bezugspunkte durcheinander brachte, der ohne Terminkalender, ohne Plan oder Ziel lebte, den Hausmann spielte, lauter Sonntage oder endlose Reisen aneinander reihte. Erst sehr viel später habe ich begriffen, dass die Kinder diese exzentrischen Halbheiten, diese dahintreibenden Existenzen, diese undefinierbaren Figuren verachteten. Marie und Vincent wollten einen normalen Vater, einen Typen, der zu bestimmten Zeiten ins Büro ging und wiederkam, ihren Schulalltag mitverfolgte, Kontakte zu den Lehrern pflegte, von Zeit zu Zeit übers Wochenende mit der Familie verreiste und sie im Sommer für einen Monat ans Meer brachte. Das Einzige, was meine Kinder sich wünschten, waren ein paar feste, verlässliche, stets am selben Ort befestigte Geländer, auf die man zählen konnte, wenn es nötig war. Stattdessen hatten ihre Mutter und ich ihnen in mehrfacher Hinsicht wacklige Balustraden zur Verfügung gestellt, bewegliche, inkonsequente Stützen, die einen Tag dort waren und am nächsten verschwunden. Ohne dass ich es merkte, hatten sich meine Kinder von mir entfernt, um sich dem Leben anzunähern. Heute befanden sie sich am anderen Ufer des Flusses. Auf der Seite der Leute, die keine Flausen im Kopf haben. Dort, wo die Väter leben, die im Elternbeirat der Schule sitzen.

Zu meiner eigenen Beruhigung sagte ich mir manchmal, dass ich dafür gemacht sei, Babys aufzuziehen, und nicht dafür, Kinder zu haben. Doch diese fadenscheinigen Erklärungen nahmen mir weder meine Gewissensbisse, noch gaben sie mir Vincents und Maries Vertrauen zurück. Da fasste ich einen schweren Entschluss: gar nicht erst zu versuchen, die verlorene Zeit aufzuholen oder so zu tun, als würde ich irgendetwas zurückerobern, was nicht zurückzuholen war. Ich musste diese gefühlsmäßige Distanz, die Marie und Vincent zwischen uns geschaffen hatten, so schmerzhaft es auch war, akzeptieren. Und was den Rest betraf, so würde ich, der sich allein schon vom Begriff »Elternbeirat« niederschmettern ließ, mich jetzt nicht ausgerechnet unter der Balladur-Ära zu den Vereinsfreuden bekehren.

Es war Anna, die es mir eines Abends, als sie nach Hause kam, erzählte. Sie sagte nur: »Weißt du es schon? François hat Laure verlassen.« Ich schloss sofort daraus, dass er etwas gemerkt oder sie ihm reinen Wein eingeschenkt hatte über den Rabbiner und das Baby. Ich war meilenweit von der Wahrheit entfernt. Die Motive, die den Herrn der Flugzeuge antrieben, das eheliche Heim zu verlassen, waren viel prosaischer. Er hatte sich ganz einfach in eine junge Frau von vierundzwanzig Jahren verliebt, mit der er die seit langem vergessenen Daunenfreuden wieder entdeckte. Er teilte die Neuigkeit abends nach der Arbeit seiner Frau mit, packte seinen Koffer und verschwand eine Stunde später ohne weitere Erklärung oder unnötiges Gerede aus ihrer Welt.

»Kannst du dir das vorstellen, einfach so zu gehen und Laure mit den Kindern und einem Baby allein zu lassen …«

Nadia war eine hübsche, sinnliche Brünette, die den Eindruck erweckte, zu allem eine Meinung zu haben. Ihre matte Haut hatte sie von ihrer nordafrikanischen Mutter und ihre blauen Augen offenbar von einem luxemburgischen Vater. Was ihr breites Lächeln betraf, so gehörte es ihr allein. Kurz nachdem er Laure verlassen hatte, rief François mich an, um jenes Ritual zu vollziehen, dass unter solchen Umständen für alle Männer symptomatisch ist: versuchen, sich bei einem Freund der Familie zu rechtfertigen, aber vor allem, ihm in tausend Details sein neues Glück schildern, das sich für einen Mann von fünfundvierzig, der seit zwanzig Jahren verheiratet ist, auf drei wesentliche Punkte beschränkt: zweimal täglich vögeln, wieder anfangen, Sport zu treiben und zusammen mit dem geliebten Wesen idiotische Filme ansehen.

Wie so oft hatte François Nadia bei der Arbeit kennen gelernt. Mit dem ersten Blick war alles klar. Und dann erschienen ihm natürlich sein Familienleben, seine gleichgültige Frau und seine zermürbenden Kinder in einem neuen Licht. Er lud Miss Vierundzwanzig sehr bald zum Essen ein und fand sie ausgesprochen reif. Die junge Frau vertraute ihm an, dass sie sich mit Jungen ihres Alters nicht wohl fühle, viel zu oberflächlich, und dass sie die Gesellschaft von Männern mit Erfahrung vorziehe, vor allem wenn sie Konstruktionsbüros der Aerodynamik leiteten. Völlig durcheinander, hatte er sich tagelang damit gequält, eine plausible Geschichte zu erfinden, um seine Frau glauben zu machen (falls sie ihm überhaupt zuhörte), dass er übers Wochenende zu einem Seminar nach Frankfurt fahre, während sie sich in Wirklichkeit in ein Hotel am Meer verzogen, wo er als wieder belebter Titan zwei Tage lang mit ihr schlief. Die Sylphide hatte sich ihm zuliebe natürlich ziemlich ins Zeug gelegt. Da spürte er, wie er sich verjüngte, wieder auflebte, neu erblühte, und fragte sich dementsprechend, wie er sein Leben so lange verpfuschen konnte. Als er nach Hause kam, fand er Laure fade, verblüht, gewöhnlich, uninteressant und seine Kinder unerzogen. Er ließ sich trotzdem ein wenig Zeit, bevor er eine Entscheidung fällte, bedachte vor allem die finanziellen Folgen einer Trennung. Aber die *andere* wurde immer anziehender, disponibler, verliebter, unabhängiger, freier, intelligenter, jünger, sportlicher, bestimmter, sexyer. Sie war die Erste, die über die neue Weltordnung informiert wurde, und dankte es ihm, indem sie ihn in einem Zug verschlang. Er ging nach Hause, dröhnte die Neuigkeit hinaus wie ein Feldhüter und machte sich davon, ohne Rücksicht auf die fließenden Tränen. Zu Beginn seines neuen Lebens hatte er das Gefühl, die Pforten des Paradieses zu streifen, mit einem Engel zu leben, die Schlüssel zum Glück in Händen zu halten. So verging einige Zeit, die Kinder begannen ihm zu fehlen und auch die Gewohnheiten seiner Frau. Die *andere* fing an, ihm Vorwürfe zu machen, sie nicht öfter auszuführen, immer zu Hause zu hocken, nie jemanden zu treffen. Also begann er sich wieder alt zu fühlen und ahnte dunkel, er habe sich getäuscht, die falsche Entscheidung getroffen, während in ihm die Gewissheit wuchs, dass es zum Umkehren zu spät sei. Nach und nach kamen die Dinge in Ordnung und die Gefühle wieder ins Gleis. Wie alle anderen entrichtete auch er der Patchworkfamilie ihren Tribut und machte seiner neuen, jungen Frau ein Baby, das ihm diesmal ähnlich sah. Und so fing er wieder an, Flügel und Rümpfe von Flugzeugen zu zeichnen, während er auf die Rente wartete, in Gesellschaft seiner jungen, hübschen Brünetten, die sich zu gegebener Zeit auch nach einem potenteren Mann umsehen würde.

Als ich François damals traf, befand er sich in der strahlenden Entpuppungsphase. Von seinen familiären Lasten befreit, berauschte er sich an der wieder gefundenen Jugend.

»Du kannst dir nicht vorstellen, was Nadia aus mir gemacht hat. Sie hat mich regelrecht ins Leben zurückgeholt. Ich habe so etwas noch nie erlebt.«

»Hast du vor ihr nie eine Freundin gehabt?«

»Nach zwei, drei Jahren Ehe habe ich auf einer Geschäftsreise bei einem Fest ein Mädchen kennen gelernt. Wir hatten beide viel getrunken, und am Ende fanden wir uns in meinem Zimmer wieder. Was dann passiert ist, weiß ich nicht, das

Einzige, was ich dir sagen kann, am nächsten Morgen, als ich aufwachte, war sie nicht mehr da. Und auf dem Nachttisch lag ein Brief. Und weißt du, was sie geschrieben hat? ›Ich kenne welche, die vorher und welche, die gleich danach einschlafen, aber du bist der Erste, der dabei einschläft.‹ Ich schwör dir, das stimmt. Ich weiß nicht, wo ich ihn hingetan habe, aber ich habe diesen Zettel aufbewahrt.«

In seinem neuen Gewand als befreiter und eroberungslustiger Liebhaber erschien mir François in einem völlig anderen Licht. Er, der sich normalerweise mit nüchterner Trigonometrie parfümierte, roch plötzlich nach einem jungen, vor Geist und Saft sprühenden Mann. Die Frauen, und sei es eine simple Miss Vierundzwanzig, hatten diese unglaubliche Macht, die Männer zu verwandeln, ihre alten Batterien wieder aufzuladen, ihnen Kollagen für die Seele und andere, genauso geheimnisvolle Ingredienzen einzuträufeln, die ihre Drüsen wieder in Schwung zu bringen vermochten.

»Weißt du, ich hatte ganz vergessen, wie gut das sein kann, so zu vögeln … Mit Laure war schon lange Schluss, was das betrifft.«

Bei diesem Geständnis, das ich lieber überhört hätte, spürte ich eine kleine Hitzewallung, die von einem Kurzschluss des Schuldbewusstseins ausgelöst wurde. Ich dachte an die Nachmittage, in denen mir Laures Hintern im Ambralicht der Fotolampe entgegenschimmerte. Aber gleichzeitig – und dies milderte, so stelle ich mir vor, meine Verlegenheit und mein Vergehen – dachte ich, dass ich trotz unserer unermüdlichen Anstrengung unfähig gewesen war, Madame Milo auch nur ein einziges Mal einen Höhepunkt zu verschaffen.

»Hast du Laure wieder gesehen, seit ich gegangen bin?«

Diese Frage, die eigentlich ganz natürlich war, klang in meinen Ohren wie klirrendes Glas. Es lag zu viel verborgener Sinn hinter diesem Ausdruck »wieder gesehen«. Nein, ich hatte Laure schon lange nicht mehr »wieder gesehen«, aber ein anderer Sonderling »sah« sie regelmäßig an meiner Stelle. Und wenn man es recht bedachte, so war François der Einzige, der so blind war für all die Leute, die pausenlos bei seiner Frau ein und aus gingen.

»Ich werde mich wohl scheiden lassen müssen.«

»Was heißt *müssen*?«

»Nadia will ein Kind. Nicht sofort natürlich, aber sie will unbedingt eins.«

»Und du?«

»Ich? Keine Ahnung. Das ist alles ein bisschen viel auf einmal. Ich kümmere mich jetzt erst mal um die Scheidung. Und das wird mich ein Vermögen kosten. Ich kenne Laure, weißt du; sie wird mich so richtig ausnehmen.«

Mit einem zahnweißen Lächeln kam Nadia herein. Eine hübsche kleine Prinzessin, entschieden zu jung, um in Gesellschaft von Männern unseres Alters herumzuhängen, sagte sie, François habe ihr viel von mir erzählt. Dann setzte sie sich auf das Sofa und verbrachte eine Viertelstunde damit, ihre Beine mechanisch übereinander und wieder auseinander zu schlagen. Offensichtlich hielt es die junge Frau nicht an ihrem Platz, sie brauchte Bewegung. Als sie mich in die Diele begleitete, hatte ich Zeit, ihre Figur zu betrachten. Ohne Zweifel besaß sie sämtliche Reize der Jugend – Geschmeidigkeit, Glanz und Festigkeit –, doch es fehlten das Wissen, die Patina, die satte Sinnlichkeit von Frauen über vierzig. Ich sagte nichts zu François, aber Laures Hintern für diesen kleinen Vorzeigepopo zu verlassen, war der reine Wahnsinn.

François also war glücklich, und seine Flugzeuge verkauften sich immer besser. Ich für meinen Teil hatte mich auf Spiridons Rat hin wieder an die Arbeit gemacht und makrofotografierte die Natur diesmal im weitesten Sinn des Wortes. Moos, Flechten, Knospen, Kaulquappen, emsige Insekten, alle Formen dieses winzigen Lebens, unsichtbare und kostbare Ökosysteme. Ich häufte die Platten aufeinander, ohne wirklich zu wissen, was ich damit machen wollte. Diese Beschäftigungen erfüllten wenigstens einen Zweck: Meinen Tagen ein kleines bisschen Sinn zu geben und die Stunden herumzubringen.

Es war zu jener Zeit, dass sich Pierre Bérégovoy umbrachte.

Ich hörte die Nachricht in meinem Labor im Radio. An jenem Tag entwickelte ich eine Serie von Bildern über Schnellkäfer, unermüdliche kleine Insekten, Koleopteren aus der Familie der Elateriden. Diese Meldung erschütterte mich. Nicht, dass ich ein leidenschaftlicher Anhänger dieses rasanten Premierministers (er wurde nach 362 Tagen ausgebootet) gewesen wäre, aber von seinen letzten Tagen und den Umständen seines Todes ging eine Traurigkeit aus, die wie ein nasser Mantel auf den Schultern lastete. Ich weiß, warum ich mich so gut an dieses Ereignis erinnere.

Es hat mit dem Schnellkäfer zu tun. Dieses völlig unbedeutende Insekt besitzt eine Besonderheit. Wenn es auf den Rücken fällt, spannt es sich, unfähig, diese Position zu ertragen oder darin zu überleben, ganz plötzlich wie eine Feder und schleudert sich selbst an eine andere Stelle, in eine Welt, von der es sich zwangsläufig Besseres erhofft. Pierre Bérégovoys Selbstmord erinnerte mich an den Reflex des Schnellkäfers; gedemütigt, am Boden zerschmettert, hatte er vielleicht versucht, dem jämmerlichen Schicksal, das man ihm zugewiesen hatte, zu entrinnen, indem er sich auf seine Art hinauskatapultierte. Es war natürlich kein Zufall, dass sich der ehemalige Arbeiter an einem ersten Mai umbrachte. Damals wurde die Gleichgültigkeit, mit der die Sozialisten und Mitterrand selbst Bérégovoy nach seiner Beseitigung behandelt hatten, kritisiert. Aus einer unteren Kaste stammend, mit Niederlage und Skandal behaftet, hatte dieser ehemalige Premierminister nichts mehr zu suchen in den Gängen und Salons des imperialen Hofes. Also schickte man den Schnellkäfer in die Dunkelheit der Stollen zurück. In der Traurigkeit dieses Abgangs, der Geschichte dieses Im-Stich-gelassen-Werdens, konnte man die ganze Grausamkeit der Insektenwelt sehen, die ich manchmal in meinem Sucher entdeckte, wenn die Bestien sich, von welcher Kraft auch immer getrieben, plötzlich untereinander in Stücke zu reißen begannen. Als Mitterrand fünf Monate nach dem Suizid des Premierministers der Meute gegenüberstand, die ihn aufforderte, sich über seine eigene Vergangenheit und seine peinlichen Verbindungen zu René Bousquet zu erklären, dachte ich an Pierre Bérégovoy und an die hohe Vorstellung, die er von seiner Ehre hatte. Ihn, ja, diesen Schnellkäfer hätte ich gerne fotografiert, aufrecht neben Bäumen stehend.

Die Mitterrand-Ära, im Rausch der Hoffnung und der Versprechen, mit einer gewissen Majestät begonnen, endete in einer Art politischem und moralischem Verfall, der die Tapeten der Republik mit einem für niedergehende Reiche typischen Modergeruch behaftete.

Die Finanzskandale nahmen kein Ende, politische Verantwortungsträger, ehemalige Minister und Abgeordnete fanden sich im Gefängnis wieder, ein Intimus von Mitterrand brachte sich im Élysée um, und man sprach wieder von Bousquet, vom Skandal des aidsverseuchten Blutes, den telefonischen Lauschangriffen, die der Präsident angeordnet hatte, von seiner geheimen Familie, seiner im Verborgenen gehaltenen Tochter, dem Verlauf seiner Krankheit.

Von dieser monarchischen Republik, die die öffentlichen und moralischen Angelegenheiten auf ein vorsintflutliches Niveau zurückstufte, wollte meine Mutter nichts hören und sehen. Ihr sozialistischer Glaube blieb intakt. Wie schwerwiegend die Vorwürfe gegen Mitterrand auch waren, für sie blieb er der souveräne Steuermann, der elegante Kämpe, der allerletzte Verteidiger der Künste, der Literatur und der grammatischen Regeln. Einmal, als wir unter der Lupe die Makrofotografien der Splintkäfer betrachteten, sagte sie zu mir: »Du solltest ein Buch über die Insekten machen. Die Eigenartigsten, Grausigsten heraussuchen und sie aus nächster Nähe aufnehmen, so wie diese da, und sie in wahre Monster verwandeln. Ich bin sicher, den Leuten würde das gefallen. Die Leute mögen Monster.«

Das Haus meiner Mutter war gemütlich und gastfreundlich geworden. Es wirkte beruhigend auf mich. Man fühlte sich darin geschützt vor den meisten Unannehmlichkeiten des Lebens, auch wenn der Garten und die Sträucher machten, was sie wollten.

»Ich muss dir was sagen.« Meine Mutter hatte es hinter ihrer Lupe hervorgemurmelt, ohne die Augen von den Fotos zu heben. »Komm näher, setz dich zu mir.« Das roch nach Vertraulichkeit, nach Geheimnis, Verlegenheit gar. Sie setzte ihre Brille ab, sammelte die Fotos ein, ordnete sie zu einem ansehnlichen Stapel, wandte den Kopf zum Garten und sagte:

»Letzte Nacht ist François Mitterrand zu mir gekommen.«

»Bitte?«

»Ich muss es dir erzählen. Es war natürlich nur ein Traum, aber es war so intensiv, dass ich mich seither nicht mehr wohl fühle, es ist wie ein Albtraum, den man nicht loswird.«

»War es ein Traum oder ein Albtraum?«

»Hör zu. Ich schlief also in meinem Zimmer, da klingelt es an der kleinen Tür im Park. Ich stehe auf und gehe ans Fenster, und da sehe ich, wie Mitterrand mit seinem Hut, seinem Schal und seinem Mantel hereinkommt. Er geht durch die Allee und betritt das Haus. Und da, als ob nichts wäre, lege ich mich ganz ruhig wieder hin. Er geht die Treppe hoch, stößt die Zimmertür auf, nimmt ohne ein Wort Hut und Lodenmantel ab und legt beides auf den Sessel. Dann dreht er sich zu mir und zieht sich aus.«

»Ganz?«

»Ganz. Er geht auf das Bett zu, schlägt das Laken zurück, setzt sich, streift die Uhr übers Handgelenk und legt sich neben mich. Und weißt du, was ich in diesem Augenblick zu ihm sage, weißt du, was deine Mutter zum Präsidenten der Republik sagt? ›Vergessen Sie es, Ihre Füße sind viel zu kalt.‹«

Ich gab ein kindisches Glucksen von mir, und meine Mutter tat es mir nach, indem sie wie ein junges Mädchen die Hand auf den Mund legte, um die Verlegenheit zu kaschieren.

»Und dann?«

»Dann erinnere ich mich an nichts mehr.«

Der Traum meiner Mutter gefiel mir. Ich ahnte auch, dass er da nicht zu Ende war und sie sich sehr gut an die Fortsetzung erinnerte, diese Fortsetzung, bei der ihr nicht wohl war, da sie allem Anschein nach meinen Vater zum ersten Mal betrogen hatte, mit einem alten sozialistischen, großmäuligen, verlogenen, lachhaften, heuchlerischen Präsidenten, der zu allem Überfluss auch noch mit eiskalten Extremitäten ausgestattet war.

Ich weiß nicht, ob es die Folge dieser kurzen Nacht war, die sie mit ihm verbracht hatte, aber nach seinem Tod lief meine Mutter tagelang mit einer Witwenmiene herum.

Sie fand die Beerdigungsfeier mit den beiden Familien, die um den Sarg versammelt waren, von großer Noblesse. Ein paar Tage später, als die Emotionen etwas abgeklungen waren, machte sie allerdings eine merkwürdige Bemerkung zu mir: »Ich frage mich, was die Afrikaner, denen man immer wieder sagt, die Bigamie sei in Frankreich verboten, gedacht haben, als sie sahen, wie sich der Präsident unseres Landes öffentlich vor zwei seiner Frauen und all seinen Kindern beerdigen ließ.«

Jacques Chirac (I)
(17. Mai 1995 – 5. Mai 2002)

Seit dem Sommer 1994 suchte ich, ohne jemanden darüber zu informieren, einmal wöchentlich einen Psychoanalytiker auf. Er hieß Jacques-André Baudoin-Lartigue. Ein ziemlich langer Name für einen kleingewachsenen Mann, bei dem man auf den ersten Blick ahnte, dass er seinen gesamten Freud und Lacan für ein paar Zentimeter mehr hergegeben hätte. Er erweckte den unangenehmen Eindruck, sich ständig auf die Zehenspitzen zu stellen, als wollte er einen hypothetischen Gegenstand auf einem unsichtbaren Regal erreichen. Ein tiefes Gefühl von Einsamkeit hatte mich getrieben, bei Baudoin-Lartigue anzuklopfen. Anna verbrachte ihre Tage im Geschäft, meine Kinder gingen ihrem eigenen Leben nach, François kümmerte sich um Miss Vierundzwanzig und ihre Fortpflanzungslust, Laure beschäftigte sich mit ihrer endlosen Scheidung und ihren rabbinischen Freizeitvergnügen, Brigitte Campion teilte ihre Zeit zwischen Botox-Versammlungen und Kollagenseminaren, während Michel, ihr Mann, Menschenherzen öffnete und wieder schloss. Und dass meine Mutter langsam schwächer wurde und dies die Fortbewegung immer schwieriger für sie machte.

Dies alles gab mir das Gefühl, auf einer Halbinsel am Ende der Welt zu leben. Ganze Tage vergingen, ohne dass ich, eingeschlossen in der anxiogenen Welt der Insekten, mit irgendjemandem ein Wort gewechselt hatte. Baudoin-Lartigue war vielleicht nicht gerade mein Traumgefährte, aber für den Preis von zweimal Volltanken konnte ich hoffen, bei ihm meinen Allgemeinzustand etwas zu stabilisieren.

Wie soll man einem unparteiischen Zuhörer verständlich machen, dass man sich selbst im Wege steht, dass man vor lauter Leichtigkeit und Leichtfertigkeit nicht mehr weiß, was man mit sich anfangen soll. Baudoin-Lartigue schienen unsere Gespräche ratlos zu machen. Er konnte sich überhaupt nicht vorstellen, dass ich nichts von seiner Behandlung erwartete, sondern ihn nur aufsuchte und für seinen Zeitaufwand entschädigte, um zu plaudern, mit ihm Ansichten über Sport, Politik oder eine Fernsehsendung auszutauschen. Ich spürte genau, dass es ihm lieber gewesen wäre, ich hätte andere Türen geöffnet, zu intimen Welten, die ihm vertrauter waren: der Tod meines Bruders, das Stehlen seines Pferdewagens, die Diskretion meines Vaters, die Transparenz meiner Mutter, Annas Schweigen, der Busen meiner Schwiegermutter, Laures Hintern, Davids Braten, Mitterrands Bäume, das Gleichnis des Schnellkäfers, all diese kleinen Dinge, die einen Menschen ausmachen, die ihm eine Zeit lang helfen, sich auf seine Hinterfüße zu stellen, und ihn gleichzeitig niederdrücken. Manchmal versuchte Baudoin-Lartigue unseren Gesprächen eine etwas theoretischere, begrifflichere Wendung zu geben, doch jedes Mal brachte ich ihn auf meine banalen Tagesabläufe und die Gesellschaft meiner Insekten zurück. Wir hätten das alles genauso gut in einem Café bei einer Zigarette erörtern können. Stattdessen legte ich mich auf so ein antikes Kanapee mit einer grauenhaften Rips-Decke, während er sich auf den Zuhörerplatz setzte, der von weitem einem Zahnarzt- oder Friseurstuhl ähnelte.

Mit der Zeit hatte sich Baudoin-Lartigue damit abgefunden, dass unsere Treffen eher einem therapeutischen Geplauder als einer Behandlung glichen. Wir hatten eine gemeinsame Leidenschaft entdeckt: das Rugby. Normalerweise trafen wir uns am Mittwoch, an dem Tag, der ideal in der Mitte der Woche lag, was uns erlaubte, gleichzeitig das Spiel vom Wochenende zu kommentieren und die Begegnung zu besprechen, die der *Stade Toulousain* am darauf folgenden Samstag oder Sonntag zu bestreiten hatte. Unsere wichtigste Frage war dabei nicht, ob Toulouse gewinnen würde, sondern mit wie viel Punkten Vorsprung unsere Mannschaft triumphieren würde. Wir waren uns einig, dass dieser Club das schönste Spiel Europas vorführte, dass man darin die Zeichen und den Stil einer hundertjährigen Schule erkennen konnte und dass wir Glück hatten, ein solches Schauspiel von Kraft und Eleganz direkt vor unserer Haustür geboten zu bekommen.

Wenn ihm bewusst wurde, dass wir uns allzu sehr von der psychoanalytischen Ethik entfernten, machte Baudoin-Lartigue Anstalten, sich zusammenzureißen und die Pfeiler der Behandlung wieder zu errichten. Seine Sätze begannen dann immer mit »Im Grunde«, obwohl in seiner Frage nie die geringste Verbindung mit dem vorangegangenen Gegenstand zu erkennen war.

»Im Grunde, Monsieur Blick, haben Sie bei einem unserer ersten Treffen, als Sie sich mir vorstellten, kurz den Tod Ihres älteren Bruders erwähnt, glaube ich. Möchten Sie, dass wir auf dieses Ereignis Ihres Lebens zurückkommen?«

»Das scheint mir nicht nötig.«

»Auf den Tod Ihres Vaters vielleicht?«

Man konnte Baudoin-Lartigue wirklich nicht vorwerfen, er sei nicht immer wieder in die Freudschen Holzschuhe geschlüpft, um einen kümmerlichen Pas de deux um die Marone der Profession zu machen. Wie ein Fliegenfischer benutzte er manchmal grobe Köder und angelte im lebhaften Gewässer der gemeinen Flüsse, in dem sich schädliche Bakterien tummelten, die immer wieder die menschliche Art drangsalierten. Nach zwei, drei ergebnislosen Anläufen beharrte Baudoin-Lartigue jedoch nicht länger, packte seine Angelrute wieder ein und nahm das Gespräch da auf, wo es stehen geblieben war, das heißt bei unserer einmütigen Bewunderung für die Stärke der Stürmer des Stade. Unvorstellbar für unsere Situation, haben wir uns sogar zweimal gemeinsam zum Meisterschaftsspiel ins Stadion Sept-Deniers begeben. Blick und sein Analytiker. Seite an Seite. Mitten in einer Menschenmenge, die ihre Begeisterung hinausschrie. Im beißenden Geruch der Zigarillos. Die Sonne im Gesicht. Glücklich. Ein Herz und eine Seele. Meilenweit von den Regeln der Behandlung entfernt. Einfach voller Bewunderung für diese Beweise von Kraft, Schnelligkeit und Mut. Baudoin-Lartigue vergaß seinen kleinen Wuchs und ich meine große Einsamkeit. Wir waren einfach zwei Typen aus derselben Stadt, die aus vollem Herzen eine wunderbare Mannschaft unterstützten und insgeheim etwas Glück und Leben zu erhaschen hofften. Beinahe wäre ich versucht zu sagen, dass Baudoin-Lartigue für mich eine kurze Zeit lang jemand war, den ich dafür bezahlte, damit er mein Freund wurde. Übrigens hatte er in der letzten Zeit, angesichts der Natur und des Verlaufs unserer Beziehung, immer mehr Mühe, mein Geld anzunehmen. Ich musste ihm die Scheine regelrecht in die Tasche schieben.

Soweit ich mich erinnere, hatten Baudoin-Lartigue und ich nur ein einziges Mal unterschiedliche Meinungen. Es war zwischen den beiden Wahlrunden zu den Präsidentschaftswahlen von 1995, die Jacques Chirac gewann. Ich begriff rasch, dass ich mich mit dem einzigen rechten Psychoanalytiker vor Ort eingelassen hatte. Er unterstützte sogar auf ziemlich unverblümte Weise die Kandidatur des ehemaligen Pariser Bürgermeisters, dessen erstes Verdienst es seiner Ansicht nach war, vom Ende der Welt zurückgekehrt zu sein, um Balladur abzuservieren. Ich glaube, es war vor allem diese Leistung des Outsiders, dieses Hervorpreschen aus dem Nichts, das es Baudoin-Lartigue angetan hatte. Es war mir allerdings unmöglich zu verstehen, wie ein Mann meiner Generation, darüber hinaus ermächtigt, an den Gehirnen herumzubasteln, einen ungehobelten Politiker unterstützen konnte, der keinerlei Finesse besaß und sich im Jahr 1962 im Pompidou-Kabinett bereits im Bereich

Entwicklung, Bau und Transport hervorgetan hatte. Baudoin-Lartigues These war ganz einfach: Chirac zu wählen, hieß definitiv mit der Ära der unwürdigen Manieren Schluss zu machen, mit dem in den Rang der Schönen Künste erhobenen Machiavellismus, mit den Pfründen, Lügen, Verschleierungen und Skandalen. Chirac wählen hieß, das Land einem Typen anvertrauen, der vielleicht nicht die serielle Musik erfunden hatte, der Frankreich aber unter italienischem Hupkonzert voranbringen würde, ein bisschen so, wie Vittorio Gassmann in seinem Lancia-Kabriolett im Film *Verliebt in scharfe Kurven*. In Wahrheit glaube ich, dass die wesentliche und einzige Qualität, die Baudoin-Lartigue Chirac zuschrieb, darin bestand, dass er kein Linker war. Die Mehrheit der Franzosen dachte wie er, und so gelangte nicht der unbestritten gebildete Kopf in der Tradition Mitterrands an die Staatsspitze, sondern der Autor des unvergesslichen Werkes »Der Hoffnungsschimmer: abendliche Überlegungen für den Morgen«.

Wir befanden uns bereits im Jahr 1995. Bei den seltenen Unterredungen, die mir Anna gönnte, meinte ich zu verstehen, dass ihre Geschäfte gut liefen, auch wenn die Exporte für Spanien eine stetige Abwärtstendenz aufwiesen. Die Kinder, die ihr Zuhause als eine Art große Hotel-Restaurant-Wäscherei-Einrichtung betrachteten, waren immer seltener bei uns. Der Vorschlag eines Insektenbuches, den ich Louis Spiridon unterbreitete, schien ihm nicht zu gefallen, und er vertröstete mich damit mehrmals höflich auf später. Ich war fünfundvierzig, und mein einziger Freund war mein Analytiker. Wahrscheinlich hätte das noch ein paar Jahre so weitergehen können, wenn nicht ein tragisches Ereignis unserer Beziehung ein Ende gesetzt hätte. Allem Anschein nach fiel dieses kleine Glück, das uns unsere Begegnungen verschafften, nicht sehr stark ins Gewicht im Augenblick, als Jacques-André Baudoin-Lartigue die schrecklichste Entscheidung seines Lebens zu fällen hatte.

Es war an einem Mittwoch. An einem Mittwoch im November. Eine Woche zuvor hatten wir geplant, zusammen ins Stadion Sept-Deniers zu gehen, um uns die Mannschaft von

Bourgoin anzusehen, oder Narbonne, ich weiß es nicht mehr. Wir mochten diese Herbstspiele mit ihrer besonderen Atmosphäre, frisch und feucht genug, damit die Tricots auch schön schmutzig wurden, und der Begegnung so einen zusätzlichen Reiz verschafften. Das war nicht zu vergleichen mit den Frühlingsphasen, wo man fühlt, dass der Platz nie groß genug ist für diese Energie und Elektrizität, die sie alle in den Beinen haben. Der Winter war wieder etwas anderes, man versuchte, den Ball warm zu halten, unter sich zu bleiben, sich auf die Kräftigsten zu verlassen, auf Nummer Sicher zu gehen, auf die Macht und das Gewicht eines Kollektivs zu setzen, das sich sommers wie winters mit geschlossenen Augen fand. Das also war das Schauspiel, das wir uns am folgenden Sonntag ansehen wollten.

Stattdessen stand die Polizei am Eingang von Baudoin-Lartigues Haus. Unter dem Portalvorbau ein Menschenauflauf, und auf der Straße drei Sanitätswagen mit offenen Türen, die die Seitenallee des Boulevard de Strasbourg absperrten. Als ich die Eingangshalle betreten wollte, fragte mich ein Brigadeführer, ob ich in dem Haus wohne. Ich antwortete, ich wolle zu Monsieur Baudoin-Lartigue. Da hob er leicht sein Käppi, machte eine zweifelhafte Miene, wodurch sich die fetten Gesichtspartien verzogen, und gab mir die eigenartige Antwort: »Sie werden ihn heute nicht sehen.«

Ich sah Jacques-André Baudoin-Lartigue nie wieder. Ich nicht, und auch niemand sonst. An jenem Tag gegen zehn Uhr hatte der Psychoanalytiker seine Praxis verlassen, um sich in seine Wohnung zu begeben, die im selben Stockwerk lag. Dort nahm er eine Waffe aus seinem Zimmer und jagte seiner Frau und seinen beiden Kindern eine Kugel in den Kopf. Dann kehrte er in sein Büro zurück und schoss sich mit dem Revolver in den Mund. Für seine Tat hatte er keinerlei Erklärung hinterlassen.

War sein privates Leben ein Desaster? Hatte er etwas erfahren, was er nicht wissen durfte? Oder sprachen die Kinder nicht mehr mit ihm? Traf sich seine Frau mit jemand anderem? War er krank oder unendlich traurig? Hatte er als Kind seinen älteren Bruder verloren? Oder hatten wir ihn Tag für Tag vergiftet, einer nach dem anderen, jeder mit seiner ganz persönlichen Dosis? Wahrscheinlich hatte ich das Offenkundige nicht gesehen, als ich Hilfe forderte von einem Mann, der selbst dabei war zu ertrinken. Baudoin-Lartigues Tod brachte mich so sehr durcheinander, dass ich am folgenden Tag das Bedürfnis hatte, mit Anna darüber zu sprechen. Kaum hatte ich davon angefangen, griff sie mich an:

»Du gehst seit drei Jahren zu einem Psychologen und hast mir nie was davon gesagt?«

»Aber Anna, warum sollte ich dir davon erzählen, wo wir doch sowieso kaum miteinander reden?«

»Sei so nett und fang nicht wieder damit an. Hast du meinen Zeitplan gesehen? Hast du gesehen, in welchem Zustand ich abends nach Hause komme?«

»Hast du gesehen, in welchem Zustand wir alle uns seit Jahren befinden? Wir sind nicht einmal mehr eine Familie, ein Paar schon gar nicht. Wir wohnen unter einem Dach und sind alle furchtbar allein.«

»*Du* bist allein. Ich sehe den ganzen Tag Leute, spreche mit ihnen, teile etwas mit ihnen. Ich bin in der realen Welt, verstehst du, in der realen Welt! Du willst Schuldgefühle bei mir wecken, aber du vergisst dabei das Wichtigste: Du bist es und nur du allein, der sich Tag für Tag in seinem Brutkasten einschließt, der lieber mit Bäumen und Insekten zusammen ist statt mit Menschen!«

»Darum geht es nicht …«

»Natürlich geht es darum. Du gefällst dir in diesem versteinerten Universum. Was hoffst du eigentlich zu finden? Du hast noch nie richtig gearbeitet, du weißt überhaupt nicht, was es heißt, nach festen Zeiten zu leben. Das Schlimmste, was dir passieren konnte, war, all diese Bücher zu verkaufen.«

»Anna, ich pfeife auf die Bücher, auf die Arbeit, auf all das. Ich will damit sagen, dass ich mich so allein fühlte, hier, neben dir, in diesem Haus, dass ich gezwungen war, diesen Mann zu bezahlen, um mit ihm zu reden, verstehst du, ihn zu bezahlen, nur damit er mir zuhört.«

Anna antwortete nicht, und während dieser langen Momente des Schweigens hörte man nichts als das Klopfen der Radiatoren, die sich erwärmten. Wir mussten wie zwei im Packeis festgefrorene Eismumien ausgesehen haben. Wie hatten wir in all den Jahren nur so aneinander vorbeileben können? Wir unterstützten uns nicht einmal mehr gegenseitig, begnügten uns damit, jeder seinen Teil der Hausarbeit zu erledigen. Warum hatten wir, wenn wir uns schon nicht liebten, nicht wenigstens den Reflex, einander beizustehen? Warum blieb mir nichts anderes übrig, als an der Praxistür von Baudoin-Lartigue zu klingeln, um mit ihm banale Tischgespräche zu führen?

Anna stand auf und ging zum Fenster. Die Augen in der Dunkelheit verloren, sagte sie, während sie meinem Blick die schönen Umrisse ihrer Schultern bot:

»Die Kinder haben angerufen. Sie kommen nicht zum Abendessen. Wenn du Hunger hast, mach dir was, ich bin zu müde, um zu kochen.«

»Soll ich dir einen Fisch machen?«

»Nein, ich geh schlafen.«

»Der Psychologe, den ich traf, hat sich heute Morgen umgebracht. Er hat sich eine Kugel in den Kopf geschossen, nachdem er erst seine Frau und seine Kinder getötet hat.«

»Das tut mir Leid. Gute Nacht.«

Ich saß am Küchentisch. Am anderen Ende des Hauses lag Anna mit offenen Augen in ihrem Bett. Seit einer Ewigkeit waren wir nicht mehr glücklich gewesen, weder gemeinsam noch allein. Und die Tatsache, dass wir zur selben Zeit dasselbe empfanden, brachte uns einander auch nicht näher.

Ich blieb ein, zwei Stunden im Labor, um Großaufnahmen von Insekten zu entwickeln, von den ungefälligsten der Schöpfung. Es war undenkbar, in ihnen die kleinste Spur Menschlichkeit zu finden. Sie drückten sämtlich eine mechanische, autistische und höchst egoistische Wahrnehmung der Welt aus. Zwischen ihrer Geburt und ihrem Tod führten sie nur die allernotwendigsten Tätigkeiten aus, ließen sich leiten vom Überlebensinstinkt oder dem Roulette des Zufalls, und wussten nichts von Angst, Freude, Kummer oder Liebe.

Wenn ich unser beider Leben so betrachtete, dachte ich, dass uns ein unachtsamer Ethologe wohl in dieselbe Kategorie eingeordnet hätte.

Spät an diesem Abend ging ich zu Anna ins Zimmer. Wie Mitterrand bei meiner Mutter zog ich mich vollständig aus und legte mich in das Bett, das kalt war wie ein Grab. Ich schlug meinen Arm um Annas Schultern, die einen Augenblick zögerte, bevor sie sich befreite, so wie man die Decke zurückschlägt, wenn einem zu heiß ist. Baudoin-Lartigue fehlte mir bereits. In den darauf folgenden Monaten hatte Anna wieder mit neuen Problemen bei Atoll zu kämpfen. Sie wohnte mehr oder weniger im Geschäft und kam nur noch nach Hause, um direkt in ihr Zimmer zu gehen und vor Müdigkeit ins Bett zu fallen. Wenn sie sich mal eine Pause gönnte, dann ging sie abends zu ihren Eltern, wo sie das Essen in aller Eile hinunterschlang und gegen die Linken, die Steuerbehörde und vor allem die Gewerkschaften wetterte, die sie für eine wahre Sozialplage hielt.

»Glaub mir mal: Die Länder in Südostasien, die reiben sich doch die Hände, wenn sie unsere Arbeitsgesetzgebung sehen.«

Martine und Jean Villandreux, inzwischen alt und verbraucht, taten, als würden sie die Worte ihrer Tochter wie eine Kostbarkeit aufnehmen, doch im Grunde interessierte sie das alles kaum, zu sehr waren sie mit dem Überwachen ihrer eigenen Alterserscheinungen beschäftigt.

»Kannst du dir vorstellen, dass ihre letzten Jacuzzi-Modelle, die in Frankreich verkauft werden, vierzehn Düsen, alles komplett, billiger sind als meine, die nicht ausgestattet sind? Und außerdem rufen die CGT und die anderen großen Gewerkschaften seit zwei Jahren nach der Verringerung der Arbeitszeit auf fünfunddreißig Stunden. Wie soll man denn da über die Runden kommen? Die Welt steht Kopf.«

Jean Villandreux konnte über die *Sports illustrés* nicht klagen. Die Jahreszeiten wechselten, und der Verkauf der Zeitung blieb so stabil wie der Wasserstand des Genfer Sees. Der Sport im Allgemeinen und Fußball und Rugby im Besonderen hatten diese unglaubliche Fähigkeit, den Launen des Marktes und den Interessenkonflikten zu trotzen. Obwohl auch sie mehr und mehr der Macht des Geldes unterworfen waren, überlebten diese Ballspiele Börsenstürze und die schlimmsten Kriege. Mit welchen unliebsamen Überraschungen Geopolitik und Wirtschaft auch aufwarteten, die Leser der *Sports illustrés* holten sich ihre Ration Muskeln und Kraftanstrengung in ihrem Magazin. »Diese Zeitung hat eine automatische Steuerung«, pflegte Jean Villandreux zu sagen. Insgeheim beglückwünschte er sich dazu, sich im richtigen Moment von seinem Bäderunternehmen getrennt zu haben, obschon er sich heute ein paar Vorwürfe machte, wenn er sah, wie sich seine Tochter abkämpfte, um den Kopf aus der Schlinge zu ziehen.

Millionen von Franzosen gingen auf die Straße gegen den Plan Juppé, die Reformpläne des Premierministers, dessen elitenhafte Süffisanz meine Schwiegermutter entzückte. »Wir haben ihn nicht verdient«, sagte sie, als sie sah, wie sich die Wellen der Unzufriedenheit an seiner Unnachgiebigkeit brachen.

Auch wenn meine staatsbürgerliche Ethik aufgrund meiner geringen Leidenschaft für die Urne und meiner Verkennung dessen, was Anna das »reale Leben« nannte, zu wünschen übrig ließ, so gaben mein trübsinniger Geisteszustand und meine aufgeweichte Moral doch ziemlich getreu die Niedergeschlagenheit, Desillusionierung und auch das Vergreisen dieses Landes und seiner führenden Politiker wieder, deren Rücksichtslosigkeit und Ungenügen von der Presse unablässig kritisiert wurden. Jeder Tag förderte eine neue Ladung Dreck zutage: Korruption, Verletzung der Amtspflicht, Veruntreuung von Gesellschaftsvermögen, Unterschlagungen, Ermittlungsverfahren, Rassismus, Armut, Geringschätzung, Arbeitslosigkeit. All diese Faktoren vermischten und vermengten sich, brachten ihre eigenen Viren und gegen Gruppentherapien resistente Krankheiten hervor, die, wie es für chronische Übel typisch ist, vorübergehende Phasen der Besserung und plötzliche Rückfälle aufwiesen.

Ob es um mein eigenes Leben oder um das Schicksal dieses Landes ging, ich sah keinen Ausweg, kein Licht am Ende des Tunnels, nicht den geringsten Grund, auf Besserung zu hoffen.

Um diesem familiären Katzenjammer zu entkommen, verließ Vincent mit zwanzig das Haus. Nach seinem erfolgreichen, wenn auch nicht brillanten Schulabschluss hatte er sich mit siebzehn für ein Sprachenstudium eingeschrieben, mit dem Ziel, sich auf technisches Englisch zu spezialisieren und später einen Magister zu machen. Schon von jeher seiner Großmutter sehr nah, fühlte er sich, glaube ich, angezogen von ihrer diskreten Arbeit, die man still und zurückgezogen zu Hause verrichten konnte. Nach seinem Diplom wollte er ein Übersetzungsbüro für wissenschaftliche, aber auch literarische Texte aufbauen. François Milo hatte ihn stark ermutigt auf diesem Weg und versprochen, ihm über Airbus Aufträge für administrative und technische Übersetzungen zu vermitteln. Daneben hatte Vincent auch mit Japanisch angefangen. Er schien sich diese Sprache ohne große Schwierigkeiten anzueignen, um so mehr, als er dabei von seiner Freundin Yuko Tsuburaya unterstützt wurde.

Zwei Jahre älter als er, arbeitete sie im Rahmen eines Studenten-Austauschprogramms zwischen der Universität Kyoto und dem Nationalen Raumforschungszentrum CNES in Toulouse. Yukos Charakter war ebenso zurückhaltend wie Vincents. Keinen von beiden hörte man jemals die Stimme erheben. Keinerlei Überschwänglichkeit, nie ein Anflug von Zorn. Das Ventil ihrer Launen und Emotionen schien ein für allemal reguliert zu sein. Bei ihnen hatte man den Eindruck, dass Freude wie Kummer geläutert, gefiltert worden waren, bis nur noch der Tropfen eines Extrakts übrig blieb, das dann in infinitesimaler Größe ihre inneren Sensoren berieselte. Ich bewunderte sie um ihre Gelassenheit und diese so wenig nach außen gekehrte Beziehung. Wenn sie zum Essen kamen, fragte ich mich oft, wie sich ein solches Paar in der Zeit weiterentwickeln konnte. Ich stellte mir vor, dass ihre granitene Hülle, ihr mineralischer Aspekt sie vor der Erosion der Jahre beschützen würden. Von wem hatte mein Sohn nur diese scheinbar orientalische Weisheit? Auf keinen Fall von seiner Mutter und von mir, denn es war offensichtlich, dass unsere genetische Zusammensetzung das schlimmste biologische Geschenk darstellte, das Eltern ihren Nachkommen machen können.

Yuko hingegen war nicht aus der Art geschlagen. Sie war die Tochter von Kikuzo, vor allem aber die Nichte von Kokichi Tsuburaya. Wer erinnert sich heute noch an die Geschichte dieses Mannes, der irgendwann über unseren Bildschirm lief, ohne dass wir wirklich Notiz davon genommen hätten? Als Yuko mir zum ersten Mal vom Leben ihres Onkels erzählte, brauchte ich mehrere Tage, um mich von dem unsichtbaren Bann ihres Berichts zu befreien.

Kokichi Tsuburaya lief gerne. In seiner Kindheit und Jugend war er sämtliche Straßen und Wege der Präfektur von Saitama im Norden Tokyos abgelaufen. Werbern des Leichtathletikclubs fiel der unermüdliche Schritt dieses Jugendlichen auf, und sie erkannten bereits sein außergewöhnliches Talent. Der junge Mann wurde einem strengen Training unterworfen und erreichte sehr schnell ein ausgezeichnetes Niveau. Als Japan 1964 die Olympischen Spiele ausrichtete, wurde Tsuburaya erwählt, sein Land im Marathon-Wettkampf zu vertreten. In dem Jahr, das diesem Lauf von zweiundvierzig Kilometern und hundertfünfundneunzig Metern voranging, erklomm Kokichi Berge, durchquerte Ebenen, jagte durch Schlamm und Schnee, trotzte Regen, Sonne und sämtlichen Winden. Er lief am Tag, und manchmal auch in der Nacht, hielt sich dabei dicht an der unsichtbaren Innenlinie, um Zeit zu gewinnen, legte sukzessive beim vierzehnten, siebenundzwanzigsten und achtunddreißigsten Kilometer einen taktischen Zwischenspurt ein, um imaginäre Konkurrenten abzuhängen, preschte kurz vor dem Ziel noch einmal los, um den letzten Verfolger hinter sich zu lassen und als Einziger an der Spitze unter dem Jubel von siebzigtausend Zuschauern ins olympische Stadion einzulaufen. In seinem Kopf hatte Tsuburaya dieses Rennen tausendmal absolviert, und immer wieder steigerte er seinen Mut und erhöhte die Spannung in sämtlichen Adern seines Herzens.

Als er im Morgengrauen des großen Tages im Jahr 1964 aufstand, trank er wie gewöhnlich eine Tasse Tee und bereitete sich in aller Ruhe vor. Ein paar Sekunden vor dem Start wurde ihm auf einmal bewusst, dass das ganze Land ihm zusah, und seine Brust füllte sich mit Stolz. Beim Startzeichen warf er sich vor, wie er es so gut verstand. Seine so oft malträtierten Beine, bis aufs Äußerste gequält, liefen jetzt dem entgegen, was er ihnen versprochen hatte. Die anderen Konkurrenten hatten die allergrößte Mühe, das Tempo dieser menschlichen Lokomotive mitzuhalten, und alle, einer nach dem andern, blieben sie zurück. In der Mitte des Rennens gab es nur noch Kokichi, und hinter ihm den Rest der Welt. Zehn Kilometer vor dem Ziel schien der Sieg des Japaners sicher. Doch unmerklich holte ein Mann seinen Rückstand auf, legte zu an Frequenz und Länge der Schritte. Er hieß Abebe Bikila und kam vom anderen Ende der Erde. Drei Kilometer vor dem Stadion, genau an der Stelle, an der er in seinen Träumen den Gegnern davongelaufen war, sah Tsuburaya Bikila an sich vorbeiziehen, und mit ihm einen weiteren Läufer. Einen Moment versuchte er, ihnen zu folgen, doch diesmal verweigerten seine Beine, seine Muskeln, seine Knochen und sein Herz, diese ganze Mechanik, die er diszipliniert zu haben glaubte, die zusätzliche Belastung.

Kokichi Tsuburaya stieg auf die dritte Stufe des Podiums. Während Bikila strahlte, schaute Tsuburaya finster vor sich hin. Nach der Siegerehrung ging er zu den Journalisten, um ganz Japan um Verzeihung zu bitten, dass er das Rennen nicht gewonnen hatte. Er sagte, er bedaure die Demütigung, die er seinem Land zugefügt habe, zutiefst, und verspreche, sie bei den nächsten Spielen in Mexico City wieder gutzumachen.

Am Tag nach dem Finale zog Kokichi wieder seine Laufschuhe und seine Shorts an und begab sich abermals auf die Straßen und Wege, die er so oft genommen hatte. Monate zogen ins Land. Und die Jahreszeiten wechselten. Der Mann lief und lief, doch unmerklich verringerten sich seine Distanzen. Als ob ihm jeder Tag, der vorüberging, ein Stückchen Kraft und Mut geraubt hätte. Selten, glaube ich, hat ein Mann so sehr die eigenen Grenzen überschritten, und das, was er am Grunde dieser erschöpften Seele fand, musste ihm die Lust genommen haben, noch weiter zu gehen.

Eines Morgens verließ Kokichi Tsuburaya das Haus nicht. Und auch nicht am nächsten und übernächsten Tag. Niemand bemerkte diese kleine Veränderung im Alltag des Viertels. Was gibt es Harmloseres als einen Mann, der läuft? Sein älterer Bruder Kikuzo, Yukos Vater, rief ihn mehrmals an, erhielt aber keine Antwort. Er klingelte an Kokichis Tür, doch niemand öffnete. Da ließ man einen Handwerker kommen, der das Schloss aufbrach. Drinnen fand man Tsuburayas Tricot sorgfältig gefaltet auf dem Boden neben seinen Marathonschuhen. Der Läufer selbst lag auf dem Teppich, ausgeblutet, mit dem Gesicht zur Tokyoter Bucht. Er hatte sich mit einer Rasierklinge, die er noch immer in der Hand hielt, die Halsschlagader aufgeschnitten. Auf dem Tisch eine lapidare Notiz in blauer Tinte: »Ich bin müde. Ich will nicht mehr laufen.«

Seit sie mir diese Geschichte erzählt hatte, sah ich Yuko nicht mehr auf dieselbe Weise. Ich konnte nicht umhin, sie mit dem Schicksal dieses Mannes zu verbinden, den ich nie kennen würde und der doch nicht aufhörte, mir im Kopf herumzuspuken.

Anna, die ich mir weniger mütterlich vorgestellt hatte, nahm sich den Auszug ihres Sohnes sehr zu Herzen. Wahrscheinlich wurde ihre Melancholie noch verstärkt durch das kleine Fest, das ich zu Ehren von Vincents Flüggewerden organisierte und das zu einem wahren Desaster geriet. Die Kinder hatten ihre Freunde eingeladen, François Milo kam in Begleitung von

Miss Vierundzwanzigplus, Michel Campion mit seiner Frau Brigitte, aufgedonnert bis zum Gehtnichtmehr. Anna hatte im allerletzten Moment ein paar ihrer Bekannten dazu gebeten, die diesem Abendessen für zwanzig Personen ein bisschen Glanz und Leben verleihen sollten. Ich hatte zwei Tage damit verbracht, die Gerichte vorzubereiten, die hauptsächlich aus griechischen und libanesischen Salaten, Krustentieren, Sushis, gekochtem Fisch und im Wok zubereitetem Gemüse bestanden. Doch all meine Anstrengung war umsonst, und der Abend schleppte sich träge dahin wie ein Schiff, das Wasser überbekommen hatte und immer schwerer wurde. Erst machte Miss Vierundzwanzig François eine unerklärliche Szene, warf ihm, wenn ich es richtig verstand, vor, »die Sorgen und Vorlieben eines Alten zu haben«. Anna brach in Tränen aus, als ihre Nachbarin sie fragte, ob sie jetzt das »Syndrom des leeren Nestes« befürchte (oder wenigstens des halb leeren, da Marie ja noch bei uns war). Dann rief ein Babysitter an und bat eines der jungen Paare nach Hause, weil ihr Kind Fieber hatte. Michel Campion traktierte daraufhin die ganze Gesellschaft mit der Erzählung einer seiner Herzoperationen, deren eingehende und etwas unappetitliche Schilderung nur ihn selbst zu begeistern vermochte. Und zu guter Letzt musste eine Freundin von Yuko mitten beim Essen heftig erbrechen, weil sie, wie sie glaubte, einen verdorbenen Krebs gegessen hatte.

Verärgert durch diese Häufung von Katastrophen, flüchtete ich mich in die Küche, um erst wieder aufzutauchen, als der letzte Gast gegangen war. Ich fand Anna in ihrem Zimmer, auf dem Bettrand sitzend, die Ellbogen auf die Knie gestützt. Diese männliche Haltung und ihr gekrümmter Rücken akzentuierten die Müdigkeit ihres Gesichts. Meine Frau glich einem Mann am Ende eines anstrengenden Tages.

»Ich wusste gar nicht, dass Vincents Weggehen dich so sehr mitnehmen würde.«

»Was dachtest du denn? Dass ich in Jubel ausbrechen würde?«

»Ich weiß nicht. Ich bin überrascht, das ist alles.«

»Aber worüber bist du überrascht? Du stellst fest, dass ich meinen Sohn liebe, willst du das damit sagen?«

»Das hat nichts damit zu tun. Ich dachte, du wärst zäher … weniger empfänglich für solche Dinge.«

»Sieht ja gerade so aus, als würdest du es mir übel nehmen, dass ich vorhin geweint habe.«

»Überhaupt nicht, im Gegenteil. Ich bewundere dich dafür.«

»Aber was gibt es denn daran zu bewundern, Paul. Es ist traurig, ganz einfach traurig. Vincent geht, das ist ein entscheidender Augenblick für unsere Familie. Bis jetzt haben wir zusammengelebt. Und nun werden wir getrennt alt. Das ist ein großer Unterschied. Vor allem für eine Frau.«

»Ich finde, du übertreibst ein bisschen. Dein Sohn wird zehn Minuten von hier wohnen, das ist etwas anderes, als wenn er nach Japan gehen würde.«

»Vincent wird nach Japan gehen.«

»Es steht noch nicht fest, ob er sein Leben mit Yuko verbringen wird.«

»Er wird sein Leben mit ihr verbringen und nach Japan gehen. Mach dir nichts vor. Irgendwann geht er. Und das ändert auch nichts. Du versuchst dich zu beruhigen, indem du dir sagst, dass er zwei Schritte von hier wohnt, aber das ist sinnlos. Dein Sohn ist weg, verstehst du, er kehrt nicht mehr zurück.«

Kaum dass sie ihren Satz zu Ende gesprochen hatte, fing Anna an zu schluchzen wie eine Mutter, der man das einzige Kind genommen hat. Alles, was sie mir da gesagt hatte, traf mich tief, führte mir düstere Bilder vor Augen, neblige asiatische Landschaften, durch die unser Sohn rannte, um für immer vor uns zu fliehen.

Ich hätte Anna gerne in die Arme genommen, ihr gesagt, ich sei doch da, und auch Marie, wir würden zwar alt werden, aber ganz langsam, würden die Zeit auf uns zukommen lassen. Doch ich schwieg und ging aus dem Zimmer, weil ich wusste, dass sich Anna, wenn sie in diesem Zustand war, in eine glatte Wand verwandelte, an der alles abglitt.

Irritiert durch dieses Gespräch, rief ich am nächsten Tag Yuko an und brachte sie unter einem fadenscheinigen Vorwand dazu, von ihrer Arbeit beim CNES zu erzählen. Am Schluss meiner kleinen Untersuchung erfuhr ich, dass sie noch für vier Jahre ans Centre gebunden war. Im Gegensatz zu Annas Befürchtungen hatte ich nun die Gewissheit, dass mein Sohn nicht kurz davor stand, Toulouse zu verlassen. Noch am selben Abend verkündete ich die Neuigkeit stolz meiner Frau.

»Ich habe keine Lust mehr, über diese Geschichte zu reden, Paul. Ich habe dir schon erklärt, dass Vincent für mich gegangen ist. Ob er einen Katzensprung entfernt wohnt oder in Tokyo, ändert nichts daran.«

»Du hast mir nie gesagt, was du über Yuko denkst.«

»Ich denke nichts über Yuko, sowie ich überzeugt bin, dass sie nicht die geringste Meinung über mich hat. Sie ist da, und ich auch. Wir respektieren diese Distanz, das ist alles.«

»Das klingt ein bisschen restriktiv, oder?«

»Falls es dir weiterhilft, ich denke genau dasselbe über unseren Sohn. Ich habe nie gewusst, wer er wirklich ist, was ihm wichtig ist und wo er sein Leben verbringen möchte. Das hat mich nicht daran gehindert, ihn zu lieben.«

»Was du sagst, scheint mir richtig und gleichzeitig so hart.«

»Paul, ich werde bald fünfzig. Und das Alter macht mich nicht milder.«

Anna mochte zwei Jahre älter sein als ich, für mich war sie noch immer die junge Frau, die ich Grégoire Elias geschickt ausgespannt hatte. Sie hatte diese Schönheit behalten, die mir damals die Tränen in die Augen trieb. Das Leben hatte uns verbraucht, uns gelegentlich hart zugesetzt, doch sie schien mir unbeschadet aus dieser langen Expedition hervorgegangen zu sein, auch wenn sie mir zu verstehen geben wollte, dass ihr Herz einige Schrammen davongetragen hatte.

»Glaubst du, dass Vincent glücklich ist?«

»Paul, du bist unmöglich. Wie soll ich denn diese Frage beantworten?«

»Ich weiß nicht, du bist seine Mutter …«

»Und du sein Vater. Du hast zwanzig Jahre mit ihm unter einem Dach gelebt, und du hast Augen im Kopf genau wie ich. Du hast nie mit deinem Sohn gesprochen und wartest, bis er nicht mehr da ist, um von mir wichtige Dinge zu erfahren, die du *ihn* hättest fragen sollen.«

»Die Zeit ging so schnell vorbei.«

»Meine Güte, warum haben nur alle Männer dieses Problem mit der Zeit? Siehst du denn nicht, *spürst* du denn nicht, dass wir jeden Tag älter werden?«

»Eben, ich habe mir gerade gesagt, dass du noch genau dieselbe bist und dich praktisch nicht verändert hast, seit ich dich kenne.«

»Hör auf mit dem Quatsch.«

Anna hatte schon immer ein Problem mit Komplimenten. Vor allem, wenn sie sich auf ihr Äußeres bezogen. Wer sie lobte, wurde von ihr auf eine etwas derbe, burschikose Art abgefertigt.

»Siehst du, Paul, ich glaube, wir hätten nie Kinder haben dürfen …«

»Warum sagst du so was?«

»Ich weiß nicht … Ich habe das Gefühl, dass wir ihnen nicht alles gegeben haben, was sie verdient hätten, dass wir sie aus der Distanz geliebt haben, nicht kontinuierlich genug. Ich habe das oft empfunden. Und jedes Mal habe ich mir gesagt, ich würde die verlorene Zeit aufholen, käme früher aus dem Büro, um mit ihnen zusammen zu sein, oder würde mit ihnen übers Wochenende wegfahren. Und dann habe ich, aus Erschöpfung und Bequemlichkeit, nichts von alldem getan. Heute, wo sie weggehen, merke ich, dass ich die beste Zeit meines Lebens damit verbracht habe, mich um Kieselalgenfilter und Jacuzzis zu kümmern, statt mir Zeit für sie zu nehmen.«

Ich verstand ganz genau, was Anna meinte, und teilte diese lauen Schuldgefühle, die ich gewöhnlich verdrängte. Der

Autan blies in heftigen Böen, erschütterte die Bäume im Park und pfiff durch Äste und Stämme. Anna stand vor dem Fenster und sah zu, wie die Vegetation im nächtlichen Gewitter schwankte. Ich ging zu ihr und legte ihr die Hände auf die Schultern. Wir waren ganz allein in dem riesigen Haus. Ohne dass sie sich umdrehte, hörte ich sie sagen: »Fick mich.«

Ich hatte eine ziemlich klare Vorstellung von dem, was Anna in diesem Moment wollte, eine Verschnaufpause, einen dieser dem Formalin der Gewohnheiten entrissenen Augenblicke, ein bisschen Sex ohne große Umstände, etwas Instinktives. Sie wusste, dass es danach kaum besser wäre als zuvor, dass wir genau das blieben, was wir immer waren. Doch das war unwichtig, da Anna nur eines erwartete: ein einfaches Stück Gegenwart. Zwischen uns bewirkte oder rettete der Sex nichts mehr, er erlaubte uns hingegen, eine Abkürzung zu nehmen, das lästige Gewicht unserer Körper zu ertragen. Uns an das formlos gewordene Raster der Existenz zu klammern. Nicht dass uns die Lust gefehlt hätte. Im Gegenteil, von ihrer jüdisch-christlichen Kruste befreit, fand sie zu einer gewissen archaischen Rohheit, durch die jeder den anderen für den Fehler bezahlen ließ, nicht so zu sein wie er selbst.

Es ist nicht uninteressant, so zu den Wurzeln unserer Art zurückzukommen und das zu erfahren, was uns wirklich ausmacht, diese Lust zu überleben, einen neuen Tag heranbrechen zu sehen, was immer er verheißen mag. An jenem Sturmabend, im Toben des Windes, wollte Anna, glaube ich, dass wir überlebten. Und ich auch. Gemeinsam oder einzeln. Wenn ich über uns nachdachte, war ich fassungslos über die Diskrepanz unserer beider Leben. Sie, Tag und Nacht unter der Droge ihrer Arbeit, eine Blanche de Castille der Jacuzzis, eine Muttergottes der Poolhouses. Ich, ein fotografierender Baumbewohner in Frührente, zurückgezogen aus welchem Berufszweig auch immer, wie eine arme Seele im Labyrinth der Stunden irrlichternd.

Ab 1997 wurden die Geschäfte für Anna zunehmend schwieriger. Ihre Stimmungsschwankungen entsprachen denen des Marktes, und als sich die finanziellen Schwierigkeiten zuspitzten, wurden die Beziehungen zu ihren Angestellten unerträglich. Kurz vor Auflösung der Nationalversammlung im April und dem Sieg der Linken im darauf folgenden Juni, traten die Gewerkschaftler von Atoll für mehr als einen Monat in Streik. Da diese Aktion genau in die Mitte des Wahlkampfes fiel, löste sie ein gewisses Echo in der Lokalpresse aus und wurde sogar von zukünftigen Abgeordneten der Linken unterstützt. Dieser Beistand empörte Anna. Sie wetterte gegen die »Unverantwortlichkeit« und »Demagogie« der Sozialisten, ließ aber auch keine Gelegenheit aus, die Unfähigkeit des »anderen Arschlochs«, das heißt Jacques Chiracs, anzuprangern, dem sie es nie verzeihen würde, im Namen irgendeiner hormonalen Laune eine etablierte Ordnung umgeworfen zu haben. Die Geschäfte im Allgemeinen fürchten unerwartete Veränderungen, instabile Situationen. Und die Schwimmbäder im Besonderen. Ich habe Anna oft genug wiederholen hören, wie eng ihr Schicksal mit dem der Wirtschaft und der Konjunktur verknüpft sei und dass sie unter den ersten wäre, die im Fall einer Flaute oder Krise über die Klinge springen würde. Für Anna bedeutete die Ablösung eines rechten Premierministers aus Mont-de-Marsan, Alain Juppé, durch einen Sozialisten aus Meudon, Lionel Jospin, die mitten in den Konflikt mit ihren Gewerkschaften traf, eine wahre Oktoberrevolution. Wutschäumend kapitulierte sie auf der ganzen Linie und gestand den Gewerkschaften sämtliche Erhöhungen zu, die sie forderten. Am Abend der Unterzeichnung des Übereinkommens telefonierte sie über drei Stunden mit ihren Eltern und dem Journalisten einer Wirtschaftszeitung. Während Marie und ich im Raum nebenan zu Abend aßen, konnten wir das Echo dieses ganzen Aufruhrs mit anhören:

»… Aber sicher … das Ganze ist gekippt wegen der Auflösung … von wegen, die anderen fühlten sich unterstützt, das ist normal … Ich habe ihnen gesagt: Wir rasen direkt gegen die Wand … das Unternehmen verfügt nicht über die Mittel, zu bezahlen, was ihr verlangt … ich habe sie gesehen, die lachten sich krumm und schief, sie riefen bei ihrer Gewerkschaft an und lachten … Aber nein, Papa, das hat sich geändert, die Beziehungen sind nicht mehr so wie zu deiner Zeit … es gibt nichts mehr zu diskutieren … und das Schlimmste ist, wenn du die Journalisten hörst, erzählen sie dir, mit dem Syndikalismus sei es vorbei und die Eigentümer hätten freie Hand … von wegen, die Banken werden nun, nach dem, was passiert ist, sämtliche Konten überwachen … und jede einzelne Überziehung muss gerechtfertigt werden … das geht wirklich zu weit … und das alles wegen diesem Idioten …«

Marie, von genauso reservierter Natur wie ihr Bruder, deren Sympathien für die alternative Linke ich kannte, schienen diese Unternehmerklagen unangenehm zu berühren. Sie hörte nicht gerne, wie ihre eigene Mutter lautstark solche rechten und dezidiert liberalen Meinungen vertrat. Diese Erkenntnis löste in Marie einen Konflikt aus, bei dem die Tochterliebe und die politische Überzeugung miteinander in Widerspruch gerieten. Ich für meinen Teil dachte prosaischer an »diesen Idioten«, an sein groteskes Schicksal, an diese unvorstellbare Immunität gegen die Lächerlichkeit, die er besitzen musste, um seine Fahrt am Steuer des Flaggschiffes wieder aufzunehmen, als wäre nichts geschehen, nachdem er selbst die Gesamtheit seiner Flotte versenkt hatte. Und würden den italienischen Dichter Ludovico Ariosto, genannt Ariost, nicht fünf Jahrhunderte von ihm trennen, hätte man meinen können, er hätte den Urheber dieser hanebüchenen Auflösung und all dessen, was daraus folgte, gekannt, als er seine Definition der Dummheit vorlegte: »Der gewöhnliche Dummkopf giert stets nach großen Ereignissen, welcher Art auch immer, ohne vorherzusehen, ob sie sich nützlich oder nachteilig für ihn auswirken; der gewöhnliche Dummkopf ist einzig von seiner eigenen Neugierde getrieben.«

Und ich, dem das Glück ein für allemal hold gewesen war, lebte von meiner Rente, während ich die Arbeit an meinen Insekten fortsetzte und durch ein Buchprojekt über Fernsehapparate erweiterte. Im Gegensatz zu meiner Monographie über Ur- und andere Hautflügler, war Spiridon von der Idee, die historische und ästhetische Evolution dieser Zauberlaternen in Schwarzweiß auf grauem Hintergrund fotografisch festzuhalten, ganz angetan und bewilligte mir auf der Stelle einen Vorschuss, um meine Recherche- und Reisekosten zu decken. Bevor ich mich auf den Weg machte, stellte ich eine Sammlung der schönsten Stücke aus Archiven und Katalogen zusammen. Dieses Projekt entsprach mir ganz und gar. Erst recht, da es mich davor bewahrte, meinesgleichen zu fotografieren, diese unstete Art, die ununterbrochen vor meiner Linse zappelte und sich beständig meinem Blickfeld entzog.

Ich hatte nicht sehr viel Zeit, mich meinen neuen Recherchen zu widmen. Am Tag vor dem Finale der Fußballweltmeisterschaft erlitt meine Mutter einen zweiten, diesmal sehr ernsten Schlaganfall. Diese unsichtbare Verwundung im Gehirn zog ihre Bewegungsfunktionen in Mitleidenschaft, aber auch die Sicht, die sie auf das Leben hatte. Obwohl sie nur sehr selten darüber sprach, wusste sie doch, dass sich von jetzt an der Tod jede Nacht in ihr Bett legen würde.

Als sie nach zwei langen Monaten aus der Rehabilitation zurückkehrte, betrat sie ihr eigenes Haus, als ob sie einen reichen orientalischen Palast besichtigte. Sie fand eine Welt wieder, die sie für immer verschwunden glaubte, mit all ihren vertrauten Gegenständen, die geduldig auf sie gewartet hatten.

Um diese Rückkehr zu organisieren, musste eine ganze Logistik von sanitären Vorkehrungen in Gang gebracht werden. Ein elektrisches Krankenbett war zu besorgen, morgens und abends kam eine Schwester, um meine Mutter zu waschen, ihr beim Aufstehen und Schlafengehen zu helfen, ein Krankengymnast verabreichte ihr Massagen, während ein städtischer Dienst jeden Morgen Fertigmahlzeiten vorbeibrachte, die aussahen, als wären sie auf der Basis von künstlicher Nahrung zubereitet worden.

Zur großen Freude meiner Mutter bestellte ich diese Lieferungen sehr bald ab und kümmerte mich selbst um ihre Verpflegung. Die spürbare Verbesserung der Mahlzeiten brachte ihr auch den Geschmack am Leben zurück, und meine Besuche wurden sehr schnell so alltäglich wie unentbehrlich. Innerhalb weniger Monate hatte mein Leben eine völlig neue Wendung genommen. Ohne dass ich wusste, wie mir geschah, war ich zum Koch, Buchhalter, Gärtner, Verwalter und Vertrauten meiner Mutter geworden. Die Wochen verstrichen, und es geschah, dass ich mehr Zeit bei ihr als bei mir verbrachte. An manchen Abenden war ich ausgelaugt, demoralisiert und gealtert, wenn ich nach Hause kam.

Es gab kein Zurück mehr. In einem affektiven Netz gefangen, musste ich weitermachen, was ich begonnen hatte, wollte ich meine gebrechliche Mutter nicht in ihr einsames, immobiles Universum zurückschicken und den stillschweigenden Vertrag brechen, der uns aneinander band. Sie zeigte mir jeden Tag ihre Dankbarkeit und Freude, bis zum Ende zu Hause bleiben zu können. Das Ende, das sah sie nun wohl unmittelbar voraus, und sie sprach ganz natürlich von ihm, mit einer Leichtigkeit und Gelöstheit, die neu für sie waren. Nachdem sie ihr ganzes Leben lang so still und diskret gewesen war, hielt sie jetzt nicht mehr mit ihren Gedanken und Gefühlen zurück. Es war, als hätte der Blutsturz in ihrem Gehirn sämtliche Dämme mit sich fortgerissen, die ihre Emotionen bis dahin kanalisiert hatten. Obwohl halb gelähmt, war mir meine Mutter noch nie so alert vorgekommen.

Durch diesen langen Tunnel begleitete ich sie vier Jahre, die zunehmend mühsamer und trauriger wurden. An gewissen Tagen verließ ich diesen düsteren Stollen so, wie man früher aus der Mine kam. Die Arbeitsbelastung war nicht überwältigend, doch da war alles andere, dieses unbequeme Schauspiel des Alters und der Krankheit, die gemeinsam das Werk der Vernichtung in Angriff genommen hatten. Und dann stellte ich bei mir das Aufkeimen immer unedlerer Gefühle fest. Ich begann es meiner Mutter übel zu nehmen, dass sie mir meine Zeit stahl, warf ihr eine Art affektiver Erpressung vor, unterstellte ihr, die Situation auszunützen, sich das Klagen anzugewöhnen und keine eigene Anstrengung mehr zu unternehmen. All diese Beschwerden waren natürlich höchst ungerecht.

Auch hatte ich in jenem Herbst 1998 mein Buchprojekt erst mal auf später verschoben. Anna schien mir seit einiger Zeit, wenn sie abends nach Hause kam, ruhiger, entspannter als früher. Sie sprach von ihren Sorgen und Problemen bei Atoll, als hätte es sich dabei um eine entfernte Filiale in Schwierigkeiten gehandelt. Seit Monaten ließ sie die Gewerkschaften innerhalb des Unternehmens auf den Tischen tanzen. Sie hatte mit ihren erbitterten Kämpfen aufgehört, zog es vor, so sagte sie, sich auf ihr neues Projekt zu konzentrieren: eine Produktionseinheit von Jacuzzis nach Katalonien zu verlagern und das Kapital von Atoll nach Barcelona zu transferieren. Der Umsiedlungsplan blieb top secret, und es kam nicht in Frage, dass die Angestellten in Toulouse von ihrer zukünftigen Freistellung Wind bekamen. Ich fand das furchtbar unfair, aber ich konnte nichts dagegen unternehmen, es sei denn, die Machenschaften meiner eigenen Frau bei den Gewerkschaften zu denunzieren. Und in dieser Rolle sah ich mich ehrlich gesagt nur schlecht.

Anna reiste immer häufiger nach Barcelona. Sie fuhr jede Woche hin, um Kontakte zu knüpfen und Industrieanlagen zu besichtigen. Jedes Mal kehrte sie von diesen Reisen selbstsicherer, zuversichtlicher zurück. Sie sagte, das Handwerk sei billiger als in Toulouse, und die Provinz Katalonien zeige sich sehr entgegenkommend bei der Ansiedlung neuer Unternehmen.

Während ich den Eindruck hatte, täglich durch die Mäander eines Tunnels zu kriechen, den ich mir zum Teil selbst gegraben hatte, bot Anna mir im Gegensatz dazu das Bild eines Menschen, der zu neuem Leben erwachte, der endlich einen Ausweg gefunden hatte, eine zweifellos grausame, egoistische, aber höchst effiziente Lösung. Ohne die geringsten Skrupel verwaltete sie Atoll weiter, als wäre nichts geschehen. Wenn ich abends nach Hause kam, fand ich sie oft im Wohnzimmer, die Beine auf dem Sofa ausgestreckt, wie sie mit einem Glas in der Hand locker mit Marie plauderte. Manchmal versuchte ich sie zur Vernunft zu bringen:

»Glaubst du nicht, du könntest noch einmal über diese Sache mit Barcelona nachdenken ...«

»Seit wann interessierst du dich denn für meine Geschäfte?«

»Es sind vor allem die Geschäfte von ungefähr hundert Leuten, die sich von einem Tag auf den anderen auf der Straße befinden werden.«

»Sie haben wirklich alles dafür getan, dass es so weit kommt.«

»Warum sagst du ihnen nicht die Wahrheit?«

»Welche Wahrheit denn?«

»Ich weiß nicht, dass es dem Unternehmen schlecht geht vielleicht, dass du große Probleme hast. Und dass es besser wäre, eine Zeitlang etwas weniger zu verdienen, als zu riskieren, seinen Job endgültig zu verlieren.«

»Du bist ein richtiges Kind. Manchmal frage ich mich wirklich, in welcher Welt du lebst. Glaubst du, die Gewerkschaftler werden eine solche Sprache akzeptieren, glaubst du, die lassen sich auf so was ein?«

»Ich spreche nicht von den Gewerkschaften. Du musst dich eben an die Basis richten.«

»Die Basis hasst mich noch mehr als die Gewerkschaften. Du willst einfach nicht begreifen, dass das Spiel aus ist. Wir sind hier nicht mehr konkurrenzfähig. Überhaupt nicht mehr. Wenn ich die Produktion nach Barcelona verlege, spare ich dreißig Prozent allein an Abgaben.«

»Hast du mit deinem Vater gesprochen?«

»Mit meinem Vater? Glaub mir, der ist meilenweit von alldem entfernt. Offenbar bespringt er, seit er Viagra nimmt, pausenlos meine Mutter.«

»Woher weißt du das ...«

»Von meiner Mutter. Von wem soll ich es denn sonst wissen?«

»Du sprichst mit deiner Mutter über solche Dinge?«

»Wie verklemmt du manchmal sein kannst.«

»Wie alt ist dein Vater eigentlich?«

»Achtundsiebzig oder neunundsiebzig, ich weiß es nicht mehr genau.«

»Und was sagt deine Mutter dazu?«

»Vor zwei Minuten fandest du es noch skandalös, dass meine Mutter und ich uns über die Sexualität meines Vaters unterhalten, und jetzt willst du sämtliche Details über ihre Beziehung!«

»Überhaupt nicht. Ich fragte mich nur, wie deine Mutter mit dieser Situation umgeht, das ist alles.«

»Weißt du was? Am besten rufst du an und fragst sie.«

»Im Ernst, du solltest mit deinem Vater über diese Geschichte reden, das scheint mir alles der reinste Wahnsinn. Hör auf mich, denk noch einmal darüber nach.«

»Es ist alles bedacht, mein Schatz.«

»Hast du eben ›mein Schatz‹ zu mir gesagt?«

»Ja, es ist mir so herausgerutscht.«

Um die Spontaneität ihrer Antwort zu unterstreichen, machte Anna mit der Hand eine kreisende Bewegung über dem Kopf. Sie, gewöhnlich so streng und überlegt, hatte seit einer Weile einen Ton und ein Benehmen, die ich kaum an ihr kannte. Mir fiel auch auf, dass sie ihre Kleidung sorgfältiger auswählte, selbst um sich mit einem hart gesottenen Vertreter der CGT herumzustreiten. Und eine weitere Veränderung, über die ich mich nicht beklagen konnte: Anna hatte ihren sexuellen Appetit von früher wieder gefunden. Katalonien hatte ganz offensichtlich einen ziemlich merkwürdigen Einfluss auf den Stoffwechsel, eine Macht, die einer Frau gleichzeitig die Lust verschaffen konnte, zu lieben und ihre Mitmenschen umzubringen.

So verging ein volles merkwürdiges Jahr. Tagsüber fütterte ich, ganz der gefällige Sohn, meine Mutter, und abends, ganz der gehorsame Liebhaber, rollte ich über die seidenweiche Haut einer auf einmal sexbegeisterten Gemahlin. Nebst kleiner Perversitäten, die ich nicht an ihr kannte, fing Anna, die sonst eigentlich eher zur stummen Fraktion zählte, nun auch an zu sprechen. Sie gab mir eine kleine Reihe klarer Befehle, die in meinen Ohren wie Ermutigungen klangen. Meine Frau neigte außerdem dazu, in ihren Berührungen offensiver zu werden und eine Spur Bestimmtheit hineinzulegen. Und sie hatte die Gewohnheit angenommen, mir, kurz bevor ich kam, die gebieterische, immer gleiche Anweisung zu geben: »Senk den Kopf.« Dies wiederholte sie mit zunehmend lauter Stimme, bis ich tatsächlich, in welcher Position ich mich auch gerade befand, den Kopf nach unten richtete. Dabei überkam mich ein komisches Gefühl, von dem ich nicht wirklich sagen könnte, ob es meine Lust erhöhte oder im Gegenteil abschwächte. Jene, von der Anna gepackt zu sein schien, hatte jedenfalls keinerlei Gemeinsamkeit mit den Orgasmen, an die sie mich während unseres langen gemeinsamen Lebens gewöhnt hatte. Jetzt ahnte ich, wenn ihre Augen sich halb schlossen und ihr Kopf leicht nach hinten kippte, dass im Innern dieses Körpers blinde Kräfte einander bis zur Glut durchdrangen, abstießen und aneinander prallten. Wie ein blaues Band sprangen die Venen an ihrer Kehle hervor, die sich selbst zu erwürgen schien. Köstliche Bosheiten, vertrauliche Grobheiten spritzten aus Annas Mund wie kleine Schlackenstücke aus der Seele, wie glühende Asche, die im Augenblick des Ausbruchs ausgespien wird.

Ich gestehe, dass mich diese Umwälzungen eine Zeit lang stutzig machten. Ich hatte Anna sogar in Verdacht, dasselbe Syndrom wie Laure zu zeigen und zu simulieren. Doch derlei Mystifikationen waren nun wirklich nicht ihre Art, und auch nicht, sich abzumühen, um das unsichere Ego eines ungenügenden Partners zu schonen. Eher war ich überzeugt, dass Anna und ich dank dieser Veränderungen Reste eines alten Einverständnisses ausgruben, die durch die Zeit verschüttet worden waren. Für mehrere Monate kam es mir so vor, als wären wir einander körperlich, aber auch seelisch wieder näher gerückt. Dieses Gefühl wurde noch verstärkt, als Vincent uns mitteilte, dass Yuko ein Kind erwartete. Als der erste Moment der Überraschung vorüber war, fühlten wir uns bei der Aussicht auf die Geburt dieses Kindes durch ein gemeinsames Projekt miteinander verbunden, so abstrakt es auch war: für die Kinder unserer Kinder zu sorgen. Jenes von Vincent und Yuko sollte im Februar oder März 2000 zur Welt kommen. Hätte man uns zugehört, wie wir uns diese nahe Zukunft ausmalten, hätte man eindeutig den Eindruck gewonnen, dass wir wieder ein Paar waren. Leider ist der Augenschein nur zu oft ein Tranquilizer für Dummköpfe, und kaum hat man sich an diese Art von Gewissheit geklammert, belehrt uns das Leben entrüstet eines Besseren.

Wir standen wenige Monate vor dem neuen Jahrtausend, und in ihrem Konsumfieber leistete sich die westliche Welt den Luxus von ein paar Schaudern technologischer Natur. Nebst unmittelbar bevorstehender Börsenapokalypsen sahen ein paar hellseherische Käuze alle möglichen Plagen und Computerkatastrophen über uns hereinbrechen. Mit den Sorgen um die Gesundheit meiner Mutter beschäftigt und zunehmend desillusioniert über den Verlauf, den mein Leben nahm, verfolgte ich die täglichen Verwünschungen dieser Unglücksscharlatane nur von weitem. Ich wusste nicht, dass ich mit ein klein bisschen Vorsprung dabei war, die Richtigkeit all dieser bösen Millenniumsprophezeiungen zu belegen.

Mein persönliches kleines Armageddon begann am späten Donnerstagnachmittag des 25. Novembers 1999 durch einen Anruf der Gendarmerie von Carcassonne. Ich verstand nicht, was der Mann zu mir sagte. Seine Erklärungen klangen konfus, seine Stimme war unsicher und gefärbt vom starken Akzent der Corbières. Es war bereits dunkel, und draußen regnete es.

»Sie sollten vorbeikommen, um die Leiche zu identifizieren.«

Es war das dritte Mal, dass er diesen Satz wiederholte. Um die Leiche zu identifizieren. Die Leiche von Anna Blick. Sie war bei einem Flugzeugunfall ums Leben gekommen. Ich konnte ihm noch so oft erklären, das sei unmöglich, Anna sei erst heute Morgen mit dem Auto nach Barcelona aufgebrochen, er blieb hartnäckig. Die Leiche identifizieren. Das war alles, was er wollte. Dass ich zustimmte. Danach würde er wieder auflegen.

Ich sagte niemandem Bescheid, auch nicht den Kindern, nahm mein Auto und fuhr Richtung Carcassonne. Ich erinnere mich, dass ich diese Strecke ohne Eile und ohne wirkliche Angst zurücklegte, in einem völlig neutralen, fast schwerelosen Zustand, in dem die Gefühle nicht an mich herankamen. Ich fühlte nichts und dachte nichts. Keine Spekulationen, keine bedrückenden Gedanken. Regentropfen zerplatzten auf der Windschutzscheibe, die Scheibenwischer verjagten sie. Ich fuhr im Rhythmus dieser Wischbewegungen, die meinen Blick immer wieder freizumachen und die dunkle Sicht zu erhellen versuchten, die ich auf die mich umgebende Welt hatte.

Die Leiche war bereits gewaschen worden, aber an den Haarwurzeln klebten noch Tröpfchen von geronnenem Blut. Auf der Brust und an den Beinen klafften breite Wunden. Der linke Fuß war auf Höhe des Knöchels abgetrennt. Die rechte Brust in der Mitte durchschnitten. Obwohl das Gesicht blau angelaufen und von Blutergüssen völlig entstellt war, hatte es eine gewisse Schönheit bewahrt und ließ hinter der großen Verheerung noch die Feinheit der Züge erkennen. Ich sah mir das alles an, wie man vor dem Ende der Welt steht, wenn nichts mehr übrig bleibt, wenn das Böse vorübergegangen ist und alles verwüstet, alles zerstört hat. Ich betrachtete die Frau, die mich am Morgen erst verlassen hatte, wieder einmal in Eile und wie immer zu spät dran, sprühend vor Energie und den Duft eines morgendlichen Parfüms verströmend. Ich betrachtete die ehemalige Freundin von Grégoire Elias, die Mutter von Vincent und Marie, die Tochter von Martine und Jean, doch ich konnte nicht glauben, dass dieser verunstaltete Körper auch die Frau von Paul Blick war.

Ich stand da und schaute. Ich wartete darauf, dass etwas in mir geschah, etwas, das mich aus meiner Reglosigkeit befreit, das mir begreiflich gemacht hätte, was ich gerade erlebte und was mich überstieg.

»Erkennen Sie Ihre Frau?«

Es reichte, dass ich ja sagte, damit Anna sterben konnte, damit man die Schublade des Kühlfachs wieder zuschob, damit ihr Tod eingeschrieben wurde in das Register der Gendarmerie, damit alles anders wäre, damit auf einmal die Telefone anfingen zu klingeln und die Menschen zu weinen.

»… Verzeihen Sie, Monsieur …, erkennen Sie Madame Anna Blick?«

Wie soll ich sagen. Es war sie und zugleich eine andere. Eine Art ältere Schwester, deren Gesicht mit dem Alter an Schönheit verloren hatte, die einem blutigen Albtraum entkommen war und sich nun langsam auf einem eiskalten Sofa erholte. Ja, eine von einem bösen Traum verstörte Schwester, die nie ohne ihre Brownie Flash Kodak oder ihre silberne Karosse aus dem Haus ging, die von den Eltern stets bevorzugt wurde, weil sie die lebendigere, intelligentere von beiden war. Eine Schwester, die später aus Versehen einen Jungen geheiratet hatte, dessen Bruder tot war, einen Jungen namens Block, oder Blick, der sagte, er habe ein für allemal genug verdient, und der den Kopf senkte, wenn er kam.

»Es tut mir Leid, dass ich nachhaken muss …«

Ich drehte mich zu dem Gendarmen. Ich sah einen Mann, der müde war von seinem Tag und es wahrscheinlich eilig hatte, zu seiner Familie zu kommen und den roten Strich, den der Rand des Käppis jeden Tag auf seiner Stirn hinterließ, verschwinden zu sehen. Es war der Mann vom Telefon, der mit dem Akzent der Corbières sprach. Es tat ihm Leid, nachbohren zu müssen, doch er zögerte nicht, die Frage zu wiederholen. Und er würde sie so oft wiederholen, wie es nötig war, bis er seine Antwort hatte und einen Namen unter die Tote setzen konnte.

»War das Ihre Frau?«

Als ich hörte, wie der Gendarm von Anna in der Vergangenheit sprach, brach ich in Tränen aus. Er hatte mir soeben zu verstehen gegeben, dass Anna nicht mehr von dieser Welt war. Ich antwortete ja, das sei sie fast fünfundzwanzig Jahre lang gewesen.

Der Gendarm klappte seinen Ordner zu und gab dem Angestellten des Leichenschauhauses ein kurzes Zeichen. Dieser kam auf uns zu, bedeckte Anna mit einem Laken und schloss, nachdem er diskret nach meinem Einverständnis gefragt hatte, die Schublade, die langsam vorwärts glitt und Anna ins Nichts entführte.

In diesem Augenblick hatte ich nur ein Bedürfnis: meine Kinder in die Arme zu schließen und sie festzuhalten, sie nicht mehr loszulassen, sie zu beschützen vor Männern und Flugzeugen, sie neben mir zu behalten, über sie zu wachen, wie ich es so lange getan hatte, als wir noch eine ganz junge Familie waren. Der Gendarm bat mich, ins Büro zu kommen, wo er mir Informationen über den Unfall geben wollte:

»Morgen … nicht heute Abend …«

»Ich verstehe. Wann Sie wollen.«

»Wo ist es passiert?«

»Bei den ersten Ausläufern der Montagne Noire.«

»War es ein Linienflugzeug?«

»Aber nein, ein ganz kleines Propellerflugzeug, ein Zweisitzer, eine Jodel, glaube ich.«

Die Rückkehr nach Toulouse dauerte eine Ewigkeit. Ich hatte den Eindruck, ein kleines Boot durch widrige Winde und Strömungen zu steuern. Der Wagen durchstieß dichte Regenwände, und dahinter sah die Welt jedes Mal noch düsterer aus. Dieses Toben der Regengüsse entsprach ganz dem Wirrwarr meiner Gefühle. In manchen Augenblicken wurde ich von Schrecken gepackt bei dem Gedanken, dass ich Annas Stimme nie wieder hören würde. Und dann wieder drängten sich die Umstände und die Art dieses Unfalls in den Vordergrund. Nach und nach drangen rein logische Fragen an die Oberfläche. Wie konnte Anna, die an jenem Morgen im Wagen nach Barcelona gefahren war, ein paar Stunden später in einem zweisitzigen Flugzeug mitten im Wald der Montagne

Noire sterben? Wohin war diese Maschine unterwegs? Woher kam sie?

Gegen zweiundzwanzig Uhr kehrte ich nach Hause zurück. Es dauerte eine ganze Weile, bis ich den Mut fand, mich aus dem Wagen zu quälen. Der Regen trommelte auf das Autodach, und zwischen den Bäumen hindurch konnte ich die Lichter des kleinen Wohnzimmers erahnen, in dem sich meine Tochter abends gerne aufhielt, wenn sie nicht ausging. Sie musste fernsehen, Musik hören oder mit irgendjemandem telefonieren. Sie saß auf dem Sofa und hatte keine Ahnung, dass sie sich am Rande eines Abgrundes befand, in den sie hineinstürzen würde, sobald ich in der Tür auftauchte.

Wie kann ein Vater seiner Tochter den Tod ihrer Mutter mitteilen? Gibt es Worte, die weniger schmerzhaft, Sätze, die weniger schneidend sind als andere? Noch nie hatte ich mein eigenes Haus mit einer solchen Last auf den Schultern betreten. Ich hörte die vertraute, schnatternde Stimme des Fernsehers, das unerschütterlich plätschernde Geschwätz dieser irrealen Welt, die nie schläft oder stirbt. Ich würde Marie die Nachricht überbringen, und in dem Apparat würde sich nichts ändern, nach wie vor würde er seine Banalitäten von Überlebenden und leere Komödiantenrepliken von sich geben.

Mit steifem, eiskaltem Körper, regenüberströmtem Gesicht und dem Gang eines ängstlichen Einbrechers machte ich ein paar Schritte auf Marie zu, die sich einen Film ansah. Ich erinnere mich noch genau an den Titel: *Das süße Jenseits*, von Atom Egoyan. Ich erinnere mich an das Gesicht des Vaters, Ian Holm, der von seinem Wagen aus mit seiner Tochter telefoniert, die ein paar hundert Kilometer entfernt wohnt, an die Traurigkeit in seinem Blick, an seinen Satz, in dem große Enttäuschung mitschwingt: »Ich frage mich, mit wem ich in diesem Augenblick eigentlich rede.«

Ich erinnere mich an den Blick, den Marie auf mich richtete, an die plötzliche Beunruhigung, die ich darin lesen konnte, an die Bewegung ihrer Hand, mit der sie sich auf den Rand des Sofas stützte.

Ich erinnere mich, dass ich die Augen niederschlug, meine Tränen nicht länger zurückhalten konnte und mich sagen hörte: »Deine Mama ist gestorben.«

Marie fragte nach keiner Erklärung, sprach kein Wort. Sie rollte sich auf dem Sessel zusammen, und es sah aus, als würde sie vor meinen Augen einschrumpfen, als wollte sie verschwinden und so dem Unheil entkommen. Kalte Tränen flossen ihr über die Wangen. Sie weinte mit weit aufgerissenen Augen.

Ich musste Vincent anrufen und auch ihm das Unsagbare sagen. In einem ersten Reflex, um seinen Kummer zu mildern, bombardierte er mich mit einer Reihe von Fragen, auf die ich natürlich keine Antwort hatte. Er aber wollte alles ganz genau wissen, die exakte Uhrzeit, den Ort, die Ursachen und die Umstände des Unfalls. Er hörte nicht auf, diese Fragen zu formulieren, in der Hoffnung, so lange wie möglich den Moment hinauszuzögern, in dem er von unkontrollierbaren Gefühlen überwältigt würde.

Er kam kurz nach elf zusammen mit Yuko nach Hause und fand Marie und mich zusammen an einem Ende des Sofas sitzend. Wir müssen wie zwei Unbekannte ausgesehen haben, die sich in einem Wartezimmer geduldeten. Marie ging auf ihren Bruder zu, ich folgte ihr, und wir drei fanden uns wieder, drückten uns aneinander, klammerten uns an den Kern dieser Familie, die wir immer noch bildeten. Ich stand in der Mitte des Raums, mit meinen Kindern in den Armen. Etwas abseits bei der Wohnzimmertür warteten Yuko Tsuburaya und ihr großer Bauch offensichtlich auf ein Zeichen, um in den Kreis zu stoßen, doch keiner von uns besaß die Geistesgegenwart dazu.

Noch am selben Abend musste ich auch Annas Eltern Bescheid geben. Ihnen das Wenige sagen, das ich wusste. Die Jodel. Die Montagne Noire. Carcassonne. Die Gendarmerie. Eigenartigerweise schienen sich die Villandreux mit der Vorstellung, ihre einzige Tochter nie wieder zu sehen, sehr schnell abzufinden und überhäuften mich mit einer Menge Fragen, die sich auf materielle und praktische Dinge bezogen, die es zu regeln galt. Das war wohl ihre Art, den Kummer zu leugnen, ihn noch ein wenig hinauszuschieben.

Meine Mutter wollte ich in jener Nacht noch schonen, in Frieden schlafen lassen. Es hatte keine Eile. Morgen vielleicht, wenn es Tag wäre, in der Zwischenzeit, solange sie schlief und bis sie um das Gegenteil wusste, war Anna noch von dieser Welt.

Am Morgen prasselte noch immer der Regen auf die Erde und brachte die Rinde der Platanen zum Glänzen. Um neun Uhr saß ich in Carcassonne in einem eiskalten Büro der Gendarmerie, in dem es nach Javel roch.

»Es ist noch ein bisschen früh, um Gewissheiten zu haben, aber wir nehmen an, dass der Unfall durch die Witterungsbedingungen verursacht wurde. Die Verhältnisse waren gestern außerordentlich schlecht über der Montagne Noire.«

Der Gendarm reichte mir Fotos von dem kleinen einmotorigen Flugzeug, das vom Aufprall völlig zerborsten war. Kaum, dass man noch die schemenhafte Silhouette des Rumpfs ausmachen konnte.

»Was tat meine Frau in diesem Flugzeug …?«

»Genau das wollte ich Sie fragen.«

»Anna hat gestern das Haus verlassen, um im Auto nach Barcelona zu fahren. Da ist alles, was ich weiß.«

»Kennen Sie einen Monsieur Xavier Girardin?«

»Nein.«

»Er war der Pilot und Besitzer des Flugzeugs.«

»War er Berufspilot?«

»Keineswegs. Er hatte einen Flugschein, aber flog nur zum Vergnügen. Er war Anwalt in Toulouse. Was für einen Wagen fuhr übrigens Ihre Frau?«

»Einen Volvo.«

»Einen dunkelgrauen Kombi S70?«

»Ja.«

»Man hat ihn auf dem Parkplatz des Toulouser Aeroclubs Lasbordes gefunden.«

»Kam das Flugzeug aus Barcelona?«

»Nach dem Flugplan, der uns übermittelt wurde, flog die Jodel nur die Strecke Toulouse-Béziers und zurück. Girardin, der Name sagt Ihnen wirklich nichts? Darf ich Ihnen ein Foto zeigen?«

Auf dem Bild glich Xavier Girardin einem glücklichen, einem fröhlichen, vertrauensvollen Mann. Er hatte ein solides und zugleich charmantes Gesicht, das ein wenig an die Männlichkeit eines weichen Nick Nolte erinnerte. Ich hatte diesen Xavier Girardin noch nie in meinem Leben gesehen und auch noch nie von ihm gehört.

»Aus welchem Grund wollte Ihre Frau nach Barcelona?«

»Für ihre Arbeit. Sie fuhr seit einem Jahr ungefähr einmal pro Woche dahin. Sie baute da unten ein Geschäft auf.«

»Wissen Sie, ob sie sich manchmal mit dem Flugzeug dorthin begab?«

»Nie. Sie fuhr immer mit dem Auto.«

»Und gestern, gab es da irgendeinen Hinweis, dass sie beschlossen hatte, mit Monsieur Girardin dorthin zu fliegen?«

»Nein.«

»Darf ich Sie nach Ihrem Beruf fragen?«

»Ich mache Fotos.«

Dieses Gespräch ließ mich völlig ratlos zurück. Das Wenige, das mir der Gendarm mitteilte, öffnete einen Abgrund von Fragen, der durch keine rationale Antwort aufzufüllen war. In den kommenden Tagen hingegen sollte ich mehr in Erfahrung bringen, als mir lieb war.

Erst war da diese eigenartige Atmosphäre bei Annas Beerdigung. Meine Frau hatte mir oft von dem tief sitzenden Hass erzählt, den das gesamte Personal gegen sie hegte. So war ich außerordentlich überrascht zu erfahren, dass Atoll an jenem Tag der Trauer seine Tore geschlossen hielt und ausnahmslos alle Mitarbeiter gekommen waren, um an der Feier teilzunehmen. Das Merkwürdigste aber war, dass diese Menschen aufrichtig bedrückt wirkten. Wo immer ich in die Menge schaute, sah ich nichts als traurige Gesichter und mitfühlende

Blicke. Wie konnte man seine Chefin so sehr hassen und ihren Tod auf so ehrliche Weise betrauern?

Ein paar Tage später besuchte ich das Unternehmen, wo mich Bernard Bidault empfing, Annas rechte Hand. Er war ein reservierter, außerordentlich ernsthafter Mann, der jeden Winkel dieses Hauses kannte. Er verwaltete die Zahlen, die Höhen und Tiefen, genauso wie die einzelnen Projekte. Er kannte sämtliche Angestellten mit Vornamen und ihre genaue Stellung im Unternehmen.

»Es tut mir Leid, Sie in einem so schwierigen Moment zu belästigen, aber ich musste Sie unbedingt sehen. Ich habe schon versucht, mit Monsieur Villandreux Kontakt aufzunehmen, aber seine Frau sagte mir, dass er nach allem, was passiert ist, nicht in der Verfassung sei, sich um die Geschäfte von Atoll zu kümmern. Deswegen habe ich mir erlaubt, Sie anzurufen.«

»Gibt es Probleme?«

»Nun, Monsieur Blick … ich glaube, das Unternehmen wird … schließen müssen.«

»Wie meinen Sie das, schließen?«

»Wir sind mit der Zahlung der Sozialabgaben sechs Monate in Verzug und ein Jahr mit anderen Belastungen. Unsere finanzielle Situation ist verheerend, sämtliche Konten überzogen, Kredite, die wir nicht zurückzahlen können, die Steuerbehörde fordert große Rückstände ein, und bis Ende des Monats haben wir über zwei Millionen Francs an Gehältern zu überweisen.«

»Anna hat mit mir nie über all das gesprochen.«

»Sie hat mir auch nicht alles gesagt, Monsieur Blick. Sie delegierte sehr wenig und regelte die Probleme, wie sie gerade kamen. Auf ihre Art, mit ihren Methoden. Wir von der Geschäftsleitung hatten manchmal etwas Mühe, ihr zu folgen.«

Ich verstand nichts von all dem, was mir Bidault erzählte. Alles ging drunter und drüber, sein Bericht, die Zahlen, die Perspektiven und vor allem das Bild von Anna, das sich mehr und mehr vernebelte.

Zu Hause beschloss ich, in ihren Geschäftsunterlagen nach

ein paar Akten zu suchen, die die künftige Niederlassung des Unternehmens in Barcelona belegten, nach der Spur irgendeines Finanzierungsplans für ein solches Vorhaben. Nichts. Nicht eine einzige Notiz, kein Dossier. Spanien existierte nicht.

Da passierte etwas in mir, ich wurde gepackt von einer Art Zwangsverhalten, einer Wut, die mich trieb, eine Antwort auf jede meiner Fragen zu finden. Ich würde in den Sachen einer Toten herumstöbern, sämtliche Winkel ihres Lebens durchforsten, alles auspacken, durchleuchten, überprüfen.

Als Erstes Barcelona. Mehrere Anrufe bei der Handelskammer der Generalitat von Katalonien ergaben, dass Anna nie ein Niederlassungs- oder Subventionsgesuch eingereicht und keinerlei Kontakt mit einem Repräsentanten der Provinz aufgenommen hatte. Ihr Name tauchte auf keinem Dossier auf, war in keinem Terminkalender eingetragen. Außerdem belegten ihre Kontoauszüge, dass sie im vergangenen Jahr keine einzige Rechnung in Spanien bezahlt hatte.

Anna war nie nach Barcelona gefahren. Genauso wenig hatte sie vorgehabt, Atoll nach Katalonien zu verlegen. Dies alles war nichts als eine eigenartige, aus der Luft gegriffene Geschichte, von der ich weder Sinn noch Zweck begriff.

Ein paar Tage nach dieser Entdeckung fuhr ich mit Vincent zum Aeroclub, um den Volvo seiner Mutter abzuholen, der dort auf dem Parkplatz stand. Als ich zwischen den Maschinen umherging, kam ein Mann auf mich zu. Es war einer der Mechaniker des Clubs, der dachte, ich wolle ein Flugzeug mieten.

»Nein … ich bin ein Verwandter der Frau, die bei dem Unfall ums Leben gekommen ist …«

»Verzeihen Sie … was für eine schreckliche Geschichte … Wir können es hier alle noch gar nicht fassen. Denken Sie nur, ein Flugzeug des Clubs … Ich hatte es noch zwei Tage zuvor gewartet. Wir verstehen es einfach nicht. Die sagen, es sei das schlechte Wetter, aber ich kann das nur mit Mühe glauben … Monsieur Girardin war der Pilot mit der größten Erfahrung hier im Club. Die Strecke nach Béziers konnte er mit geschlossenen Augen fliegen. Kennen Sie Monsieur Girardin?«

»Ein bisschen, ja.«

»Er besaß ein Haus in der Gegend von Sète, am Meer … Vielleicht waren Sie schon mal da … Er machte mit der Dame jede Woche einen Abstecher dahin. Also, sehen Sie, er muss diesen Flugplan hunderte Male eingereicht haben. Ich kann einfach nicht glauben, dass er dem Wetter in die Falle gegangen ist … Es ist schwer vorzustellen … Fliegen Sie auch?«

»Nein.«

Es kam mir vor, als wartete jeder Tag nur darauf, mich mit Vergnügen zu demütigen, während die Nächte dieses Ragout an Erniedrigungen weiter köchelten. Mein erbärmliches Verhalten, diese entwürdigenden Nachforschungen waren mir genauso zuwider wie das, was sie ans Licht brachten. Und als die Kinder mich mit Fragen bedrängten, um zu erfahren, was ihre Mutter mitten in der Woche in einem Flugzeug neben einem auf die Geschäfte von Schwerverbrechern spezialisierten Anwalt machte, konnte ich nur mit den Schultern zucken und schweigen, Unwissen vorschützen und versuchen, sie von meiner Aufrichtigkeit zu überzeugen.

Hatte ich genug vom Herumstöbern, kümmerte ich mich um meine Mutter, die sehr betroffen war von Annas Tod. Es verging kein Tag, an dem sie nicht ein gutes Wort für ihren Mut und ihre Bestimmtheit einlegte.

»Man kann nicht gerade behaupten, dass du ihr viel geholfen hast. Sie hat sich ganz allein geschlagen. Das war bestimmt nicht immer einfach für sie, weißt du, zwischen den Kindern, deinen vielen Reisen und dem Unternehmen.«

Zum Glück gab es, um all diese Anschuldigungen und mein Ungenügen zu kompensieren, Barcelona, die Jodel und den Anwalt der Unterwelt. Offen gestanden nahm ich es Anna nicht übel, dass sie mich angelogen hatte. Ich war nur erschlagen von dem ganzen Aufwand dieser Inszenierung und ihren Talenten als Schauspielerin. Was mich am meisten überraschte, war nicht, dass sie einen Geliebten hatte, sondern dass sie ihr Unternehmen im Stich ließ, wo sie doch wusste, dass es kurz vor dem Zusammenbruch stand. Anna war mir stets als pedantische Unternehmensleiterin erschienen, und ich hatte wohl Mühe, sie mir in der frivolen Rolle einer Geliebten vorzustellen. Offensichtlich hatte ich mich wieder einmal, wie so oft, getäuscht. Barcelona hatte nichts zu tun mit dem Wiederaufleben unserer Beziehung im letzten Jahr. Diesen Wolkendurchbruch hatte ich Monsieur Xavier Girardin und niemandem sonst zu verdanken, einem geschickten Kläger, dem es gelungen war, das eingeschlafene Körpergedächtnis meiner Frau zu wecken. Wie hatte er es angestellt? Hatte er sofort die Stelle gefunden, an der Anna berührt werden wollte? Mochte sie seine Haut, seinen Geruch, seine Stimme, die Form seines Schwanzes? Sagte er ihr Dinge, die sie gerne hörte, unanständige Wörter, die sie in den siebten Himmel beförderten? Wusste er, dass sie mich abends, nachdem sie sich den ganzen Nachmittag ihm hingegeben hatte, aufforderte, sie zu nehmen? Hatte er den Roman von Barcelona und das Märchen mit der Verlegung erfunden? War er ein gemeiner Schweinehund oder einfach nur einer, der es gerne mit den Frauen anderer trieb?

Das alles hatte im Grunde keine Bedeutung, und diese unnötigen Fragen verdienten nichts anderes, als sich eine nach der anderen im Staub der Zeit aufzulösen. Anna hatte ihre Gründe gehabt, so zu leben, wie sie gelebt hatte. Nur leider war sie vom Tod überrascht worden, bevor sie Zeit fand, die Schränke ihrer Existenz zu ordnen. Als die Jodel den Schleier über dieser inneren Unordnung hob, hatte sie sich in etwas hineingemischt, was sie nichts anging. Mit jedem Tag, der verstrich, entfernte ich mich von meiner Frau und näherte mich ihr gleichzeitig an. Ich hätte gerne mit ihr über Béziers, Katalonien und Girardin gesprochen. Ihr zugehört, wie sie mir diese unglaublichen Geschichten erzählte. Sie angesehen, wie ich sie nie gesehen hatte. Ich hätte gerne Zeit gehabt, ihren Lügen und Vertuschungen auf die Spur zu kommen, um sie dann eines Abends mit einer Einladung zum Essen nach Barcelona zu überraschen.

Das Jahr 1999 näherte sich seinem Ende, erschöpft und verbraucht, ganz dem Bild meiner eigenen bescheidenen Erlebnisse entsprechend. Minister, Bürgermeister, Präfekten und Abgeordnete unserer unverbesserlichen Republik waren, zum Teil in Handschellen, abgeführt worden, um sich vor dem Richter zu ihren tausend Schandtaten zu erklären. In jener Silvesternacht, in der das Jahrtausend zu Ende ging und meine kleine Welt zusammenfiel, saß ich meiner eingedösten Mutter gegenüber und dachte an die unzähligen Akten dieser Lumpen und Ganoven, um die sich der unschätzbare Herr Rechtsanwalt Xavier Girardin hätte kümmern können. Ja, der Anwalt der Räuber, der Steigbügelhalter, Helfershelfer, Gatsby der Banditen war eindeutig zu früh dahingegangen.

Anfang des Jahres überstürzten sich die Ereignisse. Am 2. Januar teilte mir der Notar, der Annas Hinterlassenschaft regelte, mit, dass unser Haus bis zum Dach mit Hypotheken belastet und sozusagen bereits Eigentum der Banken war.

»Wenn Ihre Frau wiederholt ihr eigenes Vermögen angetastet hat, dann um Atoll wieder flott zu machen, ein Unternehmen, dass heute praktisch Konkurs ist. Letzte Woche habe ich einen der Geschäftsführer getroffen, Monsieur Bidault, den Sie, glaube ich kennen. Er hat den Ausdruck ›irreversibles Koma‹ verwandt.«

»Im Klartext, in was für einer Situation befinde ich mich?«

»In der schlimmstmöglichen. Sie erben enorme Schulden, und Ihr Haus kann von einem Tag auf den anderen zum Verkauf ausgeschrieben werden. Madame Blick ist wirklich im schlechtesten Moment von uns gegangen.«

»Ich überlasse es Ihnen, das Ganze so gut wie möglich zu regeln.«

»Von gut kann keine Rede mehr sein, Monsieur Blick. Wir müssen uns auf das Schlimmste gefasst machen.«

Drei Tage nach diesem Gespräch wurden zwei Finanzbeamte bei Atoll vorstellig, um die Beitragszahlungen und die Bücher zu prüfen. Ich war von Bidault über ihr Kommen unterrichtet worden, der mir riet, so schnell wie möglich in der

Firma vorbeizuschauen, wo er ihnen überall freien Zugang gewährt hatte. Zwei große sympathische, athletische Kerle. Auf den ersten Blick erinnerten sie mich eher an Stabhochspringer als an kleinliche Hüter der Zahlungsmoral. Vor ihnen ausgebreitet Dossiers, wohin das Auge reichte, Bankauszüge, Rechnungen und zwei Laptops, in die sie ununterbrochen Daten eingaben. Sie empfingen mich in ihrer Höhle mit einer nahezu verwirrenden Herzlichkeit und Vertraulichkeit. Befolgten sie neue, »behavioristische«, von der Steuerbehörde ausgegebene Direktiven, oder waren sie einfach zuvorkommende Henker, ohne Zweifel fähig, einem den Kopf abzuschlagen, wenn auch mit der größten Liebenswürdigkeit. Als wäre ich ein Freund, baten sie mich, neben ihnen Platz zu nehmen, schenkten mir eine Tasse Kaffee ein, den sie in einer Thermosflasche warm hielten, und begannen dann fast bedauernd, Fragen zu stellen, die sicher ganz einfach waren, auf die ich jedoch keine Antwort wusste.

»Sie tauchen im Organigramm der Gesellschaft nirgendwo auf, Monsieur Blick. Dürfen wir Sie nach Ihrer Position fragen?«

»Ich habe keine. Ich habe nie den Fuß hierher gesetzt.«

»Wie das?«

»Ich arbeite nicht hier.«

»Aber in welcher Eigenschaft sind Sie denn zu uns gekommen?«

»Das Unternehmen gehörte meiner Frau. Sie ist vorletzte Woche gestorben.«

»Das tut uns wirklich Leid … Das wussten wir nicht … Die Ankündigung der Steuerprüfung wurde vor einem Monat zugestellt. Das konnten wir nicht wissen … Wirklich eine sehr unglückliche Situation, da kommen wir natürlich höchst ungelegen.«

»Bitte tun Sie, was Sie zu tun haben.«

»… Ja, nun, Monsieur Blick … Ich fürchte, wir müssen Ihnen noch zusätzliche Sorgen bereiten. Die Situation von Atoll ist mehr als beunruhigend.«

»Ich weiß, der Notar hat schon mit mir darüber gesprochen.«

»Hat er die Steuerschuld der Gesellschaft erwähnt?«

»Nein, er hat den Allgemeinzustand des Unternehmens nur als ›Endphase‹ oder ›irreversibles Koma‹ bezeichnet, ich weiß nicht mehr genau.«

»Wir haben erst einen kurzen Blick auf die Bücher geworfen, aber es zeichnet sich bereits ab, dass die Steuerrückstände, ganz zu schweigen von den bis heute unbeglichenen Beitragsleistungen, sich auf mehrere Millionen Francs belaufen. Falls sich die Kassenlage des Unternehmens im selben Zustand befindet, fürchte ich, dass die Analyse Ihres Notars nur allzu richtig war.«

»Was kann ich tun?«

»Wir sind hier, um Ihr Steuerverhalten zu überprüfen und die den Behörden geschuldeten Rückstände zu evaluieren. Wir sind nicht befugt, Ratschläge zu erteilen.«

»Verstehe. Aber was geschieht gewöhnlich mit Unternehmen, die man in einem solchen Zustand vorfindet?«

»Offen gesprochen? Es wird ein Antrag auf Konkurseröffnung gestellt.«

»Das heißt, das gesamte Personal wird entlassen.«

»Ja.«

»Und es gibt keine Möglichkeit, dies zu verhindern?«

»Darüber müssen Sie sich mit dem Geschäftsführer unterhalten, Monsieur Blick, nicht mit uns. Es klingt hart, aber Sie müssen verstehen, dass wir nicht hier sind, um Ihnen zu helfen, sondern um das Ausmaß der Versäumnisse und eventuell des gesetzwidrigen Verhaltens zu bestimmen.«

»Glauben Sie denn, dass gesetzwidriges Verhalten vorliegt?«

»Allein für das vergangene Jahr haben wir Operationen festgestellt, die zumindest eigenartig sind.«

»Was heißt eigenartig?«

»Jeden Monat sind bedeutende Geldsummen abgeflossen, während die Gesellschaft offensichtlich in Schwierigkeiten steckte. Regelmäßige Überweisungen auf ein unter dem Namen Girardin geführtes Bankkonto im Hérault mit dem einzigen Verwendungshinweis ›Verwaltungsberatung‹. Es gibt keinen einzigen Bericht von diesem Berater, nicht einmal eine Notiz und Rechnungen schon gar nicht. Es tut uns wirklich Leid. Besonders in einem Augenblick wie diesem. Das alles ist bestimmt nicht einfach für Sie. Wir hoffen, dass sich die Sache trotz allem einrenken wird.«

Wie aber sollte sie das, wo doch die Funktion dieser Männer gerade darin bestand, die bescheidenen Infusionen, die das Unternehmen am Leben erhalten hatten, eine nach der anderen abzustellen. Das hinderte die Stabhochspringer allerdings nicht daran, sich in Gemeinplätzen zu ergehen und sich in jenem süßlichen Ton an mich zu richten, der gewöhnlich unheilbar Kranken vorbehalten ist.

Nachdem sie ihre einzige Tochter verloren hatten, sahen die Villandreux nun auch noch einen großen Teil ihres Lebenswerks vor ihren Augen zusammenbrechen. Atoll, jahrzehntelang das Flaggschiff der Familie, war im Sinken begriffen. In dieser Untergangsstimmung weigerte sich Jean, der Architekt des Unternehmens, der Gründer der Marke, heute ein alter, gebrochener Mann, trotz der wiederholten Bitten Bidaults hartnäckig, den Fuß in das Haus zu setzen, das so lange seins gewesen war. Und sei es auch nur, um ein Wort zu den Angestellten zu sprechen und ihnen die Situation zu erklären, sie aufs Schlimmste vorzubereiten.

Das Schlimmste trat folgerichtig Ende März ein, als das Unternehmen, nachdem es durch die flotten Hände eines Konkursverwalters gegangen war, geschlossen und das Personal entlassen wurde. Kraft des Gesetzes, schwer verständlicher Vorschriften und eines offenbar schlecht aufgesetzten Ehevertrags wurde ein großer Teil meiner persönlichen Ersparnisse von Steuerbehörde und Gericht eingezogen, um Annas Schulden und eine Reihe von Außenständen zu begleichen, für die ich laut Gericht bis zum Ende gesamtschuldnerisch haftete.

Den mit der Obduktion von Atolls Pleite beauftragten

Experten zeigte sich sehr schnell, dass meine Frau, wahrscheinlich von der Not getrieben, in den letzten drei Jahren enorme buchhalterische Fahrlässigkeiten und finanzielle Waghalsigkeiten begangen hatte. Auch stellten sie unerklärliche Kapitalbewegungen fest, die durch keinerlei Rechnung oder Dienstleistung gerechtfertigt waren, wie diese monatlichen Überweisungen zugunsten des Anwalts Girardin.

Das kleine Vermögen, das mir meine Bäume eingebracht hatten, schwand so schnell, wie es gekommen war. Mit dem lässigen Leben, das ich bis dahin geführt hatte, war es vorbei. Mit fünfzig musste ich wieder anfangen zu arbeiten, Zeitpläne einzuhalten, aber zuallererst überhaupt mal eine Arbeit finden, ich, dessen letztes wirkliches Salär in die Mitte der siebziger Jahre zurückreichte.

Merkwürdigerweise nahm ich es Anna überhaupt nicht übel, der Grund für diesen Schicksalsschlag zu sein. Als sie für den Unterhalt der Familie aufgekommen war, hatte sie mir lange ermöglicht, ein Traumleben zu führen, die Kinder aufwachsen zu sehen und, während sie bei der Arbeit saß, jahrelang ungestraft ihre beste Freundin zu vögeln.

Ich hatte Laure auf Annas Beerdigung wieder gesehen. Sie war allein gekommen und hatte mich nach der Feier freundlich in die Arme geschlossen. Wir sprachen kaum, und ich hatte keine Ahnung, was aus ihrem Leben geworden war und ob der Rabbiner noch immer dazugehörte. Als wir auseinander gingen, versprach sie mir, mich anzurufen, was sie natürlich nie tat.

Mein Enkel kam inmitten dieser nicht enden wollenden finanziellen und familiären Talfahrt zur Welt. Vollkommen diskret und sanft legte er seine drei Kilo und dreihundert Gramm auf diese Erde. Als ich ihn auf den Arm nahm, spürte ich von der ersten Sekunde an das unglaubliche, unschätzbare Gewicht seines Lebens. Dieses Kind war auf der Stelle meins. Wie soll ich das erklären? Ich weiß nicht. Ich adoptierte ihn auf den ersten Blick, ich liebte ihn, ohne mir die geringste Frage zu stellen. Dass er der Sohn meines Sohnes war, hatte nichts damit zu tun. Wir beide waren durch etwas viel Bedeutenderes miteinander verbunden, etwas, das noch intimer war als das Blut, das wir gemeinsam hatten. Von nun an trug ich diesen Jungen in meinem Herzen, und ich gehörte ihm. Er war ein Teil von mir. Wo er war, war auch ich. Ich würde ihn beschützen. Und wenn er groß wäre, würde ich ihm eine silberne Karosse schenken. Und eine Brownie Flash Kodak. Durch mich würde er den Zauber des strahlenarmen Lichts und den Geruch von Hyposulfit entdecken. Und wir würden gemeinsam um die ganze Welt reisen, einfach nur, um die Namen der Bäume zu lernen und zu sehen, wie sich ihre Äste im schönen Licht ausbreiteten.

Louis-Toshiro und ich.

Es war Yuko, die den Namen des Babys ausgesucht hatte. Sie nannte es Louis. Louis-Toshiro Blick. Dabei musste man an eine Marke von Haushaltsgeräten oder an ein ansehnliches Konsortium von Maschinen-Werkzeugen in Katsushika denken. Louis-Toshiro Blick. Auf jeden Fall war es ein Name, der Vertrauen einflößte, Loyalität und Prosperität ausdrückte. Das war etwas ganz anderes als Girardin, der kleine Yakusa der Jacuzzis.

Ich konnte es kaum erwarten, dass dieses Kind größer wurde, um zu erfahren, ob sein Gesicht ein paar Merkmale seiner japanischen Wurzeln verraten würde. Für den Augenblick war es noch nicht möglich, sich eine zuverlässige Meinung zu bilden, auch wenn die dunklen, samtweichen Haare die Vermutung erlaubten, wir hätten es mit den zarten Anfängen eines nipponischen Schopfs zu tun.

Kurz nach seiner Geburt teilten mir die drei Banken, bei denen die Hypotheken für das Haus lagen, mit, dass sie mir ein Jahr gäben, um die Schulden zu begleichen. War diese Frist verstrichen, würden sie sich untereinander abstimmen, um das Gebäude zu beschlagnahmen und zum Verkauf auszuschreiben. Das war der Lauf der Welt. Bei der ansehnlichen Summe hatte ich nicht die geringste Chance, die Rückstände auszugleichen. Ich konnte nur die Frist abwarten und versuchen, einen ehrenwerten Abgang zu finden. Ich werde nie das Gesicht eines der Bankiers vergessen, der das Haus mit einem herablassenden Lächeln und den aufmunternden Worten verließ: »Machen Sie sich nichts draus, Monsieur Blick, für Sie hat das Glück bereits gelacht, also glauben Sie mir, das Geld wird Ihnen wieder winken.«

Ungefähr zur gleichen Zeit dachte Lionel Jospin, der sich auf sozialistischen Baustellen herumplagte, er würde sich seinen Weg bahnen, während er in Wirklichkeit dabei war, sich sein eigenes Grab zu schaufeln, und der Immobilienmakler Jean-Claude Méry beschuldigte in einem langen, ausführlichen Bericht, den er vor seinem Tod auf Tonband aufgenommen hatte, den Präsidenten der Republik namentlich, eine Art Plünderer der öffentlichen Hand zu sein, ein Hinterstubenganove, ein Stehkragengauner. Nach Giscards Diamanten, Mitterrands Pfründen, war nun also die Zeit von Chiracs Schiebereien gekommen. Unsere unbescheidenen, moralisch aufgeweichten Monarchen besaßen eindeutig eine zunehmend lockrere Ethik und immer längere Finger.

Ich brauchte nicht sehr lange, um zu begreifen, dass die Perspektiven, die sich mir boten, nicht besonders viel versprechend waren. Als Erstes kam Spiridon, der mich wissen ließ, dass er mein letztes Projekt nicht ausführen könne. Ich hätte mir mit der Verwirklichung meiner Idee zu viel Zeit gelassen, sagte er. Die Prioritäten waren andere geworden. Ich war nicht mehr aktuell.

Anna hatte Recht gehabt, ich hatte zu lange außerhalb der realen Welt gelebt. Und dabei die Tatsache übersehen, dass man schnell, flexibel und dynamisch sein musste, wie es allgemein hieß. Die Bedürfnisse und Moden änderten sich in Blitzgeschwindigkeit. Es kam nicht in Frage, Mensch und Maschine durchatmen zu lassen. Pausenlos musste produziert, geliefert und angehäuft werden. Als ginge es in erster Linie darum, eine ontologische Leere zu füllen, ein existenzielles Loch zu stopfen.

Als ich mich auf dem Arbeitsamt vorstellte, spürte ich

schnell, dass die Situation nicht zu meinen Gunsten ausgehen würde.

»In welchem Bereich suchen Sie Arbeit?«

»Fotografie, wenn das möglich ist.«

»Haben Sie Erfahrungen auf dem Gebiet?«

»Ja.«

»Haben Sie die Liste Ihrer Arbeitgeber mitgebracht?«

»Ich habe eigentlich gar keine gehabt, ich war immer selbständig.«

»Hatten Sie ein Geschäft?«

»Nein, nein. Ich habe Bücher gemacht.«

»Bücher worüber?«

»Fotobücher, wie ich schon sagte.«

»Was für Fotos waren das?«

»Bäume. Ich habe die schönsten Bäume der Welt fotografiert.«

»Einen Moment mal, Sie wollen sagen, Ihr einziger Beruf war es, Bäume zu fotografieren?«

»So ist es. Ich habe aber auch Rinden, andere Pflanzen und Insekten fotografiert.«

Während ich zu erklären versuchte, worin meine Arbeit bestand, sah ich, wie das Gesicht meines Gesprächspartners zunehmend ratloser wurde. Er betrachtete mich wie eine exotische Muschel, eine Amphore, einen fremdartigen Gegenstand, der ihn vage an seinen Urlaub im Ausland erinnerte.

»Sie haben also nie einen Arbeitgeber gehabt. Und diese Baumfotos, was haben Sie damit gemacht?«

»Ein Verleger hat sie publiziert.«

»Wie lange üben Sie diesen Beruf schon aus?«

»Seit fünfundzwanzig Jahren.«

»Und wie viele Bücher haben Sie herausgebracht?«

»Zwei.«

»In fünfundzwanzig Jahren?«

»So ist es.«

»Hatten Sie andere Einkünfte, Nebeneinnahmen?«

»Nein.«

»... Monsieur Blick ... wenn ich recht verstehe ... haben Sie zwei Bücher über Bäume publiziert, von denen Sie, ohne weitere Einnahmen, fünfundzwanzig Jahre gelebt haben. Ist es so?«

»Ja.«

»Ich nehme an, Sie sind keinen Moment davon ausgegangen, dass wir Ihnen hier eine äquivalente Arbeit bieten können. Ich muss Ihnen gestehen, dass wir kein einziges Angebot haben, sei es im Bereich der Presse oder in einem Fotostudio, nicht einmal als Hochzeitsfotograf. Ich fürchte, wir werden ziemlich große Mühe haben, Sie wieder in dieser Sparte unterzubringen. Haben Sie Erfahrungen in Informatik?«

»Nein.«

»Das alles scheint mir ziemlich aussichtslos.«

»Was raten Sie mir?«

»Ein Ausbildungspraktikum. Eine Umschulung in einem der Bereiche, die gefragt sind: Bauwesen ganz allgemein oder Gastronomie. Wenn Sie keine Zeit verlieren, können Sie sich in Ihrem Alter noch Hoffnung machen.«

Was mir mein Gesprächspartner mit dieser rührigen Fürsorge zu verstehen geben wollte, war, dass ich angesichts des Zustandes der Welt und meines persönlichen Leistungsprofils so gut wie erledigt war.

»Darf ich Ihnen eine Frage stellen? Haben Sie in diesen ganzen fünfundzwanzig Jahren außer Ihren Bäumen wirklich nichts anderes fotografiert? Das Zeitgeschehen, Sport oder Mode?«

»Nein, ich habe nie mit Menschen gearbeitet.«

»Ich vergaß zu fragen: Haben Sie Diplome?«

»Ja, in Soziologie.«

»Das können Sie vergessen.«

Er klappte sein Heft zu und gab mir ein Formular, das ich so schnell wie möglich ausfüllen sollte, wenn ich in den Genuss einer Unterstützung oder einer Ausbildung bei irgendwelchen Organismen mit schwer verständlichen Namen kommen wollte. Hätte ich diesem Mann erzählt, dass ich nicht nur mein

Leben in Gesellschaft der Bäume verbracht hatte, sondern um ein Haar auch der persönliche Fotograf von François Mitterrand geworden wäre, so hätte sich, glaube ich, seine Sicht der Dinge im Besonderen und die der Arbeit im Allgemeinen nachhaltig verändert.

Da ich begriffen hatte, dass ich mein Heil nur im Umgehen dieser Wiedereingliederungsinstitutionen finden würde, beschloss ich wenige Wochen nach diesem Gespräch, mich als Gärtner niederzulassen und einen Teil meiner letzten Ersparnisse in den Kauf von Geräten zum Unterhalt von Grünflächen zu investieren: Motorsense, Freischneider, Laubbläser, Motorsäge, Heckenschere, Vertikutierer, Gartenhäcksler und einen Toyota Pick-up, um das alles zu transportieren. Mein kleines Geschäft kam mit dem Frühling 2000 richtig in Schwung. Der Terminkalender war gut gefüllt, und ich hatte von Anfang an das beruhigende Gefühl, noch nie etwas anderes gemacht zu haben. Die körperliche Arbeit an der frischen Luft lag mir sehr. Zu den Besitzern der Gärten, in denen ich arbeitete, hatte ich so gut wie keinen Kontakt. Ich konnte also vorgehen, wie es mir gefiel, und die Gebote zur Anwendung bringen, die mir mein Vater, der Herr über Rasen und Sträucher, eingeschärft hatte. Insbesondere, was ein paar geometrische Regeln zum Schnitt des Rasens betraf, wofür er die Gesetze ein für allemal festgeschrieben hatte. Mein Einkommen war natürlich nicht vergleichbar mit meinen früheren Honoraren als Autor, aber ich verdiente genug, um für mich und meine Tochter, die noch bei mir lebte, den Lebensunterhalt zu sichern.

Marie war nicht mehr dieselbe seit Annas Tod. Sie hatte von uns allen am meisten Mühe, sich mit diesem Verlust abzufinden. Meine Mutter war jeden Tag damit beschäftigt, gegen ihre Krankheit und ihre Behinderungen zu kämpfen, Louis-Toshiro füllte die Tage und Nächte von Vincent aus, ich musste mich auf meine neue Arbeit konzentrieren, deren Mühseligkeit mir gleichzeitig Körper und Geist läuterte, Marie aber, einzig mit sich selbst und einem Studium beschäftigt, das sie gleichgültig ließ, blieb in ihrer winterlichen Haltung erstarrt, wie damals vor diesem eisigen Film, der ihr an jenem Abend ironischerweise ein *Süßes Jenseits* verheißen hatte.

Marie hatte unseren Rausschmiss aus Annas Haus sehr schlecht aufgenommen. Der Umzug fand in einer üblen Atmosphäre statt, erst recht, da die Banken uns nicht die geringste Frist einräumten. Zum vorgesehenen Termin erhielten wir die Schreiben mit der Zahlungsaufforderung und der Pfändung, und dann setzte sich auch schon die ganze Prozesslawine in Gang. Für mich bedeutete das Verlassen dieses Ungetüms, das ich nie gemocht hatte, eine Art Emanzipationsakt. Als ich die große Eingangstür zum letzten Mal hinter mir schloss, hatte ich eher das Gefühl, einen Teil meiner Freiheit wiederzugewinnen, als ein kostbares Gut zu verlieren.

Für meine Tochter hingegen bedeutete der Verlust dieses Orts der Kindheit das Verschwinden einer Welt, die endgültige Zerstückelung einer Familie, die aus ihrem ursprünglichen Kokon vertrieben wurde. Aus einem Kokon, der für Marie eng verknüpft war mit ihrer Mutter (sie sagte stets »Mamas Haus«) und den sie seit deren Tod als eine Art Gedenkstätte betrachtete.

Da sich der Gesundheitszustand meiner eigenen Mutter weiter verschlechterte, schlug ich Marie vor, dass wir uns in einem der Flügel ihres Hauses einrichteten. Claire Blick war über diese Entscheidung, die ihr ein Gefühl von Sicherheit gab, überglücklich. Das Haus war groß genug, um ein unabhängiges Leben führen zu können. Doch die Zwänge waren nicht weniger geworden. Wenn ich von der Arbeit nach Hause kam, ging es weiter mit dem Zubereiten des Essens für meine Mutter, während Krankenschwestern, Ärzte und der Krankengymnast zu festen Zeiten nach ihr sahen und sie versorgten.

Abends, Schultern und Rücken verspannt vor Müdigkeit, die Hände schmerzend nach dem zähen Kampf gegen die schrecklichen Gärten, schlief ich manchmal noch vor dem Abendessen für einen kurzen Augenblick ein. Dann hatte ich das Gefühl, in einen Abgrund zu fallen, tief und opak wie ein Tintenfass, in dem weder Träume, Menschen noch Tiere überleben konnten. In das elterliche Haus zurückgekehrt, gerade erst Witwer und bereits Großvater, ans Krankenbett meiner Mutter gefesselt, zu drei Viertel ruiniert und ein halber Gärtner, musste ich daran denken, wie sehr und wie schnell das Leben uns doch von Positionen stürzen konnte, die wir, naiv, wie wir waren, für uneinnehmbar hielten. Es genügte, dass ein banales Touristenflugzeug an einem Berghang zerbarst und vom Himmel kam, damit wir selbst aus den Wolken fielen und bis zum Fuß unserer Schimären und privaten kleinen Reiche purzelten. Das galt genauso für das Schicksal von Menschen wie von Nationen. In diesem Monat September 2001 sollten drei Flugzeuge an die unsicheren Prinzipien eines bis dahin unantastbaren Amerikas erinnern. Und zehn Tage später bestätigten sich dieselben Gesetze mit denselben Konsequenzen noch einmal, diesmal in Toulouse.

Eine Explosion, die sich anfühlte, als wäre sie aus der Mitte der Erde gekommen. Der Eindruck, dass sich der Himmel spalten würde. Der Boden, der erzitterte, und fast gleichzeitig der zerstörerische Atem, der die Lungen einschnitt. Tote, Verwundete, zerfetzte Wagen, deformierte, zerstückelte Mauern, eingestürzte Decken, weggerissene Wände, Fenster und Dächer. Und die Bestürzung. Und die Stille, die darauf folgte.

An diesem Abend des 21. Septembers hatten Vincent, Yuko, Louis-Toshiro, Marie und ich spontan das Bedürfnis, uns gemeinsam im Haus der Familie zusammenzufinden. Weit entfernt vom Ort der Explosion, hatte es mit Ausnahme von ein paar Rissen in den Decken des ersten Stockwerks keinen Schaden erlitten. Annas Haus, das inzwischen im Besitz der Banken war, hatte der Orkan hingegen voll an den Fassaden erwischt. Sämtliche Fenster waren weggeblasen, und das Dach sah an gewissen Stellen aus, als wäre es von den Fingern eines Riesen zerkratzt worden. Das Gebäude war nicht mehr zu erkennen. Obwohl es noch aufrecht stand und seine Grundmauern intakt geblieben waren, sah es nun aus wie eine verlassene Ruine, vom Krieg oder den Verwüstungen der Zeit übel zugerichtet.

Um meine Mutter herum versammelt, verfolgten wir im Radio und Fernsehen die Nachrichten, die über dieses unsichtbare Bombardement berichteten. Es wurden auch Bilder der Fabrik gezeigt, das gähnende Loch, das an den Ursprung der Zeiten erinnerte, dieser noch immer rauchende Vulkankrater. Dieses Mal war das Übel nicht vom Himmel gekommen, sondern aus dem Innern der Erde. Und doch waren die Prinzipien der Verunsicherung und der unmittelbaren Bedrohung dieselben. Selbstmord-Flugzeuge oder Ammoniumnitrat, Manhattan oder Grande-Paroisse, nirgendwo konnte man sich mehr sicher fühlen vor blutigen Überraschungen. Nebeneinander auf dem Sofa, an beiden Extremen der Erde und des Lebens, waren meine Mutter und Louis-Toshiro vor den apokalyptischen Bildern eingeschlafen. Hand in Hand.

Ich behalte von diesem Herbst die Erinnerung an eine höllische, stürmische Periode, die uns keine Ruhe gönnte, in der sich die Tage feindselig, blind und wild auf uns zu stürzen schienen. Zwei Wochen nach der Explosion in der Düngemittelfabrik AZF fand ich meine Mutter, als ich eines späten Nachmittags nach Hause kam, vor Schmerzen wimmernd auf dem Boden liegen. Sie hatte versucht aufzustehen und war über ein paar Stufen gestolpert. Sie musste schon ein, zwei Stunden da gelegen haben. Schlüsselbein und Oberschenkelhalsbruch, ein Monat Krankenhaus und zwei Monate Rehabilitation. Auf ihrem Gesicht, ein altes Buch mit verhornten Seiten, konnte man die Fortsetzung der Geschichte lesen: müde Augen, ein in die Ferne schweifender Blick, die Versuchung, nicht mehr weiterzugehen, diesen gebrochenen Körper in Frieden ruhen zu lassen. Anderswo. Anders. Gleich einem omnipräsenten Refrain führte meine Mutter ständig den Tod im Mund. Aber nicht so wie eine dieser senilen Naschereien, auf denen man bis zum Überdruss herumkaut, indem man die dahinschwindende Welt bejammert, sondern wie ein Ereignis, das so unmittelbar bevorstand, dass man bereits seinen Schritt hören konnte, wenn man genau hinhorchte.

Tagsüber säbelte ich an den Büschen, und am Abend fütterte ich meine Mutter, deren Schulter und Arm in einer Schiene gefangen waren. Nach ihrer Rückkehr hatte sie versucht, allein mit der linken Hand zu essen, doch ihre zerebrale Behinderung verunmöglichte es ihr, diese elementaren Gesten auszuführen. Jeden Tag meine Mutter zu ernähren, das Essen zu zerkleinern, es an ihren Mund zu führen, geduldig zu warten, bis sie gekaut und geschluckt hatte, ihr die Lippen mit einer Serviette abzuwischen, ihr zu trinken zu geben, all dies waren Gesten, die zum Wesentlichen zurückführten, zu diesen entfernten und vergessenen Wurzeln, als das Kind nur mit mütterlicher Hilfe, Unterstützung und Fürsorge leben konnte. Ihre Arme und Hände, inzwischen behindert, hatten ihre Zeit hinter sich, ihre Arbeit getan, und manchmal sogar unendlich viel Liebe geschenkt. Heute waren die Rollen vertauscht. Es oblag mir nun nicht mehr, ihre Kräfte zum Leben zu erwecken, sondern sie sanft bis an die Grenze ihrer Erschöpfung zu geleiten, an diese fatale Grenze, die in vielerlei Hinsicht uns beiden Angst machte.

Jacques Chirac (II)
(5. Mai 2002 –?)

Meine Mutter war in der letzten Zeit so stark abgemagert, dass ich an die Beschreibung denken musste, die Gérard Macé von den alten Inka-Mumien gibt: »Arme Dinger mit ihren unechten Augen und ihren gepolsterten Wangen, so leicht geworden, dass ein einzelnes Kind diese ehemaligen Könige hätte tragen können.«

Marie hatte immer mehr Mühe, meiner Mutter Gesellschaft zu leisten. In ihrer Gegenwart wurde sie nervös, unruhig und ungewöhnlich ängstlich. Sie setzte sich nie hin zu einem Gespräch, blieb immer stehen oder ging wie ein Hofhund auf und ab, misstrauisch, der Blick gleichzeitig ausweichend und forschend. Vielleicht spürte sie die Vorboten der neuen Prüfung, die über uns hereinbrechen sollte.

Lionel Jospin hatte François Mitterrand im Herzen meiner Mutter nie wirklich ersetzen können. Sie hatte nicht viel Verständnis dafür, dass er sein berühmtes »droit d'inventaire« forderte. Wer war denn schon dieser ehemalige Trotzkist, der sich anmaßte, die Arbeit und das makellose Werk des Väterchens der Völker und der vereinten Linken kritisch zu hinterfragen? Darin lag eine Überheblichkeit, eine Beleidigung gar, die

Claire Blick ihm nicht verzeihen konnte. Und doch war dieser Mann ein Linker, auch wenn er die Partei nicht zu verkörpern vermochte. Trotz ihrer Herzschwäche, ihrer immer wiederkehrenden Ödeme, ihrer motorischen Behinderung und ihrer äußerst bescheidenen Lebenserwartung verfolgte meine Mutter den Wahlkampf des Jahres 2002 mit sehr viel mehr Interesse und Aufmerksamkeit als die meisten, die berechtigten Grund zur Hoffnung hatten, das Ende dieser nächsten fünf Regierungsjahre zu erleben.

Bei jedem meiner Besuche gab sie mir einen erschöpfenden Bericht über alles, was sie von den Informationssendern des Radios auffangen konnte. Von morgens früh bis abends spät stand ihr Radio mit ausgefahrener Antenne neben ihr. Es war zum letzten Verbindungsstück geworden, das sie an diese Welt und an dieses Leben koppelte, das sie so sehr geliebt hatte. Ich erinnere mich, wie verstimmt sie war, als sie erfuhr, dass ihr Kandidat das Alter, den Verschleiß und die Müdigkeit seines Konkurrenten beanstandet hatte. »Das ist eine große Ungeschicklichkeit. Man greift jemanden nicht wegen seiner körperlichen Schwächen an. So etwas tut man einfach nicht, das ist nicht gut.« Irgendetwas stimmte nicht in diesem Wahlkampf, dies jedenfalls wiederholte meine Mutter die ganze Zeit. Sie mochte diese Zersplitterung der Kandidaten nicht, die, wie die Erfahrung lehrte, der Linken noch nie recht bekommen war. All diese kleinen Parteien, Lutte Ouvrière, Ligue des Communistes Révolutionnaires, Grüne, und dann auch noch die Chevènement-Anhänger, von denen man nicht wusste, ob man sich mit ihnen verbünden oder im Gegenteil so schnell wie möglich Reißaus nehmen sollte.

»Die Linke bräuchte einen richtigen Chef. Mitterrand hätte diese Verzettelung nie erlaubt. Krümel, Krümel und noch mehr Krümel, am Wahltag werden wir nichts als Krümel haben.«

»Soll ich dir einen Fisch machen?«

»Hörst du mir nicht zu?«

»Doch, doch, natürlich, aber ich möchte dir etwas zu essen machen, bevor die Krankenschwester kommt, um dich ins Bett zu bringen.«

»Irgendetwas wird geschehen. Ich weiß nicht was, aber diese Wahl ist mir nicht geheuer.«

Ich ließ meine Mutter reden. Für mich bestand kein Zweifel, dass der nächste Präsident der Republik Lionel Jospin heißen würde. Sein Gegner, von allen Seiten verdächtigt, von den Richtern verfolgt, bis in die eigenen Reihen verachtet, von der Presse lächerlich gemacht, hatte nicht die geringste Chance. Alter, Krankheit und Müdigkeit mussten Claire Blicks Scharfsinnigkeit getrübt haben. Meine Mutter konnte es überhaupt nicht leiden, wenn man von ihrer körperlichen Behinderung auf eine mögliche Verminderung ihrer intellektuellen und geistigen Fähigkeiten schloss. Während ihrer Hospitalisierung und ihrer Rehabilitation wurde sie jedes Mal stocksteif, wenn eine Krankenschwester oder ein Pfleger ihr ein vertrautes und verächtliches »Wie geht's uns denn heute, Omi?« zuwarf. Ich höre sie noch, wie sie die Ahnungslosen trocken abservierte mit einem ernsten »Ich heiße Blick, Claire Blick«.

In der letzten Woche des Wahlkampfs bedrängte sie mich bei jedem Essen, am 21. April zur Wahl zu gehen.

»Deine Stimme wäre nicht verschwendet. Du wirst noch an meine Worte denken, wenn Jospin nicht in die zweite Runde kommt.«

Die Eliminierung des sozialistischen Kandidaten in der ersten Runde der Präsidentschaftswahlen war zu ihrem täglichen Mantra, zu einer fixen Idee geworden. Durch welchen fehlerhaften oder perversen neuronalen Mechanismus hatte sich diese Absurdität bloß den Weg in ihr Gehirn gebahnt?

»Du glaubst, dass ich den Verstand verloren habe, ist es so?«

»Aber nein. Du hörst nur zu viel Radio, das macht dich am Ende …«

»Das macht mich was? Du denkst tatsächlich, ich sei übergeschnappt, weil ich hier an diesen Sessel gefesselt und gezwungen bin, mich mit dem Löffel füttern zu lassen? Du glaubst also, dass ich im Kopf nicht mehr richtig ticke, dass ich unfähig bin zu hören, was aus dem Gerät kommt, meine Schlüsse zu ziehen und die Dinge zu spüren? Ich behaupte und wiederhole dir am heutigen Samstag, dem 20. April, Jospin wird nicht zur zweiten Runde antreten.«

»Wir werden ja morgen sehen.«

»Ich hab genug gesehen!«

Als die Journalisten, selbst wie betäubt, im Fernsehen die Nachricht verkündeten, hatte ich das Gefühl, eine endlose Treppe hinunterzurollen. Der andere war in der zweiten Runde. Nicht Jospin.

So eigenartig das auch anmuten mag, dieser 21. April hat für mich nie die Niederlage der Linken symbolisiert, sondern den unglaublichen, funkelnden Sieg meiner alten, sterbenden Mutter. Gebrechlich, isoliert, ins letzte Refugium ihres Lebens eingeschlossen, war es dieser Frau gelungen, die bösen Schwingungen eines Landes aufzufangen, noch bevor sich dieses entschlossen hatte, zwischen zwei Formen von Niedrigkeit und Würdelosigkeit zu entscheiden, die es in Zukunft repräsentieren sollten. Claire Blick verbrachte den Abend vor dem Fernseher, um alles zu sehen, alles zu hören. Sie war gerührt, aber auch sehr geschockt, als Lionel Jospin verkündete, er würde sich vom politischen Leben zurückziehen.

»Das hätte Mitterrand nie getan …«

Der Ton, in dem sie das sagte, verriet nicht, ob die Bemerkung auf die Noblesse und Eleganz des Ersteren oder auf die karrieristische Verbissenheit des Letzteren zielte.

Tiefer konnte die Fünfte Republik nicht sinken. Es gab an jenem Abend, im Gegensatz zu dem, was man im Fernsehen verkündete, zwei große Sieger: der andere, aber vor allem meine Mutter, meine unglaubliche Mutter.

Dieses Ereignis machte mich betroffen. Es zeigte mir die Eitelkeit der modernen Welt, dieses so furchtbar aktive Universum, über und über mit Sensoren geharnischt, das mit gesenktem Kopf auf die Phantome seiner Gewissheiten losstürmte, seine Irrtümer als bloße Artefakte abtat, keinerlei

Distanz hatte, die Langsamkeit zum Feind erklärte, an Gedächtnisschwund litt und betrügerisch war. Betrügerisch bis auf die Knochen, nicht aus Vorliebe oder Einverständnis mit dem Bösen, sondern weil es für seine Natur konstitutiv war.

Der eine, mit dem nicht viel los war, schlug den anderen, mit dem noch weniger los war, doch mich traf nun wirklich keine Schuld an diesem Sieg. Meine Mutter hatte mich nie gefragt, ob ich zur Wahl gegangen sei. Natürlich hätte ich, um sie zu beruhigen, ja gesagt. Bestimmt wollte sie es ihrem ungläubigen Sohn ersparen, wieder einmal zu lügen für Dinge, die es nun wirklich nicht wert waren.

Ende Mai strapazierten die Herzschwäche und die immer häufigeren Ödeme die Lungen meiner Mutter. Der Arzt kam praktisch jeden Tag vorbei, um zu stabilisieren, was noch zu stabilisieren war. Er sagte unschuldige und tröstende Worte, mit denen man so einigermaßen über den Tag kam. Doch im Blick meiner Mutter hatte sich etwas verändert. Sie schien zu sehen. Zu sehen, was jetzt kam. Auf dieselbe Weise, wie sie das französische Desaster vorausgeahnt hatte, spürte sie nun den Geruch dieses eigenartigen Tieres, das von jetzt an um sie herumstrich. Sie starb wachen Geistes. Sperrte Augen und Ohren auf, um sich nichts entgehen zu lassen von dieser so sehr erwarteten und gefürchteten Begegnung.

Ich versuchte, mit meiner Mutter zu reden, den Klang ihrer Stimme zu hören, ihn in mich aufzunehmen und für immer zu bewahren, versuchte, den Glanz des feinen grünen Films zu speichern, der ihre braunen Augen verschleierte, und vor allem, sie fühlen zu lassen, wie stolz ich war, ihr Sohn zu sein. Gemeinsam hatten wir einen so weiten Weg zurückgelegt, und in Zukunft würde ich allein weitergehen müssen. Dem Augenschein zum Trotz wollte ich nicht wahrhaben, dass diese Frau bald aufhören sollte zu sprechen, zu atmen und zu sehen, zu leben und zu lieben.

Am vorletzten Tag bat sie mich, ihre Leiche verbrennen zu lassen und die Asche neben den Sarg meines Vaters zu stellen. Und dann sagte sie zu mir, als wären wir in den Ferien am

Meer, mit dieser Sanftheit und Leichtigkeit, die ihr das Alter gebracht hatte:

»Ich weiß nicht, ob du das verstehen wirst, aber nicht mal in meinem letzten Lebensabschnitt kann ich zugeben und akzeptieren, dass ich alt bin. Ich habe bald keine Arme, keine Beine, kein Herz, keine Lungen und überhaupt nichts mehr, aber wenn ich mich von innen betrachte, sehe ich mich noch immer als Achtzehnjährige, voller Ungeduld, alles zu entdecken und auf das Leben zuzugehen. Es ist schrecklich, zu sterben, wenn man solche Sachen denkt. Die Jahre vergehen viel zu schnell. Dein Bruder, dein Vater und Anna, sie sind alle zu früh gegangen.«

Da passierte etwas mit ihren Augen, ein Schatten, ein Gedanke, die Andeutung eines Schmerzes lagen darin, und ihr Gesicht veränderte sich. Sie drehte sich zu mir, nahm meine Hand und flüsterte:

»Ich habe Angst, weißt du, solche Angst.«

Am nächsten Tag trat mitten am Nachmittag flüssiges Serum in ihre Lungen. Ihr Atem wurde immer kürzer, und die Lippenränder liefen blau an. Während wir ungeduldig auf den Rettungswagen warteten, sprach Claire Blick die schlimmste, die schrecklichste Bitte aus, die eine Mutter an ihren Sohn richten kann. Sie packte meine Hand und sagte: »Paul, ich fleh dich an, tu was, hilf mir atmen.«

Bis zu meinem eigenen Ende würde ich von diesem angsterfüllten Gesicht verfolgt werden, das mich bedrängte, sie vor dem Ersticken zu retten. Als die Ambulanz meine Mutter wegbrachte, hatte sich ihr Zustand gebessert. Mit Sauerstoff versorgt, belebt durch die spektakulären Mächte eines kleinen Aerosols, beruhigt durch die Fürsorge der Ärzte, schien sie auch diesen Anfall wieder einmal überwunden zu haben. Als ich eineinhalb Stunden später in der Klinik ankam, saß Claire Blick im Bett, scherzte mit einem Kardiologen und einer Schwester und wollte vor allem wissen, wie lange dieser Krankenhausaufenthalt dauern sollte, der ihr überhaupt nicht mehr gerechtfertigt schien.

Wieder hatte sich ihr Gesicht stark verändert. Von der Angst und der vagalen Blässe war nichts mehr zu sehen. Eine gebrechliche Alpinistin, kraftlos an der Flanke des Berges, hatte sich meine Mutter wieder ans Leben geseilt. Wir sprachen bis tief in die Nacht hinein, und als ich sie verließ, bat sie mich mit einem strahlenden Lächeln: »Wenn du morgen wiederkommst, vergiss nicht, mir meinen Transistor mitzubringen.«

Aber es gab kein Morgen mehr. Und auch keinen Transistor. Gegen vier Uhr morgens rief mich die Klinik zu Hause an, um mir mitzuteilen, dass meine Mutter soeben an einem Herzstillstand gestorben sei. Als ich das Zimmer betrat, in dem ihre Leiche lag, kam ein Arzt auf mich zu, um mir eine Menge unwichtiger Dinge über ihren Schlaganfall zu erklären. Es war zu spüren, dass dieser Mediziner, bestimmt müde von einer Nacht, in der er sich abgemüht hatte, Tote auferstehen zu lassen, dieses Gespräch einzig mit dem Ziel auf sich nahm, die ISO-Normen zu befolgen, auf die sich das Krankenhaus eingestellt hatte.

Ich strich mit der Hand über Claire Blicks Gesicht. Es war fahl und klar, bereits in den Fängen des Todes. Man konnte nichts als Leere und die Zeichen der Abwesenheit darauf lesen. Ich blieb lange bei ihr, mit einer einzigen und wesentlichen Frage, die niemals eine Antwort finden würde.

Meine Mutter war in einer Viertelstunde verbrannt, und als man mir die noch warme Asche übergab, war ich ganz erstaunt, dass ein solches Leben, eine solche Intelligenz und so viel Liebenswürdigkeit in eine so winzige Urne passten. Claire Blick hatte die Leichtigkeit einer Sommerbrise.

Der kleine Louis-Toshiro, etwas über zwei Jahre alt, dessen Gesicht inzwischen die Essenz zweier Welten mischte, rannte durch die schattigen Alleen des Krematoriums. Als ich ihn so auf und ab laufen sah, seine Ellenbogen an den Körper gepresst, musste ich an seinen olympischen Vorfahren denken, der ihm vielleicht sein unermüdliches Herz und seine stählernen Beine vermacht hatte. Meine Mutter hingegen hatte dem Kind ganz einfach die Sanftheit ihrer Präsenz geschenkt. Louis-Toshiro hatte soeben die Gefährtin seines Mittagsschläfchens verloren, neben der er so oft eingeschlummert war, während sie zärtlich seinen Nacken liebkoste, bevor sie selbst in den Schlaf hinüberglitt.

Nach der Feier kehrten wir nach Hause zurück: Kaum hatten wir die Diele betreten, rannte Louis-Toshiro durch sämtliche Flure und rief in allen Räumen nach meiner Mutter.

Nachdem Vincent gegangen war und Marie, ganz mitgenommen, ihr Zimmer aufgesucht hatte, trat ich in den Garten hinaus. Das grüne Blätterwerk der Ulmen, Kastanienbäume und der großen Zeder bildete ein dichtes Gewölbe, das beinahe flüssig wirkte, wie eine große, auf ihrem höchsten Punkt erstarrte Welle. Jenseits solch besänftigender maritimer Phantasien dachte ich, dass unsere Familie sich mitten in einem Sturm befand, der nun schon zwei Jahre lang tobte. Unfall, Trauer, Krankheit, Explosion, Vertreibung, Geldsorgen, wir hatten das ganze Drum und Dran der menschlichen Existenz aus nächster Nähe kennen gelernt. Ich hoffte, dass sich die Angelegenheiten jetzt beruhigten, dass jedem von uns nun endlich ein wenig der verdienten Ruhe gegönnt wäre. Doch ein paar Wochen nach dem Tod meiner Mutter fiel Marie in eine schwere Depression, die sie noch heute von der Welt fernhält. Bereits durch Annas Tod und dessen eigenartige Umstände tief verstört, konnte Marie die Krankheit und den Verlust ihrer Großmutter nicht verwinden. Der Weggang dieser beiden Frauen ließ sie völlig hilflos zurück und raubte ihr den größten Teil ihrer Lebenskraft.

Wenn ich von meiner Arbeit nach Hause kam, fand ich sie oft auf dem Sofa sitzen, den Blick in den Bäumen des Parks verloren. Sie sprach kaum, ging nicht mehr aus, und das Studium hatte sie abgebrochen. Mir fiel auf, dass sie immer öfter die Kleidung ihrer Mutter anzog, die sie unbedingt aufbewahren wollte. Als ich sie nach ihren Beweggründen fragte, zuckte sie nur leicht und liebevoll die Schultern, was wohl bedeutete, dass man dieses Detail nicht zu wichtig nehmen sollte, dass es reiner Zufall sei. An manchen Abenden jedoch, wenn meine

Tochter das Wohnzimmer durchquerte, sah ich Anna vor mir. Für mich war dies ein sehr selbstquälerisches, ungesundes Verhalten, und ich sagte es meiner Tochter.

»Was ist denn schon dabei ... Das sind Kleider wie andere auch.«

»Nein, Marie, eben nicht. Das sind die Röcke und die Blusen deiner Mutter.«

»Na und?«

»Du musst deine eigenen Sachen tragen, verstehst du? Du musst aufhören, in der Vergangenheit zu leben und dich zu den Toten zu flüchten, das ist nicht gesund.«

Marie betrachtete mich mit einem vorwurfsvollen Ausdruck, den ich nicht an ihr kannte, und sagte nur: »Und du, glaubst du etwa, es ist gesund, in deinem Alter im Haus deiner Eltern zu leben?«

Ich wusste nichts zu antworten auf diese Bemerkung. Sie war vollkommen gerechtfertigt. Ich lebte zwischen der Werkbank meines Vaters und den Nachschlagewerken meiner Mutter. Ich war mir völlig bewusst, dass ich nicht der Richtige war, um Marie eine Lektion über angemessene Trauerarbeit zu geben, ich, der ich zu allem Überfluss auch noch eine Hand voll Asche meiner Mutter behalten und in eines ihrer Parfumfläschchen gefüllt hatte, das nun gut sichtbar auf einem Regal in meinem Arbeitszimmer stand.

Eingemummelt in die Garderobe der Toten, fing Marie an zu fasten und magerte völlig ab, woran nichts und niemand sie hindern konnte. Sie wurde immer wortkarger, sparte mehr und mehr an Gesten, und schließlich verließ sie ihr Zimmer überhaupt nicht mehr. Zwei Besuche des Hausarztes änderten nichts daran, es war, als wäre sie von innen zugeriegelt. Marie hatte sämtliche Fensterläden ihres Lebens zugemacht und sich in sich selbst eingekapselt. Ich wagte nicht mehr, zur Arbeit zu gehen und sie in diesem Zustand von Erschöpfung und Einsamkeit allein zu lassen. Ihr Gesicht war ausgemergelt, die Arme spindeldürr, und durch ihre mageren Wangen hindurch begann sich langsam das Gebiss abzuzeichnen.

Auf meine Bitte hin kam sie in eine psychiatrische Klinik, wo als Erstes, bevor man sich um die Wunden ihrer Seele kümmerte, mittels Infusionen ihr Körper wiederhergestellt wurde. Das private Pflegezentrum Résidence des Oliviers, etwa dreißig Kilometer von Toulouse entfernt, wirkte ziemlich eigenartig und glich eher einem großen Ferienhaus, das sich an den windigen Kamm eines Hügels im Lauragais schmiegte. Hier fand und vermischte sich die ganze Palette der schweren oder leichten, mondänen oder tragischen Psychiatrie. Kaputte Arbeiter, struppige Alkoholiker, stumpfsinnige Alzheimer-Fälle, chronisch Selbstmordgefährdete, gelegentlich Depressive, strukturell Schizophrene, notorisch Magersüchtige, alles tummelte sich in den Alleen des Parks, in dem sich auch ein Schwimmbecken befand, dessen Benutzung allerdings strikt reglementiert war. Es gab auch einen geschlossenen Pavillon, über den man nichts Genaues wusste, außer dass man ab und zu Schreie herausdringen hörte, von denen man sich schlecht vorstellen konnte, dass sie von Menschen stammten.

Als Marie aus ihrer ersten Schlafkur erwachte, sah sie aus wie ein durch Arthrose halb gelähmtes Haustierchen. Sie bewegte sich mit winzigen Schritten und unglaublicher Langsamkeit fort. Eine Art künstliche Gelöstheit, die ziemlich verwirrend war, hatte jeden ängstlichen Ausdruck aus ihrem Gesicht vertrieben. Bei meinen täglichen Besuchen fand ich Marie auf dem Rücken liegend, die Decke anstarrend. Ich setzte mich neben sie und streichelte ihr lange das Gesicht, wie ich es getan hatte, wenn ich sie als Kind in den Schlaf wiegte. Sie änderte nichts an ihrem Verhalten, wenn ich da war. Manchmal erzählte ich ihr das eine oder andere, was ich während des Tages erlebt oder wie ich ein Zimmer im Haus eingerichtet hatte. Sie aber sprach nie. Nur eines Abends, als ich beim Verlassen des Raums ein automatisches »Schlaf schön, mein Schatz« murmelte, hörte ich sie antworten: »Ich schlafe schon, ich schlafe immer mit offenen Augen.« Bei diesen Worten schauderte mir, und ich hatte den Eindruck, dass eine Art Geist aus dem Jenseits sich an mich richtete. Ich ging ohne

Antwort aus dem Zimmer, als hätte Marie nichts gesagt, als hätte ich nichts gehört.

Die Ärztin, die sich um meine Tochter kümmerte, war eine ziemlich konventionelle Frau, und wie mir schien, fehlte es ihr sowohl an Bescheidenheit als auch an intellektueller Beweglichkeit. Sie studierte ihre Fälle anhand zuvor festgesetzter Kriterien, die eine bestimmte Skala von Standardtherapien zuließen. Frau Dr. Brossard hatte mich mehrmals empfangen, um mir jedes Mal ungefähr dasselbe zu sagen: »Ihre Tochter leidet an einer Krankheit schizophrenen Typs mit einer starken Tendenz zur Athymie.« Françoise Brossard betrachtete mich über ihre Brille hinweg, die auf ihrer Nase balancierte, wenn sie mit mir sprach. Sie stellte mir auch viele persönliche und mitunter indiskrete Fragen über mein Privatleben.

»Sehen Sie jemanden seit dem Tod Ihrer Frau?«

»Nein.«

»Also keine sexuellen Beziehungen seit zwei Jahren.«

»Was hat das mit Maries Fall zu tun?«

»Alles kann uns weiterhelfen, Monsieur Blick. Nicht selten kommt die Erleuchtung von einer ganz unerwarteten Seite. Also weiter: Respektieren Sie Ihr Witwerdasein oder fehlt es Ihnen einfach an Gelegenheiten?«

»Darauf habe ich keine Antwort.«

»Hatte Ihre Tochter einen Freund, bevor sie in die Klinik eingeliefert wurde?«

»Ich weiß es nicht.«

»Hat Marie Ihnen einen Verlobten vorgestellt oder hat sie schon mal jemanden mit nach Hause gebracht?«

»Nein.«

»Sie haben noch ein zweites Kind, glaube ich.«

»Ja, einen Jungen.«

»Lebt er bei Ihnen?«

»Nein, er ist verheiratet.«

»Hat Ihre Tochter Sie irgendwann beim Sex mit ihrer Mutter überrascht?«

»Nein. Aber ich möchte Sie doch darauf hinweisen, dass

Marie nach zwei schmerzhaften Todesfällen in der Familie hierher gekommen ist und nicht aufgrund von Libidoproblemen.«

»Was wissen wir, lieber Monsieur Blick. Hinter dem Tod verbirgt sich oft die Sexualität und umgekehrt.«

Brossards Akademismus und ihre Unbeholfenheit konnten mich zur Verzweiflung bringen. Ich verließ die Klinik stets mit dem Gefühl, meine Tochter der Obhut von Scharlatanen überlassen zu haben. Doch jedes Mal, wenn ich mich bei jemandem über diese Ärztin erkundigte, wurde sie mir wärmstens empfohlen.

Vincent kam auch nicht weiter als ich. Er stieß sich am verlorenen Blick einer mutistischen Fremden, die, voll gestopft mit Medikamenten, manchmal eine ganze Minute brauchte, um die paar Meter zurückzulegen, die ihr Bett vom Badezimmer trennten. In der übrigen Zeit schlief Marie, wie sie es mir einmal erklärt hatte, »mit offenen Augen«. Vincent gestand mir, dass er in den Nächten nach den Besuchen unfähig war, einzuschlafen. Er konnte sich nicht damit abfinden, dass man zusehen musste, wie diese schreckliche Krankheit im Geist seiner Schwester ihr Unwesen trieb.

Wie hatten wir es innerhalb weniger Monate fertig gebracht, von unseren sorgenlosen Plattformen hinunterzupurzeln, um uns in den Untiefen der Seele wieder zu finden? Und was wäre die Fortsetzung der Geschichte, wer war der Nächste auf der Liste? In diesen Perioden der Unsicherheit und des Kummers wurde ich von den Gedanken an Louis-Toshiro beherrscht, an seine Gesundheit, sein Leben, sein Glück und sein Gleichgewicht. Warum fragte mich Brossard eigentlich nie nach ihm? War er ein zu vernachlässigendes Element in unserem Familienpuzzle, das sie doch so sehr zu interessieren schien?

Brossard. Auch sie hielt meine Gedanken besetzt. Sie wurde zunehmend süffisanter, ineffizienter. Ohne jeden objektiven Grund gab ich ihr schließlich die Schuld an Maries Zustand. Unsere Gespräche wurden ausgesprochen konfliktgeladen. Für eine Angehörige des Pflegepersonals fand ich sie extrem aggressiv und ziemlich ihren Nerven ausgeliefert. Wenn sie sich auf ihre wenig angenehmen Fragen versteifte, musste ich an diese unkontrollierbaren Rattenfänger denken, die mit gesenktem Kopf auf den erstbesten Kaninchenbau losstürzen. Um ihr ein kleines bisschen Bescheidenheit beizubringen und sie an die Fragilität gewisser Erscheinungen zu erinnern, erzählte ich ihr von meiner Beziehung zu Baudoin-Lartigue und wohin das alles führte, von seinem tragischen Suizid. Da war es vorbei mit ihrer Gefasstheit, und sie setzte zu einer langen Schimpftirade an, die, ich erinnere mich noch sehr genau, mit dem etwas beunruhigenden Satz endete: »Die Psychoanalyse und die Psychiatrie haben ungefähr so viel miteinander zu tun wie der Räuber und der Gendarm!«

Tag für Tag entfernte sich Marie ein Stück weiter von uns. Ein unvertäutes Schiff, trieb sie, von einer unsichtbaren Strömung erfasst, langsam in die offene See hinaus. Was immer Brossard darüber sagte, ich ließ mich nicht über diese Tatsache hinwegtäuschen. Ich beschloss also, diese peinlichen und sinnlosen Gespräche mit der Ärztin einzustellen. Ich ging nur noch jeden Abend nach meiner Arbeit vorbei, um meine Tochter zu sehen und mit ihr so natürlich wie möglich über den Alltag zu reden, wie es Eltern tun, deren Kinder in ein endloses Koma gefallen sind. Ich lernte, alle Frageformen zu vermeiden und die Sätze so zu formulieren, dass sie keine Forderung implizierten und sich selbst genügten. Ich versuchte die Rolle zu übernehmen, die seinerzeit das kostbare Kofferradio meiner Mutter gespielt hatte.

Ich nahm Maries Hand und erzählte ihr das Neueste über die Familie und die Welt, erzählte ihr von den wunderbaren Fortschritten, die Louis-Toshiro machte, von den Anwandlungen eines gewissen Raffarin, dieser kleinen Provinzgröße aus Poitiers. Als im März 2003 der Golfkrieg ausbrach, versuchte ich ihr auch die Unordnung dieses Planeten zu beschreiben, das koloniale, christliche, fanatische, börsenorientierte Amerika. Für kurze Augenblicke spannten sich Maries Finger leicht in meiner Hand. Jedes Mal war ich versucht, in diesem Zittern ein Zeichen des Bewusstseins, der Präsenz, der Zustimmung und vielleicht sogar der Zuneigung zu lesen.

Da ich Marie und ihre einst so engagierte Haltung kannte, wusste ich, dass sie sich, wäre sie nicht in dieser psychiatrischen Zwangsjacke gefangen gewesen, unter die Millionen Menschen gemischt hätte, die gegen die Absurdität eines Ölkreuzzugs, eines Interessenkrieges auf die Straße gingen. Ich hatte bei Brossard erreicht, dass man täglich das Transistorgerät meiner Tochter anmachte, damit sie mittags und abends Nachrichten hören konnte, auch wenn sie nichts davon mitbekam. Insgeheim hoffte ich, dass diese Bulletins ihr als Mittler dienen könnten, als Verbindung zwischen ihrer Welt und dem, was von unserer noch übrig war. Marie hatte sich stets für die öffentlichen Angelegenheiten und das Weltgeschehen interessiert. Wahrscheinlich angespornt vom euphorischen Sozialismus meiner Mutter, hatte sie sehr früh ein politisches Bewusstsein entwickelt und ihren Platz ganz natürlich unter den radikalen Grünen und den Globalisierungsgegnern gefunden. In jenem Alter, als die meisten ihrer Freundinnen die Zimmerwände mit den Spice Girls oder Boys Zone tapezierten, befestigte meine Tochter über ihrem Schreibtisch einen kleinen Rahmen mit dem Wortlaut eines Gespräches, das 1995 zwischen den kanadischen Behörden und der Marine der Vereinigten Staaten stattgefunden hatte. Dieses authentische Dokument, das viel mehr über Amerika erzählt als zehntausend Bücher, hatte ihr einer ihrer Freunde geschickt, dessen Vater in einem Quebecer Ministerium arbeitete.

»ÜBERMITTLUNG EINES FUNKSPRUCHS ZWISCHEN EINEM SCHIFF DER US NAVY UND DEN KANADISCHEN BEHÖRDEN AUF DER HÖHE VON NEUFUNDLAND.

Amerikaner: Weichen Sie von Ihrer Route 15° Nord ab, um eine Kollision zu verhindern. Ende.

Kanadier: Weichen eher Sie von ihrer Route 15° Süd ab, um eine Kollision zu verhindern. Ende.

Amerikaner: Hier spricht der Kapitän eines Schiffs der amerikanischen Seestreitkräfte. Ich wiederhole: Ändern Sie Ihren Kurs. Ende.

Kanadier: Nein, ändern SIE Ihren Kurs, ich bitte Sie. Ende.

Amerikaner: HIER DER FLUGZEUGTRÄGER USS LINCOLN, ZWEITWICHTIGSTES SCHIFF DER FLOTTE DER VEREINIGTEN STAATEN VON AMERIKA: WIR SIND IN BEGLEITUNG VON DREI ZERSTÖRERN, DREI KREUZERN UND EINER ANZAHL WICHTIGER GELEITSCHIFFE: ICH VERLANGE, DASS SIE VON IHRER ROUTE 15° NORD ABWEICHEN, ODER WIR ERGREIFEN MASSNAHMEN, UM DIE SICHERHEIT UNSERER FLOTTE ZU GEWÄHRLEISTEN. ENDE.

Kanadier: Das hier ist ein Leuchtturm. Ende.

Amerikaner: Stille.«

Ich war stolz, wie meine Tochter auf die Verirrungen dieser Welt und ihre Grausamkeit reagierte. Sie hatte sich nie etwas vormachen lassen über deren Mechanismen und versuchte stets, über das Faktische hinauszugehen, die Illusion des Schaums von sich zu weisen, um zu sehen und zu verstehen, was »hinter den Dingen« war. Aus all diesen Gründen hatte ich Brossard gebeten, das Radio einzuschalten, diese Tür einen Spalt offen zu lassen, so wie man es mit Kindern macht, die Angst vor der Dunkelheit haben. Und weil ich nicht begreifen konnte, dass meine Tochter für immer in dieses geistige Gefängnis eingeschlossen sein sollte.

Martine und Jean Villandreux hatten ihre Enkeltochter seit der Einlieferung in die Klinik kein einziges Mal besucht. Sie hatten sich mehrmals entschuldigt und ihre Unfähigkeit eingestanden, eine solche Prüfung auf sich zu nehmen. Und auch ich ging nur noch selten bei ihnen vorbei.

Ich legte jedoch Wert darauf, ihnen jedes Jahr am Geburtstag ihrer Tochter einen Blumenstrauß zu bringen. Jean war sehr gerührt von dieser Geste. Bei unserer letzten Begegnung kam er mir noch erschöpfter und müder als gewöhnlich vor.

»Ich bin so unglücklich über das, was mit Marie passiert.

Dieses Kind war so sanft, so liebenswürdig … Kann man eine Besserung feststellen?«

»Nein, es tut sich nichts.«

»Wenn man bedenkt, all das hat mit Anna angefangen, mit diesem Unfall … ich kann es noch immer nicht verstehen.«

»Was?«

»Wie dieses Leben von einem Tag auf den anderen ausgelöscht ist … und dann dieser Typ im Flugzeug, dieser Girardin. Sie haben es mir nie gesagt, aber ich habe erfahren, was die Leute von der Steuerbehörde entdeckt haben, dieses Geld, das hinausging, einfach so, jeden Monat … Das sieht meiner Tochter so gar nicht ähnlich.«

»Vergessen Sie das alles, es gehört der Vergangenheit an.«

»So lange wir die Wahrheit nicht kennen, solange die Kleine in diesem Krankenhaus eingesperrt ist, wissen Sie genau, dass es unmöglich ist, zu vergessen. Das nimmt kein Ende …«

»Aber es ist zu Ende, Jean. Es gibt keine Wahrheit herauszufinden, nichts zu erfahren.«

»Das sagen Sie so, aber ich weiß genau, dass Sie im Grunde das Gegenteil denken, dass der Anwalt und diese ganzen Überweisungen Ihnen keine Ruhe lassen. Und es sind genau diese unaufgedeckten Geheimnisse, diese Schattenzonen, die Marie zerstört haben.«

»Das kann niemand wissen.«

»Doch, ich. Sie ist ein paar Monate nach dem Tod ihrer Mutter zu mir gekommen und hat mir eine Menge Fragen gestellt. Wir haben uns einen Nachmittag lang zusammen unterhalten. Ich weiß noch, wie sie mich umarmte, bevor sie ging, und sagte: ›Weißt du, Opa, wir werden vielleicht eine ganze Weile nicht mehr miteinander reden, wir beide‹.«

»Und danach ist sie nie mehr gekommen?«

»Nie mehr.«

Jean erhob sich vom Sofa, nahm meinen Blumenstrauß und ordnete die Blumen eine nach der anderen in eine Vase. Seine Gesten waren so behutsam, es hätten die einer alten Frau sein können. Wenn man ihm so zusah, konnte man sich kaum vorstellen, dass er der unbestrittene Chef der *Sports illustrés* gewesen war, eines der männlichsten Magazine, das die Welt je gesehen hat.

»Paul, ich verstehe diese Welt nicht mehr. Es kommt mir vor, als hätte jemand ohne Vorwarnung einfach die Spielregeln geändert.«

Im Sommer 2003 breitete sich eine nicht enden wollende Hitze im Land aus. In Toulouse hatten wir den Eindruck, ständig auf den glühenden Gittern eines Konvektors zu leben. Völlig verdorrt fielen die Blätter von den Bäumen, während nachts eine drückende Brise die Wärme in den Ziegelsteinmauern hielt, die sich tagsüber angestaut hatte. Aus diesem Anlass schlug mir Jean Villandreux, mit dem ich monatelang nicht mehr gesprochen hatte, vor, mit ihm ein Wochenende auf dem Meer zu verbringen. Er hatte im Hafen von Sète ein kleines Segelschiff vor Anker liegen, mit dem er normalerweise an den ersten schönen Tagen auf die offene See hinausfuhr. Martine, die alles verabscheute, was einem schwankenden Gegenstand ähnlich sah, begleitete ihn nur selten zu diesen Ausflügen.

Obwohl es überhaupt keine Bedeutung hatte, obwohl sie mich vielleicht schon gar nicht mehr hörte, hatte ich darauf bestanden, in der Klinik Halt zu machen, um Marie zu sagen, dass ich mit ihrem Großvater zwei Tage aufs Meer fuhr. Villandreux war ein alter Mann geworden. Er war drei- oder vierundzwanzig Jahre älter als ich, und Gelenkschmerzen erschwerten ihm zunehmend das Gehen. Kaum aber hatte er seine Fußsohlen auf das Deck seines Schiffes gesetzt, wirkte er wie ein junger Mann, der sich an die Eroberung der Meere machte. Mit wiedergefundener Agilität und Geschmeidigkeit glitt er von einer Seite zur anderen, um da eine Justierung vorzunehmen oder dort ein Segel zu spannen. Sobald wir auf See waren, veränderten sich auch seine Gesichtszüge. Der Wind des offenen Meeres verjagte seine Falten, glättete sein Gesicht.

Je weiter wir uns vom Land entfernten, umso mehr hatte ich das Gefühl, dass eine Last von meiner Brust fiel und mich von einer jahrelang angestauten Angst befreite. Jean an der Pinne teilte diese Leichtigkeit mit mir, die er auf seine Weise ausdrückte, durch kleine Zeichen der Zustimmung mit dem Kinn. Die Wasseroberfläche glänzte wie die Motorhaube eines nagelneuen Autos, die der Bug des Schiffes ununterbrochen zerschrammte. Zum ersten Mal seit sehr langer Zeit fand ich in dieser Meeresluft den brausenden Geruch des Glücks wieder. Eigentlich hatte sich nichts verändert, und doch sah auf einmal alles ganz anders aus. Es hätte mich nicht übermäßig überrascht, wenn man mir gesagt hätte, das dort drüben, an Land, Anna im Auto Richtung Barcelona saß, meine Mutter die Radionachrichten hörte und Marie sich in ihrem Zimmer zum Ausgehen fertig machte.

Als der Wind etwas nachließ, holte Jean die Segel ein, und das Schiff kam langsam zum Stehen. Das Licht verblasste, und zum ersten Mal im Leben sah ich auf dem Meer die Nacht hereinbrechen. Außer den kleinen Wellen, die hin und wieder an den Schiffsrumpf plätscherten, nichts als Stille. In weiter Ferne, irgendwo in Richtung Süden, konnte man die Lichter eines Schiffes ahnen, dessen Größe oder Form nicht auszumachen war.

Jean, der an Land nie kochte, bereitete einen Calamar-Salat zu, während er ein großes Omelett mit Gambas überwachte. Aus meiner Sicht des Strandgängers glich das Boot einer großen Sommerterrasse zur Abendessenszeit, wenn in der Luft der Duft nach Knoblauch, Fisch und warmem Olivenöl wogt.

Beim Essen sprachen wir von Yuko, Vincent und dem kleinen Louis-Toshiro. Ich erzählte Jean, dass er vor kurzem gleichzeitig seine unbändige Leidenschaft für die Planeten des Sonnensystems und für die Dinosaurier entdeckt hatte, worauf er seiner Mutter mitteilte, dass er später sowohl auf der Erde wie am Himmel arbeiten und den ziemlich unwahrscheinlichen Beruf eines Astro-Paläontologen ausüben wolle. Wenn Yuko ihn rügte wegen einer Laune oder einer Unartigkeit, kehrte er gleich wieder zu ihr zurück, um ihr zu sagen: »Ich weiß nicht, was in letzter Zeit mit meinem Gehirn los ist, aber es flüstert mir ständig ein, ich soll Dummheiten machen.« Er stellte auch köstliche Fragen wie zum Beispiel zu Ostern, als er von seiner Mutter wissen wollte, wie es die Hühner anstellten, Schokoladeneier zu legen und sie »in Aluminiumpapier zu wickeln«.

Und dann fing Jean an, von Anna zu reden, über ihre Kindheit, ihre Jugend. Getragen von ein paar Gläsern Gigondas, schaffte es der Vater, seine Tochter wieder auferstehen zu lassen, ihr Gestalt zu geben. Und das alles war weder traurig noch wehmütig. Manchmal waren Jeans Schilderungen so lebendig, dass man das Gefühl hatte, es handelte sich nicht um die Vergangenheit, sondern um eine ungetrübte Epoche, die noch vor uns lag.

Mit der Zeit, als das Alkoholfieber nachließ, erschöpfte sich diese artifizielle Begeisterung. Dann wurde es still, und Jeans Augen schlossen sich. Lange blieben wir so, reglos, ohne auf Kurs oder Strömung zu achten.

»Wissen Sie, Paul, es gibt Dinge, die lassen sich nur auf dem Meer sagen, in Toulouse würde man sie gar nicht erst ansprechen. Verstehen Sie, was ich meine?«

Das konnte ich mir vorstellen, ja, dass das offene Meer unsere Emotionen ausdehnte, sie steuerbarer machte.

»Ich habe viel nachgedacht seit Annas Tod. Und das Ergebnis ist, dass ich heute nichts mehr habe, woran ich mich festhalten kann. Ich habe keinen Glauben mehr, Paul, kein bisschen mehr. Die Religion hat mir nie etwas bedeutet. Im Gegenteil, sie ließ mich regredieren. Sie hat mir beigebracht, niederzuknien, das ist alles. Diese beiden verdammten Knie auf den Boden zu stellen. Und ich habe lange den Preis und die Wichtigkeit jedes einzelnen Tages unterschätzt. Ich habe mich mit einer Menge Dinge abgefunden, andere aus Feigheit akzeptiert, ich bin älter geworden, und dann, eines Tages, ist mir bewusst geworden, dass es nichts gibt, weder vor mir noch hinter mir, nichts in meinem Leben, nichts in keiner Kirche, und dass es zu spät ist.«

Ein warmer Südwind begann durch die Wanten zu pfeifen, und ein paar kleine Wellen schlugen hin und wieder an den

Rumpf. Ich verstand nicht genau, worauf Jean hinauswollte. Hingegen konnte ich die Richtigkeit seiner anfänglichen Worte bestätigen, als er von dieser Macht sprach, die das Meer besaß, Männer zum Reden zu bringen.

»Es gibt nichts Schlimmeres in meinem Alter, als sich mit einer solchen Leere konfrontiert zu sehen. Heute hadere ich mit der ganzen Welt. Und ich weiß nicht einmal warum. Wissen Sie, Paul, diese lumpigen Religionen und diese erbärmliche Gottes-Vorstellung haben aus uns eine dumme und servile Spezies gemacht, eine Art kniebeugendes Insekt … Sagt man das, kniebeugend?«

Ein schwerer Luftzug voller Feuchtigkeit rüttelte immer wieder an den Seiten des Schiffes. Die Bewegungen des Meeres deuteten auf den Beginn eines starken, regelmäßigen Seegangs hin. Wir befanden uns einen halben Tag von der Küste entfernt und lästerten nach Lust und Laune über die Götter. Das konnte nicht gut gehen.

Ich schlief in der vorderen Koje, als ich durch ein lautes Krachen geweckt wurde. Es waren Wellen, die gegen das Boot schlugen. Bei jedem Aufprall hob sich das Schiff, und wenn es zurückfiel, hörte es sich an, als würde eine Tür zuknallen. Es war kurz vor vier Uhr morgens. Jean war nicht in seiner Kajüte. Ich sah, dass er sämtliche Bullaugen geschlossen hatte. Als ich auf das Deck hinaustrat, fegte ein heftiger Sturmwind alles hinweg, was aus der Wasseroberfläche herausragte. Jean war an einem Sicherheitstau festgebunden, die Pinne in der Hand, und versuchte, das Schiff auf unsichtbaren Schienen zu halten. Ich wusste nichts über die Windstärken und die Heftigkeit, die Stürme annehmen konnten, aber dieser, den wir gerade durchmachten, war schrecklicher als alles, was ich bisher erlebt hatte. Meer und Himmel waren von der gleichen Schwärze, verwischten jede Andeutung eines Horizonts, den ein paar entfernte Blitze hin und wieder aus dem Nichts auferstehen ließen.

»Ich glaube, da kommt was auf uns zu!«, schrie Jean mit einer Stimme, die eigenartigerweise äußerst gut gelaunt klang.

Diese Zukunftsform beunruhigte mich sehr, denn ich fand, es war schon jetzt einiges los. Ich machte mich ebenfalls an einer Leine fest und versuchte auf eine schmale Bank neben der Pinne zu gelangen. Kaum hatte ich mich gesetzt, richtete sich das Schiff beinahe senkrecht auf und hätte mich um ein Haar über Bord geworfen. Ich dachte, ein Wal hätte uns emporgestoßen, bevor er sich wieder in die Tiefe stürzte. Doch es war nur eine Welle. Eine bescheidene Vorhut all der Ungeheuer, die bald über uns herfallen sollten. Jean schien dieser Brandung, diesen Stößen gegenüber unglaublich heiter. Er erweckte den Eindruck, an einem ersten Ferientag ein kleines Coupé über die Autobahn zu lenken. Ich wurde in alle Richtungen geschleudert, während er sämtliche Schläge voraussah und sie mit seinen alten Knochen auffing und absorbierte.

Zum Wind kam noch der Regen hinzu. Ganze Wolkenbrüche prasselten auf uns nieder. Die Segel minimal gespannt, versuchte das Schiff diesen Mauern mit ihren weißen Kämmen die Stirn zu bieten. In weniger als einer halben Stunde hatte die Welt ihr Wesen verändert, der stille und beruhigende Samt der Nacht war der Hysterie der Wellen gewichen, die unaufhörlich den Rumpf angriffen und bedrängten.

Auf dem Deck machten es das starke Schwanken und Schlagen immer schwieriger, eine sichere Haltung zu finden. Trotz der Angst, die mich lähmte, entdeckte ich die wahre Natur meines Schwiegervaters, seine Beherrschtheit, seine Fähigkeit, Probleme systematisch zu analysieren und sie der Wichtigkeit nach anzugehen. Von der kompletten Dunkelheit waren wir inzwischen zum gleißenden, eiskalten Licht der Blitze übergegangen, die einander ablösten, um das Schauspiel dieses aufgewühlten Wassers zu beleuchten. Wir konnten sehen, was uns umgab, das Ausmaß der Monster erkennen, die uns von allen Seiten umzingelten. Wellen von mehreren Metern Höhe warfen sich auf das Schiff, rollten über das Deck, gewannen an Kraft und Geschwindigkeit, prallten voller Wucht gegen uns und versuchten uns jedes Mal über Bord zu werfen. Unser

Leben hing an zwei Tauen aus blauem Nylon, dünnen Sicherheitsseilen, die an Gurten festgemacht waren.

Jean rief mir Befehle zu, die der Wind sofort zerstreute. Ohrenbetäubender Donner krachte auf die Wasseroberfläche wie auf eine Trommelhaut. Da fühlte ich, wie das Schiff himmelwärts stieg, sich unverhältnismäßig hob, Schlagseite bekam und so stark kippte, dass der Mast auf die Wasseroberfläche peitschte. Hinweggespült, baumelte Jean am Ende seines Seils, während ich mich an dem festzuklammern versuchte, was ich für die verchromten Stangen der Reling hielt. Einen langen Augenblick schien das Schiff, mit sämtlichen Spanten knarrend, zwischen der Versuchung zum Schiffbruch und dem Treibinstinkt zu zögern. Eine Welle, die uns offensichtlich besser gesinnt war als die anderen, schlug an den Kiel, der die Wasseroberfläche durchstieß, und das Schiff richtete sich mit derselben Gewalt wieder auf, mit der es gekentert war. Unter dem Druck und dem Aufprall der Wellen waren zwei seitliche Bullaugen zerborsten, und wir bekamen Wasser über. Eingeschnürt in seine Seile und seine Wachskleidung, sich mit seiner Pinne abkämpfend, rief Jean mir zu, in die Kajüte zu gehen, um die Löcher dichtzumachen, durch die das Wasser eindrang.

Im Innern des Schiffes war die Situation noch eindrucksvoller als auf Deck. Die Gegenstände schleuderten backbord und schlugen dann, wie von einer unsichtbaren Hand geworfen, auf der anderen Seite der Kabine auf. Wenn man das Schiff nicht mehr ächzen hörte, dann, weil der Rumpf Schläge von solcher Gewalt abbekam, dass der Lärm des Aufschlags jedes Mal das Schlimmste befürchten ließ.

Ich versuchte mich an den Gedanken zu gewöhnen, dass diese Wände irgendwann nachgeben, der Bauch aufgeschlitzt würde und dass dies das Ende wäre. Es war Sommer und wir würden sterben. Ich verstopfte die Löcher der Luken mit Schaumstoffkissen, die sich als wirkungsvolle Kompressen erwiesen. Kaum hatte ich diesen Notverband angelegt, begann auf einmal auch mein Magen zu kentern. Ich fiel in der Koje auf die Knie, und mir kam alles hoch bis zu meinen allergeheimsten Gedanken.

Als ich Jean am Heck erreichte, konnte man zu unserer Linken die ersten Lichtstrahlen sehen. Ich hätte nie gedacht, dass das Mittelmeer zu so etwas fähig wäre. Ich glaubte, solche Stürme seien den professionellen Halsbrechern vorbehalten, die im tiefsten Winter den Atlantik herausforderten und über Funk kaltschnäuzig ihre Schreckensnachrichten verbreiteten. Hätte ich irgendeine Botschaft übermitteln können, was wäre ihr Inhalt gewesen? Bestimmt hätte ich geschrien, dass das Schiff am Ende sei, die Bullaugen in Stücke und die Kajüte verwüstet. Ich meinte Jean rufen zu hören: »Bei Tagesanbruch müsste es sich beruhigen«, dann, als ich mich umdrehte, schnitt mir eine hinterhältige Welle in die Knöchel und warf mich zu Boden, bevor sie mich überrollte. Die Wärme des Wassers schwächte den unangenehmen Eindruck zu ertrinken und zu ersticken. Ich glitt eine schräge Wand hinunter, die ins Endlose zu führen schien, aber paradoxerweise unternahm ich nichts, um mich festzuhalten. In diesem strudelnden Durcheinander stieß ich mit den Schultern oder dem Kopf immer wieder an Hindernisse, doch die wiederholten Schläge verursachten mir keinen unmittelbaren Schmerz. Als ich das Ende des Decks erreichte, überfiel mich eine zweite Wassermasse, und dieses Mal ging ich über Bord. Augenblicklich hatte ich eine Art Außenvision meiner Situation, Panoramabilder, die aussahen, als wären sie von einer mehrere Meter über meinem Kopf installierten Kamera aufgenommen: Um mich herum nichts als Wasser, überall der Tod, und um ihm zu entkommen, ein winziges Tau, diese einzigartige Leine aus grobem Nylon, die mich mit Louis-Toshiro Blick verband. Mein Enkel diente mir als Seilwinde. Nach einer langen Seeschlacht schaffte ich es, wieder an Bord zu klettern. Jean, der damit beschäftigt war, das Boot am Leben zu erhalten, gab mir ein Zeichen, ich solle in einem Winkel der Kajüte Schutz suchen, und da wartete ich dann, zusammengekauert wie ein erstarrtes Tier, das Ende des Gewitters ab.

Als es aufhörte, hatte ich keine Ahnung, wie spät es war. Ich erinnere mich nur noch, dass die Sonne anfing, die Wolken zu zerstreuen, und das Meer, das sich von seinem Anfall erholt hatte, fand nach und nach seine Ruhe wieder, eine Stille wie zum Anfang der Zeiten. Jener, den ich zu früh als alten Mann betrachtete, hatte seine Barke mit der eleganten Ungezwungenheit geführt, wie sie Menschen eigen ist, die, wenn sie auch an nichts glauben, so doch im Gegenzug auch nicht viel zu befürchten haben. Wir erreichten den Hafen von Sète am frühen Nachmittag. Das Innere des Segelboots sah aus, als wäre es bei einem Überfall von Freibeutern verwüstet worden, und auf der Oberfläche des Wassers, das den Boden der Kajüte überflutet hatte, schwammen immer noch alle möglichen Gegenstände. Bevor wir vom Schiff stiegen, betrachtete Jean noch einmal die Schäden. Er legte mir die Hand auf den Arm und sagte:

»Das war knapp, diesmal.«

Wir befanden uns ungefähr auf halber Strecke nach Hause, als Jean mich bat, ihn in Maries Klinik zu bringen. Er wollte sie sehen, egal zu welchem Preis.

Der Innenhof glühte. Die Luft war auf dem Siedepunkt. Die Landschaft von Lauragais ringsum, gewöhnlich so grün, war von der Trockenheit verbrannt. Seit zwei Monaten war kein einziger Regentropfen mehr gefallen. Dank der dicken Wände verschaffte das Innere des Hauses den Eindruck von relativer Frische. Marie saß in ihrem Zimmer, in ihrem Sessel vor dem Fenster. Das aggressive Sommerlicht wurde durch die Blätter eines Kastanienbaums gedämpft.

Wir gingen auf Marie zu und küssten sie nacheinander. Jean hatte wieder sein Landbewohnergesicht und sein wahres Alter angenommen. Er schien beim Anblick seiner Enkeltochter tief erschüttert. Sie schwieg weiter und saß wie versteinert da, in dieser Haltung, in der sie gewöhnlich erstarrte. »Wir kommen vom Meer. Ich wollte dich gerne sehen. Hörst du mich, mein Schatz? Ich bin's, dein Großvater. Erkennst du mich? Marie?«

Der alte Mann, der uns aus der Hölle zurückgebracht, der

dem Sturm den Bauch aufgeschlitzt und Wellen und Böen getrotzt hatte, der sich weder von Wind noch Meer noch Angst bezwingen ließ, fiel plötzlich vor seiner Enkelin zu Boden und fing an zu schluchzen, während er seine Hände faltete wie ein Gläubiger, der sich ins Gebet versenkt. Ich wusste, dass dieses Flehen keinen Adressaten hatte und dass Jean in dieser trügerischen Haltung nur das Leben anrief, ein bisschen weniger grausam zu sein. Ich versuchte ihm beim Aufstehen zu helfen, doch er lehnte es ab und klammerte sich an den Arm seiner Enkeltochter, die er lange mit Tränen und Küssen bedeckte.

Ein paar Wochen nach diesem Besuch bat mich Dr. Brossard zu sich ins Büro. Die ersten Worte dieses Gespräches veranlassten mich zur Vermutung, dass die Glut ihre Gewissheiten etwas aufgeweicht hatte. Der Tod von drei älteren Patienten in der geschlossenen Abteilung – jedes Mal der Hitze geschuldet – hatte das seinige getan zu dieser Veränderung. Brossard erzählte mir von den letzten Untersuchungen an Marie sowie von den Wirkungen, die man sich von einem neuen Medikament erhoffte.

»Aber ich wollte mit Ihnen noch über etwas anderes sprechen ... Vor zwei, drei Tagen hat Marie zum ersten Mal seit sehr langer Zeit wieder gesprochen ...«

»Was hat sie gesagt?«

Brossard setzte ihre schmale Brille auf die Nasenspitze und las von einem Zettel:

»›Gestern ist Jean gekommen.‹ Können Sie mir sagen, wer Jean ist?«

»Ihr Großvater. Er hat sie tatsächlich vor zwei, drei Wochen besucht. Es ist ein gutes Zeichen, dass sie reagiert hat, nicht?«

»Das wird die Zukunft zeigen.«

»Glauben Sie, wir sollten den Besuch wiederholen?«

»Warum nicht?«

Am nächsten Tag kam ich voller Zuversicht mit Jean wieder. Er saß lange neben seiner Enkeltochter und hielt ihre Hand. Und auch am nächsten Tag. Und am übernächsten. Und so wiederholte es sich die ganze Woche. Wir warteten auf ein Wort, ein Zeichen, auf irgendetwas, das uns Anlass zu Hoffnung gegeben hätte. Monate vergingen, ohne dass Marie irgendeine Anspielung auf Jean machte. Oder auf sonst jemanden.

Mit dem Herbst und dem Fallen der Blätter ging ich von Garten zu Garten, um wieder die anstrengenden Arbeiten und repetitiven Gesten zu verrichten. Diese stille, einsame Tätigkeit entsprach dem Leben, das ich führte. Ich sah und sprach praktisch mit niemandem. Manchmal bildete ich mir ein, Welten lägen zwischen Marie, ihrem Wahnsinn und mir. In anderen Augenblicken, wenn ich den Lauf meines Lebens objektiv betrachtete, musste ich zugeben, dass ich meiner Tochter noch nie so nah gewesen war. Dieser Eindruck bestätigte sich auf unangenehme Weise an einem Novemberabend, glaube ich, als ich den Tag im Garten eines Kunden beendete. Ich hatte eine große Menge Blätter gesaugt und zerstoßen, um Kompost zu machen, doch es blieb noch ein großer Haufen übrig, den ich verbrennen wollte. Während ich das Feuer überwachte und ihm Luft zufächelte, wurde es langsam Nacht. Der Garten erschien mir wie eine harmonische Parzelle, ein kleines Territorium außerhalb der Welt. Nicht dass er besonders gepflegt, raffiniert oder geordnet gewesen wäre, doch einige einfache Sträucher, die aus den Rauchschwaden herausragten, vermittelten eine ziemlich genaue Vorstellung davon, wie das Skelett des Glücks aussehen könnte ohne die Körperfülle der Menschen.

Ich war so sehr in die Betrachtung dieses tröstlichen Bildes vertieft, dass der Eigentümer des Ortes mich ganz reglos auf meiner Werkzeugkiste sitzend antraf, außerhalb der Zeit und unempfindlich gegenüber der Kälte. Diese Szene war mir peinlich. Zu Hause nahm ich eine lange heiße Dusche und versuchte mich symbolisch von dieser Kruste reinzuwaschen, die mich, wie ich spürte, nach und nach umschloss. Die Psychiatrie zog mich in ihren Strudel. Ich hatte die Neigung, mich zu sehr diesem geheimnisvollen Siphon anzunähern, der uns in eine andere Welt lockte, in dieses Territorium voller Angst, in dem Marie lebte und all jene, die sich in der Klinik in den Kanalisationen des Wahns abkämpften.

Wenn ich an meine Tochter dachte, sah ich sie inmitten der betörenden Schönheit des Parks sitzen, in dem ich selbst manchmal die Zeit vergessen hatte. Es gefiel mir, sie da zu wissen, in diesem Zauber gefangen, in einer tröstlichen Betäubung. Doch die Wut- und Angstschreie, die aus dem geschlossenen Pavillon drangen, veranlassten mich eher zur Annahme, dass es im Umfeld des Wahnsinns ziemlich schrecklich zuging.

Um etwas gegen meine Langeweile zu tun, ordnete ich abends manchmal meine Diskothek, in der sich tausend Vinylplatten und etwa zweihundert CDs stapelten, ein Unterfangen, das etwas Zeremonielles hatte und mir gleichzeitig ziemlich viel Kopfzerbrechen bereitete. Ich wusste nicht, ob ich sie nach Genres ordnen sollte – was nie sehr praktisch war, wenn man rasch einen Musiker heraussuchen wollte –, oder nach dem Alphabet – was sehr einfach war, aber nicht sehr viel Stil hatte. Meist optierte ich für eine irrationale Zwitterlösung, bei der ich Künstler aus obskuren persönlichen Gründen zusammentat. So mochte es einigermaßen einleuchten, dass ich Tom Waits und Rickie Lee Jones nebeneinander stellte, oder auch Herbie Hancock, Jeff Beck und Chick Corea, ich war jedoch darauf gefasst, auf Unverständnis zu stoßen, dass ich Jimi Hendrix, Johnny Guitar Watson, Stevie Ray Vaughan und Stevic Wonder aneinander reihte. In diesem wohldurchdachten Chaos fasste ich meine Lieblingsmusiker oder die Marotten des Augenblicks zu kleinen Grüppchen zusammen: So standen Curtis Mayfield, Keith Jarrett, Bill Evans, Chet Baker, Miles Davis und Charlie Haden neben Chico Debarge, Tony Rich, Babyface, Maxwell und D'Angelo. Wenn mich hin und wieder ein Funken Hellsichtigkeit überkam, machten mir diese Altersmanien und dieses Zwangsverhalten Angst, und mir wurde bewusst, dass ich wahrscheinlich mehr Zeit damit verbrachte, diesen musikalischen Schatz ein- und umzuordnen, als ihn zu hören.

Ich litt nicht unter meiner Einsamkeit, auch wenn ich manchmal spürte, dass sie dabei war, sämtliche Elemente, aus denen mein Leben zusammengesetzt war, auseinander zu reißen. Ich spürte, wie sie mich nach und nach zersetzte, von innen her auflöste, die Bestandteile abtrug, die ich dem Anschein nach nicht mehr brauchte. So wurden Gefühle wie Freude, Vergnügen, Glück, Lust, Spaß und Hoffnung eines nach dem anderen abgekoppelt.

Seit Annas Tod hatte ich keine sexuelle Beziehung mehr. Ich konnte nicht sagen, dass es mir wirklich fehlte. Natürlich bedauerte ich dieses berüchtigte Witwerdasein, aber auf abstrakte Weise, theoretisch, etwa so, wie man den vergangenen, fruchtbaren Zeiten seiner Jugend nachtrauert. Die Vorstellung von Lust existierte noch in mir, und ich behielt mir die Eventualität vor, von einer Frau angezogen zu werden, aber ohne die stechende Pein des Mangels oder des Entzugs.

Gegen Weihnachten griff ich, wahrscheinlich aus lauter Langeweile, an einem besonders deprimierenden Abend zum Telefon und wählte die Nummer von Laure, die ich seit Annas Beerdigung nicht mehr gesehen hatte. Ich rief ohne bestimmte Erwartung an. Offen gestanden interessierten mich ihre Neuigkeiten ungefähr so sehr wie die Wettervorhersagen für ein Land, in das ich nicht zu reisen vorhatte.

Wir redeten so natürlich miteinander, als hätten wir uns noch am Tag zuvor gesehen.

»Wie alt ist dein Baby inzwischen?«

»Mein Baby? Mein Baby, wie du es nennst, ist gerade acht geworden.«

»Ich fass es nicht. Wie heißt er?«

»Charcot. Simon Charcot. Wie ich, da du ja bekanntlich weißt, dass François und ich geschieden sind.«

»Siehst du seinen Vater noch, den berühmten Rabbiner?«

»Denkste. Der Rabbiner ist mit den ersten Wehen auf Nimmerwiedersehen verschwunden. Ich habe noch nie jemanden gesehen, der dermaßen um seinen Ruf besorgt war. Am Tag, als er mich verließ, hat er mich auf Knien und unter Tränen angefleht, nie mit irgendjemandem über dieses Kind und unsere Beziehung zu reden.«

»Und François?«

»Er nimmt das Kind jedes zweite Wochenende und kümmert sich die Hälfte der Ferien um ihn.«

»Hast du ihm etwas gesagt?«

»Das soll wohl ein Scherz sein? Er hat nie auch nur den geringsten Zweifel gehabt, zum Glück übrigens, so komm ich wenigstens zu anständigen Alimenten.«

»Wem sieht der Kleine ähnlich?«

»Wem soll er wohl ähnlich sehen? Er ist dem Rabbiner wie aus dem Gesicht geschnitten … Aber du kennst doch François, Ähnlichkeiten und so was, das geht meilenweit an ihm vorbei.«

»Ist er immer noch mit seiner Freundin zusammen?«

»Mehr denn je. Ich glaube sogar, dass sie wieder schwanger ist. Und du, siehst du jemanden?«

»Nein.«

»Wirklich niemanden?«

»Niemanden.«

Diese Antwort überraschte Laure, und es folgte ein verlegenes Schweigen. Doch sie fasste sich rasch wieder und überging diesen peinlichen Moment, indem sie mir über ihr Leben und die komplizierte Beziehung zu einem geschiedenen Polizeiinspektor berichtete. Sie war nicht zu bremsen, reihte eine Anekdote an die andere, ließ kein Detail aus und kam vom Hundertsten ins Tausendste. Als ich hörte, mit wie viel Ausdauer sie monologisierte, sich hemmungslos anvertraute, dachte ich, dass sie, mochte sie es auch bestreiten, der Einsamkeit wohl auch ihren Tribut entrichtete. Bevor sie auflegte, wünschte sie mir noch frohe Weihnachten. Ich fand diese Höflichkeitsbekundung, so normal sie auch war, ziemlich deplatziert.

Es gibt nichts Schrecklicheres als einen 24. Dezember in einer psychiatrischen Klinik, wenn es Nacht wird und die wenigen Girlanden angehen, mit denen sich die Einrichtung ausstaffiert. Selbst das Festessen, das an diesem Abend den Kranken gegönnt wird, hat einen tragischen, verächtlichen Aspekt. Die Speisen auf den Tabletts führen diesen prägnanten Kantinen- und Krankenhausgeruch mit sich, in den sich Fleischdüfte und Ausströmungen von Kampfer oder modifiziertem Alkohol mischen. Marie war auf ihrem Posten, im Dunkeln vor dem Fenster. Das Radio brachte ihr die Nachrichten einer Welt im Freilauf, die sich zu Tisch setzte. Ich küsste sie auf die Wangen, nahm ihre Hand und hielt sie bis spät in die Nacht, bis eine Krankenschwester kam und erklärte, dass es nun, Weihnachten hin oder her, für meine Tochter Zeit wäre, ins Bett zu gehen.

Ich verbrachte den Rest jener Nacht auf dem Sofa mit dem Betrachten der Fotos aus *Bäume der Welt*, um jeden einzelnen Tag wachzurufen, an dem es meine einzige Beschäftigung, meine einzige Sorge gewesen war, zu warten, bis eine Brise oder ein schönes Licht sich auf den Tupfenmull einer Tamariske legte.

Am Silvesterabend begegnete ich, als ich Maries Zimmer verließ, einem Kranken, den ich täglich in den Gängen oder den Alleen des Parks antraf. Er kam auf mich zu und drückte mir herzlich die Hand, während er mir ein gutes neues Jahr wünschte.

»Wissen Sie, als Sie hier angekommen sind, ging es Ihnen gar nicht gut, das habe ich sofort gesehen. Jetzt ist es anders, Sie sind nicht mehr derselbe. Die haben Sie wirklich wieder aufgebaut. Die bauen uns alle wieder auf hier, es geht uns besser und besser.«

Kurz vor Mitternacht riss mich das Telefon aus dem Schlaf. Es waren Vincent und Yuko, die mich aus Japan anriefen, wo sie zehn Tage in der Familie Tsuburaya verbrachten. Yuko übermittelte mir ihre Wünsche auf Japanisch, und Louis-Toshiro erzählte mir in seiner Muttersprache, dass er einen riesigen Feuer speienden Drachen mit Schuppen gesehen habe.

Lange nachdem sie aufgelegt hatten, dachte ich an seinen Ahnen Kokichi. Ich hatte den Eindruck, mit ihm diese Erschöpfung zu teilen, die er gegen Ende seines Lebens gespürt haben musste. Wie er hatte ich es satt, hinter einer verflossenen Welt, einer unerreichbaren Vergangenheit und hinter Geistern herzurennen, die mich unaufhörlich flohen.

Doch dieser Anruf am 31. Dezember vom Ende der Welt kam von der einzigen Familie, die mir geblieben war. Und das machte mich unsäglich glücklich.

Mit dem Frühling begann die Zeit der Rasenpflege, und das Telefon hörte nicht mehr auf zu klingeln. Ich verbrachte meine Tage auf den Grünflächen und mähte nach den geometrischen Regeln, die mir mein Vater beigebracht hatte. Jeden Tag fuhr ich wie ein eigensinniger Schiffer diese grünen Meere auf und ab und pflügte mit dem Sextanten das Herz der Gärten. Und hinter mir ließ ich die Illusion einer befriedeten Welt, einer bezwungenen Natur und eines Lebens ohne Überraschungen zurück.

Im April ernannte ein diskreditierter Präsident, der von der Justiz überwacht wurde, und dessen rechte Hand eben von den Gerichten schwer verurteilt worden war, ausgerechnet den zum Premierminister, den die Wahlen aus dem Amt verjagt hatten. Die absolute *Unpolitik*. Die flagrante *Ademokratie*. In dieser faschistisch angehauchten Volksnähe lag etwas Petainistisch-Bananenhaftes. Das Land wurde Flibustiers anvertraut, denen mein Vater in seiner Werkstatt nie Zutritt gewährt hätte. Noch die kleinsten Schritte von Kokichi Tsuburaya verdienten mehr Respekt als die endlosen Karrieren dieser Parasiten. Doch bei ihnen konnten wir immerhin beruhigt sein: Am Tag nach den Niederlagen blieben die Klingen im Rasierer.

Marie hörte nicht mehr auf, »mit offenen Augen zu schlafen«. Wenn ich den Mut und die Kraft dazu hatte, versuchte ich sie an ihrem Bett mit dem Weltgeschehen zu unterhalten, mit den Abenteuern Raffarins 1, 2, 3, den Foltern im Irak, dem amerikanischen Schiffbruch. An manchen Abenden war es eine wahre Prüfung, sie nach der Arbeit zu besuchen. Da war es mir unmöglich, ihr eine Liebesbekundung zu bezeugen. Dann saß ich neben ihr und schaute einfach wie sie schweigend in

Richtung Fenster. Ich nahm es ihr übel, dass sie nicht war wie die anderen, dass sie sich im entscheidenden Moment nicht an das blaue Nylontau gehängt hatte, dass sie mir so viel Unruhe und Leid verursachte. Und dann wieder betrat ich ihr Zimmer und drückte sie an mich wie ein Vater, der von einer langen Reise zurückkehrt. In diesen Augenblicken war ich überzeugt, dass das alles irgendwann zu Ende wäre, dass man nur geduldig sein, die Zeit arbeiten lassen, einfach ihre Hand nehmen und sie drücken musste, damit sie verstand, dass ich da war, dass ich sie nie loslassen würde, jetzt nicht, nie.

Ein Kind zu verlieren, und sei es nur stückchenweise, ist ein Gottesurteil. Eine tägliche Prüfung, die das Verständnis zwischen Göttern und Menschen übersteigt. Eine Qual, die nie ein Ende nimmt, ein Gewicht, unter dem man nicht zusammenbricht, aber das, viel heimtückischer, im Innern drückt und einem das Herz abschnürt.

Ende Mai teilte mir Louis-Toshiro mit, er habe in seinem Judoclub eine Medaille bekommen. Ich war sehr überrascht, dass man so kleinen Kindern die Grundbegriffe dieses Sports beibringen konnte, doch der unglaubliche Stolz und die Freude, mit der mein Enkel mir seine bescheidene Trophäe vorführte, zerstreuten meine Bedenken.

Seit ein paar Monaten befürchtete ich jedes Mal, wenn Louis und seine Eltern mich besuchten, sie würden mir mitteilen, dass die Familie sich mit Auslaufen von Yukos Vertrag in Japan niederlassen würde. Ich hatte nie vergessen, wie feierlich Anna mir dieses Exil vorausgesagt hatte. Um diese Prophezeiung zu bannen, konnte ich nur auf die vielen Übersetzungsverträge bauen, die Vincent mit großen Unternehmen wie Motorola und Airbus unterzeichnet hatte und die ihn zumindest eine Zeitlang noch in Toulouse halten würden. Ich untersagte es mir jedenfalls, ihn über seine Pläne auszufragen. Alles, ob gut oder schlecht, passierte, wie es passierte. Ich hatte die Gewohnheit angenommen, die Ereignisse kommen und gehen zu lassen wie den Durchzug, der die Türen zuschlägt. Ich wusste nicht, welches Leben mich erwartete und was aus Marie würde. Tagsüber mähte ich das Gras und in der Nacht schlief ich im Haus meiner Eltern inmitten ihrer Möbel. Manchmal hatte ich das Gefühl, dass sie mich beschützten. In anderen Momenten wiederum empfand ich eine gewisse Verlegenheit, war überzeugt, sie beobachteten mich. Auf einem Regal in meinem Arbeitszimmer stand neben Vincents verchromter Karosse ein Teil der Asche meiner Mutter.

Wenn ich schlief, kam es vor, dass ich von Annas Totenmaske aufgeweckt wurde, vom Anblick ihres verstümmelten Gesichts. Lange hatte ich versucht, diese Bilder zu verjagen, sie von mir zu weisen, bis ich verstand, dass sie zu mir gehörten und mich mein Leben lang begleiten würden.

Am dritten Juli, Maries Geburtstag, kam ich früher als gewöhnlich in die Klinik. Ich nahm meine Tochter am Arm und wir verließen das Haus durch den Haupteingang.

Statt in den Park zu einem Spaziergang durch die Alleen zu gehen, setzte ich Marie in mein Auto, und wir fuhren Richtung Süden, den ersten Ausläufern der Pyrenäen entgegen.

Ich machte mit meiner Tochter denselben Weg, den ich vierzig Jahre zuvor zusammen mit meinem Großvater zurückgelegt hatte. Er war ein paar Wochen vor seinem Tod in seine Berge zurückgekehrt. Er hatte mir seine Weiden gezeigt, dort, wo alles angefangen hatte. Die Schäferei, die Bergkämme, die Stille. Für einen Augenblick vergaß er seine Ängste und ließ sich von der Schönheit dieser Welt durchdringen, in der er einst gelebt hatte.

Die Straße wurde immer enger und verschlungener und endete, wie ich es in Erinnerung behalten hatte, abrupt kurz vor dem Gipfel.

Meine Tochter, während der ganzen Fahrt reglos, schaute geradeaus vor sich hin. Ich wusste nicht, was sie sah, was sie fühlte, was sie von dieser Reise mitbekam.

Die Luft war erstaunlich kühl. Ich ließ Marie aussteigen und hüllte sie in einen Anorak. Dann nahm ich sie beim Arm, und wir gingen den Pfad hinauf, der auf den Grat führte.

Das Wetter war grau, da und dort hingen ein paar Wolkentrauben am Abhang des Berges. Die Stille, die uns umgab, fühlte sich an, als wäre sie destilliert, geläutert, gefiltert worden. Sie vermischte sich mit der kristallinen Transparenz der Luft.

Ohne Hilfe, mit erstaunlicher Geschicklichkeit erklomm Marie den Hang. Wenn es der Weg zuließ, marschierte sie neben mir. Wurde der kleine Wildpfad zu eng, ging sie voran. Wer hätte da ahnen können, wie es wirklich um sie stand? Für die Natur um uns herum war sie ganz einfach eine Frau wie jede andere, die dem Sonnenuntergang entgegenwanderte.

Die Sicht vom Gipfel war Schwindel erregend. Der Berg fiel auf der spanischen Seite senkrecht hinab, während am französischen Abhang ein paar magere Weiden und Wolkenkugeln klebten.

Aus dem Bauch des Felsens stieg eine eisige Luft, die immer wieder Maries Haare auffliegen ließ und ihrem Gesicht eine Illusion von Leben verlieh.

Wir waren am Ziel unserer langen Reise angekommen.

Ich nahm meine Tochter in die Arme. Ich hatte das Gefühl, einen toten Baum zu umfangen. Sie schaute geradeaus. Wir befanden uns am Rande des Nichts, balancierten auf dem Gipfel der Welt.

Ich dachte an die meinen. In diesem Augenblick des Zweifelns, im Moment, wo so vieles von mir abhing, waren sie mir keine Hilfe, kein Trost. Das erstaunte mich nicht: Das Leben war nichts anderes als dieser trügerische Faden, der uns mit den anderen verband und uns glauben machte, dass wir für die Zeit eines Lebens, das wir für bedeutungsvoll hielten, etwas waren und nicht vielmehr nichts.

Die verwendeten Zitate stammen aus:

Philip Roth: Portnoys Beschwerden, Reinbek 1973, Deutsch von Molvig, Kai / Gan, Peter

John Updike: Der Mann, der ins Sopranfach wechselte, Reinbek 1997, Deutsch von Maria Carlsson